ウィリアム・トレヴァー・コレクション

ふたつの人生

Two Lives

ウィリアム・トレヴァー
栩木伸明【訳】

国書刊行会

ジェーンへ

ふたつの人生　目次

ふたつの人生

ツルゲーネフを読む声

Reading Turgenev

1

五十七回目の誕生日を控えた、やせぎすの、見るからに華奢な女がひとり、片隅の食卓で几帳面にものを食べている。あらかじめ半分に切られた食パンにバターをつけ、目玉焼きの黄身をつぶし、ベーコンを細かく刻む。「そう、これこそが幸せ！」女は声を上げてそうつぶやく。だが食堂内で、その声を聞き取れるほど近くには誰も腰掛けていないので、返答する者はいない。テーブルクロスこそ掛かってないけど、隅の食卓にひとりでついていいのは特別待遇だよ、と他の女たちが口を揃える。塩入れと胡椒入れも彼女専用である。

「さあ急いで」どこからともなく現れたミス・フォイがそっけなく声を掛けて、女の物思いに割り込む。「お客様が待ってらっしゃるから」

「殉教者聖ペトルス様のご来訪だよ」話を小耳にはさんだひとりの女が口を出すと、他の女たちから囂囂《ごうごう》たる反論がわき起こる。ひとりぼっちのあのひとは、聖人様の頭に刺さった短剣を抜いてあげやしない。あのひとの宗旨ではペトルス様を敬わない。

「異端者」誰かの声が飛ぶ。

「異教徒」別の声がつぶやく。

ひとりぽつんと食事をしている女は耳を貸さない。女たちに悪気はない。皆、錯乱すると突っ走りがちなだけだ。だが食事を中断された分をしっかり挽回しなくてはならない。きれいに食べきらないと来客との面会が許可されないからだ。彼女は卵とベーコンをフォークですくって、噛まずに呑み込む。冷えて固まった脂が舌と口内の上あごにまとわりつく。もし吐いてしまったら来客に会えない。彼女は口の中を紅茶で洗い、バターをつけたパンを歯の間に押し込む。パンを食べきらないと他の女たちが告げ口するに決まっている。そうなれば皆が騒ぎだすから、食卓へ戻らなければならない。彼女は紅茶の力を借りてパンをぜんぶ喉へ流し込み、女たちの間を縫って歩いていく。

「墓地の話を聞かせてよ」しぼんだ顔のちっぽけな女が立ち上がり、彼女にささやきかけながら一緒に歩きはじめる。「ねえ、あなた、墓地の話を聞かせてったら」

「セイディー、座って」ミス・フォイが命令する。「放っておくのよ」

「あのひとは人生を棒に振ったんだよ」そう咎《とが》め立てする誰かの声に、即座に反論が巻き起こる。人生を棒に振ったのはブリード・ビーミッシュのほうだよ、だってあの子ったら街の女をやってたんだから。

「他人の話に首を突っ込まないこと」灰色の服を着て威厳たっぷりのミス・フォイが釘を刺す。どんなたわごとも聞き捨てにしないのが彼女のやり方だ。「さあ急いで」彼女が促す。

玄関ホールには幻滅が待っていた。来客は初対面の人物ではない。窓辺に突っ立ったその男は、ミス・フォイが席を外してから口を開く。来訪の理由を告げる彼の話は、以前にも聞いたことの繰り返しである。「近頃ではそれが主流なんだ」と男が説明する。昔とは正反対になったらしい。何か月も前から同じ話を、ミス・フォイと医師たちから聞かされてきた。帰るところのあるひとはそこへ帰るのが一番で、なぜなら、皆がそうしているから。イタリアやアメリカのような国々ではずっと前にそういう方向へ変化したのですよ、万事遅れているわが国ではようやく今ですが。

「おまえには帰るところがあるんだから」と男が言う。「わかってるだろ、ねえ、おまえ」

「インサーロフが来てくれたのかと思ったのよ。来客ですって聞いたとき、インサーロフだわってわたしつぶやいたの。本当のこと言うとね、夕食の最中だったのよ」

彼女は微笑んでこっくりうなずき、男に背を向ける。

「だめだよ、戻って来てくれないと」彼女の夫が頼みこむ。「おまえをここから連れ帰るように言われたんだから」

妻は、夫の言うことにすなおに従う。夫に悪気はないのだ。

2

メアリー・ルイーズ・ダロンは、目鼻立ちに子ども時代の面影を残していた。顔は楕円形で、青い目がとりとめのない無垢な光を放ち、淡い茶色の髪は柔々と、パーマを掛けなくてもカールしていた。心は世間ずれと縁がない。一度だけきれいだと言われたことがある。彼女はそのことばを聞いたとき、声を上げて笑った。本人はいつも、寝室の鏡に映る自分の姿を平凡だと思っていた。

プロテスタント教会に隣接した一教室だけの学校で、かつてミス・マロヴァーがメアリー・ルイーズの先生だった。十歳の頃、ジャンヌ・ダルク――フランス語の正しい発音を彼女が教えたのだ――に突然夢中にならなかったら、メアリー・ルイーズの印象は、活発な子というだけにとどまっていただろう。ミス・マロヴァーは、子どもがジャンヌ・ダルクに異常な執着を見せたので、この子の奥深いところには今まで見過ごしていた想像力があり、やがてそれは実を結ぶかもしれないと気づいた。ところが本人の卒業後の夢は、地元の薬局で働きたいという希望以外に何もなかった。しかもその、ドッズ薬局で働きたいという夢さえも実現しなかった。家庭の事情で、農場の手伝いをしなければならなかったからである。

かなり前の世代になるが、ミス・マロヴァーの教室にエルマー・クウォーリーという男の子がいた。彼は卒業後、六十マイル離れたウェックスフォードの町にあるテイト・スクールという寄宿学校へ進学した。三人の子どもたち——エルマーとふたりの姉——が生まれたクウォーリー家は、何十年も前から町の名家として一目おかれていた。一方、在郷のカリーンで農業を営むダロン家は長年、かつかつの暮らしの中でもがいていた。

ミス・マロヴァーは後年、ダロン家につきまとった家計上の不安や気苦労の多さと、クウォーリー家の暮らしと家業を取り巻く揺るぎなさを、遠い彼方を眺めるようにしばしば思い出した。彼女の見るところ、中年を迎えたエルマー・クウォーリーにとっては、彼の先祖同様金銭が大事だった。父親と祖父の資質を引き継いで彼も慎重な男だった。そのおかげでエルマーはクウォーリー家の名声をいっそう高め、プロテスタント信徒にふさわしい実利的な才覚を遺憾なく発揮した。過去百年以上、クウォーリーズ服地商会の跡取り息子は代々晩婚で、まずは商売で頭角を現してから、血統の存続について考えはじめるのが順序だった。それゆえブリッジ通りの店の上階にある古い家で暮らす妻たちは、代々若くして未亡人となった。一九五五年、周囲数マイルの地域を見渡すと、プロテスタント信徒の裕福な独身者はエルマーひとりしかいなかった。かつてプロテスタントが握っていた富は、すでに国中のいたるところで、カトリック信徒の新興中産階級の手に渡っていた。歴史の波に押し流されて、田舎町の暮らしも大きく変化しつつあった。

街道沿いのカリーン小区《タウンランド》にあるダロン家の農場は、いまだかつて「質素」という形容を越える存在になったことがない。一九五五年には、その質素ささえもかなりすり減っていた。石灰水を塗った外壁があちこちで崩れ落ち、ずれたり半分に割れたりしたスレート瓦が放置され、一階の窓ガラスも割れたままになっていた。屋内の各部屋も内装をやり直す必要があった。ペンキが剝げ、階段の壁紙は湿気でたるみ、ふだん使っていない食事室はカビと煤の匂いがした。ダロン家はメアリー・ルイーズ、姉のレティ、兄のジェイムズ、そして父と母の五人家族だった。

二十七エーカーの農場の端に立つこの家と、クウォーリーズ服地商会が長年隆盛を誇っている町は、三マイル離れている。毎週日曜日、ダロン家の五人は旧式の黒いヒルマンに乗り込んで町へ行く。プロテスタント教会の礼拝に出席すると、ダロン家が、集まった会衆の四分の一を占めた。クリスマスと復活祭のときだけ会衆は三十三、四人にまで増えた。エルマー・クウォーリーとふたりの姉たちは、そういう特別なときしか教会に姿を現さなかった。他方、ダロン家――とくにメアリー・ルイーズとレティ――は毎週教会でひとびとに会うのを楽しみにしていた。

町はちっぽけで、人口は二千五百人を少し超えるくらいだった。七年前、かつてなめし革工場があったところに泥炭圧縮薪《ターフ・ブリケット》工場ができた。製粉所の廃墟と廃線になった鉄道駅があり、淀みがちな川に掛かる唯一の橋のたもとには緑色の倉庫がいくつか建ち並んでいた。勤め人が働ける場所としては何軒かの商店とパブ、郵便局、役場、ふたつの銀行などがあり、その他にホーガンズ・ホテル、工務店三軒、乳製品製造所、鶏卵包装作業所、農業機械修理工場もあった。一九五五年に大いに繁盛していたのはエレクトリック・シネマである。毎週金曜日の夜には、ディキシー・ダンスホールも客を大勢集めていた。北側の町はずれに建つカトリック教会は〈天の女王としての聖母マリア〉に捧げられ、町にひとつだけある丘を半分ほど登ったところに聖心会の女子修道院があった。男の子たちは、コンロン通りに銀色の柵を巡らした、キリスト教教育修士会《クリスチャン・ブラザーズ》の男子校に通った。卒業後、聖フィンタン職業訓練校へ進学すれば手に職をつけられた。壁面をピンク色に塗ったホーガンズ・ホテルと主な商店が軒を連ねるブリッジ通りは狭くて短く、橋を渡った反対側ではサウスウエスト通りと名前が変わった。プロテスタント教会の敷地を他所《よそ》から孤立させるかのように境界線に立ち並んだイチイの木の奥に、ひょろ長くて灰色の教会の尖塔がそびえていた。ガス工場とブラウンズ家畜収容所に近い路地一帯はスラム街だった。黄色い地に黒ペンキで地名を記した道路標識をいくつも突き出した柱がダニエル・オコンネル像のすぐ脇に立ちはだかって、クロンメル、カポクイン、ケア、キャリック・オン・シューアに至る方向を指し示していた。町に住むひとびとはその銅像を前世紀の遺物だと感じていたが、在郷からやってくるひとびとは目を見張って眺めた。

エルマー・クウォーリーがメアリー・ルイーズ・ダロンを見初めて、好ましい娘だと思ったのはその年の一月だった。彼は三十五歳、メアリー・ルイーズは二十一歳だった。太鼓腹を抱えた彼は〈石切場《クウォーリー》〉という名字通りの四角四面な男で、いつも泥んこみたいな色をした、淡いストライプ入りの地味な服を着ていた。生え際が後退しつつある髪を短く刈り込んだところが、服の色とよく似合っていた。目鼻立ちも地味な小作りで、青白くて肉づきがいい顔の上にきちんと配置されていた。エルマー・クウォーリーは背が低く、むくむくと太った体型で、父親と祖父から引き継いだ企業家らしい貫禄があった。家業の服地商会は少し年上の姉ふたり、マティルダとローズが手伝っていた。弟とは違って容姿端麗だが、ふたり揃って独身だった。エルマーがメアリー・ルイーズ・ダロンに流し目を送るのを見て、姉たちは喜ばなかった。三人の平穏無事な日常生活と家業のペースを乱されるのはたまらない、と考えたからだ。近郷近在のプロテスタント信徒たちが年老いて死んでいくのに歩調を合わせて、クウォーリーズ服地商会が力を失っていくのは目に見えていたが、三人が生きている間は存続する見込みがあった。ローズもマティルダも現実から目を背けたがる人間ではない。クウォーリーズ服地商会はすでに過去の遺物である。血統が途絶えれば、店はアサイに住む遠い親戚の手に移る。親戚は店を売却するに違いなかった。

クウォーリー家の三人は、服地商会が五人の店員を雇っていた時代を記憶している。当時は店の天井近くに、売り場と現金取り扱い室をつなぐ軌道が設置され、代金と釣り銭を入れた木製の丸い容器が絶えず行き来していた。だがその仕掛けは何年も前に取り外された。今では店のきりもりは、三人でじゅうぶん手が足りている。ただし、赤表紙の領収書綴り帳だけは昔と変わらず、閉店後は毎晩、現金用引き出しの脇に積み重ねる習慣になっている。エルマーの父親は毎日、店を閉め、担当事務員が小銭を木箱に全部戻して帰宅した後、現金取り扱い室へ上がるのが常だった。現在は事務員を雇わずに、マティルダとローズがカウンター内の仕事をぜんぶやっているので、エルマーが現金取り扱い室で過ごす時間がかなり増えた。彼はしばしば、天井から床まで小さな板ガラスを連ねた窓からひっそりした店内を見おろした――ナイロン、インド更紗《チンツ》、絹、木綿、リネンなどの反物をストックした棚や、各色の縫い糸を収めた奥行きの浅いガラスケースや、ドレスやスーツで着飾ったショウウィンドウのマネキンが見えた。二つあるカウンターの内側にたたずんで客の来訪を待っている姉たちも、マネキンと同じくらい静かだった。マティルダはこぎれいに装うのが好きだが、ローズのほうは服装に無頓着だった。エルマーの考えではマティルダは客扱いが得意で、三人のうちで一番だった。ローズは家事や料理を好んだ。エルマー本人は帳簿を扱う仕事に向いていた。

　求愛は一九五五年一月十一日にはじまった。火曜日だった。エルマーはメアリー・ルイーズを誘って、金曜の晩に映画を見に行くことにした。エレクトリック・シネマでどんな映画をやっているのか知らなかったが、そんなことはどうでもいいと思った。彼と姉たちはごくたまに、たぶん一年に一度くらい、店へやってくる客たちが話題にしている映画を見に出掛けた。エルマーはニュース映画が一番好きで、ローズとマティルダは軽いミュージカル映画がお気に入りだった。彼はメアリー・ルイーズ・ダロンを映画に誘ったことを姉たちに報告した。姉ふたりは不満そうな顔をしたまま黙っていた。

　ダロン家では、映画館行きの話はかなりの驚きをもって迎えられた。ダロン夫妻は――ふたりともやせ形で白髪頭の五十代なので双子みたいにそっくりだった——その話が持つ暗黙の意味を理解し、クウォーリー家の男たちが代々若妻をめとる慣習と結びつけた。夫妻は寝室でふたりきりのときにその話をした。ミセス・ダロンはわざわざ町まで出て、クウォーリーズ服地商会で白の縫い糸をひと巻き買いがてら、現金取り扱い室の窓越しにエルマーの姿をかいま見て、その風貌を忘れないようにした。そして帰宅後夫に、悪くない話だと思うと報告した。さらにその晩寝室で、夫妻は今後の見通しについて語りあった。

メアリー・ルイーズの姉のレティと、兄のジェイムズは、好意的な反応を返さなかった。ジェイムズは血の気が多く、世間から癇癪持ちと見られており、小学校時代から少々頭が鈍いことで知られていた。その彼が、妹を映画館へ誘うとは無礼も甚だしいと息巻いた。エルマー・クウォーリーは決して笑わず、めったに微笑みもしない男で、服地屋になるために生まれたような男なんだぞ、と。レティは、エルマーが自分でなく妹を選んだので密かにいらだっていた。とはいえ彼女自身は、かりにエルマーがひざまずいて頼んだとしても一緒に映画館へ行ってやるつもりなどなかった。レティは妹に、映画館の暗闇に乗じてどんなことが起こるかわからないから、いざというときに開いて刺せるよう、安全ピンを準備しておいたらいいとアドバイスした。彼女はまた、エルマー・クウォーリーは部分入れ歯をはめていると断言した。町で信頼されている歯科医ミスター・マクグリーヴィーの待合室で小耳にはさんだ話だから間違いない。

メアリー・ルイーズ本人は戦々恐々としていた。エルマー・クウォーリーはわざわざ通りまで出てきて、映画の招待券を彼女に手渡した。メアリー・ルイーズは顔から火が出たようになって、あわてたあげくにことばが出なくなった。それから自転車をこいで農場へ帰るまでの間ずっと、エルマーの太った体と、彼女が落とした手袋を拾ってくれようとして、屈み込んだ彼の禿げ上がった額の残像が、目の前を離れなかった。レティには男とデートした経験がある。アイルランド銀行のガーガンとは二年前に、次はラジオ電器販売店のビリー・リンドンと。ガーガンはプロポーズしそうな勢いだったが、昇進してカーロウへ転勤になってしまった。ビリー・リンドンはヘイズ家のもっと若い娘と結婚した。レティは、もうそういうことは卒業したのよとつぶやいていたが、メアリー・ルイーズの見るところ、それは本心ではない。ガーガンが戻ってくればレティは即座に飛びつくだろうし、その半分でも可能性のある男が現れれば、その男のためにまたおしゃれしはじめるに決まっていた。

「なんていう映画をやっているの?」レティが尋ねた。

「聞いてないわ」

「ふうん」

物もらいにえり好みは禁物だ。つまるところ、ミスター・ダロンはそう考えた。娘たちのひとりがクウォーリー家の男と結婚してくれればひと息つけそうだし、残るふたりの子どもたちの将来も見えてきそうだったからだ。ミセス・ダロンも似たような結論に到達していた——ジェイムズが結婚しない場合には、この農場で彼とレティが食べていける。ジェイムズが牧草地の手入れと搾乳を受け持ち、レティが鶏や家禽の世話をすればいい。わが家の農場の規模を考えれば、ふたりの食い扶持はじゅうぶんまかなえる。他方、わたしたち夫婦が死んだ後、この家で三人の子どもが暮らしていくのを思い浮かべると、ちょっと目立つし、不憫な感じもする。もちろん誰のせいでもないのだが、三人が同居したまま年老いていくのは外聞がよくないし、健全な生活とも言えないのだから。

映画は『炎と肉』というタイトルだった。中味は少しもエルマー好みではなかったけれど、エレクトリック・シネマの隣りの菓子屋でローゼズのチョコレートを一箱買って、そちらのほうは楽しんだ。彼は甘党だった。メアリー・ルイーズにチョコレートを五回目に勧めたとき、彼女は首を横に振って何かつぶやいた。もうたくさんなんだな、とエルマーは解釈した。娘たちは体型に気をつかうものだとわかっていたので、彼は残りのチョコレートを自分ひとりで平らげた。そのさい他の観客の迷惑にならぬよう、なるべく音を立てずにひねって包装の紙をほどいた。映画はイタリアを舞台にした女の話で、彼女を取り巻く男たちがぞろぞろ登場した。「素敵でした、そう思いません？」観客席が明るくなったときメアリー・ルイーズが興奮気味にそう言ったので、エルマーは同意した。

寒い夜だった。彼は映画館の外に出るとオーバーのベルトを締め、黄褐色の革手袋をつけた。帽子はかぶらなかった。彼は連れの頬が映画館の熱気のせいで紅潮しているのに気づいた。彼女が手袋とお揃いの、青と白のウール帽子をかぶったのにも気がついた。手袋と帽子はうちの店で買った品かもしれない。そういえば、彼女が買い物をしているのを現金取り扱い室から見おろしたような覚えがある。あれはたしか、去年の夏だった。

「カリーンの近くまで歩いて送りますよ」とエルマーが言った。

「いいえ、大丈夫です、ミスター・クウォーリー。どうもありがとう」

メアリー・ルイーズは、映画館の脇の路地に駐めた自転車にからめておいた、見苦しい鎖と南京錠をはずして、ハンドルの前の籠に入れた。彼女が身を屈めたとき、街灯がふくらはぎを照らし出した。その瞬間エルマーははじめて、メアリー・ルイーズに情欲を覚えた。映画の最中、彼は一度か二度、ラナ・ターナーの胸元を大きく開けたボディスに見とれていた。

「自転車は任せて。押していくから」通りを並んで歩くのに気後れしているメアリー・ルイーズを無視して、エルマーが言い張った。

クウォーリー家は自動車を持たない。代々、馬車も所有していなかった。町の真ん中に住んでいるから必要なかったのだ。バスに乗れば町の外へ行けて、夕方、別のバスで帰ってくることができる。毎年十二月、クリスマスが近づく頃には、クウォーリー家の姉たちがバスに乗って買い物に行く姿が見られた。エルマーは買い物のための遠出などしなかった。彼は冬場には、YMCAのビリヤードルームでビリヤードをした。火が赤々と燃えている暖炉の両脇にガラス張りの本棚があって、カウボーイ小説、探偵小説、サッパー作やレスリー・チャータリス作の冒険小説、それにブリタニカ百科事典などの良書が収納されていた。近年はYMCAのビリヤードルームをわざわざ訪れるひとが少なかったので、その部屋はしばしばエルマーの貸し切り状態になった。それでも冬の間中、管理人が暖炉の火を絶やさなかったし、〈地理学雑誌〉や〈絵入りロンドンニュース〉をいつでも手に取ることができた。夏場はもっぱら散歩をした。ブリッジ通りからサウスウエスト通りへ出て、ボーイズ・レイン、マシュー神父通り、アプトン・ロードを歩いて、キルケリーズ自動車修理工場を横目で見て帰宅した。

メアリー・ルイーズを楽しませたかったし、ちょうどよくYMCAのビリヤードルームの前を通りかかりもしたので、エルマーはビリヤードと散歩という、昔からの習慣についてこまごま語った。そして、自動車を持ってさえいれば君の農場まで迎えに行けたし、今夜だって君を家まで車で送れるのだが、とつぶやいた。フォードの一手販売権を持つキルケリーから、「エルマー、おたくほどの地位がある人物なら……」と言われてはいたのだが、自慢げに響くのを恐れて、その話はせずにおいた。その代わりに、ダロン家はよくヒルマンに乗っているので、メアリー・ルイーズに免許を持っているのか尋ねると、彼女はうなずいた。エルマーはそれを心に刻んだ。彼は資格や免許に興味があった。

「ここで失礼します」町はずれの小家の前まで来たところでエルマーが告げた。満月の光が日射しのように明るくて、道路の割れ目に降りた霜があちこちできらきら輝いている。生け垣や草が生えた道の縁がすでに白くなりかけている。水たまりには氷が張っていた。

「自転車のランプは大丈夫かな？」エルマーが心配そうに尋ねた。

メアリー・ルイーズが点灯した。月明かりの中でランプの光線はほとんど見えない。「いろいろありがとう」と彼女が言った。

「来週はどうかな？」

「どうって？」

「また金曜に」エルマーは、娘たちは土曜日に髪を洗いたがるものだという話を、店で小耳にはさんだことがある。ローズとマティルダも確かに、隔週の土曜日に髪を洗っている。思いやりがひとを傷つけることはない、というのが母親の口癖だった。エルマーはそれで金曜日を選んだのだが、彼自身の好みを言えば、週末がはじまる土曜日のほうがいっそう解放感に溢れていた。店は月曜の朝まで開けなくていいし、他の曜日よりも町の通りが活気づくので、土曜の晩にはしばしば、急かされるような気分になった。しかしたいていは、ＹＭＣＡのビリヤードルームへ行ってひとりで玉突きをするのが関の山だった。

「金曜？」メアリー・ルイーズが言った。

「金曜の都合はどうかな？　土曜のほうがいいかな？」

「ううん、金曜で大丈夫です」

「七時半でいいかな？」

メアリー・ルイーズはうなずいた。それから自転車をこいで走り去った。レティが力説した安全ピンは使わずにすんだ。エルマーは彼女の手を握ろうとしなかった。それどころか、お休みなさいのあいさつを交わしさえしなかった、と彼女は思い返した。お休みを言い合うのは少し馴れ馴れしすぎるような気がして、ふたりとも躊躇したのだ。エレクトリック・シネマでは、明かりが消える前に、ひとびとに見られているのに気づいた。明日のこの時間までには町中の噂になるだろう。

「あら、無事にご帰還？」自転車のランプを手に持って妹が食堂兼居間《キッチン》へ入ってきたのを見て、レティが尋ねた。母親と父親は寝室へ引き取った後だったけれど、メアリー・ルイーズにはふたりがまだ起きているのがわかった。両親はベッドに横になって自転車の音がするのを待っていた。それから納屋の扉ががたんと開いて、石敷きの中庭を歩いてくる足音に耳を澄ましながら、たぶん、お互いに無言のままで、娘の首尾はどうだったか思いをめぐらしていたのだ。

「なんていう映画だったの？」レティが尋ねた。

「ラナ・ターナーよ。『炎と肉』」

「まあ！」

「ボナー・コリアーノも出てた」

「お相手は手を出してこなかった？」

「もちろん、そんなことしなかったわ」姉に不機嫌なことばを返したとき、メアリー・ルイーズははじめて、自分を映画館へ誘った男に親近感を覚えた。レティの舌鋒はカミソリのようだった。

「ジェイムズはどこ？」

「エダーリー家でトランプ」

「わたし、もう寝るわ」

「これっきりなの、メアリー・ルイーズ？」

「これっきりってどういうこと？」

「あいつは先のことをなんか言ったの？」

「金曜にまた会おうって言われた」

「行っちゃだめよ、メアリー・ルイーズ」

「行くって言っちゃったわ」

「あいつは父さんとほとんど同じ年齢だよ。くれぐれも慎重にね」


メアリー・ルイーズは慎重にした。彼女は翌週風邪をひいたので、レティに頼んで、服地商会へ手紙を持っていってもらった。ふつうなら風邪をひいたくらいで映画へ行くのを取りやめたりはしない。メアリー・ルイーズは、そこのところをエルマー・クウォーリーが察してくれればいいなと願った。胸の内の確信が持てない気持ちを、彼が汲み取ってくれたらどんなにいいだろう、と。ひとりきりのとき、とりわけベッドに横たわっているときには、エルマーと一緒にエレクトリック・シネマの階段を上るのは二度とごめんだと思った。ところが、レティが説教がましいことを言ったり、ジェイムズがひとことふたこと口出しをしたりしたとたんに、ふたりの鼻をへし折ってやろうという意地が湧いてくる。両親は、どんな映画を見てきたのか尋ねただけで、それ以上踏み込んだことは何も言わなかった。だがメアリー・ルイーズは両親の意向がわかっていたので、気持ちはさらに裏返った。服地商会の跡取り息子と一緒にエレクトリック・シネマの客席に座るのはもうやめておこう。レティが渡した手紙にたいして、エルマーが返事を寄越すのを期待したのだが、何も言ってこなかった。せめて一行か二行でも書いてくれればいいのに。メアリー・ルイーズは落胆した気持ちを持てあましていた。

この時代には町からも近郊からも、若者たちがイングランドやアメリカへ移民していった。たどり着いた都市で足がかりを得るために、彼らはしばしば個人情報を偽って申告しなければならなかった。移民のせいでどこの家族も人数が少なくなり、人口に占めるプロテスタント信徒の比率はもはや回復不可能と思われるまでに落ち込んでいた。縮む一方の共同体にエネルギー源はなく、力も残っていなかった。不景気が追い打ちを掛けて、まさに風前の灯だった。

ダロン家の食卓ではひんぱんにこのことが話題になった。ジェイムズは、エダーリー家でトランプ遊びをして帰宅するたびに、地元で就職口を探すのがいかに難しいか――それゆえ移民せざるを得ない者たちがいかに多いか――をめぐる話の種を持ち帰った。

ミスター・ダロンは家畜市で売れ残った去勢牛を連れ帰っては、市場で話したひとびとから聞いた悲観論を家族に伝えた。鶏卵包装作業所の給料はいつまでも安いままで、泥炭圧縮薪《ターフ・ブリケット》工場が事業を拡大するという噂は現実にならなかった。

そんな話が交わされ、三度の食事の場にもなるのは、ダロン家の食堂《キッチン》兼居間である。壁が石灰水で白く塗られ、鉄製のレンジが据え付けてあり、普段使いのカップと受け皿、皿などを並べた緑色の食器棚もある。拭き掃除が行き届いたモミ材の食卓を、緑色に塗られた椅子が五脚取り囲んでいる。中庭へ通じる扉と、中庭に面したふたつの窓の木枠も緑色だ。片方の窓の下枠の上に新聞紙が積み上がっているのは、鶏卵を包むのに使うためのもの。もうひとつの窓の下枠には、十年前にバッテリー式のものから買い換えたラジオが鎮座している。ジェイムズとレティは、バッテリー式のラジオがはじめてこの家に来た日を覚えている。ビリー・リンドンの父親がラジオを運んできて、煙突にアンテナを設置した。さらにもう一本の線を、窓の外の地面に彼が打ち込んだ大釘につないだ。「ヘンリー・ホールの声だよ」ダンス曲を紹介する声が聞こえてきたとき、ミスター・リンドンが皆に教えた。メアリー・ルイーズは、そのときのことは何も覚えていない。

「世の中はそういうふうにできているんだ」ミスター・ダロンは食堂兼居間《キッチン》でよくそうつぶやいた。人生のあらゆる局面にあてはまる、便利な言い回しである。戦争中には、BBCのニュースを聞いて気が滅入るたびにためいきをついて、そのひとことをつぶやいた。戦後、ヨーロッパ大陸で食糧不足が報じられたときにも、同じことを言った。だがミスター・ダロンは、厭世的なのは口先だけで、本当のところは楽天的だった。世の中は一時的に悪くなっても、最後にはきっとよくなると信じていた。人の世には周期がある――こんな表現を進んで使いはしなかったものの、会話の流れしだいで、そういう意見にも渋々うなずきを返したはずだ。

　ミセス・ダロンは、夫が示す直観的な世情評価や、世間のできごとや情勢にたいして彼が下す価値判断を尊重していた。彼女が夫に反論するのは日常的なことがらだけで、反論のしかたも慎重だった。夫が牛舎を掃除するときの服を着たまま町へ出掛けようとしたときには考えなおさせ、二か月に一度は散髪に行くようにしむけた。寝室でふたりきりのときには、農夫扱いされるとすぐにぷりぷりするジェイムズをどうやったらうまくなだめられるか相談した。ミセス・ダロンは、ジェイムズも他の若者たちと同じように、遅かれ早かれこの土地を去っていくと予測していた。あの子に期待したって無駄だわね、だってそのうち、ある朝起きたらいなくなっているに違いないし、農場を継がせたい一心で無理押しすれば、英国軍に入隊するとかなんとか、ばかげたことをしでかすに決まってるんだから。

　似たような話は毎週日曜、グッド家、ヘイズ家、カークパトリック家、フィッツジェラルド家、イェイツ家、ダロン家といった近所のプロテスタント信徒たちが、聖ジャイルズ教会で顔を合わせるときにも交わされた。彼らは自分たちの生き残りは、新しい仕組みを確立した世の中に居場所を見つけられるか否かにかかっていると了解していた。一九五五年というのはそういう時代だった。プロテスタント信徒たちは先祖譲りの誇りを保持してはいたものの、昔ほど強く団結する力はなかった。

「ヨブの忍耐に見習わなくちゃいかんなあ」ミスター・ダロンは、農場の仕事を息子に教え込むさいの苦心について、日曜日に教会で会ったひとびとに一度ならずそうこぼした。将来はすべてジェイムズしだいだった。可もなく不可もない二十七エーカーの農地から生きる糧を絞り出し、家畜市で牛を売りさばくのは、姉たちではなくジェイムズである。三人が生き残れるか否かは、ジェイムズの腕ひとつに掛かっていたのだ。「あの子が浮ついた娘と結婚したりしないように神様に祈らなくちゃ」ミセス・ダロンはこのひとことを、教会の中庭ではなく、ふたりきりのときに夫に打ち明けた。ジェイムズはあんな調子だからまともな結婚はできそうにない。でも事前にそれとなく言い聞かせておけば、誰にも知らせずに、どこか遠くの教会で結婚式を挙げてくれるかもね。浮ついた嫁のせいでカリーンの農場はお終いになって、レティとメアリー・ルイーズの将来も真っ暗かもしれないけど、メアリー・ルイーズが服地商会にお嫁入りさえしてくれれば光が見える可能性もある。かといって、今は結婚をせきたててはだめ。そっとしておいてやらなくちゃ。家族のことを神頼みする機会は昔よりも今のほうがずいぶん増えた、とミセス・ダロンは考えていた。

「風邪は治ったみたいね」エレクトリック・シネマでデートしてから二週間ほどたったある日、メアリー・ルイーズと食堂兼《キッチン》居間でパンをこしらえていたときにミセス・ダロンが言った。「けっこう長引いたけど」

「そうね、もう治ったわ」

母親はメアリー・ルイーズの声が沈んでいるのに気づいて、悪くない兆候だと思った。デートの約束を断られたエルマー・クウォーリーが落胆した気持ちを表現しそこなったせいで、娘のプライドは傷ついたに違いない。ミセス・ダロンは母親特有の直感で、娘が早まった決断をしたのを悔いていると推測した。

エルマーがビリヤードルームへ入っていくと管理人のデイリー——教会の使用人である——が、ガラス張りの書棚にはさまれた暖炉のそばに腰掛けていた。彼はうやうやしい態度で即座に立ち上がり、模造皮革《レキシン》の肘掛け椅子を後ろへ押して、ぱらぱら見ていた〈絵入りロンドンニュース〉を雑誌テーブルに戻した。それから、毎日悪天候が続きますなあと言い、閉室時間までどうぞごゆると、石炭入れには石炭がたんとあります、と付け加えて去った。

ここへやって来てビリヤードをしたり、炉辺で談話したりする人間がほとんどいないのを、エルマーは不思議に思った。かさをつけた強い電灯がビリヤード台を浮き上がらせる薄暗い部屋。石炭がたてる心地よい燃焼音。刻々と色を変え、書棚のマホガニー材を輝かせる炎。彼は、自分以外誰ひとり、それらに魅力を感じていないらしいのが理解できなかった。ビリヤードルームにはバーの設備がないのだが、エルマーはそれを欠点だとは思わなかった。飲み食いなら自宅の食事室ですればいいし、彼自身は愛煙家ではなかったものの、ここでならタバコを思う存分吸うことができたからだ。小柄の年配者で、足が少し不自由なデイリーは、エルマーがここへやってくるとき、いつも雑誌を手にくつろいでいたが、彼の姿を見つけるとすぐに立ち上がって席を外した。彼はときどき、デイリーが暖炉に火を絶やさないのは自分自身の慰安と便宜のためではないかと思った。

エルマーはキューにチョークをつけ、一時間ばかり練習するために、ビリヤードボールを好みの形に配置した。今日は商売繁盛の一日だった。十五年間売れ残っていた、油布の反物の最後の七ヤードを、マティルダのお手柄で聖心会の女子修道院長に売却できたのだ。農夫の妻が上着を一着買ってくれたし、その夫はオーバーを買ってくれた。これら二点の商いは、先代から受け継いだ店の信用の賜物である。フィッツパトリック社のセールスマンがやってきて、厚紙に巻いたゴムひもの新製品を紹介し、何年ぶりかというほどの有利な利幅を提示した。エルマーはその商品を十二箱、それからフィッツパトリックス・ナイトライトのネグリジェを百枚、注文した。ローズは、ケイト・グラシーンが着るウェディングドレスに仕立てるためのシフォン地を十ヤード売った。ぜんぶ合わせると、めったにない売り上げになった。

エルマーは狙いを定めて片目をつぶる。息を詰め、キューを滑らかに突き出すとボールがボールを打って、狙ったとおりの動きになった。もう少し待って様子を見よう。ビリヤード台の周囲で位置を変えながら、彼はそう考えた。遅かれ早かれ彼女は店へやってくる。そのときの表情を見れば彼女の気持ちは読めるだろう。ローズとマティルダは最近のことのなりゆきを見て喜んでいるけれど、ものごとは二転三転するものだ。エルマーの脳裡に、まるで映画の一シーンのように、街灯に照らし出された彼女のふくらはぎがちらついた。ダロン家の家柄はおよそ取るに足らない。彼女はきっと店に来る。

十二日後、メアリー・ルイーズが服地商会を訪れた。エルマーは現金取り扱い室から下りてきて、風邪の具合を尋ねた。長姉のほうが彼女にカーディガンを見せているところだったが、エルマーが近づくと不機嫌なのがすぐにわかった。

風邪は治りました、とメアリー・ルイーズが言った。ひどい風邪だったけれどようやく治りました。そして、このカーディガンはちょっと違うかなとつけくわえた。ショウウィンドウでは素敵に見えたけれど、よく見ると色が似合わないみたい。

「あの映画はじつに傑作でしたね？」ローズがカーディガンをショウウィンドウへ戻しに行っている間にエルマーは言った。

「そうね、本当に」

「楽しい一夜だった」

「そうね、本当に」

「いまいましい風邪のやつめ、じつに迷惑なタイミングでしたね！　あなたへの礼を失することがないように、今一度、映画にお誘いしたく思うのですが」

そう言って彼は微笑んだ。彼女の目に彼の小粒な歯並びが映る。はじめて気づく特徴だった。

「ええと」彼女が口を開いた。

「金曜はどうかな？　それとも土曜？　土曜日のほうがいいですか？」

彼女は金曜を選んだ。ふたりは『春のライラック』を見た。

3

取り決めた段取りが説明される間、彼女は全然耳を傾けていない。ことばは無意味な連続音に過ぎない。遠くで悲しそうに吠える犬の声や、木の枝の間でむせび泣く風の音と変わらない。ジャンヌ・ダルクは男と同じように犂《すき》を操った。ひびが入ったメガネを掛けたポシー・ルークみたいなお澄ましの弱虫とは大違いだ。ジャンヌ・ダルクの勇気はいかなる想像も超えている、とミス・マロヴァーは教えてくれた。

「ご足労いただきましてお疲れ様です」ミス・フォイが戻ってきた。彼女は杓子定規なあいさつをして、近頃では帰るところのあるひとは退院するのが普通なのだ、という話をぐずぐず繰り返す、面会客のことばに割り込む。ミス・フォイの太った顔に微笑みが浮かぶ。四十二歳なのは皆に知られている。道路の測量技師と婚約したばかりである。

「あせらずにやりますよ」男は声を低くして答えを返す。「拙速は禁物ですからね」

ミス・フォイと男が彼女に目を向ける。彼女はうつろな目で、ふたりの頭越しに天井を見上げる。

「退院すればおたく様にとっては節約になるでしょう」とミス・フォイがつぶやく。

経費のことは問題ではないと言わんばかりに、男が首を振る。「わたしは正しいことをしたいだけなのです。ここは閉鎖されるのでしょう、ミス・フォイ?」

「十四人はよそへ移します。入院前に暮らしていた場所へ戻れないひとたちが十四人いるんです。それが終わったらここは閉鎖します」

「あなたはどちらへ?」

「わたしはどっちみち、この仕事はやめるつもりなんです」

ミス・フォイは恥じらってみせる。一か月前、左手の薬指にルビーの指輪をつけた。もうじき、道路の測量技師の妻になるのだ。秋咲きのロマンスである。「こう言っちゃなんだが、彼女もついに花を咲かせたね」噂が広まったとき、ドット・スターンが言った。「人生果敢に攻めてるじゃないか?」

「来週の金曜に来ます」男がそう告げるとミス・フォイがうなずく。来週の金曜ですね、わかりました。それなら時間の余裕がある。入院者本人に、前もって変化について納得させておくこともできる。「話は聞こえていたでしょう?」ミス・フォイが声を大きくして尋ねる。「言われたことをちゃんとできるわよね?」

女はまず最初にミス・フォイに向かって微笑み、次に面会客に向かって微笑む。それから頭を横に振る。何も聞こえなかった、と彼女はつぶやく。

4

結婚式は、一九五五年九月十日の土曜日に挙行された。万事略式ではあったものの、メアリー・ルイーズは古式ゆかしいウェディングドレスで身を飾り、レティも花嫁の付添人にふさわしいドレスを着た。式の後、農場で披露宴が開かれた。ふだんはめったに使わない食事室に皆がかしこまって座を占めた。ミセス・ダロンがチキンを三羽ローストし、つけあわせにスパイスト・ビーフとベーコンも並んだ。食前に、好みに合わせてシェリーかウイスキーのグラスを皆が挙げて、新郎新婦の健康を祝して乾杯がおこなわれた。結婚式を司式したハリントン牧師は聖書の講話をした。

御年ほぼ七十歳で、やせて小柄なミス・マロヴァーは関節炎を患っていたが、新郎新婦両方の恩師なので特別な客である。メアリー・ルイーズが服地商会の跡継ぎと婚約したと聞いたときには驚いたけれど、もっぱら年の差に驚いたのであって、今回の結婚に関する限り、それ以外に心配の種はなさそうに思われた。年配の男と結婚した教え子は他にもいる。マリー・イェイツが三十歳になる前に、八十歳になんなんとする参事、ムーア牧師に嫁いだのを真っ先に思い出した。ミス・マロヴァーは長いこと生きてきたが、老牧師の葬式のときのマリーほど悲しげな泣き姿を見たことがない。

だが結婚式の客たちを見渡すと、楽観的な見方が大勢を占めているわけではなかった。マティルダとローズが抱く根強い不満をレティも抱えているせいで、よそよそしい冷ややかな空気が流れ込んで、せっかくのお祝い気分に水を差していた。メアリー・ルイーズが三月に、エルマーのプロポーズを受け入れたことを報告した後、レティはまるまる三週間口を利かなかった。沈黙がようやく融けたときには姉の様子ががらりと変わっていたので、メアリー・ルイーズは以前のような関係には二度と戻れないかも知れないと思った。

「わたしは幸せ者です」とエルマーがあいさつの中で言い切った。「このわたしに異議を唱えるひとは周囲十マイルにひとりもいないでしょう」

彼はそれだけ言えばじゅうぶんだと思ったらしく、後は黙りこんだ。前夜、ローズは弟の前にがっくり膝をついて涙をはらはら流しながら、まだ間に合うから考え直すよう懇願した。マティルダは階段を上りつめた二階の廊下で険しい顔を見せながら、ばかなまねをしたツケは一生払い続けなくちゃならなくなる、と告げた。メアリー・ルイーズ・ダロンは頭が空っぽだよ。あの子は金目当てに結婚するんだ。あの家には二枚こすり合わせるだけの硬貨もないってことは誰だって知ってるんだから。目つきが上っ調子だろ。あの子はおまえをダンスに連れ出すよ、ああだこうだ理屈をつけてね。思いもつかないやりかたでおまえの精根を尽きさせる。おまえを怒らせて、悩ませ続けるんだ。姉ふたりは二時半にようやく寝室へ入った。エルマーもくたくたになってベッドに横になったが、その後も姉たちが毒づいているのが聞こえてきた。ローズは泣いているようだった。

同じ夜、レティも最後の力を振り絞って妹に結婚を思いとどまらせようとしていた。メアリー・ルイーズは、ふたりが共用する寝室の暖かい闇の中で、苦々しさと軽蔑が互い違いに刃を立てる姉の執拗なつぶやき声を聞いていた。その声が描き出すメアリー・ルイーズの未来は、商会の上階の家で一挙手一投足に口を出す女ふたりに見張られる暮らしで、だんなは決して肩を持ってくれないのだった。嫁は家の中では女中同然で、店では売り子に過ぎない。図体の大きな服地屋と一緒に寝なくてはならない寝室には、どんな娘だって我慢できない匂いと睦み合いが待ち構えている。どんなに拒んでも相手の言いなりになる他はない。食事時にはクウォーリー家の三人が小さなぎらぎらした目でにらみつけてくる。ひからびた年増の独身女が最悪なのだ、と。

だが九月十日の正午、ふたりは結婚式を終えた。新郎の付添人はアサイ家のいとこのひとりで、今日のためにわざわざ離れた教区から来てもらった男だ。メアリー・ルイーズは初対面だった。丸顔でバラ色の頬をしたハリントン牧師自身、妻を迎えたばかりである。牧師が決められた質問をゆっくりと丁寧にふたりに問いかけると、その余韻を残す声の響きは結婚の神聖さをいっそう際立たせた。少なくとも、そう感じられた。教会付属室で新郎新婦が登録簿に署名している間、ダロン夫妻は所在なさげにたたずんでいた。ローズとマティルダとレティは仏頂面で突っ立っていた。空気が硬いのを察したハリントン牧師は、自分が司式した他の婚礼についておしゃべりをはじめ、自分の結婚式のこともこまごまと語った。

「いやはや！」メアリー・ルイーズの兄が食事室で、エダーリー家のいとこのひとりに小声で言った。妹の結婚式のせいではなく、二杯目のウイスキーがもたらした快感のおかげでふっと吐息を漏らした。ジェイムズは快感が胸にぐっと広がるのを感じていた。燃えるような気分が新鮮だった。

「今日、馬で二シリング儲けた」エダーリーの兄のほうが打ち明けた。「〈ポリーの恋人〉だよ」

それを聞いて、給金をキルマーティンの私設馬券屋で使い果たしていたジェイムズは感心した。そして、今日のレースは買わなかったんだと返事をした。〈ポリーの恋人〉という馬名には聞き覚えがあった。

レティは花嫁の付添人のドレスから着替えて、食堂兼居間《キッチン》で母親の手伝いをはじめた。結婚式の間にチキンのローストは焼き上がり、前日に調理済みのベーコンとスパイスト・ビーフは冷ましてあった。ミセス・ダロンの頰は、小さなグラスで乾杯したシェリーとレンジの熱波のせいで紅潮していた。彼女はゆであがったじゃがいもと豆の湯を切った。レティはそれらを温めた皿に盛りつけて次々に食事室へ運んだ。客たちが食卓につこうとしているのを見計らって、ミスター・ダロンが肉を切り分けはじめた。

「大ごちそうだね」とエルマーが言った。彼は泥んこ色の茶色いスーツの下襟にカーネーションの花を一輪つけていた。彼が日曜用の晴れ着と呼ぶこのスーツは、ふだん着ている服よりもはるかにへたりが少なかった。短い頭髪は昨日散髪したばかりだ。床屋がつけたポマードのおかげで、髪はまだ落ち着いている。首の後ろが少し赤らんでいる。

「すてきだわ」ひとりの女が声を上げた。「すべてがすてきよ、ミセス・ダロン」

グレービーを入れた船形容器をふたつ持ってせかせかと動いているミセス・ダロンは、忙しすぎて応対する余裕がない。彼女が夫の耳元に何かささやくと、ミスター・ダロンは肉切り用大型ナイフを置いて宣言した。

「どうぞ皆さん召し上がって下さい、とのことです。冷めないうちに皆さんどうぞ！」

ミス・マロヴァーが牧師の新妻に向かって、わたしは昔の教え子の結婚式に出るのが好きなのですと言った。格別うれしいのですよ。ミセス・ハリントンは、夫が今回の縁組みについて一時期心配そうにしていたのを思い出し、ミス・マロヴァーの喜びを知って胸をなで下ろした。そして、夫がいればきっと食前の祈りを喜んでとなえたのに、と考えた。ハリントン牧師はあいにくそのとき、トイレに行くため席を外していた。

ジェイムズとエダーリー家の兄弟は、窓の下枠に置かれた鉢植えのシダの陰にウイスキーの瓶が置いてあるのを見つけて、勝手に注いだ。エダーリー家のいとこたちはタバコも吸っていた。彼らはミセス・ダロンに、一服し終えたら食事をいただきますと言った。チキンとベーコンは待ってくれると思うんで、と。

レティは、温野菜がいきわたっていない客がいるといけないので、野菜を配って回る役を引き受けながら、昇進してカーロウへ引っ越したガーガンを思い出していた。アイルランド銀行の為替担当行員だった彼とは二年間つきあった。映画を見たり、自転車で遠乗りしたりしただけでなく、ホーガンズ・ホテルで開かれた商工会議所主催のダンスの会にも二回足を運んだ。ガーガンがカーロウへ行ってしまい、ふたりの仲は完全に終わったと思えるだけの時間が経った頃、ラジオ電器販売店のビリー・リンドンがディキシー・ダンスホールへ行かないかと誘ってきた。レティは一度だけ誘いに乗ったものの、ダンスホールの空気が下品だと感じた。彼女は温野菜を配って回りながら、今日結婚したのは自分とあの男たちのどちらかであっても不思議はないのだと思った。今この瞬間、テーブルの向こう端に座を占めているのは、ミセス・ガーガンかミセス・リンドンになったばかりの自分であったかもしれない。ふたりとも結婚を口に出した。プロポーズではなかったけれど、それに近いことばでこちらの気持ちを探ろうとした。エレクトリック・シネマではふたりとも似たようなふるまいをした。映画本編の中頃あたりで片腕を彼女のシートの背に伸ばし、数分後に肩を抱いた。彼女はどちらのときにも、男の膝が自分の膝に押しつけられるのを感じた。男の指が頬を撫でた。そして帰り道で、おやすみのキスを受けた。

「あのドレス、すごく似合ってたよ、レティ」スプーンで豆を自分の皿に取りながらアンジェラ・エダーリーが言った。彼女はまだ女子生徒である。「オードリー・ヘップバーンにそっくりだった」

レティは、そんなことはないとわかっていた。アンジェラ・エダーリーはオードリー・ヘップバーンと誰かを混同しているか、さもなければたんに嘘をついている。レティはオードリー・ヘップバーンには全然似ていない。まったく別のタイプなのだから。

「あれぜんぶ自分たちでつくったの？」アンジェラ・エダーリーが続けた。「すごいね。あんなすてきなドレス、見たことない」

「わたしたち、ドレスは自分でつくるのよ」

レティが新郎の付添人にじゃがいも料理をすすめると、相手が、僕たちはふたりとも今日は付添人同士でしたねと言った。レティはメアリー・ルイーズから、この男は独身で、アサイの近くで乳製品製造所を切り盛りしているのだと聞いていた。ファーストネームで呼びかけられ、話し方もくだけていると感じたレティは、ずいぶんなれなれしい男だと思った。男はエルマー・クウォーリーよりも背は高かったものの、お揃いの太鼓腹で、額はいっそう後退していた。

ローズとマティルダは隣り合わせに腰掛けて、あまり食が進まないようだった。「こんなにいろいろ、わたしにはつくれないわ」自分の皿に載ったものを見つめながら、ローズが判定を下すように言った。中庭を走り回っていた鶏を締めたのなら費用はゼロね、とマティルダは考えていた。

ハリントン牧師に何か話しかけられたミスター・ダロンは、再び肉切り用大型ナイフを下に置いて言った。牧師先生はさきほど食前の祈りを捧げて下さるおつもりでしたが、たまたま席を外しておられたので、もしよろしければ今からお祈りを捧げていただきたく思います。ハリントン牧師が急いで、すでに食事をはじめられた方たちもおられましょうがまったく問題はありません、とつけくわえた。「ここに用意された食事を」と牧師が続けた。「神に感謝していただきましょう」

メアリー・ルイーズは前の晩レティのお説教を聞かされ、遅くまで眠らせてもらえなかったので、今頃眠気に襲われていた。わたしは思い切ったことをしたのだ、と彼女は自分自身に言い聞かせた。自分で決めて自分で実行したことにたいして、ひとからつべこべ言われる筋合いはない。だってわたしの人生なんだもの。テーブルの向かいの席からミス・マロヴァーが身を乗り出して話しかけようとしてきたので、彼女はにっこり微笑んだ。

「覚えているかしら?」と恩師が尋ねた。「あなたはドッズ薬局で働きたいって言っていたわねえ」

メアリー・ルイーズは覚えていた。薬局で働きたいと思ったのは、あそこが町で一番すてきな店だったからだ。一番いい匂いがして、あらゆるものが清潔だったから。あの店で働くには白衣を着なければならない。誰もがそれは特別なことだと思っていた。

「クウォーリーズ服地商会に決めたのね」ミス・マロヴァーがそう続けたのを聞いてメアリー・ルイーズは、この先生は耄碌してしまったのかしらと思った。だって、わたしは服地商会に就職したわけじゃなくて結婚したのだから。だが本当のところ、クウォーリーズ服地商会はメアリーにとっていつも第二希望だった。ミス・マロヴァーにそんなことを言ったことはないし、ほのめかした覚えもなかったけれど、家ではよくそう言っていたのだ。学校を卒業したあとは商店に勤めるのが一番おまえに合っていると父親に言われて、本人もその気になり、ドッズか、クウォーリーズか、服地店の二軒隣りのブリッジ通り沿いに店を構えるフォーリーズ食料雑貨菓子店のことを考えていた。彼女が職を求めているという話は定期市の日に町中に広がった。だがどの店でも店員は間に合っているようだった。フォーリーズはフォーリー家の娘たちで足りていたし、レネハンズ金物店のカウンターに立っているのは男性ばかりだった。レネハン家には息子が三人いるので、よそからひとを雇う必要がなかったのである。ミスター・ダロンは、娘がパブへ勤めるのだけはまかりならんと言い張っていたが、その心配はなさそうだった。メアリー・ルイーズは五年間、家事と農場の手伝いをしながら、どこかの店に空きができるのを待った。エルマー・クウォーリーが彼女に興味を示したとき、メアリー・ルイーズとしては胸中でそのあたりを天秤に掛けなければならなかった。カリーンの家の食堂兼居間《キッチン》と中庭と鶏小屋で過ごす毎日はあまりに静かで長すぎた。教会と鶏卵包装作業所を除けば、何週間も家族以外の人間に会う機会がなかった。レティは、そういう事情を一切忘れたかのようだった。

「エルマーには代数がつまずきの石だった。カッコで囲まれた数式をどう解けばいいのかが、ついにわからずじまいだったの」ミス・マロヴァーは思い出話をしながら、食事の皿を目の前にして何度もうなずいた。「波カッコ、角カッコ、丸カッコ。エルマーはどうしても順番が飲み込めなかったのよ」

「代数なんて何の役にも立ちませんよ」エルマーがいきなり高笑いしたので、メアリー・ルイーズはびっくりして飛び上がった。彼女は、このひとがいままで声を上げて笑ったのを聞いたことがあったかどうか考え、兄のジェイムズが、あいつは決して笑わないやつだと言ったのを思い出した。エルマーの小粒な歯がずらりと一列に並んで見えた。顔の脂肪がひだひだになって、細いたるみがいくつもできた。

「代数は可」とミス・マロヴァーがつぶやいた。「計算は良。通信簿にそう書いたのを覚えているわ。一九三一年だったかしら、たしかその頃でしたね」

メアリー・ルイーズはその昔の夫の姿を想像した。丸ぽちゃの少年で膝小僧もずんぐりしている。ウェックスフォードの寄宿学校に進学してからは長ズボンを履くようになったのだろう。

「教室でずいぶんたくさんの子どもたちを見てきました」ミス・マロヴァーが、肉の切り分けをようやく終えて腰を下ろしたミスター・ダロンに言った。

「皆を本当によく教えて下さいました、ミス・マロヴァー」

ミスター・ダロンは塩と胡椒に手を伸ばした。彼はメアリー・ルイーズが生まれたときのことを思い出していた。予定日を過ぎても生まれなかったので心配したが、それを口に出しても事態をこじらせるだけだから黙っていた。男の子だったら名前はウィリアムかネヴィルにしよう、とあらかじめ決めてあった。ルイーズという名前はミスター・ダロンの母親にちなんでつけた。ふたつの名前をつないでメアリー・ルイーズと命名したのが、どんなきっかけだったかは思い出せなかった。ただ、ふたつつないだほうが語呂がいい、と自分自身が言ったような気はした。

「彼女はとてもおもしろい子でした」とミス・マロヴァーが口を開いた。ミスター・ダロンは、娘が子ども時代、元気が良すぎて迷惑だったことを思い出しているのだろうな、と思った。メアリー・ルイーズは一度、校庭に大きな石を投げ込んだのを見つかって居残りさせられた。また、彼女とテッサ・エンライトが組んで、ポシー・ルークの机の物入れに青虫を入れたり、何台もの自転車のタイヤの空気を抜いたこともあった。はめをはずすことがときどきあります、とミス・マロヴァーは通信簿に書いた。

父親本人は決して、ひいきをしているなどと認めたがらなかったものの、メアリー・ルイーズが大のお気に入りだった。家族はこれで完成だ、と皆が思った後に生まれてきたので、彼女は父親の心の中に特別な場所を得たのだった。学校でいたずらをしたせいで父親に叱られるとき、彼女は神妙な顔で小言を聞いた。干し草づくりや収穫のときはいつも父親のそばにいて、ゼンマイ仕掛けの小さな鶏が病気になってしまったと訴えた。元気なときはゼンマイを巻くと地面をつついたのに。彼女はその鶏を「ペッカー」と呼んでいた。

「お幸せですね、ミスター・ダロン?」とミス・マロヴァーがつぶやいた。

彼はうなずいた。娘は成長して町へ出たがった。どんな町でも町がよかったのだろう。エルマー・クウォーリーとつきあえばこういう結果になっても不思議はなかった。便宜優先の結婚だが、メアリー・ルイーズも父親も、エルマー・クウォーリーも承知の上だ。三者ともそれをわかっていて受け入れたのである。「心を決めたんだね、メアリー・ルイーズ？」父親にそう念を押された娘は、一瞬たりとも決意が揺らいだ様子を見せなかった。彼女は無邪気な世間知らずで、つねにそれが一番目立つ素質だった。子ども時代は、結果を予想せずに小さな罪をいくつも犯した。いつだって天真爛漫にしゃべり続けた。彼女を黙らせるのはいとも簡単だった。鼻っ柱をへし折ってやればよいのだ。だがへし折った瞬間、必ず不憫な気持ちになった。「飽きずにいられるかね？」父親はさらにだめ押しした。「町暮らしやら何やらに」娘はまたもや自信満々の返答をした。だが父は、娘が恐怖を抱いているのを感づいていた。ふたりはその恐怖については語らぬままにした。この機を逃せば、彼女がこれからの半生を農場に縛りつけられたまま、生きなければならないという恐怖である。すてきな薬局に勤める夢はかなわなかったし、ツイードの上着を着た若者たちとダンスに行くこともないまま時が過ぎた。今のうちに動かなければ、農場を出るきっかけを失いかねない。プロテスタントの未婚女性は毎週、聖ジャイルズ教会の信徒席にぽつんと腰掛けた姿を人目にさらさなければならなかった――もっとも、エルマーのふたりの姉とその他数人の未婚女性が信徒席に姿を見せるのは、クリスマスと復活祭のときだけだったけれども。

「彼は厄介なひとではありませんよ」ミス・マロヴァーは、ミスター・ダロンの心によぎった思いをかぎつけたかのように小声で言った。「女の子が結婚するときには、将来背負い込む問題が見えてしまうことがとても多いですから」

エルマー・クウォーリーはちゃんとした、頼りになる男です、とミスター・ダロンも小声で返した。えり好みはできませんから、ということばが喉元まで出かかったが、場違いに響きそうだと気づいて呑み込んだ。にもかかわらず、ミス・マロヴァーはうなずいた。そうね、高望みは禁物です、と無言のうちに同意したのだ。

午後三時にキルケリーズ自動車修理工場から乗用車が一台到着した。メアリー・ルイーズはすでに青緑の上着とスカートに着替え、上げたベールの飾りをつけた小さな黒い帽子をかぶっていた。スーツケースは前の晩に詰めてあった。

エダーリー家の兄弟たちが車の後部バンパーに古いクレオソート缶をひもでくくりつけたが、キルケリーズの運転手が外して捨てた。自動車が走り出すと、ジェイムズがメアリー・ルイーズの自転車にまたがって後を追い、エダーリー家の兄弟たちが大声で囃したてた。皆が手を振る中で、レティとエルマーの姉たちだけは気乗りしていないのがわかった。

「万事滞りなくいきましたか？」運転手は自動車修理工場の主任整備士である。着替える時間がなかったとみえて作業ズボンを履いていた。

「ええ」とエルマーが答えた。「ビロードみたいにすいすいとね」

「そうですか、そいつはよかった」

車は服地商会の前で止まった。ショウウィンドウに貼り紙があって、月曜日に営業再開と書いてある。エルマーはスーツケースを取るために建物の中へ入っていった。

「店は二日間休むんですか？」運転手が気さくに話しかけてきた。メアリー・ルイーズは夫を待ちながら、いいえ、休業は八日間、今日も勘定に入れると九日になるんです、と説明した。エルマーが荷物を持って戻ってくると、十二マイル離れた鉄道駅まで車を飛ばした。駅で三時五十五分発の列車をつかまえ、途中からはバスに乗り換えて、新婚旅行の目的地に選んだ海浜行楽地へたどりついた。道中はふたりともそわそわしていた。前の晩、それぞれの家族から結婚に反対されたことは黙っていた。その代わりに、結婚式の客や農場でおこなった披露宴を話題にした。エレクトリック・シネマではじめてデートしてから何か月も過ぎたのに、ふたりの関係は親密になっていない。お互いの性質に慣れ親しむうちに気心が知れるようにはなったものの、どちらの側にも愛ゆえの情欲は生まれなかった。『春のライラック』を見た後、エレクトリック・シネマには二度しか行っていない。エルマーがメアリー・ルイーズに恋人らしく語ったのは、毎週日曜の習慣になった午後の散歩の途上である。エルマーはブリッジ通りから歩き出し、メアリー・ルイーズはカリーンから自転車で町へ向かった。ふたりは町はずれで落ち合い、自転車をよその農場の塀の陰に隠した。それから、メアリー・ルイーズが自転車でやってきた道をふたりでゆっくり歩いて戻った。十字路で右へ折れ、曲がりくねった細道をたどり、丘を下り、森を抜けて太鼓橋を渡った。ある日曜日、こうした散歩の途上でエルマーが結婚を申し込み、メアリー・ルイーズは考えさせて欲しいと答えた。一か月考えた末、彼女はついに申し出を受け入れた。それを聞いたエルマーは上下の唇を舌で舐めまわし、唇をハンカチで拭いた後、メアリー・ルイーズに向かって、これからキスするよと宣言し、その通りにした。ふたりはそのとき、太鼓橋の上にいた。エルマーの声はかすれていた。メアリー・ルイーズは、彼の息にはかすかにニラネギ臭さがあると感じた。この一か月間、メアリー・ルイーズの頭を時折よぎったのは、ガーガンとビリー・リンドンの後、レティには男っ気がないということである。エルマーの姉たちは男とつきあったことがあるのだろうか？

エルマーには女を抱きしめた経験がない。ずっと昔、ウェックスフォードの寄宿学校の生徒だったとき、彼は太った清掃主任の女性に性欲を感じた。彼女にキスしたらどんなだろうと想像を膨らませた。夢の中で彼は彼女の服を脱がせた。

「わあ、すごいよ」ふたりの唇が離れたとき、彼はメアリー・ルイーズを誉め称えた。だがじっさいには、その経験はいささか期待外れだと感じていた。彼は太鼓橋の上で、彼女の顔が赤くなっているのに気づいた。彼女は口を手の甲で拭いた。両目は伏せていた。

ふたりは町まで歩いて帰った。エルマーは彼女の左腕に自分の手を差し込んで、君のお母さんは何て言うだろう、と問いかけた。わたしは君のお父さんにきちんと話すよ、それがけじめだから、とも言った。彼は本当は、姉たちにどうやって打ち明けようか考えあぐねていたのだが、口先では、姉たちはきっと大喜びすると言った。

「カリーンまで来てくれる?」とメアリー・ルイーズが提案した。

「これから、歩いてということ?」

「自転車は持ってないの、エルマー?」

「必要だと思ったことがないんだ」

「できたら今度の日曜日に、家まで歩いて来て下さらない? 家族にはそれまで黙っておくから」

「わかった、もちろん行くよ」

「あなたがわたしに会いに来る、とだけ家族に伝えておくわ」

ふたりは路上で足を止めてもう一度抱き合った。メアリー・ルイーズは、相手の歯が触れるのを感じた。エルマーの片手が彼女の小さな背中に押し当てられていた。映画では皆が目を閉じているのを思い出して、彼女は目をつぶった。エルマーは目を開けたままだった。

新婚旅行の道中では、はじめてキスをした日曜のことをふたりとも思い出していた。あの日以降、ふたりは日曜日ごとに抱き合った。そして午後の散歩をしながら、結婚式の段取りを話し合った。

彼女は母親が、「父さんもわたしも、本当に良かったと思っているのよ」と言ったのを覚えている。父親はエルマーに握手を求めた。

「海浜ホテルという宿だよ」海辺の町でバスを下りて、エルマーがメアリー・ルイーズに言った。彼は菓子屋の店先に立っている男に尋ねた。「すみませんが、海浜ホテルはどちらの方角でしょうか？」

まっすぐ行けばいい、見落とすことはないから、と男は答えた。路面がじゃりじゃりしてきたら着いたも同然だが、五十ヤードほど先がある。徒歩四分というところだよ。

「ありがとう存じます」

エルマーはいつもこの口調でひとびとに応対する、とメアリー・ルイーズは少し前から気がついていた。彼はメアリー・ルイーズの父親やハリントン牧師にも同じ、堅苦しい口調で話しかけていた。店をやっているせいだと彼女は思った。こういう話し方が身についているのだ。

ふたりはスーツケースを提げて歩いた。小さな店が数軒並んだ通りの先にパブが二軒あり、カトリック教会があった。靴底にじゃりじゃりした感触を感じはじめると道路がゆるやかにカーブして、弓形の張り出し窓に〈海浜ホテル〉という文字がペンキで書かれていた。

「手紙で予約しました」とエルマーがロビーで告げた。「クウォーリーと申します」

「はい、確かに承っております。ミスター・クウォーリー」カールピンをつけた頭にスカーフをかぶった女がふたりを迎えた。「クウォーリーご夫妻ですね」と言い添えた彼女は、女主人特有の興味に目を輝かせて、メアリー・ルイーズをちらりと見た。女の視線はメアリー・ルイーズが頭に載せている小さな黒い帽子をすばやくかすめ、青緑の上着とスカートを撫でた後、彼女の結婚指輪にたどりついて止まった。「クウォーリーご夫妻」検査が無事終了したのを告知するかのように、女が同じ文句を繰り返した。それから狭い階段を先に立ってふたりを案内した。

その宿はホテルというより下宿屋だった。夕食は六時きっかりにダイニングルームでお召し上がりいただきますが、と女が言った。今日はだいぶ過ぎてしまいましたので、すぐに下へ降りて下さいますか。彼女はふたりの部屋の窓を開け放って自慢げなそぶりを見せた。海の音が聞こえるでしょう。夜中に目覚めるととてもよく聞こえるんです。

「すばらしい」というエルマーの声を聞いて、女は部屋から出て行った。

メアリー・ルイーズはベッドの脇にたたずんでいた。エルマー・クウォーリーのプロポーズを承諾して以来はじめて、心にのしかかる不安を感じていた。以前にもときおり、疑念の巻きひげがじゃれついてくることはあった。レティの話を聞くたびに、巻きひげは執拗にまとわりついてきた。とはいえ、軽蔑に値するほど滑稽な間違いをしでかした自覚はなかったし、決心さえしてしまえば重荷から解放されると思っていた。プロポーズを受けようか悩んでいた一か月間、同じ考えを何度となく蒸し返したので、決心した後までうじうじするのは意味がない。ところがメアリー・ルイーズは、開け放った窓の左右でレースのカーテンが風にそよぐ、海浜ホテルの客室までやってきたところで、実家の農場へ無性に帰りたくなった。食堂兼居間《キッチン》のテーブルに食器を並べたり、レティと一緒に家禽に餌をやりたくなった。このままここにいれば、やがて持参したネグリジェに着替えて、妻になるのを承諾した太った男と一緒にベッドへ入らなければならない。男の裸足がそばに寄ってくるのを嫌とは言えない。そればかりか、男がスーツケースから取り出して着る、青くて茶色いパジャマに隠された、体の他の部分もぜんぶ受け入れなければならなくなる。

「いい部屋だよ」と彼が言った。「安らぐよ、ねえ、おまえ」

〝ねえ、おまえ〟という呼びかけ方は、彼が自分の母親から聞き覚えたものである。夫婦水入らずで部屋にいる今こそ、この呼びかけを使うときだとエルマーは考えた。ローズやマティルダは決してそんな呼びかけを使わないが、今こそはチャンスなのだ。この呼びかけを覚えていてよかった、とエルマーは思った。

「すてきなところね」ベッドの脇に突っ立ったままメアリー・ルイーズがつぶやいた。

エルマーはうなずいた。この宿は、今はタイソン社に移ったセールスマンが、ホートン社で旅回りをやっていた頃、極上無比だと誉めていたのだ。エルマーはここまで来る車中で、寄宿学校の生徒だった頃に太った清掃主任の女性を相手に夢想し、少し後には、町の商店主の奥さんのミセス・ファヒイやミセス・ブレディにたいしても同じ気持ちを抱いたのを思い出しながら、ホテルに着き次第、自分の妻も服を着替えてくれたらうれしいと思った。エルマーは、新妻の体格が清掃主任の女性はおろか、商店主の奥さんたちとも比べものにならないのを承知していた。明らかにやせ形の彼女は、レティのような頑丈な体格には恵まれていない。一年ほど前、レティがクウォーリーズ服地商会を訪れて、ハンドバッグから財布を出そうとしたとき、エルマーは現金取り扱い室からその姿を見おろしていた。悪くない女だと感じた彼は、もう一度来店してくれればもっとよく観察できるのに、と思い続けた。そして思いを募らせた彼はある日曜日、彼女の姿を見るためだけに教会の聖餐式に足を運んだ。だがレティにはいささか問題があった。がっしりした体格はエルマー好みだったかもしれないが、つい二、三年前銀行のガーガンとつきあい、その後には若いリンドンと交際している姿を皆に見られていた。それを考えるとエルマーは心が騒いだ。レティが恋愛経験者だとすれば彼女のほうが一枚上手だから、親しくなっていく過程で対等にふるまえなくなってしまう、と怖じ気づいたのだ。とはいうものの、あの日、財布を手に持ったレティの姿に見とれなければ、妹の存在に気づくことはおそらくなかった。世の中とはそういうものだ。偶然はいつだってばかにできない。

「下へ降りようか？」エルマーが言った。

「そうね」

「服は着替えないのかい？」

「早くしてって女の人が言ってたでしょ。わたしはすぐに出られるわよ」メアリー・ルイーズは帽子だけとって化粧台に置いた。その帽子が溝つきガラスの鏡に映った。鏡の表面にはひびが入り、黒いジグザグ線が目立っていた。化粧台の天板にはタバコの焼け焦げ跡があった。

「いい部屋だ、安らぐよ」と彼が繰り返した。

ダイニングルームでは他の客が食事を終えるところで、パンにジャムを塗りつけていた。スカーフをかぶった女がふたりを案内したテーブルには、三人の先客がいた。他のテーブルは家族連れで満席だった。

「いますぐお茶をお持ちしますね」と女が言った。「ミスター・マルホランド、もしかしてそのポットはまだ熱いかしら？」

ミスター・マルホランドは口ひげを生やした男で、エルマーよりも小柄で年を取っていた。ティーポットのメタルに指を触れて、熱いですよと言った。他のふたりの先客も中年男で、ひとりは白髪頭、もうひとりは禿頭だった。

「ありがとう存じます」ミスター・マルホランドがミルクと砂糖をまわしてくれたのでエルマーは礼を言った。

「おだやかな一日でしたな」禿頭の男が言った。

炒めものが載った皿がメアリー・ルイーズの前に置かれ、同じものがエルマーの前にも届いた。

今頃家は静かだろうな、とメアリー・ルイーズは考えていた。披露宴に招かれた客たちは皆帰り、後片づけも終わったに違いない。父親もジェイムズも母親も普段着へ着替えただろう。おそらく、レティが食卓に夕食を並べているはずだ。

ミスター・マルホランドは文房具を幅広く取り扱うセールスマンである。白髪の男は電力会社に勤める独り者で、毎晩欠かさず海浜ホテルへやってきて夕食をとる。禿頭の男も独身でこのホテルに住んでいる。

しゃべっているうちにこうした事実が少しずつ明らかになった。メアリー・ルイーズの見るところでは、夫は三人の男たちととても打ち解けて、彼らが語る仕事の話に興味を惹かれたらしく、男たちに服地業界の話をした。彼は上着の襟にカーネーションをつけたままだったので、結婚式を話題にするまでもなく、ふたりがここへ来た理由は明らかだった。

「ええ、そうだと思ったんです」とミスター・マルホランドが言った。「ここへ入ってきた瞬間、新婚旅行だなって、わたしはつぶやきましたよ」

メアリー・ルイーズは自分の顔がピンクに染まるのを自覚した。男たちの視線を感じ、彼らが何を考えているかはお見通しだった。彼らの目を見れば、自分が夫よりもずいぶん若いのに気づかれているのがわかった。鉄道警備員やこのホテルの女主人も、同じ目で眺めていたのだ。

「軽く一杯やるに足る理由はありそうですなあ」禿頭の男がそれとなく言った。「今晩、われわれ三人は飲みに出ますよ。マクバーニーズという店です」

「バスを降りて歩いてくるときに、マクバーニーズの前を通ってきたでしょう?」とミスター・マルホランドが言った。

「そうですね、見た気がします」とエルマーが答えた。「海まで散歩した後、どんな店か様子を見がてら、ちょっと立ち寄ってみるかもしれません」

「わたしらは閉店までマクバーニーズにいますよ」と白髪の男が言った。

それからじきに三人は、エルマーとメアリー・ルイーズをテーブルに残して去った。家族連れの客もダイニングルームから出て行った。子どもたちが通りすがりに、メアリー・ルイーズをじっと見つめた。

「よさそうな連中じゃないか？」エルマーがつぶやいた。「気の置けないひとたちだよ」

「そうね、確かに」

彼女は空腹でなかった。夫は白パンのスライスにスグリのジャムを塗り、紅茶に砂糖を入れてかきまぜた。メアリー・ルイーズは、ひとりで浜辺を歩きたいと思った。彼女が海を見たのは一度だけ、十一年前にミス・マロヴァーが生徒全員をバスで連れて行ってくれた。朝八時の出発だった。浜ではメアリー・ルイーズの虚弱ないとこを除いて全員が海水浴をした。ミス・マロヴァーはストッキングを脱いで、水遊びをした。腰より深いところへ行ってはいけませんと禁じられていたにもかかわらず、パーティー・フィギスが言いつけを破ったので、後でジャムロールのスライスをおあずけになった。

「残さずに食べるといいよ、ねえ、おまえ」とエルマーが言った。

「もうお腹いっぱいだわ」

「君のお母さんがこしらえてくれた大ごちそうの後だからね」

「そうね、たしかに大ごちそうだったわ」

「お客さん全員が喜んでいたよ」

メアリー・ルイーズは微笑んだ。男たちのひとりが残していった吸い殻が消え残っていた。灰皿から上がるくすぶった煙が鼻を刺した。メアリー・ルイーズはきっちり消したいと思ったものの、自分の指で触るのは嫌だった。

「ねえ、おまえ、散歩する元気はあるかい？」とエルマーが言った。なにしろ海の空気を吸うために金を払ったんだからね、と続けかけて、ぐっと呑み込んだ。その代わりに、ずいぶん昔、ガス工場の事務員にマルホランドという名前の男がいたという話をした。今食べているジャムはローズがつくるジャムよりもおいしかった。とろみがしっかりしているのがうれしい。エルマーは水っぽいジャムは嫌いだった。

「風に当たりたいわ」とメアリー・ルイーズが言った。

エルマーがお茶を飲み終え、ジャムをつけたパンをもうひと切れ食べ終えてから、ふたりは浜へ散歩に出た。ちょうど干潮だった。濡れた砂を踏みしめると足裏にみっしりした感触が伝わった。暗色で滑らかな砂浜のところどころにらせん状の砂を吐き出したような小山があった。ゴカイだよ、とエルマーが言った。メアリー・ルイーズはゴカイって何だろうと思ったが、疑問を口には出さなかった。

遠くの波打ち際で一匹の犬がカモメを追い回して吠えていた。子どもがふたり、バケツに何かを集めていた。メアリー・ルイーズは、十一年前に海水浴をした直後とても寒くて震え上がり、ミス・マロヴァーの号令で浜を走りまわらされたのを思い出した。「だめですよベティ、靴と靴下は脱いで走ること！」と叫んでいるミス・マロヴァーの声が耳の奥に聞こえた。またしてもバーティー・フィギスに小言を言っていたのだ。

「貝だよ」とエルマーがつぶやいた。子どもたちがバケツに集めているもののことだった。

ふたりはいつもの散歩と同じようにゆっくりと歩いていく。エルマーの歩調はのんびりしている。

万事急がないのが彼のやり方だった。メアリー・ルイーズもすでに、そのやり方に慣れている。太陽が海面にブロンズ色の筋をつけながら沈みかけていた。

「ミス・マロヴァーが生徒全員を海に連れて行ってくれたことがあるのよ」メアリー・ルイーズが夫に、あの日のことを話した。彼は、自分の頃にはそんな遠足はなかったと返した。そして、「明けても暮れても代数ばかりだったから」と冗談を言った。

砂浜が途切れたので小石浜から岩場へよじ登った。これ以上歩いてもおもしろくなさそうだとエルマーがつぶやき、ふたりは引き返すことにした。まだかすかに、カモメに向かって吠え立てている犬の鳴き声が聞こえた。

「ねえ、おまえ、どうだい?」とエルマーが尋ねた。「あの店へちょっと寄って、さっきの連中と一杯飲《や》ってみないか?」

エルマーに飲酒の習慣はない。とはいえ酒を飲むことに反対しているわけではなく、よけいな金が掛かるし、時間も無駄だと思っているだけである。ところが先刻、マクバーニーズで飲まないかと誘われたとき、彼は即座に披露宴で一杯だけ飲んだウイスキーの味を思い出し、もう少し飲んでみたい欲望に駆られた。そんな気を起こしたのは、今日一日緊張のしっぱなしだったせいだと思った。昨日の晩は結婚に反対する姉たちの声が耳の中にこだまして二度も起きてしまったし、教会では姉がすすり泣いて恥さらしになるのではないか、披露宴では誰かが何かひどいことを言い出したらどうしようと心配し続けていた。キルケリーズの乗用車に乗り込んで町を離れたときにようやくほっと胸をなで下ろしたが、それもつかの間だった。汽車の中で新たな不安が襲ってきた。エルマーはそれが何に由来するのかわからなかった。にもかかわらず確かにそこにあって、かすかなぴりぴりした気がかりが波のように寄せては返すのだった。

「あなたが行ってみたいのなら、いいわよ」とメアリー・ルイーズが言った。

彼女は、エルマーがパブへ寄りたいと言いだしたのを聞いて、正直驚いた。男たちから誘いを受けたとき、ちょっと立ち寄ってみるかもしれませんと彼が答えたのを、本気だとは思わなかった。てっきり礼儀上そう返しただけだと思っていたのだ。

「よしわかった」とエルマーが言った。

歩いて戻る道々、ふたりはほとんどことばを交わさなかった。ホテルの前を通り過ぎて、ようやくマクバーニーズに近づいた。黄色く塗ったその建物は陰鬱にたたずんでいた。ステンレス製のビール樽がふたつ道端に置かれ、自転車が立てかけてあった。店内では、例の三人の男たちがパイントグラスで黒ビール《スタウト》を飲んでいた。

禿頭の男に何を飲むか尋ねられたメアリー・ルイーズは、「チェリー・ブランデーを」と言った。三年前になるが、ブリッジ通りに駐めておいたダロン家のヒルマンに車をバックさせながらぶつけた女性がいた。そのひとが、弁償の代わりだと言ってチェリー・ブランデーを一本、ミスター・ダロンに持ってきたのだ。ダロン家ではおととしと去年のクリスマスに、皆がグラスに一杯ずつその酒を飲んだ。

「ウイスキーをお願いいたします」とエルマーが言った。「ウイスキーの小さいのを一杯」

建築現場の足場組みをめぐる会話がはじまった。禿頭の男の知人だったリートリム州のレンガ職人が、足場を固定するボルト締めが不十分だったせいで、落ちて死んだという話だった。白髪の男は、丸太の柱と厚板をロープで縛った古いつくりの足場のほうが、万事目に見えているから安心なのだと言った。

「残念なのは」と禿頭の男が口をはさんだ。「ロープで縛る式の足場が時代遅れになっちまったことだよ」

チェリー・ブランデーは甘くておいしかった。メアリー・ルイーズは、チェリー・ブランデーを頼んでよかったと思った。ふた口ほどすすると、浜を歩いていたときや、ダイニングルームや部屋にいたときよりも心が晴れ晴れした。彼女と同い年くらいの若者が何人か、カウンターの隅で飲みながら声を上げて笑っていた。ふたりの老人がテーブルに向かいあって黙りこくっていた。若い女の客はメアリー・ルイーズ以外にいなかった。

「わたしも結婚式を挙げました」他の皆がさまざまなタイプの足場について議論している間に、ミスター・マルホランドがメアリー・ルイーズに打ち明けた。「一九四一年。戦艦ビスマルクが沈没した日にね」

彼女は微笑んでうなずいた。そして、襟につけたカーネーションを外すようエルマーに言っておけばよかったと思った。今のままでは、数時間前に結婚したばかりですと言い続けているようなものだ。彼女は、カウンターの隅の若者たちがカーネーションにちらちら目をやっているのに気づいていた。

「古いやり方を改めればよくなるとは限らないんですよ、ねえ」メアリー・ルイーズの耳に、夫がそう話しているのが聞こえた。白髪の男が、皆さんに一杯ずつおごらせてくださいと言った。同じものがいいですかと尋ねられたので、お願いします、と彼女は答えた。

「ミセス・クウォーリー、ちょいと失礼します」と禿頭の男が言った。「お手洗いに行ってきますので」

メアリー・ルイーズがそう呼びかけられたのは、これが生まれてはじめてだった。ホテルの女主人から「クウォーリー夫妻」と言われたときとは全然違う気分だった。彼女は、メアリー・ルイーズ・クウォーリーとつぶやいてみた。

「パディ、それともＪＪ？」白髪の男からそう尋ねられたエルマーは、意味がわからぬままＪＪと答えた。彼女はまず最初に緑の小さな上着を脱ぐだろう――彼は夢想した。その次にはブラウスを脱ぐのだろうか、それともスカートが先だろうか。彼は彼女に目をやった。散歩したせいで髪が少し乱れ、酒の酔いで顔が赤らんでいた。姉さんのほうはこれほどべっぴんじゃない、間違いないぞ。

「五月二十七日」とミスター・マルホランドが言った。「場所はグラスネヴィン。よく晴れた日でした」

メアリー・ルイーズには話の筋道が見えなかった。一瞬困惑した後、ミスター・マルホランドはまだ自分の結婚式の話をしているのだと了解した。白髪の男はチェリー・ブランデーが入ったグラスを彼女に手渡し、空のグラスを下げた。

「妻はグラスネヴィン育ちなもので」とミスター・マルホランドが言った。

「ダブリンのグラスネヴィンですか？」

「今日にいたるまでずっと住まいは変わりません。セント・パトリックス・アヴェニュー二十一番地ですわ」

禿頭の男は戻ってきていて、足場の話がまたはじまっていた。メアリー・ルイーズの耳に、夫が店の話をしているのが聞こえた。その少し後、「わたしどもはプロテスタントなんです」と語っているのが聞こえ、そうだと思っていました、と白髪の男が返すのが聞こえた。

「妻の実家に住んでいるのです」とミスター・マルホランドが言った。

「そうなんですね」

「七人の子どもを育て上げました。妻の父親が死んだ後、妻が家を相続したのです。もっとも二階の部屋だけは妻の母親の持ち物ですが。妻の両親は夫婦仲が悪かったのですよ」

「わたし、ダブリンはよく知らなくて」

「グラスネヴィンへいらしたらいつでも歓迎しますよ、キティ」

「どうもありがとう」

ミスター・マルホランドは声を低くして、妻は体質が変化する時期なのだとささやいた。「わかるでしょう、キティ？　心穏やかではいられない年回りなのですわ」

「あの、わたしの名前はキティではありません」

「彼氏がキティと呼んでいたように思いましたが」

「わたし、メアリー・ルイーズと申します」

「所帯持ちの世界へようこそ、メアリー・ルイーズ」

彼女は声を上げて笑った。ミスター・マルホランドは、レティがつきあっていたガーガンと同じタイプのおもしろいひとだと思った。ガーガンは中国人の物まねが得意で、イングランド人とアイルランド人とスコットランド人をめぐる話を際限なく語った。チャーリー・チャップリンの物まねも上手だった。

「あるとき、店の向かい側でひとりの男が」とエルマーが話していた。「足場を解体していました。足場のてっぺんから金物の継ぎ手を次々に投げ下ろしていたんですが、そのひとつがワゴン車の屋根を突き破ったんです！」

「その手の作業員は実際、じつに危ないことをやっておる場合がありますな」と白髪の男がうなずいた。

「二、三年前の話です」とエルマーがつけくわえた。「ジョー・クラディの下で働いている作業員のひとりでした」

メアリー・ルイーズはチェリー・ブランデーをすすりながら、このパブへ来た幸せを噛みしめていた。エルマーは今日一日の中で今が一番多弁だった。メアリー・ルイーズは、カーネーションを襟から外して欲しいと願った自分はばかげていたと思った。もしその願いを口に出していたら、エルマーはきれいなカーネーションなのにもったいないと言っただろう。もちろんエルマーの言い分のほうが正しい。金物の継ぎ手でワゴン車の屋根を突き破った男の話を聞いたメアリー・ルイーズは、車をバックさせてヒルマンにぶつけて、弁償代わりにチェリー・ブランデーをひと瓶持ってきた女性の話を思い出して、ミスター・マルホランドに話して聞かせた。

「それでわたしは味を覚えたんです」と彼女が言った。

「世の奥様方は概してミディアムのシェリーがお好きですな」とミスター・マルホランドが言った。

禿頭の男は、ミッチェルズタウン近くのコーク街道を車で走っていたとき、前を行くトラックの荷台から梯子が落ちてきた話を披露した。車のラジエターとヘッドライトが片方破損したのだという。

「ヒルマンの話をしてやってください」ミスター・マルホランドにそう促されて、メアリー・ルイーズが一部始終を皆に話すと、そりゃあ初耳だとエルマーがつぶやいた。

「奥方はそのときチェリー・ブランデーの味を覚えたのだそうです」とミスター・マルホランドが言った。

一同が大笑いした。ミスター・マルホランドはメアリー・ルイーズの腰に片腕を回してぎゅっと力を入れた。彼女はパブへ入ったのは今晩がはじめてだった。かねがね興味はあったのだが、姉の話から様子を想像する他になかった。レティはガーガンと一緒に、マクダーモッツやホーガンズ・

ホテルのラウンジバーをしばしば訪れていたのである。彼女はその頃喫煙者だった。夜、レティが帰宅して寝室へ入ってくると、タバコや酒のにおいがした。だが、タバコはつきあいで吸っていただけなので、家には決して持ち込まなかった。

「ちょいと失礼します」と禿頭の男が言った。そうしてまた席を立ち、お手洗いに行ってきますのでと繰り返した。

メアリー・ルイーズはミスター・マルホランドに農場での暮らしについて語り、いくつか彼の質問にも答えた。エルマーの、服地店はセルフサービスにするわけにもいかないので、時代にあわせて変わっていくのはなかなか難しい、と語っている声が聞こえた。

「そりゃあそうでしょうとも」と白髪の男がうなずいた。

メアリー・ルイーズは、カリーンの学校まで毎日、レティとジェイムズと一緒に自転車で通った話をミスター・マルホランドにした。ミス・マロヴァーの教室に掛かっていた、山や川が描かれたアイルランド地図の説明をし、もう一枚、州ごとに色分けされた地図が掛かっていたことも話した。とても寒い日にはミス・マロヴァーのお許しを得て机を離れ、皆でストーブを囲んでしゃがみ込みました。生徒数は十二、三人で、少し多くなったり少なくなったりする年もあったんです。

「次は何にしますか?」

禿頭の男が戻ってきた。わたしの膀胱はウールワース社の安物でしてね、と彼がつぶやいたのを、ミスター・マルホランドがたしなめた。ミスター・マルホランドはメアリー・ルイーズの腰にまた腕を回して、品のない発言から守るようなそぶりを見せた。チェリー・ブランデーをもうひとつ、と彼女が言った。

カウンターの隅にたむろしていた若者のひとりが、指先で軽くカウンターを叩いてリズムを取りながら歌いはじめた。メアリー・ルイーズは、ミスター・マルホランドの手が腰骨のあたりをさすっているのを感じたが、いやらしい意図はないとわかっていた。彼女は、エルマーとはじめて一緒にエレクトリック・シネマへ行ったとき、安全ピンを隠し持っていたのを思い出して微笑んだ。今となってはお笑いぐさね。レティったら、あんな助言をするなんてばかばかしいにも程がある。

「ばかなことを言いましたが、気を悪くせんでください」禿頭の男が彼女に飲み物を手渡しながら謝った。そして、おふたりさんもきっとあの宿がお気に召すと思いますよ、とうけあった。なにしろ家族経営ですから。二十二年間、不満を感じたことは何ひとつありません。

「よさそうなところですね」とメアリー・ルイーズが相槌を打った。

ミスター・マルホランドは彼女から離れてエルマーのところへ行き、受取帳、会計簿、便箋、グリーティングカード、ミサカード、クーポン券、送り状用紙、各種の封筒など、自分が仕事で扱っている文房具の話をしはじめた。メアリー・ルイーズは、大きなベッドでふたりで寝るのはそんなに悪くなさそうだし、レティが言ったことはぜんぶ悪い冗談だと思いはじめていた。エルマーはもう卑屈なことばづかいでしゃべるのはやめにして、ミスター・マルホランドの話に耳を傾けながら、しきりにうなずいたり首を振ったりしていた。「エルマー・クウォーリーはいつも礼儀止しさを忘れない男だ」エルマーがメアリー・ルイーズの父親にプロポーズの報告をした日曜の夜、父親は家族に向かってそう言った。お店をやってる人間なんだもの、礼儀正しくて当たり前でしょ、とレティが冷淡に口をはさんだ。だって商人の場合、礼儀は損得に関わるんだから、と。

「わたしはトレイナーズで帳簿係をしてるんですよ」と禿頭の男が言った。トレイナーズがどんな会社かは説明されなかったものの、メアリー・ルイーズはそこから先の話を聞くうちに、家畜の飼料に関係がある会社に違いないという印象を受けた。

「そうですか」と彼女が言った。

　ミスター・マルホランドの話を聞きながら、エルマーはひそかに、一日にこれほどたくさんウイスキーを飲んだのははじめてだと考えていた。昔も今も自宅に酒類を置く習慣はなかったけれど、顧客の葬式に出たときなどには、振る舞い酒をあえて断りはしなかった。また、毎年、クリスマスイブの日には、午後四時半頃、隣りで金物店を営んでいるレネハンがやってきて、ホーガンズ・ホテルのラウンジへ一緒に行こうと誘うのが決まり事になっていた。レネハンは決まってジンのお湯割りを注文し、エルマーはミネラルウォーターを飲んだ。ホーガンズに行けば必ず知り合いに出会うので、エルマーはレネハンを彼らに預けて退出するのが常だった。彼は結婚式以降、ウイスキーを何杯飲んだか数えてみた。すでに三杯飲んでいた。エルマーは、若妻と知らない三人組の男たちと一緒にバーで立ち飲みしている自分を姉たちが見たら、何と言うだろうと考えた。おそらくびっくり仰天して、ことばも出ないのじゃないだろうか。

「おっしゃることはよくわかります」どんな商売でも印刷がしっかりした高級な用紙類を使うのが第一歩です、とミスター・マルホランドが言ったのにたいして、エルマーはそう返した。このタイミングで皆に酒をおごろう、とエルマーは考えた。その後白髪の男が全員に一杯ずつおごれば、一巡したことになる。遊びに来ているときには酒ぐらい飲むのが当然だし、家にいるときにはしないことをするのも当然だ。海浜ホテルの宿泊代はしめて六十六ポンドだった。

　エルマーは飲み物を注文するためにカウンターのほうへ向き直った。彼はふと思い出した——ファヒイズ商店の前を通りかかったとき、大きな両開きの扉が開いていて中庭が見えた。ミセス・ファヒイの衣類が彼女の夫のものと一緒に干してあったので、思わず足を止めて見入ってしまった。エルマーはそのとき十四、五歳だった。彼は後から、ミセス・ファヒイが洗濯物を取り込んで畳んでいる姿を想像した。サーモンピンクの下着が何枚か交じっていた。そのことを思い出すと、まるで腹の中を一陣の風が吹き抜けるかのように、身の内を興奮がぞわぞわ掻き乱した。振り向いてメアリー・ルイーズのふくらはぎを見ようとしたが、暗がりの中では判然としなかった。彼はときどき現金取り扱い室の窓から、女性客がカウンターの上にガーターベルトやガードルを各種並べて、それらの素材やゴムの具合を触りながら品定めしているのを覗き見ることがあった。

「気配りの一杯、格別です」エルマーから飲み物を受け取った禿頭の男が、口の片端でぼそりと言った。「いい娘さんですな、ミスター・クウォーリー」

エルマーは黙っていた。理由はよくわからなかったものの、相手のことばに照れたのだ。ミスター・マルホランドがグラスを挙げて、おふたりの幸せを祈って乾杯しましょうと言った。

「気を悪くさせちまったかな」禿頭の男が小声でつぶやき続けた。「へんなことを言っちまったかもしれんぞ」

エルマーはお世辞を言われたのだとはじめて気づいた。そして彼は頭を振って、気を悪くなどしていないことを示そうとした。

「**どうなった、戦況やいかに？　おお、わが勇敢な騎士よ**」隅のところで若者たちが声を合わせて歌っていた。「**長い銃身を海へ向けた銃を挙げて……**」

トレイナーズでの簿記上の慣例を縷々《るる》語る話に耳を半分傾けながら、メアリー・ルイーズは内心、自分の夫が他人に酒をおごらせたまま、一銭も出さずに済ませるのではないかと冷や冷やしていた。あの野郎はドケチだからな、と吐き捨てたジェイムズの声が胸の奥に響いていた。でも今は心配は消えた。エルマーが過去にそんな間違いをしでかしたことがあるとすれば、パブでの慣行を知らなかったせいに違いない。というのも彼女は、エルマーがケチだと感じたことなど一度もなかったからだ。彼は今、他のひとたちと同じように、皆にグラスを手渡している。

「ありがとう、エルマー」メアリー・ルイーズは夫からグラスを受け取って微笑みを返した。

ツーピースの下には何を着ているのだろう、とエルマーは思った。おそらく、うちの店でローズかマティルダから買った下着だ。揃い服というのは母さんの時代の呼び名なんだから、今風にツーピースと言いなさい、と教えたのは姉たちである。彼が店のカウンターに立った初日、女性客がやってきて、三十デニールのストッキングを見せて下さいと言った。その客が仔細ありげにストッキングに手を差し込んでいるのを見て以来、彼は女性客を観察するのが好きになった。

「ご亭主の気分を害するつもりはなかったのです」禿頭の男がメアリー・ルイーズに打ち明けた。彼女は当惑して眉をひそめた。

「ご亭主に、いい娘さんとご結婚されましたなと申し上げたのですよ。ああいうことばは新郎に誤解されることもありますからねえ」

メアリー・ルイーズは笑った。それから少しして一同は店を出た。ミスター・マルホランドと白髪の男が同じ方向へ歩いて行き、エルマーとメアリー・ルイーズと禿頭の男は海浜ホテルへまっすぐ帰った。女主人はもうスカーフとカーラーをつけていなかった。ヘンナ染料で染めた赤褐色の髪があらわに見えて、常日頃入念な手入れをしているのだとわかった。禿頭の男がロビーで、エルマーとメアリー・ルイーズに握手を求めた。それから、寝る前にココアを飲みたいのでと言い残し、女主人の後について奥のほうへ消えた。

エルマーはパブの外へ出た瞬間、ふわふわした気分になっているのに気づいた。深さを増していく闇の中で、道路の反対側のピンクや青に塗られた家々が鮮やかに見えた。足を進めるにつれて、舗道が片側にまずは大きく、次は反対側にぐらりと傾いた。海浜ホテルに着いた後は手すりにしがみつくようにして階段を上った。

メアリー・ルイーズはバスルームと手洗い所を探した。彼女もふだん感じたことのない情緒の乱れとだるさを経験していたが、まんざら悪い気分ではなかった。部屋へ戻ると夫はネクタイをゆるめて上着を脱ぎ、ベッドの端に腰掛けていた。彼はすでに目を閉じていた。

メアリー・ルイーズはペチコートの上にネグリジェを着てから、ペチコートを脱ぎ、他の下着とストッキングも脱いだ。彼女はそばにいるのがレティひとりであっても、電気を消すか、レティが目を背けていない限り、着替えるのは嫌だった。レティはそういうことに関しては察しがいいので、姉妹は暗黙のうちに了解しあっていた。

エルマーは目を開けてものを見つめようとしたが、どうしても焦点が合わなかった。こんなふうになったのは生まれてはじめてだった。新妻の姿からもうひとりの同じ人物がさまよい出たように見えた。両手から頭までまったく同じ輪郭のその人物はベッドからネグリジェをつかみあげ、体を前屈みにし、それからこちらに背中を向けて、なにか手探りするようなしぐさをしたかと思うと、脱いだストッキングを両手に持っている。すばらしいと言おうとして、ちゃんとしゃべれない自分に気づいた。さっきロビーで、禿頭の男がココアの話をしはじめたとき、エルマーは女主人にジャムがおいしかったと言おうとしたのだが、今と同じようにことばにならなかった。舌がうまく回らず、とろみがしっかりしたジャムが好きだと言えなかった。

「大丈夫?」メアリー・ルイーズの声を聞いた彼は、妻の顔に目の焦点を合わせようとして顔をしかめた。「電気、消しましょうか?」彼女はそう声を掛けてからスイッチを消した。エルマーは仰向けに倒れ、体の向きを変えて頭に枕を当てた。テイト・スクールの寄宿舎にいたとき、肌着ひとつの清掃主任を見たことがある。外向きに開いた窓のガラスに彼女の姿が映っていたのだ。眠っちゃいけない、とエルマーは自分自身に言い聞かせた。だが睡魔には勝てなかった。

5

「オバルチン〔麦芽栄養飲料〕を持ってきましたよ」

ミス・フォイが、マグカップの載ったトレイをベッドの脇のテーブルに置く。寝室用のトレイはいつも同じもので、縁つきの円形でブリキ製、緑の地色に青い花柄が散らしてある。彼女はミス・フォイに一度、花の名前を尋ねてみた。するとミス・フォイは、アジサイですよ、すてきなアジサイの花房と答えた。

「いい子でいてくださいね。冷めないうちにお飲みなさい」

「いったい何が起きたって言うの、ミス・フォイ?」

共同寝室内の他の女たちは皆おとなしくオバルチンをすすっている。ミス・フォイはいつも全員が飲み終わるまでしっかり待ち、トレイを回してマグカップを集めてから電灯を消す。この共同寝室は七人の女たちが使っている。彼女は七人のことを「とびきりのいい子たち」と呼ぶ。お互いに邪魔をせず、ちゃんと眠れるからだ。毎晩、オバルチンを最後に受け取ったひとのところへ、トレイも最後に回ってくる。この家では公平さが最も重んじられている。

「何が起きてるのかは知っているでしょ。あなたが彼の話を聞いているのを見ましたよ」

「だって意味がわからなかった」

「飲んでしまいなさい。さあ早く。ミス・フォイは疲れているの」

「わたしはここでずっと暮らしたいんです」

「そんなこと、わたしたちは言っちゃいけないのよ。あのひとたちのほうがよくご存じなんだから」

「誰がご存じだっていうのよ？」

「お医者様たちですよ」

「お医者様だって、わたしたちがどこで暮らしたいかを、わたしたちよりもよく知ってるわけじゃないわ」

「飲みものを飲んでしまいなさい。さあ早く」

ミス・フォイが腰を上げ、飲み終えたマグカップをひとつずつ、ベッド脇のテーブルから回収していく。彼女がひとりひとりにお休みなさいを言うと、皆もお休みなさいと返す。さすがに、「とびきりのいい子たち」だけのことはある。

「わたしはここへ来た日のことを覚えてる」オバルチンを飲み渋っている女がつぶやく。「木曜の午後だった」

「いい子ね。さあ飲み終えた。昔のこと、よく覚えてるわね」

「『ここで暮らせば幸せになれる』ってあなたは言ったのよ」

「あの頃はみんなそう言ったものなの。泣いちゃダメ。ミス・フォイは疲れているんだから」

女はかまわず泣きはじめる。彼女はオバルチンを飲み終えてマグカップを返す。ミス・フォイが部屋の明かりを消した後はほかの女たちに聞こえないよう、シーツで顔を覆って泣き続ける。

6

メアリー・ルイーズはマティルダとローズの指導を受けて、店へ出るようになった。姉妹は彼女に何がどこにあるかを示し、請求書の書き方や、反物を広げたり畳んだりするしかたを指南した。メアリー・ルイーズは、姉妹が自分について不満を言い合っているのを小耳にはさんだ。あの子は呑み込みが遅い、とローズがこぼしていた。

メアリー・ルイーズには台所仕事も割り当てられた。毎食前に食事室のテーブルを整え、準備ができたら料理や取り皿を運び、食後には食器を洗う。食器を拭くのはマティルダの担当である。ローズは階段と食事室、表の部屋と各寝室、廊下にいたるまで順々に掃除機をかけた。マティルダは拭き掃除をし、冬場には表の部屋の暖炉を管理した。料理はすべてローズがつくった。メアリー・ルイーズは夫と一緒に使っているベッドの整頓をした。マティルダとローズはそれぞれ自分たちのベッドを整えた。

この家の一員になって二、三か月経った頃、メアリー・ルイーズは上階の廊下の隅の扉に隠された狭い階段を上ってみた。てっぺんまで上ると、屋根裏が二部屋に分かれていた。エルマーと姉たちが使ったと思われるおもちゃの数々が奥行きの深い戸棚にきちんと収納されていて、もっと昔の世代が使ったらしいおもちゃもある。額縁に入れた写真が何枚も壁に寄せかけてあった。別の壁際にはうずたかい本の山。流行遅れになったマネキンがいくつも突っ立っており、そのいくつかにはシーツが掛けてある。食事室でマティルダが使っているミシンのせいでお役御免になった旧式のミシンまで見つかった。張り替えしなければ使えないソファーや椅子、揺り木馬もある。大きな茶箱には黄ばんだ新聞紙に包まれた正体不明の物体がぎっしり詰まっている。陶器かな、とメアリー・ルイーズは思った。急勾配の屋根を四角く切って、各部屋にひとつずつ窓が開いていた。屋根裏部屋はとても静かで、風通しが悪いカビ臭さのせいでなんとなく居心地が良かった。狭い階段の上り口にある扉を閉じれば、正真正銘の自分だけの空間が味わえた。メアリー・ルイーズは怪しまれないときを見はからって、じゅうたんを敷いていない急勾配の階段を上った。それから靴を脱ぎ、足音が響かないようにして屋根裏部屋で過ごした。彼女は肘掛け椅子にゆったりと身を預けた。目を閉じて実家の農場を懐かしみ、カリーンの牧草地や慣れた道を自転車で走ったのを思い出した。店へ出るのは楽しかったけれど、ローズに呑み込みが遅いと思われているのは心外だった。顧客が何を求めているかをつかむことにかけては、この家の姉妹に決して引けを取らなかったからだ。売れた品物の寸法に合わせて茶色い包み紙をきっちり切ることができたし、包み方だって姉たちよりもすでに上手だった。最後に荷造りひもを輪にして、持ち運びやすくした。値引きを求められたとき、エルマーと相談せずに値引き価格を提示したりはしなかった。だが遠くない将来には、エルマーが提示するだろう価格を、半ペニー単位まで言い当てられるだろうと思った。ドッズ薬局に次ぐ第二希望であったとはいえ、服地商会で働くのはじゅうぶんおもしろかった。ただし、店を閉めた後の時間には憂鬱がやってきた。

メアリー・ルイーズ自身がこの店の控えめな顧客だった頃には、マティルダとローズはいつも愛想が良かった。ミス・マロヴァーの学校へ通っていた時分には、カギホックなどの必需品はクウォーリーズで買い、食料品はフォーリーズで買うことにしていた。カウンターよりも頭ひとつ分高いくらいの身長だった頃、母親と一緒にこの店へやってきて、今も店内にある回転椅子に載せてもらったのを覚えている。マティルダに年齢を尋ねられたこともあった。ローズが店の裏へ走って行って、甘いオートケーキを持ってきてくれたこともある。今の姉妹はまるで別人のようだった。

メアリー・ルイーズは日曜日にカリーンの実家を訪ねたとき、母親にありのままを打ち明けた。すると母親は、突然やって来たよそ者に昔ながらの生活をかき乱されたんだから、あのひとたちも心穏やかではないだろうと言った。メアリー・ルイーズが、わたしだって心穏やかじゃないとこぼしはじめると、母親はそのことばを遮るように首を振った。「おまえ、元気そうだね」黙り込んだ娘に向かって、たいそう大事なことがらを告げるかのように母親がつぶやいた。

メアリー・ルイーズには母親はおろか、他の誰にも話していないことがあった。テッサ・エンライトに打ち明けられれば良かったのだけれど、彼女は理学療法士になるための勉強をしにダブリンへ行っていて、クリスマスまで町へは戻らない。ふたりは幼なじみだが、手紙のやり取りはしていなかった。ダブリンの住所を見つけ出したメアリー・ルイーズはテッサに結婚式の招待状を出したが、都合が悪くて欠席だった。

メアリー・ルイーズの同級生だった娘たちは何人か近所に住んでいた。とはいえ、テッサ・エンライトほど親しい友達はいなかった。母親に話せないことを打ち明ける相手としては他に考えられない。レティにも言えないとなると、テッサ・エンライトしかいないと思い詰めた。とは言うものの、彼女がこの町に住み続けていて、友情も続いていたとしても、未婚の彼女にその秘密を打ち明けるのはちょっと気まずい、とも感じていた。

結局、寝室で起きた夫との問題を誰にも話せないまま時が流れた。年が暮れ、翌年の春と夏が過ぎた頃には、店へやってくるひとびとが、彼女の体に興味を持ちはじめたのに気づかずにはいられなかった。女性客たちは欲しい商品の名前を告げるや、メアリー・ルイーズの体をちらりと見た。顔からお腹まで下りて一瞬止まった視線は、即座によそへ逸らされた。彼女は客たちが何を考えているかわかっていた。日曜日に実家を訪ねると、母親とレティの胸の中にも同じ考えがあるのがわかった。母親が口癖のように繰り返す、「おまえ、元気そうだね」ということばにはいつのまにか棘が生え、そのひとことに問い詰められているような気がした。夫婦の寝室でそのことが話し合われることはなかった。エルマーは今も昔も、口を噤んだままだった。彼はメアリー・ルイーズが化粧台の鏡に向かって髪をとかすのを見つめた。メアリー・ルイーズはパジャマに着替えた夫の瞳を鏡越しに見て、かつてはなかったどんよりした光が宿っているのに気づいた。最初のうち、彼女は鏡の中の夫に微笑んで見せたが、相手の表情が変わらないのでやめた。

「そんな音を立ててドアを閉めなくてもいいじゃないの、メアリー・ルイーズ」ある朝、すきま風が入ってきたので食事室のドアを閉めた彼女に向かってローズがいらだった声を上げた。ポリッジが入った皿を四枚載せたトレイを両手で持っていたので、メアリー・ルイーズは肩でドアを閉めた。ドアがすきま風に煽られて大きな音を立てたのは彼女のせいではなかった。「ドアは開けたらすぐ閉める、いいわね、メアリー・ルイーズ」と前の週にローズに言われたばかりだった。

「ごめんなさい」ポリッジの皿を食卓に置きながらメアリー・ルイーズは謝った。彼女の両手がふさがっているのはひと目見ればわかるのだから、三人のうちの誰かが立って、ドアぐらい閉めてくれてもいいのにと思った。彼女は以前にも同じ気持ちを言わずに呑み込んで、「ごめんなさい」とつぶやいた覚えがある。

彼女はローズの料理が嫌いだった。骨付き肉は脂っこいし、ステーキは焼きすぎでコチコチだし、添え物のスウェーデンかぶと水っぽいキャベツも口に合わなかった。ローズはケーキやお菓子をつくるほうが好きで、そちらのほうがおいしかった。六時に食卓に座るといつもケーキが準備されていた。しかし黒パンとソーダパンはよく膨れていない代物で、メアリー・ルイーズには生焼けにしか思えなかった。彼女はときどき、当てつけに食パンを買ってきて、朝食にトーストを焼いた。ローズがメアリー・ルイーズを話題にして、「奥方様」と言っているのを小耳にはさんだとき、彼女はふいに気づいた。自分が近くにいるにもかかわらず、いないものとして姉妹がしゃべっている会話は、つねに自分に聞かせるつもりで話しているのだ、と。

一九五六年の秋、結婚後一周年をわずかに過ぎたある日の朝、メアリー・ルイーズが夜明け前の寂しい時間に目を覚ますと、頬に涙が流れていた。夢を見ていたわけではない。特に理由はなく、泣いているつもりもないのに、涙がただ静々と流れていた。結婚前に想像していたことは何ひとつ実現していない。台所仕事が終われば、鶏卵を洗う以外にすることがないカリーンの退屈な日々の代わりに、町で一目置かれる暮らしがはじまるはずだった。欲しい服を買うお金もあるので、母親のように値段のことで思い煩わずに、店から店へと買い物をして回ることができるはずだったのに、現実は大違いだった。エルマーの妻になれば家は自分の物になり、いずれは店も自分の手にゆだねられるだろう、と彼女はなんとなく考えていた。毎週日曜日の朝、エルマーは教会へ行く習慣がないので、彼女は実家の家族と一緒に信徒席に座った。まるで結婚などしなかったかのようだった。やがて彼女は教会へ通うのをやめた。ただ、日曜の午後に自転車で実家を訪問するのだけはやめなかった――エルマーとふたりで日曜に散歩したのに代わる習慣として続けたのだ。彼女はふと、実家へ行くのを心待ちにしている自分自身に気づいた。その瞬間、自分は、農場を訪れて家族とつきあう時間があるおかげでなんとかやっていけているのだと思った。

朝早く目覚めて、すぐさま憂鬱な気分に落ち込むのがいつものことになった。眠っている夫の隣りで横になったまま、自分の愚かさと、今や明らかになった見通しの甘さと、現実を受け止めようとしないわが身の頑固さについてくよくよ考えた。結婚式を挙げる前、ハリントン牧師から呼び出しを受けて司祭館へ行った。近所のプロテスタント信徒のあいだで語られる冗談として、ハリントン牧師が信徒に深刻な話をしたいときには、ラズベリー・リキュールの水割りを飲ませるという話がある。メアリー・ルイーズが司祭館へ行くと、まさにその飲み物が出て、ビスケットまでついてきた。「あなたはエルマーを愛していますか？」と牧師がぶっきらぼうに尋ねた。結婚式は一か月後に迫っていた。「恥ずかしがらなくていいんだよ、メアリー・ルイーズ」彼女は恥ずかしがってなどいなかった。ハリントン牧師の前で恥ずかしがる者など誰もいない。牧師に嘘をつくのは簡単だった。にっこり微笑んで、エルマー・クウォーリーを愛していますと言えばよかったのだから。彼女はレティと交わしたやりとりを、牧師を相手に繰り返したくなかっただけだ。メアリー・ルイーズは十四歳のとき、自分は病弱ないとこに恋をしていると思った。その次はジェイムズ・スチュアートに恋をした。だが後から振り返ってみれば、それらはすべてばかげた妄想だった。エルマー・クウォーリーと腕を組んで散歩に出るほうがずっと現実的だった。冬の日の夕刻、明かりが煌々と灯り、暖房用ラジエーターがぽかぽかした店内にいる自分を思い描き、上階の住まいの主婦におさまっている自分を考えるほうが、はるかに現実的だった。大理石の暖炉があり、花模様がついたグレーの壁紙で飾った広い表の部屋では、トランプ大会がおこなわれるだろう。音楽の会やダンスの会もある。二部屋に分けている間仕切りドアを開け放って、食卓には大ごちそうが並ぶのだ。

「それを聞いて安心しました」とハリントン牧師が言った。

悶々と過ごす夜更けの時間に、そうした記憶や想像の数々がメアリー・ルイーズを襲った。彼女は、レティの〈映画ファン〉からジェイムズ・スチュアートの写真を切り抜いて、はさみ額縁《パスパルツー》に入れた。恋していると思ったいとこはだんだん体調が悪くなり、学校を休みがちになった。大人になってもやせてひ弱に見える彼は、何だかよくわからないけれど、治らない病気を抱えていた。メアリー・ルイーズの結婚式の日、彼は教会に姿を見せたものの、農場での披露宴には来なかった。明け方、ベッドに横たわったまま、メアリー・ルイーズは牧師の温顔を思い浮かべた。ひとの良さそうな微笑み。差し出された、ピンク色のリキュールが入ったグラス。エブリデイのビスケット。どうして誰も、わたしがとんでもないことをしでかそうとしていると教えてくれなかったんだろう？　レティは教えてくれようとした。でもあんなに怒って、気が触れたみたいに怒鳴り散らすんだもの、耳を傾ける気にはなれなかった。母さんはひとことも言わなかった。父さんは本当にそれでいいのかと尋ねただけ。ミス・マロヴァーは溢れんばかりの気持ちを込めて祝福してくれた。テッサ・エンライトは反対だった？　ひとにだまされない、あのテッサは？　もし反対だったなら、どうして手紙を書いてくれなかったの？　友達なんだから電報をくれるとか、バスに乗ってやって来てくるとかしてくれてもよかったのに！　あなたはエルマーを愛していますかってひとこと尋ねて、それでお終いだったら、牧師なんて何の役に立つ？　お姉さんたちがわたしを嫌いならそれでもいい、なぜわたしに面と向かってそう言わないの？　わたしが不愉快だって最初に言ってくれなかったのはなぜ？　彼がわたしに、服地店は時代にあわせて変わっていくのがなかなか難しいと言ったとき、退屈さにどうして気づかなかったのだろう？　日曜の午後散歩したとき、エルマーは、雑貨小物の中には近頃スーパーマーケットで扱うようになったものも多いし、その傾向は今後ますます強まるだろうと話していた。あのときわたしは歩き去ってしまうべきだったのに、なんでばかみたいに話を聞き続けたのだろう?

散歩のとき、メアリー・ルイーズは服地店の昔話を聞かされた。ミセス・オキーフのお屋敷に見計らい販売でオーバーコートを持ち込んだとき、四着のコートについていた毛皮部分を子犬がびりびりにしてしまったという話だ。掛け売りが焦げついた話や、はじめての客から小切手を受け取るさいの規則についても聞いた。毎年八月になると、丘また丘の彼方から年老いた女が来店して、一九四一年にイングランドへ行ったまま一度も帰省しない息子のために服装一式を買いそろえて送るという話も。さらに、近頃はＹＭＣＡのビリヤードルームへ行くひとが激減しているので、驚いているという感想まで。こんな話ばかり繰り返されてはそのうち神経に障る日が来るだろう、などとは思いも寄らずに、彼女はのんきに耳を傾け続けた。そういう点について、レティはぜんぜん警告してくれなかった。レティのお説教が問題にするのは些末なことばかりだった。

「お皿に乾いた何かが貼りついているわよ」ある日夕食のときに、ローズが食事室で嫌な顔をした。

「これ、キャベツみたいだけど」

ローズはその皿に載ったソーセージとベーコンを食べ終えたところだった。皿に残ったおいしい味の脂をパンで拭おうとしたとき、前回の食事のときに貼りついたとおぼしきキャベツの葉の切れ端を見つけたのだ。

「これ野菜の葉っぱよねえ」ローズがそう言って皿をマティルダに手渡すと、彼女も仔細ありげに皿を見つめた。間違いなく葉っぱね、とマティルダが返した。

エルマーは聞いていなかった。彼は食事中しばしば、現金取り扱い室でおこなっていた計算のことで頭がいっぱいだった。

「これ、見てごらん」マティルダがそう言いながら、皿をメアリー・ルイーズに手渡した。ローズがパンで拭き取ろうとした、胡椒の粉の混じった油脂が冷えて固まりかけている。長姉の気に障ったキャベツの葉の切れ端は皿の縁のところに貼りついている。オーブンで皿を温めたせいで、緑の斑点が動かしがたくそこにある。たぶんキャベツですね、とメアリー・ルイーズも同意した。昼食に確かにキャベツを食べたからである。

「わたしはいつも柄付きタワシを使って、お皿洗いは念入りにしていたのよ」とマティルダが言う。

「こういうものが万が一ついていないか、お皿を持ち上げて確認してた」

「わたし、あやうく食べるところだった」とローズが言う。

「脂と一緒にパンで拭っても不思議はなかったわね」マティルダが相槌を打つ。「拭ったら間違いなく食べていた」

「誰かの食べ残しをね」

メアリー・ルイーズは立ち上がって、皿を片付けようとした。誰が皿を洗っても、洗い残しはままあることだ。別に毒ではない。

「お皿を拭くときに見落としたんですね」彼女がマティルダに言った。

「お皿を拭くときにはぜんぶきれいになっていると思うのが当たり前でしょ。汚れがついてるはずなんかないって」

「これからは柄付きタワシを使うこと」ローズの口調は威圧的だった。マティルダは、エルマーが聞いているかどうか確かめるために横目で見た。マティルダのはしゃいだ表情を見れば、ローズが子どもか召使いを叱るみたいにぴしゃりと命令を下したのを大喜びしているのは明らかだ。

メアリー・ルイーズは無言のまま食事室から出たが、二、三分後、トレイを持って台所から戻ってくると、ドアの外まで大きな声が聞こえてきた。

「まったく、豚小屋と変わらないわね」ローズの声だった。

エルマーがぼそっと何か言った。次はマティルダの声が聞こえた。

「お皿を拭くときに見落としたんですね、だって。ずうずうしいにも程があるよ」

「あの子の実家の中庭へ足を踏み込んだら厩肥《うまやごえ》に膝まではまったよ！　あんなところへ他人様を呼んで披露宴をやったんだからね！」

エルマーがまた何かつぶやいたようだったが、ローズの金切り声に遮られてしまった。

「あの子の姉さん、ガーガンとつきあってたのが町の噂になってたよね。流れ者《ティンカー》と結婚したわけじゃあるまいし、あんなはしたない真似がよくできたものだわ」

「なあ、ちょっと」とエルマーが口をはさんだ。メアリー・ルイーズは、夫が椅子を引く音を聞いた。今度は彼も声を張り上げていた。

「ちょっともそっともないわよ」とローズが金切り声で返した。「わたしたちはあの子と朝昼晩一緒に食事をしているんだから」

「あなたのお姉さんが、お皿についたゴミを食べさせられようとしたんだよ」とマティルダがだめ押しした。「こんなところに腰掛けてたら殺されてしまう」

「何言ってるんだ、馬鹿な話はやめてくれよ」エルマーが不機嫌な声を上げた。「キャベツの葉っぱくらい何でもないじゃないか！」

「洗剤がついてたら毒になるの」マティルダが言い張った。「次は何がついてくるかわかったものじゃないんだから」

「あの子の兄さんはうすのろだよ」とローズが言った。

エルマーは何も答えなかった。マティルダが、あの子は次は壁紙用の糊を混ぜたライスプディングをこしらえるかもしれない、と言った。お皿ひとつ満足に洗えないんだから、壁紙用の糊を食べる覚悟をしておく必要があるよ、と。彼女はエルマーに、壁紙用の糊を食べたら死ぬかどうか調べておきなさいと言った。

「あの子はお客様におべっかを使うよ」とローズが言った。「無駄話ばっかりしてるんだから。ケーキをひと切れどうだい、エルマー?」

受け皿の上でティーカップがカタカタ音をたてて、お茶が注がれる音が聞こえた。

「今日はチェリー?」エルマーが尋ねた。

「そうよ」

「それじゃひと切れもらおうかな」

それから静かになった。幕間劇は終わった。メアリー・ルイーズは食事室へは入らずに台所に戻った。十分後、姉たちが夕食の食器の残りを運んできたとき、彼女は洗い物をしていた。姉たちはキャベツのことはおくびにも出さず、メアリー・ルイーズに愛想良く話しかけた。ローズは彼女にチェリーケーキをすすめたが、メアリー・ルイーズは首を横に振った。流しのほうを向いたままでいたのは、泣き顔を見られまいとしたからだった。

エルマーはその晩YMCAのビリヤードルームへ行った。帰宅したとき、メアリー・ルイーズはすでにベッドに入っていた。彼女は寝室の明かりを消して眠ったふりをしていた。さっき夕食後に、わたしが食事室のドアの外まで戻って来ていたのをお姉さんたちは知っていた。不機嫌な声が飛び交うのを聞いて、わたしが動けなくなっているのを知っていたのだ。メアリー・ルイーズの目尻から涙が溢れた。涙は髪と耳を濡らし、首筋まで濡らした。兄をうすのろ呼ばわりされたのが一番傷ついた。

翌日の午後、ローズとマティルダが売り場に立ち、エルマーは現金取り扱い室にいるのがわかっていたので、彼女は板がむき出しの階段を上って屋根裏部屋へ行った。そこでなら大声を上げても、すすり泣いても、あえいでも、誰にも聞こえないのがわかっていた。メアリー・ルイーズは両手のこぶしを握りしめて両脚の腿を叩きながら、自分自身の愚かさを責めた。

7

彼女は八歳の頃を夢に見ている。彼女もテッサ・エンライトも八歳。「月に一回くるんだよ」カリーンに近い道路でテッサ・エンライトが話している。ふたりは群れからはぐれた雌羊を探すよう言いつかっている。「布きれで止めるんだ」

それが女の子の悩みの種なのよ、とレティが言う。食堂兼居間《キッチン》で、母親が結婚式の日取りを慎重に選びながら、注意しなくちゃいけないよと言う。ミス・フォイの家にやってきた日も、折悪しくそれが来ている。「わたしを置き去りにしないで、お願いだから」その日、彼女は必死に頼むが、彼は頼みを聞いてくれない。

雌羊は見つかったけれど、岩の脇で死んでいる。彼女はひとりで森から出てくる。するとそこにミス・フォイの家がある。「その家へ行けば何不自由なく暮らせるんだ」と彼が言う。彼が言うことは正しいので、彼女は彼の首元に両腕をからませる。彼はいつだって彼女に親切なのだ。

8

一九五六年のクリスマスイブ、エルマーは隣家で金物店を営む店主のレネハンと一緒に、ホーガンズ・ホテルのバーへ行った。例年通り、この日も午後四時半に落ち合って、ブリッジ通りを歩いていった。この時期になるとどこからともなく町へやってくる路上音楽家がメロデオンを演奏している。貧しい地区から商店街へやって来たひとびとで、舗道は混み合っている。クリスマスイブの閉店間際の時間に特売がおこなわれるのを期待して、買い物を先延ばしにしているのだ。酔った男がひとり、話を聞いてくれそうなひとに誰彼となく話しかけている。

「景気が悪い年だったね」ホテルのバーに直接通じている、脇の扉口をくぐりながらレネハンが言った。ふたりは毎年クリスマスイブに、過去十二か月の景気の変動や、それぞれの分野での製造業者とのつきあいの難しさや、収益と損失などについて語り合う。レネハンのほうが年上だ。こぎれいな身なりをして、やせ形で、口ひげをきれいに整えたこの男は、仲間内ではおしゃれ好きで通っている。

「ひどく悪いですよ」エルマーが相槌を打った。

表の街路と同じお祭り気分がホテルのバーにもただよっていて、たくさんの客でごったがえしていた。エルマーのようにふだんはここへ来ない連中もやってきて、小グループで立ち飲みしながらにぎやかに喋っている。紙製のクリスマス飾りが天井を斜交いに張り渡されている。

「いつものガソリンにするかね、エルマー？」レネハンはまわりくどいものの言い方をする男だ。ふざけたものの言い方をすれば顧客に気に入られると信じている彼はいつもジョークに磨きを掛けていた。

「じつはですね」とエルマーが答えた。「小さいやつをひとつ飲もうと思うんです」

レネハンは連れの顔を愉快そうに眺めた。クリスマスイブの夕方に待ち合わせして何年にもなるが、この服地屋がウイスキーを飲みたいと言いだしたのははじめてだ。寝込んでしまいそうな大風邪をひいていた年でさえ、ミネラルウォーターしか飲もうとしなかった。レネハンは映画で見た俳優のしぐさを真似て、眉毛を大げさに上げた。

「結婚したらそうこなくちゃ！」彼はエルマーの脇腹を肘でやさしく突いた。

エルマーは黙っていた。レネハンが相手のときはいちいち受け答えする必要はない。金物屋の主人が人混みを縫ってカウンターへ近づいていく間、エルマーは少し離れたところに突っ立っていた。彼は新婚旅行の晩以来、ウイスキーを一度も口にしていなかった。去年のクリスマスイブは例年通りミネラルウォーターを飲んだ。彼はたたずんだまま、結婚したらそうこなくちゃということばを嚙みしめていた。そして、レネハンのジョークには本人が気づいている以上の深みがあるのかも知れないと思った。

エルマーがいるのに気づいた知り合いたちが、カウンターの反対側からあいさつを送ってきた。店主仲間の中に銀行員が二、三人交じっており、事務弁護士のハンロンも来ていた。エルマーはふと、自分は彼らにどう思われているのだろうと考えた。それから、なんとも思っちゃいないと考え直した。結婚式から数えて十五か月が経っていた。

「クリスマスおめでとう！」レネハンがグラスを挙げ、エルマーも少しだけグラスを挙げた。あの土曜日の夜のことでエルマーが覚えている最後の場面は、バーマンが店を閉めたがっている情景である。歩いて海浜ホテルまで戻ったことや、ロビーや階段や、別れのあいさつを交わしたことなどはまるで記憶にない。わたしにも帰る家がありますので、というバーマンの声の次に思い出せたのは、服を着たまま目覚めたことだ。

レネハンがエルマーにタバコをすすめた。ウイスキーを飲むようになったのなら、タバコも吸うに違いないと考えたらしい。エルマーは首を横に振った。タバコは一度も吸ったことがなく興味もないので、と彼は言った。

「吸わぬに越したことはないよ」レネハンのヤニで染まった細い指が、マッチを擦った赤い炎でパッと明るくなった。彼はタバコをひと吸いして煙の輪を出して見せた。それから、過去一年間に掛け売りを停止した農夫の名前を挙げた。

「その男ならうちも同じく停止しました」とエルマーが言った。

海浜ホテルに滞在中、マクバーニーズのパブへは二度と行かなかった。最初に行ったこと自体が間違いだったと思ったからだ。ホテルでの最後の晩、例の三人組のひとりと相席になり、食後にあのパブへ行こうと誘われた。メアリー・ルイーズは明らかに乗り気で、再訪の下約束ができているようにも思われた。だがエルマーは頑として固辞した。ひと晩パブで遊ぶと大金が掛かるので懲りたのも事実だった。

レネハンは、近い将来に掛け売りが焦げつく可能性のある顧客を名指しした。さらに、資産を食いつぶさないか監視する必要がある農夫たちの名前も挙げた。レネハンには、店に出ている三人の息子のほかに勘定を受け持っている娘もいる。レネハンとエルマーはホーガンズ・ホテルのラウンジで意見を交わしながら、他人を雇わずに家業をやっていけるのは大いに有利だという点で、何度も意見が一致した。

「それはジン？」エルマーが尋ねた。

「お湯割りだよ」

エルマーはカウンターへ向かった。クリスマスには毎年、ホテルの女性支配人がバーマンを手伝う習慣になっている。エルマーと同年配の未婚女性で恰幅がよく、羽毛をむしったような睫毛をしていた。彼女の赤毛は海浜ホテルの女主人を思い起こさせた。あるときエルマーはメアリー・ルイーズに、ふたりの髪色がそっくりだと話してみたが、メアリー・ルイーズはホーガンズ・ホテルの女性支配人に目を留めたことがないと言った。女性支配人はブリジットという名前である。

「ミスター・クウォーリー、ご注文は？」ブリジットが微笑んでグラスを取り下ろした。黒いドレスの胸元にネックレスが光っている。歯のひとつに赤い口紅がついている。「まあ、わたしとしたことがごめんなさい！　クリスマスのごあいさつがまだでしたね、ミスター・クウォーリー」

「ハッピー・クリスマス、ブリジット。わたしは小さいのをひとつ。それからミスター・レネハンにジンのお湯割りをお願いします」

何年も前の話だが、彼はカトリック信徒との結婚を考えた。結婚相手がどうしても見つからなければ、それもやむなしかと考えたのだ。ある日、現金取り扱い室から売り場を見おろしていたとき、ホテルの女性支配人――そのときはまだ副支配人だった――がサマードレスを胸に当てている姿を見かけた。以後二、三週間、彼女に近づく方法はないか考えてみたあげく、急ぐことはないという結論に達した。だがもしあのとき違う結論を出していたとしたら、それ以後の人生はまったく別物になっていたはずだ。プロテスタントとカトリックの結婚は近頃ではよくあることなのだから。

「調子はいかがですか、ミスター・クウォーリー？」現金を受け取り、すばやく釣り銭を返しながらブリジットが問いかけた。

「ばたばたしてますよ、ブリジット。あいかわらず」

「そうですか、それはなにより」そう返しながら向きを変えて、彼女はもう他の客に応対している。

エルマーは彼女がなぜ結婚していないのか知らない。

「幸運を祈って」レネハンはグラスを挙げて乾杯のことばを繰り返す。

去年までのエルマーは、二杯目のレモネードをそそくさと飲み干し、空のグラスを近くのテーブルに置いてバーを出た。そうすれば四時五十分には店へ戻れた。ところが今日はウイスキーをゆっくりすすり、内心ではきつい味を愛でていた。エルマーは今、ＹＭＣＡのがらんとしたビリヤードルームで過ごすよりもラウンジで飲むほうが楽しいと感じていた。

「ブリジットが結婚しないのは」とエルマーが口を開いた。「不思議ですね」

レネハンはエルマーに、ブリジットが若かったとき、若い補助司祭と恋に落ちた熱愛物語の一部始終を話して聞かせた。

「カーティン神父だよ。ほおひげを生やした生意気な若造だ」

「あの神父ならよく覚えています」

「教区司祭が恋愛のことを嗅ぎつけて、あいつはよそへ飛ばされたんだ」

「そいつは残念でしたね」

「カーティン神父は還俗するという噂もあったがね。結局はそんなこともなく、かわいそうにブリジットがひとりぼっちで置き去りにされてしまったわけだよ」

「そうですか。その話は初耳でした」

「ひた隠しにされてた話だからね。この話を知ってる者は、町中探してもそうたくさんはいないはずだよ」

「あのブリジットがねえ」

「そう、あのブリジットだからこそだよ」

ふたりは記憶している他の醜聞を語り合った。レネハンがさらに二杯お代わりを飲み、エルマーも同じだけ飲んだ。

「そろそろ戻ったほうがよさそうです」もう六時近くになっていたので、エルマーは暇乞いをした。レネハンは他の知り合いのところへ行って話を続けた。エルマーは店へ戻った。

本人は意識していなかったものの、そのクリスマスイブに何かがはじまった。一月の中頃、エルマーはＹＭＣＡのビリヤードルームへ行く代わりに、気がつくと脇の扉口を通ってホテルのバーへ入っていた。クリスマスイブよりもはるかに静かだったが、常連の酔客が店内にたむろしていた。顔見知りなので、彼らのほうに向かって会釈してから、このホテルでボーイもしているバーマンのジェリーに、ウイスキーを注文した。そしてカウンターの椅子に腰掛けて、ジェリーと天気の話をした。

数週間後、エルマーは再びホテルのバーへ行った。店の上階の住まいを出るときには、一、二時間ひとりでビリヤードをしにいくつもりだったのだが、気がつくとまたホテルの脇の扉口をくぐっていた。二度とも、帰宅後に、行き先を変えたことを家人に報告しなかった。ウイスキーは心にのしかかる鈍痛を押し殺してくれた。一、二時間のあいだとはいえ、心の重荷を取り去ってくれたのだ。結婚式の晩のように飲み過ぎれば、暗い霧に巻かれるのはわかっていた。だが現金取り扱い室にこもって、姉たちと妻が売り場で立ち働いているのを見おろしながら、彼はしばしば、暗い霧がなぐさめになることもあると思った。

その年の春には、エルマーがビリヤードルームへ行く頻度はますます減った。とはいえ例年、日が長くなるにつれて足が遠のくのは常だったので、管理人のデイリーには気づかれずにすんだ。ただし次の秋が来ても、ビリヤードルームへはもう足を運ばなかった。秋までのあいだ、エルマーには夜分家を出る口実がなかった。というのも一度か二度試してみたのだが、散歩に行くと口に出したところ、メアリー・ルイーズも一緒に行こうとして準備をはじめてしまったのである。そこで彼は、夏場には午後、短い時間だけホーガンズのバーへ立ち寄ることにした。九月の声を聞くと、ビリヤードルームへ行くのを口実にしてもっと長い時間酒場で過ごせるのでうれしかった。その年の暮れには、エルマー・クウォーリーを近頃よくホーガンズのバーで見かける、と町のひとびとが気づきはじめた。

ローズとマティルダの目はあらゆるものを見逃さない。何ひとつ、である。子どものように鋭い彼女たちの目と耳は、独り身の人生を過ごす中でいっそう磨きがかかっていた。レティやホテル支配人のブリジットの人生と同じく、かつてマティルダの人生にも恋愛の季節があった。彼女の婚約者は戦争がはじまると同時に英国空軍に入り、戦争終結の数か月前、一九四五年に死去した。その時期には爆撃機の砲手に出番が回ってくるような戦闘はほとんど終わっていたので、戦死ではなく、レスターシャーの飛行場での事故死だった。軽率なパイロットが、扉を開け放った格納庫を飛行機で飛び抜けようとした結果、惨事が起きたのである。ローズは一度もプロポーズを受けたことがない。姉妹の独身生活は、同じ根から枝分かれした二本の頑強な植物のように育っていった。根の正体は家系だ。クウォーリー家は一般大衆とはいささか異質な家系で、小さな町に根を張った小金持ちのプロテスタント信徒として代々暮らしてきた。マティルダとローズには確固たる自負がある。信念や信仰にではなく、自分たちは一般大衆とは違うというわずかな優越感において。

彼女たちはその優越感を消すことができない。それが消せないのはとうの昔に明らかだった。ふたりはもはや消す努力さえ放棄していた。だってそんなことに骨を折る必要なんかないでしょう？ 百年前なら弟が巡回市で買って帰ったかもしれないような、一文無しの小娘に譲歩するなんて冗談じゃない。弟は子どもをつくるためにあいつと結婚したんだもの。お店の上階に住む家族の名前が続いて欲しいと思い立ったせいで結婚しただけ。ローズもマティルダも、そういう考え方がすでに時代遅れだと重々わかっていた。それは安っぽい感傷に過ぎなかった。

クリスマスイブにエルマーが帰宅したとき、姉妹は即座に酒臭い息に気づいた。だがそれを話題にはしなかった。姉妹は、弟が毎年クリスマスイブにレネハンと誘いあわせて、ホーガンズのバーへ行くのを知っていた。弟が何を飲むのかまでは知らなかったものの、バーから帰ってきたのだから、酒臭いのは当然だと考えていた。一月のある晩、同じ匂いが姉妹の鼻を突いた。だが姉妹は、ＹＭＣＡへ行っていたはずなのになどと言って、弟を問い詰めたりはしなかった。エルマー本人も黙っていた。その後しばらくして、ふたりは三度同じ匂いを嗅いだ。だがこのときも、姉妹はそれを話題にせぬまま終わった。

姉ふたりは弟の結婚に関して、何ひとつ変化する余地がないのを承知していた。弟が間違った決断をする前には言うべきことを言った。子ども時代に姉として責任を果たしたのと同様、最善を尽くしたのだ。今やこの家に暮らす者全員が、間違った決断の結果とともに生きなければならなかった。

「隠れて飲んでいるんだよ」ローズがついに口を開いた。
「そうね」
姉妹はある晩、階段を上りきった二階の廊下で待ち構えていた。ふたりは、帰宅した弟の両目が充血しているのを見逃さなかった。エルマーはなぜか、唇を開けたり閉じたりしていた。眉がふいによじれたり痙攣したりする、見慣れた弟の癖とは違っていた。姉たちは弟に話しかけず、弟のほうも黙ったまま通り過ぎて三階へ上っていった。表の部屋で彼の妻、「奥方様」がラジオをつけた。その数分後、彼女も三階へ上っていく足音を姉妹は聞いた。

獣医がレティとデートするようになった。最初は具合が悪い若雌牛を診察しにやって来て、診察を終えた後、食堂兼居間《キッチン》で出されたお茶を飲みながら長話をして帰った。二週間後、獣医は請求書を届けに来たついでに、レティをエレクトリック・シネマに誘った。赤毛でなかなか男前なその男はレティよりも二、三歳年上で、デネヒーという名前のカトリック信徒である。「世の中はまあそういうものだよ」ミスター・ダロンが寝室で妻とふたりきりのとき、そうつぶやいた。両親とも、この恋が長続きしなければいいと願っていた。

一九〇六年から一九五〇年までミス・マロヴァーが教鞭を執った、教会に隣接した一教室だけの学校は、彼女の退職と同時に閉鎖された。町とその近郊に暮らすプロテスタント信徒の子どもたちは以後、十五マイル離れた学校へ車で送り迎えしてもらうか、さもなければ、町のカトリック女子修道院付属女子校か、キリスト教教育修士会《クリスチャン・ブラザーズ》が経営する男子校へ入学することになった。ミス・マロヴァーはこの日が来るのを覚悟しており、町に教場を構えた最後のプロテスタント教師としていささかの自負を持っているようにも見えた。アイルランド聖公会《チャーチ・オブ・アイルランド》教員養成学校出の若い教師が着任するようなことでもあれば、かえって彼女をいらだたせたに違いない。

「もう慣れましたか?」ある日、サウスウエスト通りでメアリー・ルイーズと出会ったとき、ミス・マロヴァーが尋ねた。こういう問いかけをしても不自然でない期間がすでに流れていた。彼女は、結婚した教え子にしばしば同じ質問を投げた。かねがね慣れることこそ大事だと思っているので、ずっと昔からこんなふうに尋ねると決めていた。新婚の一年間かそこらは年齢、男女を問わず、新生活に適応しあぐねて何やかや問題が起きる。だが至極当然のこととはいえ、その種のできごとを前もって覚悟しておけるとは限らない。

「はい、先生」メアリー・ルイーズの声に、ミス・マロヴァーは疑わしさを聞き取った。それ以後メアリー・ルイーズと話をする機会があるごとに、ミス・マロヴァーの疑念は確信へと変わった。そしてミス・マロヴァーは大いに失望するにいたった――結婚式のときに心配ないと思ったのは、どうやら見立て違いだったらしい。

9

記憶はときに完璧で光のように澄み切っている。目を覚ました彼女は、明け方の静けさの助けを借りて思い出にひたる。面会客の訪問を受けた翌朝、彼女は人生で一番好きな一年の思い出にひたっている。それはロシア人が犬に宇宙飛行をさせた年、ビル・ヘイリーの年、デ・ヴァレラが選挙で圧勝した年である。百歳まで生きると思われた聖心会の女子修道院の修道女が九十九歳で亡くなった。コンロン通りで下水道が詰まったため空気ドリルで地面が掘られ、水道管が取り替えられ、路面の再舗装がおこなわれた。ガス工場の支配人の飼い猫だった鹿毛色の雄猫が、近所の家に吊してあった鳥かごを襲い、叩き落としたせいで、あやうく訴訟騒ぎになりかけた。ティレル青果店が閉店した。レティのお気に入りのハンフリー・ボガート――カリーンの家の寝室に切り抜きがべたべた貼ってあった――が死去した。一九五七年である。

「メアリー・ルイーズ」面会客を面食らわせた翌日の明け方に彼女がつぶやく。「メアリー・ルイーズ・ダロン。今はミセス・クウォーリー」夫は年老いていて、義姉たちはもっと年を取っている。夫の余生は二十年ほどだろうか、あるいは十四、五年かもしれない。義姉たちはいつまでも生きるだろう。ミス・フォイの家での生活費は夫が支払ってきた。滞りなくいつも。ずっと昔、義姉たちが彼女の父親に支払わせようと画策したこともあったが、カリーンの家にそんな余裕はなかった。「あなたのだんな様はきちんとした方です」ミス・フォイはしばしばそう言う。ここで暮らしている者たちが全員、生活費を納めているとは限らないからだ。もっと大きな共同寝室は内装がそっけなくて、マグや皿もホーロー製のものを使っている。お酒を飲まずにいられないとはいえ、確かに彼はきちんとしたひとだ。この家が閉鎖されるのは彼の落ち度ではない。騒がしく暴れるひとたちはどこか他所へ連れて行かれる。彼女自身は、騒がしく暴れたことなど一度もない。

暗闇から人影があらわれて、彼女のベッドに腰掛ける。毛布を肩から掛けている。ヨール出身のミセス・リーヴィが、自分の見た夢を報告しに来たのだ。

彼女はミセス・リーヴィの話を聞いた後、自分の夢の話をしはじめる。

10

日曜日ごとにカリーンの家へ戻り、お茶を飲みながら近況を語り終えると、メアリー・ルイーズは自転車をこいで町へ帰る。四時四十五分頃に出発するのだが、町に近づくにつれて気分が沈んだ。一九五七年三月のある日曜の午後、彼女は町へ向かう街道からそれてみようと思い立ち、よく知らない近在の脇道をあてもなく走ってみた。翌週は別の方向へ寄り道をした。やがてさまざまな道筋を知り尽くすと、気に入った経路を繰り返したどるようになった。エルマーの求婚を受けていた頃、そのあたりを散歩した記憶が苦々しく思い出された。自転車をよその農場の塀の陰に隠し、十字路をふたりでいつも右へ曲がり、森を抜けて太鼓橋を渡った。それは、ミス・マロヴァーの学校へはじめて行った日と同じくらい、大昔のことのように思われた。自転車で太鼓橋を越えるたびに、誰かがわたしに忠告してくれてもよかったのにという思いが繰り返し、苦さを増してよみがえった。なぜレティだけしか言ってくれなかったの？　せっかく心配してくれたのに、どうして妬むみたいな口ぶりだったの？

ある日曜日、いつもより遠くまで寄り道した彼女は、気がつくとある家の門前にいた。目の前から草深い並木道が玄関へ通じている。道路に沿って大きな弧を描く鉄柵は、とうの昔に塗料の痕跡を失っていた。錆だらけの鉄の門扉は過ぎ去った時代に大きく開かれたまま、木イチゴの茂みと、人間の腕ほどの太さにまで成長したキヅタの枝をずっと支えているかのようだ。道路脇にたたずむ彼女の目に、並木道の先に白くて飾り気のない屋敷が立っているのが見えた。おばのエメリンが所有するささやかな地所である。ここへは一度しか来たことがない。以前母親がよくこしらえていた自家製バターを一ポンド、持っていくように言われて、レティとふたりでやってきたことがあるだけだ。その後、バターは定期的にこの家へ届けられるようになったのだが、運ぶ係はジェイムズに変わった。この家にいたる道は上り坂が一マイルも続くので、自転車を押して登るのが大変すぎると文句を言ったせいで、女の子ふたりはお役御免になったのである。メアリー・ルイーズは並木道を眺めながら、エメリンおばさんのひとり息子が病身を押して結婚式に出席してくれたのを思い出していた。他でもない、学校へ通っていた頃の一時期、恋をしていると思ったあのいとこ。あれ以後もし体調が悪化したのなら、彼女の耳にも消息が聞こえたはずだった。いとこはロバートという名前だった。

メアリー・ルイーズは自転車にまたがって来た道を引き返した。ところが二、三ヤードも行かないうちに、大きな弧を描く道路を埃まみれの自家用車がこちらへ向かってきた。クラクションが鳴り、エメリンおばさんが手を振って停車した。不意を突かれて動揺し、このあたりは避けるべきだったと気づいたが遅かった。苛立った彼女は自転車を降りた。頬が紅潮しているのを自覚した。ただ息を切らしているだけだと思って欲しかった。

「おやおや!」ノブをぐるぐる回して車のウィンドウを開けながら、エメリンおばさんが声を上げた。「来てくれたのね、メアリー・ルイーズ?」

彼女は頭を振った。言い訳を考えようとしたが何も浮かばない。日曜日の夕刻に彼女がここにいる理由など世界中探しても見つかるはずがない以上、ふと心に浮かんだことばを口に出すより他になかった。

「ロバートの具合はどうかなと思って」

「会いに来てくれたのね、ロバートに？」

「いえ、そうじゃなくて。ただわたしは……」

「このところ、あの子はとても具合がいいの。さあ、いらっしゃい。きっと大喜びするわ」

エメリンおばさんがウィンドウから頭を引っ込めた。おばさんの髪は長くてぼさぼさで、野外で長時間作業するため額と両頬が赤く日焼けしていた。車は直進し、ふいに止まった後、危なっかしい運転で門の中へ乗り入れ、速度を上げて並木道を進んだ。メアリー・ルイーズは後を追って自転車をこいだ。

いたずらっぽい目をした、ひょろひょろでのっぽな子どもだったロバートが今では色白の若者に育ち、その目のいたずらっぽさは愉快そうな輝きに変化していた。かつては掛けていなかったメガネも掛けている。だがやせてほっそりした体格がメアリー・ルイーズに、子どもの頃の彼を思い起こさせた。もじゃもじゃの髪が額に掛かり、唇あたりに大人っぽい微笑みがただよっていた。

「おやおや！」彼は母親とまったく同じ声を上げた。「メアリー・ルイーズじゃないか！」

彼は取り散らかした大きな部屋の、暖炉の脇に腰掛けていた。テーブルと肘掛け椅子の上には、冬の木立を描いたスケッチの数々や、緑のインクで走り書きした紙片や、たくさんの書物などが載っている。出窓ではおもちゃの兵隊たちが集結して戦っていた。部屋の隅には釣り竿や網がごたごた絡まり、ガラスの扉の向こうは温室で、中にはブドウが実っていた。

レティとふたりで自家製バターを持ってきたときは食堂《キッチン》兼居間へ通されただけだったので、こんなふうに奥の間を見るのははじめてだった。とはいえこの屋敷のことは、メアリー・ルイーズが生まれる前に死んだエメリンおばさんの夫の話とともに、実家でよく話題になった。おばさんはお金目当てに結婚したのだと言われていた。ところが、夫がばくち好きだったせいでかんじんのお金は長続きしなかった、というオチがいつもつけ加えられた。「ひとを飽きさせない男だったよ」というのがミスター・ダロンの口癖だった。お金よりも人物の魅力のほうが長続きしたのだ。メアリー・ルイーズはおじの死因を知らなかった。彼女はときどき、ロバートと同じ病気だったのかなと思ったりした。

「サクラソウを摘もうと思っていたの」取り散らかしたその部屋で、メアリー・ルイーズはいとこに嘘をついた。並木道の道端にサクラソウが少し咲いているのを目に留めていたのだ。彼女はさらに、毎週日曜日にカリーンへ行くのだけれど、今日は春の花を摘もうと思って自転車で足を伸ばしたのだと言った。

話を聞いているうちにロバートはよりくつろいで、ふだんはへの字に結ばれている唇の線が和んだ。彼は、彼女が今ここにいる理由には興味がなさそうだった。

「それでエメリンおばさんに出会ったのよ」メアリー・ルイーズがしつこくだめ押しした。

「結婚生活はうまくいってる、メアリー・ルイーズ？」

もう慣れたわ、と彼女は答えた。ことばがどもるように口から飛び出した。ロバートの質問にそんなふうに答えるつもりはなかった。彼女はロバートが、言い逃れしようとする自分の様子に気づいたのを察知していた。

「そうだね、もう慣れた頃だよね。ばかな質問をしちまったなあ！」

ロバートはメガネを外してハンカチで拭いた。彼はコーデュロイのズボンにツイードの上着をはおり、穴飾り靴《ブローグシューズ》を履いていた。左の折り襟から懐中時計の鎖が垂れ下がってポケットの中へ消えていた。親戚の噂によればこの懐中時計は、ロバートの父親がほとんど何も残さずに死んだのを哀れんだ質屋の主人が、ロバートを不憫に思って返却した品だという。

「お店には出てるの？」

「一日中ではないけど、出ているわ」

「どうしてるだろうってときどき思っていたんだ」

エメリンおばさんがお茶を運んできた。おばさんは小卓の上に積み上がった書物や紙を片づけて、トレイを置いた。ケリー・ブルー・テリアが彼女の後をついてまわった。

「あまりお客様が見えないものだから」そう言ったおばさんの顔を見たメアリー・ルイーズは、彼女が喜んでいる――というか興奮さえしている――のがわかった。おばさんは自分で育てたリンゴやブドウや野菜を売って、わずかな収入で暮らしを立てていた。メアリー・ルイーズは父親が、リンゴとブドウがなかったらあの家の母子は食いつなげなかったに違いない、と話しているのを聞いた覚えがある。

「君とテッサ・エンライトが、女の子の机の物入れに青虫を入れたのを覚えてる？」ロバートが尋ねた。「あの女の子、なんていう名前だっけ？」

「ポシー・ルークでしょ」

「嚙みつかれたみたいに金切り声を上げてたっけ」

「ポシーったらかわいそう！　大の青虫嫌いだったのよ」

ふたりは学校時代の思い出話を交わした。エメリンおばさんがメアリー・ルイーズに、ご家族は皆さん元気ですかと尋ねた。それから、レティが獣医さんとおつきあいしていると聞きましたけれど、その獣医さんならわたしも知っていて、感じのいいひとですよと続けた。

「ジェイムズはどうしてる？」とロバートが尋ねた。

「元気よ」

これには嘘偽りはなかった。兄は以前ほど不平不満を言わなくなったし、急に怒り出す頻度も減った。彼は近頃、人生ではじめて自分が農家の跡継ぎであるのを自覚し、日々やっている仕事は自分のためになっているのだと理解したらしい。彼の心境の変化はメアリー・ルイーズの結婚をきっかけにはじまり、レティが獣医と交際するようになってからは確固たるものになった。

「クウォーリー家のひとたちはお元気？」エメリンおばさんが尋ねた。

ええ、元気です、とメアリー・ルイーズが答えた。

「そう、それはよかったわ」

「わたしそろそろ、おいとましないと……」

「まあ、そんなに急がなくてもいいじゃないの。めったに会えないんだから」

ロバートが声を上げて笑った。「めったにどころか、まったく会ってなかったんだよ」

メアリー・ルイーズは、子どもの頃、自転車でこの屋敷まで上ってくるだらだら坂がとてもきつくて自分とレティが音を上げたので、毎週バターを持ってくるお役目をジェイムズに代わってもらったことを説明した。もしかして相手が気を悪くしているといけないと思い、わざわざそんなことまで話したのである。

「なるほど、そういうわけで、わが家ではジェイムズとのおつきあいのほうが深いのね」とおばさんが言った。

「ぼくたちはふたりでよく玉突き《バガテル》をやったんだ」とロバートが言った。「ジェイムズは玉突き《バガテル》が大好きだよ」

「今はエダーリー家の兄弟たちとトランプをしています」

母子が笑った。だがメアリー・ルイーズは、この母子を困窮に追い込んだのが父親のばくち狂いだったのを思い出し、トランプの話なんかして、と反省した。彼女は頬が再び紅潮するのを自覚して、気づかれぬよう祈った。

「もう少しだけロバートとお話ししていってくださいな」とおばさんが頼むように言った。やんわりと訴える声音に不安の刃が尖っていた。彼女はしゃべりながら腰を上げて、ふたりのカップにお茶を注いだ。彼女が部屋を出て行くと、ケリー・ブルー・テリアはのんびりと後を追った。

「母はぼくが誰とも会わないと思ってるんだ」エメリンおばさんがドアを閉めて出ていった後、ロバートはつぶやいた。「もちろんそれはその通りなんだけどね」

「ロバート、あなたは毎日どんなことをしているの？」

「まずは二階からこの部屋へ下りてくる。この部屋が大好きなんでね。肌寒いときには暖炉に火を入れる。食堂兼居間《キッチン》で母と朝食をとる。それ以後の過ごし方は日によってさまざまだね」

メアリー・ルイーズは、他の子どもたちが徒歩か自転車で通学していたのに、彼だけは母親の運転する自動車で送り迎えしてもらっていたのを覚えている。記憶の中のロバートはいつも、車のハンドルを握っている肌が荒れた母親と一緒だった。メアリー・ルイーズは近頃、ロバートの母親を町で見かけた覚えがなかったので、買い物はどうしているのだろうと思った。とはいえこの屋敷から二、三マイル離れたところによろず屋とガソリンスタンドがあるので、たぶんそこですませているのだろうと考え直した。

「静かな生活だよ」といとこが言った。

「そうね」

ロバート特有の歪んだ微笑みが広がった後、すぐに真顔になった。彼はメアリー・ルイーズを見つめていた。彼女は、彼が話している間じゅうずっと彼の視線を感じていた。

「騒がしいところは得意じゃないもんでね」

彼女はそのことばを否定するようなことを言うべきかどうか一瞬悩んでから、やめておこうと決めて微笑みを返した。彼が口を開いた。

「ミス・マロヴァーの学校へ通っていた頃、大人になったら競売人になりたいと思っていた。大声を出して場を仕切る自分の姿を夢想していた。信じられるかい？　本気でなりたかったんだよ」

「あなたが競売人になったところなんて想像できないわ、ロバート」

「きっと後悔したとは思うんだけどね」

「わたしはドッズ薬局で働きたかった。楽園みたいなところだと思ってたの」

「君は次善の策をとったわけだ」

「クウォーリーズ服地商会のことも考えていたのよ」

「それで、クウォーリーズは楽園なのかな、メアリー・ルイーズ？」

「楽園なんて子どもじみた夢だった」

ロバートは彼女を見つめながら笑った。彼の目は茶色だが、かなり濃い茶色で、眼光が翳ったときにはほとんど漆黒に見えた。べっこう製の丸めがねがよく似合っていた。

「こっちへ来て、もうひとつ、子どもじみたものを見ておくれよ」と彼が言った。

そうして肘掛け椅子から立ち上がり、メアリー・ルイーズを、兵隊が飾られている出窓へ誘った。西部戦線のエースとシャンパーニュの会戦だよ、とロバートが言った。

「ニヴェル将軍は、ヴァイイとランスの間に張られたドイツ軍の戦線を打ち破ろうともくろんだ。一方、ドイツ軍の大軍勢はドイツ帝国皇太子そのひとが指揮を執っていたんだよ」

ロバートはヴォンドゥレスとラ・ヴィル・オー・ボワの間に引いた線を示して、ここだけはドイツ軍が戦線を持ちこたえたものの、他の場所ではかなり後退したのだと語った。メアリー・ルイーズは、これはいったいどの戦争の話で、何のためのの戦いだったのだろうと考えた。

「ドイツ軍はよく反撃したんだが、フランス軍が押しに押したので、シュマン・デ・ダームで激突することになった」

さまざまな名前が記されたいくつもの矢印が説明の内容を具体的に指し示していた。兵隊の中には倒れているものもあった。戦死者だよ、とロバートが言った。

メアリー・ルイーズは勇気を出して尋ねた。「これはどの戦争の話なの？」

「この前あった戦争の、もうひとつ前のだよ。エーヌとシャンパーニュの会戦は一九一七年の春に起きたんだ」

メアリー・ルイーズはロバートの後について暖炉のそばへ戻った。そろそろ行かなければ、とまた言いかけたが、ロバートがすでに解説しはじめていた。もしロシアが革命に気を取られていなかったら勝敗の行方は違っていたかもしれない。メアリー・ルイーズは、ミス・マロヴァーの歴史の授業を聞いてジャンヌ・ダルクにあこがれたと言いたかった。だが気後れして言わぬままに終わった。

「それで結局、エーヌとシャンパーニュの会戦で勝利を収めたのはドイツ軍のほうだ。いや、ごめん。退屈な話を長々と聞かせちゃったね」

「いえ、そんなことないわ」

「君に尋ねられて、ぼくはどうやって一日を過ごすか説明しているつもりだったんだ。この兵隊で遊んでるのさ。それから読書。書物はとてもたくさん読むよ」

メアリー・ルイーズは本をたくさん読むほうではない。レティは〈映画ファン〉の他に〈楽しき家庭〉も購読していた。それ以外にはレティとメアリー・ルイーズが幼い頃、〈少女の友〉を購読していた程度である。実家には階段の脇に本箱があり、メアリー・ルイーズは『砂漠の花園』と『青葉通り』を読んだ。学校では皆と一緒に『ローナ・ドゥーン』を読まされた記憶がある。だが彼女は、クウォーリー家の屋根裏部屋に積み上げられた本の書名を確認しようと思ったことさえなかった。

「冬以外の季節には」といとこが言った。「野菜畑の作業もするよ。ときどき小川のほうへ下りていったりもする。あの小川にはサギがいるんだ」

「サギは見たことがないわ」

「ここにはいるよ、メアリー・ルイーズ」

ロバートがそう言って微笑んだ。彼女はふいに、かつてロバートが好きだったことを、本人に知って欲しくなった。なぜそんな気を起こしたのか自分でもわからなかったし、そんなことを言えるはずがないのも心得ていた。ただ彼女は、ロバートが病身だからといって心までふさぎ込まないで欲しいと思ったのだ。でもたぶんそんなことなら先刻承知だろう、と思い直した。だって彼は、制約の多い生活をものすごく楽しんでいるみたいなのだから。

「会えてうれしかったわ」とメアリー・ルイーズが言った。そして部屋を出る前に、また来るわねと約束した。

「来て下さって、ほんとうにありがとう」エメリンおばさんが食堂兼居間《キッチン》で言った。「たぶんあなたには想像できないくらい、ロバートは大喜びしているわ」

メアリー・ルイーズはこの来訪を秘密にしておきたかった。病身のいとこと一時間一緒に過ごした事実を、クウォーリー家はもちろん、カリーンの実家にも知られたくないと思った。今日の午後のことは三人だけの秘密にしておきたかったが、どう言えばよいかわからなかった。そしてふと、自分の母親とエメリンおばさんは近年ひんぱんに行き来しておらず、一年に一度会いもしないくらいだと気づいた。おばさんはもう町へ出て買い物をしないのだから、母親と町で出会って今日の来訪が話題になる確率はとても低かった。

草深い並木道で自転車をぐいぐいこぎながら、いとこに恋していたときの気持ちを思い出そうとした。気持ちの強さでは劣るとしても、映画の中のジェイムズ・スチュアートを思う気持ちと似たようなものだった？　毎日車で送り迎えしてもらっていたのに途中から学校へ来なくなった少年について、十二歳のときから今にいたるほぼ十二年間、彼女はおりにふれてほんの少ししか考えた記憶がない。かわいそうにと思いはしても、それ以上思いが深まりはしなかったのだ。

その日曜の晩、食事室の食卓で、夫とマティルダの間にはさまれた席に座ったメアリー・ルイーズは、いつもよりも少し気が楽だった。エルマーはローズがこしらえた卵サラダを自分の皿に取り分けながら、彼女の実家の様子についてあれこれ尋ね、その答えにあいまいな返事をした。

「あなたのお姉さんは近頃、デネヒーとおつきあいしているっていう話だけど」とマティルダが言った。

「そのようです」

「おもしろいわね」

マティルダがこうつぶやいた後にはたいてい沈黙がやってくるのだが、今回もそうだった。沈黙を破ったのはエルマーである。

「エニステーン十字路に住んでる獣医かい？」

そうよ、とローズが答えた。そして、デネヒーのお父さんはエニステーンのパブの主人だとつけくわえた。

「あなたのお母さんは嫌がってないの？」マティルダが言った。

「嫌がる？」

「デネヒーみたいな男を、よ」

「嫌がっているとは言ってませんでした」

「でも、R　C《ローマンカトリック》だろ？」エルマーはいつもレタスとトマトをとても細く切り刻み、固ゆで卵は丁寧に押しつぶす。そうやっておいてからサラダクリームに手を伸ばした。

「そうよ、もちろん」とローズが答えた。

「デネヒー家は資産がないわけじゃないのよ」マティルダはそのことに重きを置こうとして、二度も三度もうなずいた。「そうよね、たぶん」

　マティルダは深い意味を気取られぬよう警戒するかのように、さらりと言ってのけた。あるいは、ことばそのものに耳を傾けさえすれば、なんべんもうなずいたのとは裏腹に、たいした意味などないのがわかるはずだと伝えたかったのかもしれない。彼女はソーダパンにバターを丁寧に塗りつけた。それからパンを半分に切り、さらにもう半分に切り分けた。

「そうは言ってもねえ」ローズが話を引き継いだ。「ミセス・ダロンとしては心配なんじゃないかと思うわ」

　メアリー・ルイーズは顔をそむけた。彼女は目を半分閉じて、出窓に並んだ兵隊と、名前が記されたいくつもの矢印と、整列した大砲を思い浮かべた。軍服は細部まで実物そっくりにできているんだ、と説明するいとこの声が響いた。彼女は、こんなにたくさんの兵隊がどこからやってきたのだろうと思った。かつかつに生計を立てている家の中で、色とりどりの兵隊はとても場違いに見えた。

「がさつなのよ」ローズがつぶやいた。口から投げ出されるように出たそのことばは、何のことを言っているのかわからなかった。

マティルダがうなずいて、再び沈黙がやってきた。エルマーがカップを渡すと、ローズが紅茶を注いで、マティルダがミルクを差した。

メアリー・ルイーズは、来週の日曜もあそこへ行こうと考えていた。カリーンの実家に顔を出して十分くらい話したら、自転車で出掛けよう。今度こそ勇気を出して、秘密にしましょうとおばさんに言ってみよう。秘密にする理由は一週間掛けてじっくり考えればいい。

「ひも飾《ギンプ》りをすぐに注文しなくちゃならない」とエルマーがしゃべっていた。「それからふとん布地も」

夫は毎週日曜日に在庫を点検すると決めている。結婚前の散歩のときメアリー・ルイーズは、自分なりのやりかたがあるんだという彼の話を聞かされた。毎週日曜の朝、部門ごとに在庫調べがおこなわれている。今週は小間物、次の週はビロードと綿ビロード、その次の週は木綿更紗とサテンとシルク、翌週は帽子とドレス、その翌週はコートとスーツ、さらに紳士服全般、ソックス、ズボン吊りという段取りである。日曜の夜には帳簿の点検をする。前の週の分と綿密に比較検討するのだ。客が実物を見て気に入れば買うという条件で送った商品の中で、どれがたびたび返品されてくるかを記録する作業が必須でないのと同様、週ごとの帳簿の点検作業など、本当はしなくてもいい。

だがエルマーはそういう作業を好む。細かい作業ひとつひとつも商売の一部だからである。

「今週あたり、あのセールスマンがきっと来るわよ」とマティルダが言った。ひも飾り《ギンプ》とふとん布地をいつも注文しているセールスマンの話だ。「だって二月以来、ごぶさたなんだから」

メアリー・ルイーズは、今度あの屋敷を訪ねたら、出窓の戦闘場面は模様替えしているかもしれないと考えた。敵味方が変わり、軍服も変わり、矢印に書かれる名前も違う言語になっているのではないかしら。彼女は、ロバートが母子の家計を支える野菜畑に出て、作業している様子を思い浮かべた。日射しの中で畑にしゃがみこんで、レタスの間に生えだした雑草を取っている。彼みたいに孤独に暮らしたらどんな気持ちだろう？　お金と結婚したはずなのにお金がなかったなんて、おばさんはどんな気持ちだっただろう？　義姉たちがレティの恋人についてほのめかした話は真実なのかしら？　レティは結婚後、夜中にときどき片手を伸ばして、夫のぬくもりを確かめようとすることになる？　それとも、レティに限ってそんなことはない？

「セールスマン連中にはやる気がない奴もいるよ」とエルマーが言った。

わたしとロバートには共通点がなさすぎる――彼がフランスで起きた会戦の話をするのを聞きながら、痛いほどそう感じた。メアリー・ルイーズはその思いを即座に心の片隅へ追いやったが、その痛い思いは、今でもその場所に居座っていた。ロバートの趣味は読書である。彼女は彼の話をあまり理解できなかった。毎週日曜にのこのこ出掛けていけば彼を退屈にさせるだけかもしれない。おばさんが何と言おうと、ロバートがひとりぼっちでいるのが好きなのは目に見えているのだ。

「あなたのお母さんなら案外、がさつなデネヒーと気が合うかもね」とローズが言った。「案外と、ね」

11

ものの道理がわかるひとたちは遅かれ早かれ、近頃では治療の仕方が変わったのだと理解するでしょう。この家へ定期的にやってくる三人の医師が口々にそう告げる。聞いているのは、医師たちが「コミュニティ」と呼ぶことにしている集団の中で、比較的ものごとが理解できそうだと考えている者たちである。家族がいない場合や、家族が協力したがらない場合には、新しい受け入れ先を探すことになる。

「コミュニティってコーラスのこと?」ベル・Dが尋ねる。「そういう意味なの?」彼女の名前はベル・ディモックなのだが、彼女は、胸に秘めている何かがあって、名字をつけて呼ばれるのを断固拒む。その一方で、ファーストネームだけで呼ばれるのも大嫌いだと公言している。

「コミュニティっていうのは出身地のことだよ」とスペインの奥さんが答える。彼女の名字にも問題があった。ただしこの場合は本人が嫌悪しているのではなく、誰にも発音できないのだ。彼女自身はスペイン人ではないのに、スペインの奥さんというあだ名で呼ばれているのは、ジブラルタルで結婚したスペイン人が彼女を捨てたからである。

「今の聞いた?」別の女が口を開く。しおれたような顔をした彼女は、話題が気に入ったときだけ会話に参加する。

「お薬のおかげですよ」とミセス・リーヴィが説明する。「投薬は奇跡を起こすって言うでしょ」

それが医師たちの口癖で、彼らは何度でもそう繰り返す。一九八〇年代にできた新薬は奇跡を起こすというのだ。ベル・Dを受け持っている医師は、彼女はじきにまた、じゅうたん工場で働けるようになると太鼓判を押す。見目のいいブリード・ビーミッシュは――そもそも道を誤ったのは彼女の落ち度ではないので――美しい結婚衣装で身を飾る日がきっと来る。それを妨げる理由など何もない。毎日きちんきちんと処方箋通りの薬を飲みさえすれば大丈夫。ご家族の手助けがあれば鬼に金棒。ひげ面の医師が、笑みひとつ見せない者たちに向かって陽気に語る――「最高のお別れをしようじゃありませんか、ねえ、皆さん！」マリー神父はこの家を去っていく収容者ひとりひとりに向き合って、マリア様の情け深さを語り聞かせて送り出す。

「メアリー・ルイーズ！　こっちへ来て、メアリー・ルイーズ！」ちびのセイディーが手招きする。そして彼女がやってくると質問を浴びせる。「メアリー・ルイーズ、あんたは墓場へ戻るの？　悪さをするつもりかい？」小柄な女の喉からクワックワッという笑い声が発せられる。そのせいでこの家ではしばしば、彼女はめんどりと呼ばれている。

「どんな悪さをするっていうの、セイディー？」

セイディーはただ首を横に振っている。彼女は毎日、夜は個室に入れられて、外から鍵を掛けられてしまう。あるとき庭師の片腕を折ってしまったからだ。ものを壊したり、壁紙を剝がしたりする衝動がとてもひんぱんに起きるために、彼女はこの家に送り込まれた。つい一週間前、もうしばらくここで暮らしてもらうことになりますよ、と宣告されたばかりである。

「セイディーちゃんはラッキーなんだ！」彼女が甲高い声で叫ぶ。「おばかさんたち、何かいいことあったかい？　使徒教会って何のこと？　犬を罠にはめてどうしようっていうんだい？　犬は犬を食うんだから、雷ジョーとフラッシュビーは共食い。ウサギ肉と一緒に缶詰になっちゃった」

「もう、ちょっと黙ってよ、うるさいったらないわ」女の声がぴしゃりと言う。

12

サギが見えるかも知れないので、ロバートは双眼鏡を準備しておいた。兵隊はもともと父親のおもちゃだった、と彼が語った。この前見たのフランス軍とドイツ軍の戦いだったが、何種類ものいくさを再現できるわけではないらしい。

「懐中時計の話は聞いた？」上着のポケットからロバートが時計を引っ張り出した。ふたりは彼が以前話題にした、小川に沿った低い堤防の上に立っていた。メアリー・ルイーズが辛抱強く川面を見つめれば、小さなマスが泳いでいくのが見えただろう。

「素敵な時計ね」ロバートがパチンと音を立てて、時計のふたを開くのをはじめて見たとき、メアリー・ルイーズはつぶやいた。薄型で、金色のケースに浮き彫りが施されていて、普通よりも細い鎖がついていた。

「ぼくの父がね、君も知ってる通りだから」ロバートが笑った。「聞いたことあるよね？」

「噂になっているわね」

「本当の話だよ。父がもし、おもちゃの兵隊がまだ家にあると知っていたら、売り払おうとしたに違いない。はやく逝ってしまったから、ぼくは父のことを知らないんだ」

ロバートはさらに話を続け、彼がある時期から学校へ行かなくなったのは体調が悪化したからではなく、母親が畑仕事で忙しくなったために、一日二度、自家用車で送り迎えする時間がとれなくなったせいなのだと説明した。生計を立てるためには野菜畑に頼るしかなかったが、働き手を雇う余裕はなかったので、寸暇を惜しんで母親が働いたのだった。

「母は夜、学校代わりになって教えてくれた。ぼくがあまりものを知らないのはそのせいだよ」

「そんなことない。あなたはとても物知りだと思うわ」

「知りたいと思うことがらについては労を惜しまないからね。でもぼくは、計算がほとんどできない」ロバートは首から下げていた双眼鏡をとってメアリー・ルイーズに手渡した。彼女は焦点を合わせ、上流から下流にかけて、下草のあたりをつぶさに見た。その後、彼は双眼鏡を受け取って頭を振った。

「今日はだめそうだな」

マスが二、三匹ずつ泳いでいくのは見られたので、それで満足するしかなかった。よかったら網で捕まえることもできるよ、と彼が言った。

「あんなに小さな魚。網で捕まえたらかわいそうだわ」

ロバートが笑った。それから、もじゃもじゃの髪を額から掻き上げて――それはとても彼らしいしぐさだった――マスは小さければ小さいほど味がいいんだ、とつけくわえた。

彼は話題を変えて、「あのふたりは怖いよね、そう思わない？　君のだんなさんの姉さんたち」と言った。

「そうね、ちょっとね」

「あのひとたちと一緒に住んでるの？」

「そう。お店の上階にね」

「ぼくだったらあまり気が進まないかも知れないなあ」

ふたりは来た道を引き返しはじめた。彼がまた口を開く。

「君の結婚式のとき、母とぼくは前から二列目の信徒席に腰掛けていた。君がどんな顔をしてるか興味があったんだ。君はお父さんと一緒に中央の通路を進んでいった。でもぼくの席からは背中しか見えなかった」

「式が終わった最後にわたし、振り向いたでしょう？」

「君はあの瞬間、ミセス・クウォーリーになったんだね」

「そうよ」

「あの日までの、ずいぶん長い年月、君に会っていなかったなあ」そう言って彼は一呼吸置いた。

「あの日、君はとても美しかった。それがぼくの正直な感想だよ」

メアリー・ルイーズの顔がぱっと赤くなった。彼女は顔を背けた。

「実を言えば、ぼくはずっと前から君は美人だと思っていたんだ」

「美人だなんて！　ばかなこと言わないでよ、ロバート！」

「ずっと前から思っていたことだよ」ロバートは落ち着いた声で繰り返した。

彼は彼女を見ていない――この前の日曜は彼女を見つめていたのに今は目をそらしていた。彼は身を屈めてタンポポを摘み取った。

「だってわたしなんか全然……」

「君は美人だよ、メアリー・ルイーズ」

もっと言って、もう一度、もっとくわしく、と彼女は心の中でつぶやいた。彼は何か言いそうになったが、ことばを呑み込んで黙りこくった。

「わたしなんか全然美しくないのよ」

「エルマー・クウォーリーは君のことを美人だと思っていないのかな？」

「さあね、知らないわ」

「尋ねれば教えてくれるよ。美人だと思ってるに決まっている」

ふたりは屋敷とは違う方向へ向かっていた。ロバートが左へ曲がって牧草地の斜面を横断した。

「君はロシアの小説を読んだことがあるかな？」彼がいきなりそう尋ねた。話題が変わってしまったのでメアリー・ルイーズはがっかりした。

彼女は首を振った。

「気に入っているロシアの小説家がいてね」と彼が言った。

彼は歩きながらその話題について話を続けた。ロシア語の難しい人名が次々に出てきた。彼は、長くてやせた顔に鼻筋がすっと尖った男のことをあれこれ説明していた。

「わたしたち、どこへ向かっているの？」

「この先に墓地があるんだ。一風変わった場所だよ」

彼はある物語の筋書きを語った。主人公とヒロインの様子をとても丁寧に描写して聞かせたので、エレクトリック・シネマのスクリーンで見るのと同じように、メアリー・ルイーズの心の中に男女の目鼻立ちが浮かんだ。最初はぼんやりしていたイメージがじきにくっきりと鮮明になった。

「以前、一度だけ」と彼が打ち明けた。「自分でもああいう小説を書いてみようと思ったことがあってね」

「やってみたの？」

「うまくいかなかった」

「あら、でもきっと……」

「いや、全然へたくそだったよ」

ふたりは墓地に着いた。今はもう使われていない馬道に沿った場所だった。小さな鉄門は開かないけれど、塀をよじ登れば簡単に入れるからと言いながら、ロバートが彼女に手を貸した。

「ぼくはこの墓地に埋葬してもらいたい」と彼が言った。「まだ空きがあるのに、皆から忘れ去られているんだ」

とても暑い日だった。墓石と墓石のあいだは草ぼうぼうで、まだ春なのに刈られるのを待つ牧草のようだった。

「秘密の場所だよ」と彼が言った。

「なるほど、わかるわ」

石塀の内側に沿って発育不全のサンザシが何本も生えている。かつては小道があったかもしれないが、もはや見分けられない。墓石の多くは傾いたり、向きがずれたりしている。地面にひらたく置かれた墓石はたいてい斜めに沈み込んでいた。

「ここが好きなんだよ」と彼が言った。

ふたりはアトリッジ家の墓碑銘が刻まれた石に背中を預けて、丈の長い草の中に腰をトろした。アトリッジ家の親戚の墓や代々の墓石が周辺を取り巻いていた。**ジェイムズ・アトリッジ、一七四二年に生まれ、一八〇三年九月に死す、今は天の愛に抱かれて安らかに憩う。パーシヴァル・アトリッジ、一七六九年に生まれ、一八二八年に死去。シャーロット・ジェイン・アトリッジ、一八四〇年一歳で死去。スーザン・エミリー、チャールズの妻。天の腕に抱かれて安らかに憩う。平和、**

全き平和。

「墓地があって教会がないのは不思議ね」とメアリー・ルイーズが言った。

「半マイル離れたところにあるんだが、今はもうぼろぼろになっている」

「埋葬されてるのはプロテスタントのひとたちなんでしょ？」

「そう、プロテスタント信徒」

「教会が荒れはててしまうのは残念ね」

「小さな教会全体がバラの茂みに覆われている。窓の内側も外側もびっしりだ。六月に行くととてもきれいだよ」

「行ってみたいわ」

「連れて行ってあげるさ。それから、サギは本当にいるんだ、わかってくれるね。でっちあげじゃないよ」

「でっちあげだなんて思ってないわ。なんでそんなこと言うの？」

「君にまた来て欲しいから」

メアリー・ルイーズは、あなたが好きなことがらについてあまりに無知なんだもの、わたしなんか退屈でしょうと言いたかったが、口に出す勇気が出なかった。彼女はただ、青緑のスカートの模様を人差し指の先でなぞっていた。脚を窮屈に折り曲げていたせいでしびれが切れた。背中に触れている墓石が暖かくなっていた。

「また会いに来るわ」

「母が忙しくなったせいで、ミス・マロヴァーの学校へ送り迎えしてもらえなくなったとき、ぼくは自転車で通おうとした。それで一回試してみたんだけど、学校までたどりつけなかった」そう言って彼は微笑んだ。彼は先週と同じコーデュロイのズボンとツイードの上着を着ていた。ネクタイもツイードで、さまざまな色合いの緑と赤を組み合わせたカラフルな品だった。「牛乳を運ぶトラックに乗せてもらって通学する手も考えた。ところがトラックの巡回路は遠回りな上に、下校する方法がないことに気づいてあきらめたのさ」

「今だったら、辺鄙な場所に暮らす子どもたちを乗せてくれるバスがあるのにね」

「ぼくがどうしても学校へ通い続けたかった理由がわかるかい？」

「さあね、わからない」

「言ってもいいかな？」

「どうしてわざわざ許可を求めるの？」

「君にばつの悪い思いをさせたらいけないから」

「テッサ・エンライトが言ってたわ。わたしは年がら年中、ばつの悪い思いをしてるって。あの子ったらわたしのことを、どぎまぎちゃんって呼んでたんだから」

「君のことが好きだったんだよ、メアリー・ルイーズ」

彼女は両目を閉じた。そして、火かき棒のように熱いほてりが首から頬に伝わって、おでこへ上がり、両肩まで下がってくるのを感じた。あまりに激しくて肌が締めつけられるようだった。こんなに体がほてったのははじめてだと彼女は思った。

「やっぱりばつの悪い思いをさせてしまった」ロバートはそう言ってから急いでつけくわえた。「でもそれは過ぎ去った昔の話。今とは何の関係もない。振り向いて君の顔を見ることさえできなかったのは、われながらバカみたいだけど、そんなことしたら身体の一部が切り落とされてしまいそうな気がしたんだ。あのときの気分はことばにできない。それにしても、あれほどの思いをしたのに、あの経験が何の役にも立っていないんだからどうしようもない」

「あの年頃はみんな……」

「そうそう、それはわかってるけど」

彼女は顔と首筋から紅潮が引いていくのを感じた。あごの先に汗がひとしずく下りてきてちくちくした。でも彼の気をそらしたくなかったし、よけいな注意を引きたくもなかったので、拭わずにおいた。

「ずっと前から君に言いたいと思っていたんだ」と彼が言った。

彼女は黙ってうなずいた。それ以外にどう受け答えすればいいかわからなかった。わたしもあなたが好きだった、と言うべきだったかも知れない。それが自然な受け答えだったのかもしれないが、そんなことできなかった。深い意味まではわからなかったにせよ、ミス・マロヴァーの学校で、ロバートがちらちら見ているのに気づいたことがあったかしら？　だが仮に気づいたとしてもどんな交際があり得ただろうか？　もしかしたら一、二週間くらいは現実につきあったかもしれない。でもそれは、ジェイムズ・スチュアートへ興味が移るまでのつなぎにしかならなかったはず。どうころんでも一、二週間以上続くはずはなかった。今となってはそうとしか思えなかった。

「また会いに来てくれるかな、メアリー・ルイーズ？　なんだかんだ言ってもぼくたちはいとこなんだから。それに君は、すでに人妻なわけだし」

「もちろんまた会いに来るわ」

「君にあこがれている人間がいたってことを、君自身に知ってもらいたかった。ただそう思っただけなんだよ」

「話してくれてうれしかった、ロバート」

会話はそこまでで終わった。ふたりは屋敷へ歩いて戻り、食堂兼居間《キッチン》を出たところの廊下のフックに双眼鏡を掛け、先週の日曜と同じように、暖炉のそばでお茶を飲んだ。ロバートは、周囲にいくつも積み上がった書物の山から一冊をとりあげて、「これを君に読んであげたい」と言った。

メアリー・ルイーズは、暇乞いの時刻が来ていたにもかかわらず、ロバートから目を離さなかった。彼は本を開き、微笑みを浮かべながらページをめくり、序文の長ったらしさについてぶつぶつ文句を言ってから朗読をはじめた。

「格子縞のズボンを履き、埃だらけの外套をまとった四十代はじめの紳士が、街道沿いの宿屋の、頭がつかえそうな玄関口へやってきた……」

メアリー・ルイーズは、これほど美しい声を聞いたことがないと思った。発せられる一語一語を喜びが抱きしめ、語句や文のひとつひとつが優しさや強さと釣り合いを保っている。朗読されたのがたとえ時刻表だったとしても、彼女は我を忘れて聴き入っただろう。

「**一八五九年五月二十日のことである……**」

メアリー・ルイーズが屋敷を出た時刻は先週より二時間も遅かった。彼女は町はずれまでたどりついたところで自転車を降り、後輪のバルブを緩めてタイヤの空気を抜いた。帰宅して食事室に顔を出した彼女は、パンクしてしまってと告げた。すでに夕食は終わり、しばらく時間がたっていた。

獣医のデネヒーはまめな男である。彼はレティを誘ってエレクトリック・シネマへ行き、『替え玉殺人計画』の再上映を見て、『殴られる男』と『暗い影を投げよ』も見た。デネヒーはダンスも好む。レティは以前ディキシー・ダンスホールに誘われたときにはためらったが、今はもう迷わない。二、三回通った後で、悪くない場所だと思いさえした。

デネヒーはいつも自家用車で彼女を迎えに来た。農場へ到着すると中庭まで車を乗り入れ、クラクションを二度鳴らしてからタバコに火を点けて待った。ミスター・ダロンが中庭を通りかかった場合には運転席から外へ出て、家畜の相場の話などをした。デネヒーはレティを、十九マイル離れた町にオープンした、レインボウカフェというレストランへ連れて行くこともあった。ディキシー・ダンスホールが閉まっていたり、エレクトリック・シネマに掛かっている映画をすでに見てしまったときには、マクダーモッツのパブで過ごすこともあった。どこへ出掛けても、帰りには必ず寄り道した。デネヒーは空き家になっている農場の中庭に入りこんで車を停める。ヘッドライトが一瞬、農家の窓の内側に掛かっているぼろぼろのカーテンや、色あせたセメント壁にはまった青い玄関ドアを映し出す。「住んでた年寄りが亡くなったから」とデネヒーが言う。「この家は安く売りに出ているんだ」中庭でヘッドライトを消してレティを引き寄せる。彼女は、ガーガンやビリー・リンドンに許さなかったことをデネヒーには許した。やがて彼女はシートに身を預け、男にされるがままになった。

ミス・マロヴァーは、エルマー・クウォーリーが酒を飲むようになったという噂を小耳にはさんだ。彼女は、エルマーが不器用でがっしりしていた子ども時代を思い出す。ものごとをきちんとやる子だったので、答案を書くのはゆっくりだけれど、代数を除けば頭の回転は速かった。さまざまな年代の教え子がひんぱんに訪ねてくる小さな家で、彼女は考えに耽る――飲酒はクウォーリー家の人間によくある欠点ではない。だいいち結婚前にはそういう噂を聞いたことはなかったのだ。夫婦仲が悪い？　ケンカばかりしている？　お姉さんたちが同居しているのが原因かもしれない。マティルダとローズ・クウォーリーと言えば、プロテスタント信徒のホイスト競技会では近郷近在に鳴り響いた美人姉妹だったのだが。

何年も前にミス・マロヴァーは一度、結婚した教え子に頼まれて、その夫に「意見した」ことがある。飲酒のせいで結婚生活が脅かされているという話だった。夫もミス・マロヴァーの教え子で、彼は恩師への敬意と愛慕を失ったことがなかった。彼はバイクに乗って彼女の小さな家へやってくると、気まずそうに縮こまって部屋に入った。そうして椅子に腰掛け、両足の脇の床にヘルメットを置いた。彼は、原因は飲酒ではないと釈明した後でつぶやいた——「俺があいつを好きじゃないのが原因なんです」。

タノンは泥炭圧縮薪《ターフ・ブリケット》工場の会計士で、毎週木曜日の午後、四十マイル離れた町に住む銀行支店長の妻に会いに行く。かれこれ二十六年間こんなことをし続けているせいで、いまだに結婚していなかった。第二次世界大戦中の「非常時」には自家用車用のガソリンが手に入らなかったため、泥炭圧縮薪《ターフ・ブリケット》を運搬するトラックに便乗し、帰途に使うための自転車をわざわざ荷台に積み込んで会いに行った。噂話によれば、タノンは目的地に着くと自家用車を路地に駐め、中庭の脇にある両開きの門を通って、女が住む銀行の建物へ入るのだという。ミス・マロヴァーはしばしば、それほどまでに男を引きつける支店長夫人とはどんな容貌で、何歳ぐらいで、子どもはいるのかしらなどと思案をめぐらせた。頭に浮かぶのは締まりのない顔立ちの女で、おしろいと香水をつけて、高そうな服を着ている。ミス・マロヴァーはさらに、銀行の窓を避けながら裏の住宅へ向かうタノンの姿を思い描いた。銀行の通常業務をおこなっているひとびとの頭の上で、不義の罪を犯している男と女。ローン契約が結ばれ、現金が引き出され、支店長が本店に電話をしているところ。ミス・マロヴァーの生徒だった頃のタノンはがりがりのやせっぽちで、前歯がウサギそっくりで、半ズボンの下からきゃしゃな膝小僧が覗いていた。

町では、その他にも異例な男女関係が噂話になっていた。ある老夫婦は、宗派の異なる男と結婚したいと言いだした娘のことで口論をして以来、お互い直接話しかけるのをやめ、伝えるべきことを犬に向かって話すようになった。ある郵便局員は、切手をシートから切り離しながら客に話しかけるときはとてもひと当たりがよく、温厚この上ないように見えるのに、家庭内では暴力を振るう。ある若妻は夜な夜なディキシー・ダンスホールに出没しているのだが、発電所で夜間勤務をしている夫はそのことを全然知らない。町でパンの配達をしていた男があるとき、流れ者《ティンカー》の娘と行方をくらましたが、しばらくして戻って来て、間違った判断だったと語った。これらのひとびとは皆、ミス・マロヴァーの生徒ではなかったけれど、彼女は、子どもの頃の彼らや彼女らを知っており、少なくとも見かけた覚えがあった。

なにはともあれ、エルマー・クウォーリーが飲酒に走ったというのは残念なニュースだった。

「行き先はホーガンズ・ホテルだよ」ブリッジ通りを行く弟を尾行した結果、ローズが報告した。彼女は階段を半分ほど上ったところでささやいた。マティルダは階段の上で待っていた。

「ホーガンズだろうと思ってた。いつもレネハンと一緒に行くのはホーガンズだもの」

「レネハンが一緒なら問題はないのよ」

「わかってるよ、そんなこと」

ローズは二階まで階段を上りきった。マティルダが先に立って食事室へ入った。ローズが後ろ手にドアを閉めた。

「エルマーはパブへなんか行かないと思ってたのに」とマティルダ。「でもホテルのバーは普通のパブとはちょっと違うんじゃないかしら」

「どうなってしまったのか、よくはわからないけど、あの姿は見られたものじゃない。通りを小走りに走っていったのよ。地獄のコウモリにでも追いかけられてるみたいに」

「あきれてものも言えないわね」

「マティルダ、よく聞いて。エルマーが飲酒に走ったのはあいつのせいだよ」

姉たちは議論を続けた。ふたりはまず、そもそもの起こり——弟がメアリー・ルイーズに一番最初に興味を示したときのこと——を確認した。次にその後、数か月間に起きたできごとを順々にたどりながら、自分たちが弟に伝えた反対意見を総ざらえした。ふたりはジェイムズ・ダロンの精神状態について、メアリー・ルイーズが大丈夫かどうかについても話し合った。姉妹はさらにもう一歩踏み込んで、キルケリーズ自動車修理工場から運転手つきの自動車を一台雇ってダロン家へ乗りつけ、これ以上ひどいことが起きないうちに娘さんを引き取ってくれないか掛け合ってみる案まで検討した。だがさすがに、その案については結論が出せなかった。そうこうするうちにエルマーが階段を上ってくる足音がして、表の部屋へ入っていく気配がした。表の部屋では「奥方様」がラジオをつけていた。姉妹はエルマーが上機嫌で妻に、「ねえ、おまえ」と話しかけている声を聞いた。


ダロン夫妻は今では、レティとデネヒーの交際が深まりつつあるのをしぶしぶ認め、息子が成熟の兆しを見せはじめたことを喜んでいた。その一方でメアリー・ルイーズが心配になってきた。彼女は近頃、日曜日にやってきてもすぐに帰ってしまうし、顔を見せない日も増えた。暖かい春が爽やかな夏へと移り、季節が変わっていくうちに、ダロン夫妻は、どうして自分たちには孫ができないのだろうと思うようになった。夫婦でそのことについて話し合ったりはしなかったものの、ふと兆すだけだった心の翳りが、月日が重なるにつれて濃くなった。もちろん、子どもがなかなかできないのはよくあることなので、気長に待たなくてはいけないと承知してはいた。とはいえ娘の様子にはどことなく引っかかるところがある。日曜の訪問が短くなったばかりか、事情を説明せずに姿を見せないこともあって、心配は深まるばかりだった。娘はいつもぼんやりしていた。服地商会のことをあれこれ質問しても、そっけない返事があればいいほうで、答えてくれない場合のほうが多かった。町の噂が実家の食堂兼居間《キッチン》へもたらされることはもはやない。店へ来る客のために色あわせしたり、ドレスの試着の世話をしたり、帽子のサイズを合わせたりする喜びも消え失せたようだった。生地のセールスマンから聞いた冗談を受け売りすることもなくなった。

「結局、本当のところはわからないわ」ある晩、眠る直前にミセス・ダロンがつぶやいた。

「不満をため込んでいるようには見えないんだがな」

「そうね、不満そうには見えないわ」

ダロン夫妻は同時に、家族が増えればメアリー・ルイーズは元気を取り戻すに違いないと考えていた。近いうち、日曜日に来たとき、あの子はきっといい報告をしてくれるだろう。そうすればその後はあの子らしさを取り戻すよ、と。

静かな墓地の真ん中で、彼は彼女に書物を読んで聞かせていた。あお向けに横たわった彼女は、大きな弧を描いた空を小さな白い雲が横切っていくのを眺めている。最初のうち、ロシア語の難しい人名についていくのが大変だったけれど、同じ名前が何度も出てくるので慣れた。「眠ってるの?」彼はときどき読むのを中断してそう尋ねた。彼女は一度たりとも眠ったことはない。彼女の心の目の前には、パーヴェル・ペトローヴィッチの書斎が浮かび、緑のビロードとくるみ材の家具と鮮やかな色のタペストリーが見えた。彼の声はアルカージィの命令をぶっきらぼうに伝え、ミーチャが泣き出す場面を痛々しいほどの迫力で描き出した。「**奥様は半時間ばかり後にお出ましになります**」と執事が言った。ツバメが高く飛び、蜜蜂がライラックの花に集まっていた。夕闇が迫る光の中、肩に継ぎ当てをした農夫が白いポニーを速歩で駆けさせていった。黒衣の女の髪をフクシアの小枝が飾っていた。

日がかげり、墓地の空気がひんやりしてくると、彼は家から持ち出してきた書物を閉じた。「今日もまた長居しすぎたようだね」彼はいつもそうつぶやき、そのことばがあまりにも墓地にふさわしくないので、顔を見合わせて笑った。

他に話すことがなかったので、メアリー・ルイーズは夫に向かって、以前は夏にビリヤードなんかしなかったのに、と言った。

「夏だって冬だって、ねえ、おまえ、雑誌を読んでいるとくつろぐのさ」

「あそこでお酒が飲めるとは知らなかったわ」

「何の酒だって?」

「YMCAでお酒が飲めるとは初耳って言ってるの」

「あそこでは飲食物は出さないよ」

エルマーは寝室でズボンを脱ぎながら、メアリー・ルイーズが何を言いたいか百も承知なのに、わからないふりをした。すべてが見え透いた会話だった。エルマーは結婚前に、夏場はYMCAのビリヤードルームへ行ったりしないと断言していたからだ。冬場にカーテンを引いて、暖炉に火を入れたときのぬくぬくとした空気こそあそこの魅力なんだからね、と。そうして、父の代にクウォーリーズ服地商会が納めた、茶色い厚手の綾織り製カーテンの様子をこまごまと説明しさえした。

「あなたはときどきお酒の匂いがする」とメアリー・ルイーズが言った。

エルマーは首を振り動かした。これは彼が途方に暮れたときにやるしぐさで、意味はいかようにも解釈できた。それから彼は音を出さずに口笛を吹いた。

メアリー・ルイーズはため息をついた。どっちでもいい――関係ない。夫がビリヤードルームへ行こうが、他の場所で時間を潰そうが、まったく興味はなかった。とはいえ、ときには何かしゃべらなくては間が持たず、四六時中黙り込んでいるだけになってしまう。酒の匂いについて小言を言いたかったわけではない。何かしゃべらなくてはいけないと思っただけだ。

エルマーはパジャマに着替えながらあくびをした。このひとにはいいところがある、とメアリー・ルイーズは思った。結婚したときには気づかなかった、とてもいいところ。へんにけちくさいかと思うと、鷹揚なところもあるのだ。彼女はエルマーが燃え残りの石炭を暖炉から拾い上げているのを見たことがある。その一方で、欲しいものがあれば売り場から自由に取っていいことになっていた。おまけにエルマーは毎月初日に、さまざまな用途に使うための現金を――紙幣とコインをひとまとめにして――手渡してくれた。渡し忘れることは決してなかった。そういう具合だったから、メアリー・ルイーズが義姉たちの無礼をエルマーに訴えさえすれば、彼女たちに直談判してくれるかもしれなかった。

「お休み、おまえ」と彼が言った。メアリー・ルイーズは手を伸ばして電灯を消した。彼女がいつも電灯を消すのは、スイッチが彼女の側にあるからだ。

「お休みなさい、エルマー」

彼はすぐに眠りに落ちた。最初は軽い寝息で、やがて深く、しまいには大いびきになった。メアリー・ルイーズは夫のほうに手足を向けた。それから眠る夫の身体の上に、左右の手をやさしく置いた。

13

女たちは思い思いにさまざまな時代の話をする。知り合って長い年月が経つうちに、それぞれが語りたいお気に入りの時代が自然にできてきたのだ。メアリー・ルイーズが一九五七年を語りたがるのと同じように、ヨール出身のミセス・リーヴィは一九二一年から二二年にかけての少女時代について。ドット・スターンは一九八四年、ベル・Dはビートルズがやってきた時代、スペインの奥さんは一九八六年、ジブラルタルで貧しい暮らしをしていた頃の話。もっと特定の数日間や、ある瞬間や、できごと――悲劇や暴力の一部始終とか――がくっきり心に刻み込まれた女たちもいる。

特別で大切な人間にまつわる記憶も、この家で暮らす女たちにとっては私物の一部である。際限なく繰り返される女たちのおしゃべりにメアリー・ルイーズが提供するのは、カリーンの農場や町のひとびと、いとことその母親、自分の夫、義姉たちをめぐる話題だ。彼女は、そのお返しとして他の女たちが語る、知らないひとびとの話を聞く。女たちは毎日集まって過ごし、その集団はときに無感覚な状態へと沈み込む。

「昔に戻るだけだよ、今はじまったことじゃない」ふだんは寡黙な、しぼんだ顔の女が、しんみりした会話をさえぎって言い立てる。狂った女たちをアイルランドじゅうの町や村へ解放するのは今はじまったことではない、と思い至ったのだ。その昔、レンガ造りのでっかい精神病院ができる前の時代、頭のおかしい人間を隠しておくバラックがどの町にもつくられる前の時代には、みんな表を歩いていたのだから。

「このひとは何をしゃべってるの？」ブリード・ビーミッシュが口紅のついた口で尋ねる。

「いかれぽんちが町をうろつくっていう話さ」ストッキングを脱いだドット・スターンが答える。

彼女は、ミス・フォイにここで見つかっても、自分の寝室へ連れ戻されないよう願っている。

「ああ、もちろんですよ」ミセス・リーヴィが相槌を打つ。「レンガ造りの精神病院ならあたしたちは皆知ってます。エルシーとあたしなんか、いっつもレンガ塀越しに中を覗き込んでたんだから」

「わたしが話してるのは、そういう精神病院ができる前の時代のこと」しぼんだ顔の女が軌道修正する。「ずっと昔の話だよ」

「いかれぽんちが町をうろつく話だって」ベル・Dが混ぜっ返す。

「みんな、くるくるぱー」かつて神父館の家政婦だった女が口を出す。「頭にひびが入ってるのよね」

「今は昔とはぜんぜん変わったんですよ」ミセス・リーヴィが皆に気づかせようと口を開く。「古くさいくるくるぱーの時代は終わったの。第一、わたしたちが生きる今日び、くるくるぱーなんていうことばはもう使わないんですのよ。看護婦さんがそう言ってました」

「薬を飲み込みなよ」ちびのセイディーがクワックワッという笑い声を上げる。「薬を飲み込まないひとはおばかなんだから」

「薬を飲むのがいやだからといって、ここへ足を踏み入れないひとがいますわね。ひと瓶の薬がよく効くっていうのに」ミセス・リーヴィが皆の先頭に立っている。もうじきこの家を出ることになっている者たちの中では彼女が筆頭格で、皆が置かれている立場を彼女が代弁している。彼女は、ミス・フォイと医師――ひげを生やしているほうではなく禿げ頭のほう――から聞きかじった医学的根拠なるものを受け売りしているのだ。

「メアリー・ルイーズは絶対ここから出ちゃだめだよ」ちびのセイディーがぴしゃりと言う。「異教徒のひどい売女なんだから」

セイディーはそう言い捨てて泣き崩れ、メアリー・ルイーズの肩に両手を回してごめんなさいと謝りはじめる。

14

ロバートはいたって自然ななりゆきで、メアリー・ルイーズの腹心の友になった。結婚式から二年後の一九五七年九月、彼女は彼に結婚までのいきさつを詳しく話した。太鼓橋の上で結婚を申し込まれたこと、考えさせて欲しいと答えたこと、婚約したこと。それから、結婚式を挙げた日に汽車とバスを乗り継いで海浜ホテルへたどりついたこと。

荒れはてた小さな教会を覆うバラの茂みが、六月に満開の花を咲かせた。ふたりはサギを見たいと思って、なんべんも小川へ行った。だがメアリー・ルイーズが打ち明け話をするのは、例の墓地の、アトリッジ家の墓石が立ち並ぶ区画へ足を踏み入れたときだけだった。

「それで、君はどんなことを考えてたんだい？」ロバートはときどき興奮したように口をはさみ、とくに興味を引いた瞬間をメアリー・ルイーズが思い出すようしむけた。最初のデートで、『炎と肉』を見ながらエルマー・クウォーリーの隣りに座っていたとき何を考えていた？　祭壇の前に立ったときには何を？　赤いほっぺたのハリントン牧師に、夫と妻と呼ばれたときには？

海浜ホテルに到着したとき、「いい部屋だ、安らぐよ」と夫が言うのを聞いて、それまで感じたことのない違和感を覚えた、とメアリー・ルイーズはロバートに打ち明けた。ダイニングルームへ下りていったとき、すでに食事をはじめている三人組の男たちのテーブルに相席するよう、ホテルの女主人から勧められた顚末も。それから浜へ出て、子どもたちが貝拾いをしているところと、犬がカモメを追いかけているところを見たこと。さらに彼女は、ロバートをマクバーニーズのパブへ案内するかのように、自分が飲んだチェリーブランデーや、ミスター・マルホランドが彼女の名前をキティと間違えたことや、禿頭の男が自分の膀胱はウールワース社の安物だと言った話もした。

彼女は、自分は最後には酔っぱらってしまい、エルマーも服を着たまま眠ってしまうほどひどく酔ったと告白した。翌朝目覚めたときにはふたりともひどい気分だった。それから浜を散歩したとき、前の晩それほど暑く感じなかったのはふたりとも酒を飲み慣れていないからだ、とエルマーが言った。新婚旅行について彼女が覚えているその他の記憶は、結婚式当日の晩にマクバーニーズのパブで聞いたのと似たような話を、ホテルのダイニングルームでも繰り返し聞かされたこと。それから日曜日の朝、ミスター・マルホランドがさよならを告げるとき、新婦にキスをすることは当然許されているでしょうな、と言ったこと。毎朝朝食後、エルマーがホテルのテラスで、〈アイリッシュタイムズ〉を隅から隅まで読んだのも覚えていた。メアリー・ルイーズはその間、ホテルに泊まっていたよその家族と一緒に浜を散歩し、子どもたちが砂の城をこしらえるのを手伝って遊んだ。水着を買って海水浴もした。水曜日には禿頭の男が、勤務先の家畜飼料の会社を案内した。木曜日には船形ブランコが設置されるのを見物した。金曜日にふたりは帰宅した。

「なんで結婚したんだい？　メアリー・ルイーズ」

「そういうことは誰にもわからないのよ」

ロバートは首を横に振った。そして、振り返ってみればわかるほうが普通なんじゃないかと言った。

「うまくいくと思ったのよ。わたしと結婚したがるひとなんて誰もいないと思っていたんだもの。町で暮らしたかったのよ」

「なんてことだ！」

ロバートは手をさしのべて彼女の手を握った。それからその手を自分の頬に押し当てた。メアリー・ルイーズは、打ち明け話なんかするんじゃなかったと後悔すると同時に、かまうことなどないと思ってもいた。今ここにいることだって、彼に手を握らせたことだって、かまうことはない。かまうことなんてありはしない、と。

「しゃべりたいことがあったら何でも話してくれ」彼はそう言って促し、手を握ったまま話に耳を傾けた。

彼が聞いたのは性的交渉のない結婚生活の物語だった。何も起きなかったのは新婚旅行のホテルだけではない。夫婦はそれ以降、ずっと同じ状態で暮らしてきた。メアリー・ルイーズは抑揚を失い、押しつぶされた、生気のない声で語り続けた。彼女はすぐに赤くなるので、どぎまぎちゃんというあだ名をつけられていた。だが今、洗いざらいぶちまけた彼女は真っ青な顔をしている。ロバートは、彼女が打ち明けたのは自分が病人だからだろうかと考えた。一人前の男と見られていないせいだろうか？　普通人の範疇には当てはまらず、彼女の夫と同じように性的不能だと思われているのだろうか？

「夫はお酒を飲むようになったの」と彼女が言った。「で、わたしのほうも結婚して二年しか経っていないのに、日曜日毎にここへやってくるようになってしまって、あのひとを裏切っているのよ」

「でもぼくは君のいとこだよ、メアリー・ルイーズ。彼は君がここへ来ているのを知らないんだろ？」

「誰ひとり知らないわ」

彼はメアリー・ルイーズの日常生活を思い浮かべた。彼女は同居している独身の姉妹たちにうとまれ、憎まれさえしている。おまけに、食事のときだけ上階の床をきしらせてあらわれるエルマー・クウォーリーは、酒に頼って自分の恥辱を紛らわせているのだ。メアリー・ルイーズはロバートにクウォーリー家の屋根裏部屋の話をし、昔の子どもたちが遊んだ玩具類が戸棚にきちんとしまってあるのだと教えた。それからさらに話を続けた。

「わたしは以前、あなたに恋してると思っていたのよ、ロバート」

「ぼくに？」

「あなたがわたしに好意を持ってくれてたかも知れない時期の話。わたしたち、両思いだったかもしれないの」

彼は、学校へ行かれなくなったときの心の痛みを思い出した。それは母親への怒りであり、自分自身の聞き分けのなさゆえの痛みだった。このままでは食べていけなくなってしまう、と母親が言った。毎朝どれほど早起きしても、日があるうちに作業が終わらないのよ。とくに冬場はどうしようもないの。かく言う母親も息子の気持ちを理解していなかった。ロバートが口を噤んでいたからである。

「ジェイムズが毎週バターを持ってきてくれたとき、ぼくはいつも君のことを話題にした。ジェイムズに手紙を託してみようかと考えたこともしばしばあった」

「あの頃、わたしはジェイムズ・スチュアートに夢中だったと思う」

ふたりして笑い声を上げたので、胸を締めつける気持ちが和らいだ。ロバートがことばを継いだ。

「本当のことを言えば、ぼくは今でも君が好きだ。あの頃と全然変わらない気持ちで毎週日曜日、君が来るのを待っているんだから」

こんななりゆきになってしまったことは、ロバートの側から見ても、別段かまうことはなかった。彼が心の内を打ち明けようがどうしようが、メアリー・ルイーズは二度とここへは来るまいと思っていたのだ。秘密を分け合う間柄になったおかげで、何もなかったかのように振る舞うのは難しくなった。彼女が来週、わざわざ自転車をこいでやって来る気持ちになるとはとうてい思えなかった。その次の週ともなればなおさらだ。本人はそれを意識していないかもしれないが、そうなるに決まっている。

「結婚披露宴には出席できなかった」と彼が言った。

「無理なんだなって思っていたのよ」

「そうじゃない。行くつもりだった。母とふたりで。ぼくは、『車で待ってるからね』と母に言ったんだ。でも母が行きたがらなかったのさ」

「あなたがわたしを愛しているはずはないわ」

「誰を愛するか選ぶのは自分じゃないよ」

ロバートは、メアリー・ルイーズはぼくを愛せるはずがないと言いたいのか、と考えた。彼女が結婚する前から、ぼくとの間には愛などあり得なかったという意味か？　ぼくが半人前だからか？　でも彼女が、子ども時代のことも考えているのだとしたら話は違う。子どもはつねに自覚的に行動するとは限らないからだ。

いや、彼女はこんな考えにはいちいち全部反対するだろう。第一、自分は誰にも愛される値打ちがないと言っているのだ。自分はお金のために男と結婚したんだ、と。もどかしさと退屈に負けて結婚したあげく、その両方にたっぷり利息がついてしまった。とはいえ計算ずくでやったことだ。賛否両論を冷たく天秤に掛けたのだ。

ロバートは声を上げて笑い、もう一度彼女の手を握った。今回も彼女は、彼がするままにさせた。誰だって君がしたように結婚しただろうさ、と彼がつぶやいた。

「もしわたしたちの友情が続いてたら、結婚なんかしなかったわ、ロバート」

「だったら、悪いのはぼくだって言わなくちゃいけなかったんだね」

彼は手の平に、メアリー・ルイーズがぎゅっと指を押しつけてくるのを感じた。これは、こういう形以外では表現しようのない、彼女の意思表示なのだろうか？　ミス・マロヴァーの教室で机を並べていた頃から、彼がたまたま町へ出たときにメアリー・ルイーズも町へ来ていて、姿を見かけることはあった。とはいえそれほどひんぱんに出会ったわけではない。毎年秋になると、彼の母親がダロン家の農場へ自動車を飛ばしてブドウやリンゴを届けた。ロバートはその気になれば母の車に便乗していくこともできたのだが、恋心が再燃するのを恐れてメアリー・ルイーズには会わないようにしていた。それでもなお、結婚式だけは避けるわけにいかないとわかっていた。

「いろんなことしゃべってしまってごめんなさいね、ロバート」

「とんでもない。話してくれてありがとう」

メアリー・ルイーズが語ったことにたいして、彼の側からつけ加えられる事実もあった。結婚式の後、帰宅するまでの間に、車中で母親のおしゃべりを聞かされたときの憂鬱でみじめな気持ち。披露宴に欠席したのは、本当は自分の身勝手な理由からだったこと。そのせいで母親が晴れの場を楽しむ機会を奪ってしまったつらさ。それから、花婿の輝くような幸せな姿を想像することで味わった、もっと大きなつらさ。メアリー・ルイーズがマクバーニーズのパブでチェリー・ブランデーを飲んでいた頃、ロバートは彼女のことをまだ考え続けていた。彼女を最後に見たときのウェディングドレス姿が頭に居座っていたのだ。酔って眠りこけた夫の前でメアリー・ルイーズが服を脱ぎ、自分自身もふらふらの状態で新婚のベッドへ潜り込んだ頃、ロバートはひたすら自分を責め続けていた。メアリー・ルイーズが純潔のままひとりぼっちで眠っていた頃、ロバートは最も苦い憂鬱の深淵へ沈み込んでいったのだった。

「なんたる皮肉だろう！」彼はすべてを胸に収めたまま、低いつぶやきを墓地に響かせた。「打ち明けることができた相手は君しかいなかったのに！」

彼はメアリー・ルイーズにやさしくキスをした。ふたりの唇が軽く触れた。それから彼が先に立ち上がり、彼女に手をさしのべた。それ以上何も言わずに屋敷へ戻った。ふたりとも、互いを喜ばせたぬくもりにうつつを抜かしていた。それはふたりがついに分け合った秘密が放つぬくもりだった。秘密のすべてを開示したわけではなかったものの、真実を共有した昂ぶりがあった。

屋敷と菜園のすぐ手前まで戻ってきて、斜面の牧草地を横切りながらロバートが言った。

「見て！　あそこにサギがいる」

その日、ふたりは双眼鏡を持っていなかった。だがメアリー・ルイーズには見えた。魚が泳いでいるのをしばしば目にした場所に、かねがねひと目見たかった、灰色の骨張ったサギがいた。サギは首を伸ばして、長いくちばしを水中に突っ込んでいる。マスを捕まえようとしているのは明らかだったが、うまく捕まえられたかどうかまでは遠すぎて見えなかった。サギは細い脚を不器用に動かして、深いところまで移動した。それからふいに向きを変えると、翼を広げて飛び去った。

「賢い生き物だよ」とロバートがつぶやいた。

屋敷へ戻り、彼はメアリー・ルイーズのために図鑑の文章を読みあげた。ふたりが見たのは、オオシロサギでもオオアオサギでもないふつうのサギ、アオサギだった。アオサギは希少な鳥ではないものの、いつでも見られる鳥ではない。釣り人たちはアオサギを邪魔者扱いすると言われていた。

ロバートは図鑑を脇に置いて、他の書物を取り出してきた。気に入っているロシアの小説家がいて、たくさん本を書いているのだけれど、三冊しか持っていないと言った。彼はその三冊のタイトルページを並べて開き、よく見ておいてくれと言わんばかりに彼女に見せた。

「どうしてこんなことするの、ロバート？」

「君がここへ来るのは今日が最後かもしれないから」

「また来るわ。決まってるじゃない」

「先のことはわからないよ」

三冊の本は、他の本がうずたかく積み上がったテーブルの上に開いたまま置かれている。秘密を打ち明けたのは差し支えなかったとしても、今日ふたりの間で起きたことがしこりになって、彼女はもう戻って来ないだろう、と彼は考えていた。

「あなたはとてもいいひとよ、ロバート。話ができてどれほどよかったか、ことばでは伝えられない」

「今ここでキスしていいかな、メアリー・ルイーズ？　一度だけだよ」

「いいわ」彼女は即座に答えた。少しも躊躇はなかった。

ロバートは今回は両腕を彼女に回し、彼女の唇にやや強く唇を押しつけた。そして身体を離した後も、ほんの少しだけ手を握ったままでいた。彼はまた、君はきれいだとつぶやいた。

「ぜんぜんきれいなんかじゃない」メアリー・ルイーズも以前と同じ答えを返した。

「ほんとだよ、きれいだ」彼は懲りずに繰り返した。

ふたりは食堂兼居間《キッチン》でお茶を飲んだ。メアリー・ルイーズが帰った後、ロバートはお茶道具を下げた。母親はラズベリーを摘んでいる最中だった。あんなことを告白しあって本当によかったのか？　彼女はもう二度と来ないかもしれないのに？　ロバートはラズベリー摘みを手伝いながら考えた。いとこが出し抜けに人生に割り込んできたのを振り返れば、今日、本当のことを打ち明けあって関係が終わると、最初から決まっていたのではないか？　それぞれの意志とは無関係に、お互いが愛の告白をすることが運命づけられていたように思われた。メアリー・ルイーズの恋心はしぼんでいたのに、自分の気持ちだけが膨らんでしまったのも運命。少なくともふたりして、ありのままを受け入れたのは間違いない。とはいうものの、自分はたった一日の午後の、いくつかの瞬間だけに頼って、これからずっと暮らしていかなくてはならない。はたしてそんなことができるだろうか、と彼は考えていた。

人気のない道路でペダルをこぎながら、メアリー・ルイーズは最初、白昼夢の世界から自転車で走り去ろうとするかのような気分だった。ロバートに手を握られたこと、洗いざらい話してしまったこと、さらに二度までもキスをしてしまったことは、とうてい現実と思えなかった。だがすべては実際に起きた。不義密通の一歩手前と言うべきことが起きたのだ。彼女は、罪を犯した人妻になってしまった。

しかし彼女は後悔もしていなければ、罪悪感に苛《さいな》まれてもいなかった。午後の間ずっと、罪を犯した興奮でうっとりしていた。彼女はその幸福感が薄れるのを恐れた。彼の唇が押し当てられた感触、彼女の手を握った彼の手の冷たさを、いつまでも感じていたかった。君はきれいだ、君が好きだ、とつぶやく彼の声をもう一度、はっきりと聞きたい気持ちでいっぱいだった。

道端では夏に盛りを迎えたシャクが枯れて、もろい茎だけが突っ立っている。とげとげした枝の間で、スローやサンザシがすでに実っている。自転車をこいでいく彼女から遠くない場所で、鳥おどしが大きな音を鳴らした。そして今一度、鳥おどしがもっと遠くで鳴った。農家の玄関先でフクシアの灌木の剪定をしていた女性が手を振って、すてきな日ねと言った。

「ええ、とっても」メアリー・ルイーズがあいさつを返した。彼女は、黒衣の女の髪を飾ったフクシアの小枝を思い出していた。「すてきな日」


その夜、零時の数分前、ロバートは、メアリー・ルイーズと海浜へ新婚旅行に行ったのは自分だったという夢を見た。彼女から聞いたとおりの男たちが三人道端に立っていた。広く、果てしなく続く砂浜があって、カモメの群れが波打ち際に舞い降りた。あなたは海水浴は禁止です、水遊びもいけません、とミス・マロヴァーに言われた。「たいそう恥ずかしい子ですよ、あなたは！」ミス・マロヴァーに叱られたのはバーティー・フィギスだった。カモメたちは砂浜に舞い降りた瞬間、ミサギに変化した。

ロバートはメアリー・ルイーズの腰に腕を回して浜を歩きながら、自分の父親の話をした。その最中にロバートの心臓が止まった。

15

彼女は庭を歩いている。この家へやってきたときからずっと、この庭がいちばん気に入っている。庭に咲く花の名前は全部知っているし、彼女が植えた花壇だってある。

今後、この場所がどうなるのかは誰にもわからないものの、たぶんそんなことはどうだっていい。今までとは違う用途に使われるかもしれないし、取り壊されるかもしれないが、そんなことは砂浜を転がる砂一粒の運命と同じで、全然大事なことではない。だがそうは言っても、丹精した花壇に雑草がはびこると思えば悲しくなる。

彼女は薬は一切飲んでいない。飲むつもりもない。今まで一度も飲まなかった。「手に負えないわね、ほんとに」ミス・フォイに一度だけそう言われたことがある。薬を飲んでいないのを薄々感づいてはいたようだが、ミス・フォイはそれをとがめたわけではない。小切手が送られて来さえすれば文句はないので、きちんきちんと経費を支払っている収容者につべこべ小言を言ったりはしない。「手に負えない」というのは、彼女にたいするミス・フォイの全体的所感である。看護婦たちの目には薬を飲み込んでいるように見えるものの、ミス・フォイは、そのしぐさはたんなる見せかけだと気づいている。こういうことに関して、ミス・フォイの目は決してごまかせない。

16

ジェイムズ・ダロンが中庭でトラクターのタイヤに空気を入れていたとき、青いワゴン車でやってきた見知らぬ男が車から降りて、こちらはダロンさんのお宅ですかと尋ねた。男は、ジェイムズのおばの家へラズベリーと季節最後のエンドウ豆を買いに行ったというような話をしたが、ジェイムズには中味がよく飲み込めなかった。男は伝言をことづかってきたと告げた。顔に微笑みはなく、深刻そうだった。ジェイムズは男を食堂兼居間《キッチン》へ通した。

ミセス・ダロンは午前中のうちに車を飛ばして、エメリンを慰めに行った。姉妹はほぼ一日中、食堂兼居間《キッチン》に腰を下ろして過ごした。昼過ぎにミセス・ダロンがお茶を淹れ、トーストを焼き、落とし卵をつくった。彼女はひと晩泊まっていきたかったが、エメリンが首を横に振った。ふたりは結婚前の娘時代についてあれこれ話した。夫になる男との出会い、その出会いで方向が決まった後々の人生、子どもたちのことやロバートが生き延びた経緯、さらには不利な条件を背負った彼がいかに人生を生ききったかも話題になった。

エメリンがひとこと、「メアリー・ルイーズは息子によくしてくれたのよ」とつぶやいたのを除けば、彼女が日曜日毎にロバートを訪問したことは話に出なかった。ミセス・ダロンはこのひとことを、子どもたちがミス・マロヴァーの教室へ通っていた頃のことを言っているのだと受け取った。取るに足らない小さな誤解は気づかれぬままになった。

ロバートが人生の大半を過ごした部屋で、ミセス・ダロンは彼の蔵書と出窓に並んだ兵隊たちを見せてもらった。別れ際にエメリンが、「ブドウを少し持って帰ってね」と言った。彼女はずっと前から、死はこんなふうに素早く出し抜けに到来するものだと心得ていて、その死がやってきた今、現実を即座に受け入れていた。

「あらまあこんなときに、いいのよ」ミセス・ダロンの当惑をよそにブドウの房が枝から切り取られた。


ハリントン牧師が屋敷を訪れた。少し遅れて、ずっと前にロバートの父親が死んだときやってきたのと同じ葬儀屋が来た。ロバートが皆から忘れ去られた墓地に愛着を持っていたことは、メアリー・ルイーズ以外には知られぬまま終わった。彼の墓穴は、家族がちゃんと手入れをしてきた父親の墓の隣りに掘られた。墓地に隣接した教会ではハリントン牧師が月に一度聖餐式を司式し、毎週日曜日の六時半には夕べの祈りをおこなった。

ロバートの人生には大きな幸せがありました。ハリントン牧師が食堂兼居間《キッチン》で慰めのことばを語った。なんでもおもしろがり、よく笑ってよく楽しんだのですから。もっと長い、六十年や七十年もの年月を不満たらたらに生きていく人生もあるのですよ。母親は密かに、こんな話を聞いても元気など出やしないと思ったが、その気持ちを相手に気取られないようにした。

「ブドウを少し持っていってくださいな、ミスター・ハリントン」エメリンにそう言われるまま、ハリントン牧師もブドウを持たされて車に乗り込んだ。

ミセス・ダロンは、メアリー・ルイーズがロバートの訃報を聞いて気を失ったのを奇妙に感じた。ずっと昔、学校で同級生だった以外に接点はほとんどないと思っていたからだ。クウォーリーズ服地商会へやってきたミセス・ダロンは、いとこが眠ったまま苦しまないで亡くなったと報告し、葬式の予定を伝えた。それを聞いたメアリー・ルイーズの顔は紙のように白くなった。次の瞬間、彼女の両脚ががくがく震えだし、カウンターの奥に積み上げてあった反物の山の上に崩れ落ちたのだ。

エルマーが現金取り扱い室から飛んできて、隣りの店から駆けつけたミスター・レネハンとふたりで、メアリー・ルイーズを抱えて上階へ運んだ。彼女は運ばれていく途中で意識が戻り、階段を二階まで上りきったところで、自分の脚で立つことができた。彼女は男たちの目の前で涙を見せたが、じきに皆に背を向けてそそくさと三階へ上がった。ミセス・ダロンは娘に付き添ってやりたいと思い、エルマーと姉たちに相談した上で三階へ向かった。ところが、メアリー・ルイーズとエルマーの寝室だと聞いた部屋の扉は開け放たれたままで、娘の姿はない。動転していたせいで聞き違えたのかと思い、他の部屋べやの扉も開けてみたが誰もいない。扉のひとつを開けると、じゅうたんを敷いていない急勾配の階段が上へ伸びていた。

そうこうするうちにお茶が入り、コーミカン医師が呼びにやられた。メアリー・ルイーズの義姉たちがミセス・ダロンに、表の広い部屋に座るよう勧めた。エルマーは医師の来訪に備えるために店へ下りていった。ミスター・レネハンはミセス・ダロンにお悔やみのあいさつを述べた。彼女がメアリー・ルイーズの義姉たちに、ロバートはずっと病弱だったせいで普通の生活は送れなかったのだと説明していたとき、頭の上でメアリー・ルイーズの足音が聞こえた。

「おトイレかしら？」とローズが言ったのに応えて、マティルダが、毎月のあれじゃないかしらというようなことをつぶやいた。

だがつい今しがた、ミセス・ダロンが屋根裏部屋へ通じているらしい階段の扉を開けたときには、上階からかすかなすすり泣きの声が聞こえたような気がした。娘がトイレにいないのは明らかである。トイレのドアも開けて確かめたのだから。ミセス・ダロンは、メアリー・ルイーズが派手に気を失ったのと同じくらい、彼女が屋根裏へ逃げ込んだのを奇妙に感じた。そして扉の向こうに薄暗い階段を見つけたときに深追いしなかったのを悔やんで、てっぺんまで登ってみればよかったと思った。

「娘はわたしがここにいるのを知らないのですよ」ミセス・ダロンは足音が踊り場を曲がって下りてくるのを耳にしながら言った。「メアリー・ルイーズ！」思わず部屋から飛び出して声を上げた。

「メアリー・ルイーズ！」

メアリー・ルイーズが廊下に姿を見せた。ふと上げた顔には血の気がなく涙の筋が見えた。青い花柄のワンピースにカーディガンをはおっていた。

「大丈夫だから」と娘が言った。「心配しないで」

「お医者様がいらっしゃるわよ」

「医者は必要ないわ」

娘は歩き去った。廊下の奥の見えない扉がばたんと音を立てて閉じた。少ししてからローズが、メアリー・ルイーズは自転車で出掛けましたと告げた。ミセス・ダロンは窓まで行って、ローズがつかんだカーテンの端から外を覗いた。だが娘の姿はもう見えなかった。

天気は変わっていなかった。初秋の空には雲ひとつなく、二日前にふたりで牧草地を歩いたときとまったく同じ、薄い青色だった。太陽は八月の活気を少しも失っておらず、夜露がぐずぐず居座る余地はなかった。

シャクのもろい茎の姿形も二日前と同じで、麦畑にさしかかると同じ鳥おどしが大きな音を鳴らした。家の前でフクシアの剪定をしていた女性の姿は見えなかったけれど、切り落とされた小枝がまだ道端にころがっていた。威勢のいい目をした、見覚えのあるぶちまだらのテリアが今朝も自転車を追いかけてきた。路面には同じ凹みがあった。

だがすべてが異なっていた。今はあらゆるものから潤いが消え失せ、干からびはてていた。ふたりはかつて斜面の牧草地でキノコを四つ摘んで帰った。ロバートが流しの水切り板にキノコを一列に並べた。彼女の目にはその光景が焼きついていた。

墓地へ行き、いつもと同じようにアトリッジ家の墓石が立ち並ぶ間に腰を下ろした。ふたりが罪を犯したせいで罰が下ったのかしら？　もしそうなら不公平だと思った。だって死んだ彼よりも、生きていく自分のほうが苦難を強いられるのだから。メアリー・ルイーズは自転車を捨てて、このままここで死んでしまいたいと思った。

「愛しています、ロバート」そうささやきながら、彼が最後の数時間をどんなふうに過ごしたのか考えた。「愛しています」メアリー・ルイーズはもういちどつぶやいた。

目から涙があふれた。さっきよりも気兼ねなく流れ出す涙だった。彼女はひとしきり泣いたあと涙を拭いて、ふと考えた。もしかして何かの間違いなのでは？　母さんが言ったことを聞き違えたのかもしれないでしょ？　彼は具合が悪くなっただけなんじゃないの？　亡くなったのはエメリンおばさんのほうなんじゃないの？　もしこれが本当に間違いだったとしたら、草深い並木道を玄関まで自転車をこいでいって、食堂兼居間《キッチン》でおばさんの死を悼んでいるロバートを見つけたら、わたしは二度と彼のそばを離れない。彼と一緒に屋敷に住んで、今までどんな人間も受けたことがないくらい手厚い世話をしてあげる。メアリー・ルイーズはすべての埋め合わせをする覚悟を決めたが、その覚悟は自己犠牲とはまったく違っていた。なぜならふたりはお互いの一部なのだから。彼女はただ、ロバートと離れたくなかった。

だがロバートは死んだ。メアリー・ルイーズの母親がはっきりそう告げた。ひとの死を告げる場合、間違ったことを言いはしないし、聞き違えではなかった。ロバートは死んだ。苦しみはしなかったという。もう氷のように冷たくて、身体は硬くなって役立たずで、愉快そうなあの表情も永久に消えたのだ。

メアリー・ルイーズは墓地へ行き、夕暮れが来ても腰を上げなかった。がたがた震え、自分も死にたいと願いながら、日没後もそこに留まった。もう二度とそこから動かないかも知れないと思った。じっさい明け方の光が差してくるまで、彼女はずっと墓地にいた。

17

　彼女がいつも花壇の手入れを怠らないのは彼のためである。この家で暮らすうちに花壇づくりがしだいに認められたのだ。植物を選び、ゆっくり根づかせ、試行錯誤を繰り返すうちに蕾が色づき、見事な花びらが開く。

「ああ、全部潰してしまうんじゃねえかな」花壇の行く末を尋ねた彼女に、庭師が不機嫌そうに答える。この庭師は、セイディーがつるはしを振り回して腕を折られたのとは違うほうの男である。怪我をさせられたほうは若くて、こういう場所には向いていない感じだったから、じきに辞めていった。目の前にいる庭師は年老いている。彼女がここへ入って以来ずっといる男だ。不機嫌なのも無理はない。彼の話ではこの家はホテルになるのだそうだ。

「花壇は思い出にするわ。新しいひとたちがせめて庭を残してくれたらいいのに」

「聞いた話じゃ駐車場にしちまうみたいだよ」

　さまざまな色の自動車が整列して止まっている様子を思い浮かべながら、彼女はそのあたりをゆっくり歩く。そして、テッサ・エンライトが一度だけここを訪れたのを思い出す。名前はテッサ・ホスペルになっていて、四人の子持ちで、だんなさんは牡蠣の卸売り商人をしているのだと聞いた。

午後の暑い日射しの中、ふたりでこの小道を歩いていたとき、テッサが出し抜けに言った。「わたし、恋をしているの」誰にも話したことはないし、これからも話すつもりはないのだという。「あなたにだけ打ち明けるのよ」そう言って彼女は、ライラック色のレースのハンカチで涙を拭いた。そして、メアリー・ルイーズがここで暮らすようになって十六年もたつのに、今まで一度も会いに来なかった自分が恥ずかしいと詫びた。テッサは、夫と子どもたちと一緒にフランスの海浜へ遊びに出掛けたとき、そこで出会ったイギリス人の男と恋に落ちてしまったのだと語った。夫は金持ちで、子どもたちには世話係がついていた。イギリス人はテッサに、君なしでは生きていけないと言ったのだという。「考えてもみてよ！　あんなことをさらっと言ってのけるなんて！　彼ったらわたしのこと、何も知らないのに」テッサ・エンライトは全然変わっていなかった。ヒューズ線みたいに細くて、頬骨が張っていて、髪は日光で漂白したシルクみたいだった。あいかわらず驚いたような目つきで、唇をしまりなく尖らせてふくれっ面をしていた。秘密を打ち明けたくて、いても立ってもいられなかったのだろう。さもなければ、こんな家まで来るはずがない。何をしゃべろうが決して外に漏れないことだけが、この家の取り柄なのだ。

あれから十五年がたつ。メアリー・ルイーズはライラック色のハンカチの色合いを正確に覚えている。首元まできっちりボタンをしめたブラウスよりも、とても短いスカートよりも、しゃれた小さな靴よりも、ハンカチのほうが淡い色だった。テッサが牡蠣の卸売り商人とパーティーで出会ったと語ったこともちゃんと覚えている。イギリス人の男というのは、旅行中に乗った船の運航会社の従業員だという話だった。メアリー・ルイーズは、かつてジャンヌ・ダルクや、ロバートの父親や、もっと後にロバートが読んでくれた小説の登場人物たちを想像したのと同じように、そのイギリス人がどんな人物か夢想する。口数の少ない世話係に付き添われた子どもたちと、テッサの夫の姿も思い描く。舞台はフランスのホテルのダイニングルームで、ウェイターたちがお互い同士フランス語でことばを交わし、熟練した手際でワインを注いでいる場面。家族のそばへ寄ってくるイギリス人の男はフランネルのズボンを履き、胸にエンブレムがついたブレザーをはおっていて、よく日焼けした顔に微笑みがよく似合っている。しばらく後、男とテッサがふたりきりになったとき、テッサは両腕を男の腕にからめ、エンブレムがついたブレザーの下に手を滑り込ませて、指で男の背中の筋肉をさぐっている。

メアリー・ルイーズはしゃがみ込んで、地面に落ちたバラの花びらを拾い上げる。どんな場合でも、咲いている花を摘んではいけないのがここの決まりである。ブリード・ビーミッシュは一度その禁を破ったため、七か月間庭へ出入り禁止になった。七という数字は、彼女がむしった花びらの数だ。落ちた花びらに芳香はなかったけれど、白い筋が入った深紅の花びらは、メアリー・ルイーズの手の平で何よりも美しく見える。彼女の花壇の主役はバラで、縁にぐるりとスズランが植わっている。彼女は、牡蠣の卸売り商人と結婚して四人の子持ちになったのが自分でなくてよかったと思う。そしてまた、逃げられないところへ閉じ込められ、何を話してもまともに信じてもらえなくなった子ども時代の友人を頼りに、わざわざ打ち明け話をしに来たのが自分でなくてつくづくよかったと思っている。

18

秋の霧が出て、ブリッジ通りの家々にまとわりついた。水滴が細い流れをつくり、ショウウィンドウを曇らせた。町全体に泥炭の煙の匂いが立ちこめて、湿った空気がつんと鼻を突いた。日に日に短くなっていく日照時間が季節の狭間に落ち込んだ。だがやがて十一月がやってくると、季節は迷わず冬になった。

お葬式は一昔前のできごとみたいだ、とメアリー・ルイーズがため息をついたのは十一月の半ばである。葬儀のときは家族とともに小さな教会の最前列の信徒席に座った。通路の反対側にはエメリンおばさんがぽつんと腰掛けていた。さまざまなひとびとが参列していた。近所のひとがほとんどだったが、ミス・マロヴァー、エダーリー家の兄弟など、町からも数人がやってきていた。ダロン家とは初対面の、ロバートの父方の親族もきた。教会墓地に棺が埋葬された。ハリントン牧師が祈りを唱えた。つやつやしたニス塗りの蓋の上に一握りの土が掛けられた。その後はどうしたらいいか誰にもわからなかった。参列者は皆、人生の短さに打ちひしがれて、追悼会をおこなうには悲しみが深すぎた。だが結局、何人かはエメリンおばさんの家へ行った。

いとこが死んでからというもの、メアリー・ルイーズが朝起きるときにいつも意識したのは、死が事実であるということだ。もじゃもじゃの髪にやせた体つきで教室に座っていたロバートはもういない。大好きなものに囲まれた部屋でにこにこ笑っていたロバートは、今や彼女の心の中にしかいない。サギを指さし、キノコを摘んだひとは影。彼女に二度キスをしたひとも影。薄れゆく彼の姿は写真よりも不鮮明になってしまった。だがそもそも彼女は、彼の写真を一枚も持っていない。

十一月半ばの日曜日の午後、メアリー・ルイーズが自転車でエメリンを再訪した動機はまさにそれだった。屋敷に着いたらどう切り出せばいいかわからなかったし、先方がどんな様子なのかも見当がつかなかった。歓迎してもらえるかどうかも不安だった。

取り越し苦労は無用に終わった。おばさんは菜園で、収穫を終えたサヤエンドウの茎を抜く作業をしていた。ゴム長靴を履いて、古いゴム引き防水コートを着ていた。作業しているすぐ近くで焚き火が燃えていた。

「メアリー・ルイーズ！」

「お仕事中にお邪魔かしら？」

「ううん、ぜんぜん邪魔なんかじゃない。この列を抜いたら最後なのよ」

おばさんは残り一列の茎を抜き取って焚き火に放り込んだ。そして屋敷の裏口へ向かって歩きながら、厄介な作業をちょうど終えたところだと言った。

「どうしていらっしゃるかと」食堂兼居間《キッチン》でメアリー・ルイーズが口を開いた。

「大丈夫、なんとかやっているわ」

メアリー・ルイーズが食堂兼居間《キッチン》でお茶の準備をはじめた。その間におばさんは長靴を脱ぎ、防水コートを乾かすためにガスストーブの上方の壁へ掛けた。

「わざわざ来てくれてうれしいわ、メアリー・ルイーズ」

「もっと早くお悔やみのことばを伝えればよかったのに」そう言いさして、彼女はお湯をティーポットに注いだ。「わたし、自分の気持ちを整理するので精一杯だったから」

「最高の慰めをもらってるわよ。だってあの子が亡くなる直前の数か月、あの子のいいお友達でいてくれたんだもの」

「エメリンおばさん、わたしはロバートととても仲良しでした」

おばさんは流しで手を洗っていた。蛇口をひねり、ブラシで手の平と指をこすっていた。メアリー・ルイーズはふたつのカップにお茶を注いだ。

「ロバートもあなたのことがとても好きだったわよ、メアリー・ルイーズ」

そのことばに裏の意味などありはしない。彼女は、ふたりの関係が深まっていたことにまったく気づいていなかったのだ。息子が死ぬまでの間、母親としては何の心配もしていなかった。わくわくすることの少ない息子の日常生活に無害な好意がくわわったところで、気に病むことなど何もなかったからである。

「あなたのお母さんが届けてくれたケーキがあるわ。いろいろ心配してくれたのよ」

手をつけていないフルーツケーキがテーブルに置かれた。メアリー・ルイーズは自分の気持ちをこの場で打ち明けるつもりだった。おばさんが胸の内を理解して話を聞いてくれるのではないかと思っていた。だが彼女は、フルーツケーキを切り分けているうちに、その話題はやめにしておこうと決めた。彼女とロバートが気の合う友達だったことと、ふたりの間に生まれた許されない愛を認めてもらおうとすることは、まったく別だと気づいたからだ。

「気が向いたときにはいつでも」とおばさんが言った。「顔を見せてくださいな」

気軽な誘いのことばが、気まずくなっても不思議のない空気を和らげた。だがメアリー・ルイーズにとって、ここに座っているだけでも気詰まりなのは確かだったので、めったなことで再訪するわけにいかないと思った。忘れ去られた墓地と、夏の盛りにはバラの茂みに覆われる教会の廃墟のほうが気楽な場所だ。あそこなら邪魔も入らないし、場違いな声も聞こえてこない。行儀作法に気をつかう必要もない。

「ロバートが描いたスケッチを一枚もらってもいいですか？」

「もちろんよ。どんなのがあるか見てみましょう」

テーブルの上には三冊の本があり、ロバートが開いたままになっていた。会戦中のフランス軍とドイツ軍の兵隊たちは、メアリー・ルイーズが帰った後で少し並べ替えられたように見えた。部屋全体を片づけた形跡があったけれど、大半はもとのままだった。

「だんだん慣れてはきたけれどね」おばさんは口ではそう言ったものの、気が進まない様子がありありと見えた。「この部屋にはあまり入らないのよ」

メアリー・ルイーズは、書物やメモ書きやスケッチが置かれた位置を寸分たりとも変えたくなかった。暖炉の脇の肘掛け椅子も位置をずらしたくなかった。今が冬なら暖炉にもう一度火を点けて、毎日燃やし続けてもいいと思った。

「スケッチをもらってくれてうれしいわ」冬の木々を描いた一枚を選んだメアリー・ルイーズにおばさんが言った。「他にも欲しいものがあったら何でも持っていって」

メアリー・ルイーズが周囲を見渡すと、やむにやまれぬ気持ちがわき上がった。

「それじゃおことばに甘えて、これも」彼女は遠慮しながらそうつぶやいて、三冊の本を指さした。

「どうぞ、持っていってくださいな」

ふたりは部屋を出て食堂兼居間《キッチン》へ戻り、もう一杯ずつお茶を飲んだ。少し沈黙があった後、おばさんが口を開いた。

「あなたのお母さんが、カリーンで一緒に暮らさないかって誘ってくれているのだけれど。あなたはどう思う、メアリー・ルイーズ？」

わたしが日曜日毎にここへ来ていたのが知られてしまう。彼女はまずそう危惧した。毎日一緒に暮らしていたらすぐにわかってしまう。だが今やロバートが生きていた頃のことはたいして重要ではない、と思い返した。今日話したことがきっかけになって、おばさんの心に疑念がめばえたとしてもかまわない。メアリー・ルイーズはこのとき、別のことをただひとつだけ悔やんでいた。あの最後の日曜日、彼を愛していたのが今わかった。彼に死なれる前に、どうしてそれに気づかなかったのだろう、と。

「ここでひとりで暮らすのは寂しいでしょう、エメリンおばさん」

「そうね、あなたのお母さんはそう考えているの。じっさい、寂しいことは寂しいのよ。今はね。でもだんだん慣れると思うのよ」

「わが家で暮らすのは理にかなっていますよ」

「そうね、確かに理にかなってはいる。レティがデネヒーさんと結婚すれば寝室がひとつ空くものね」

おばさんは、この屋敷の半分以上はアイルランド銀行に所有権があるのだとつけくわえた。家とおさらばできるなら肩の荷が下りる。屋根の西側は雨漏りがするし、雨樋は取り替える必要があるし、鉛葺きの屋根は穴だらけなのだから。

「ジェイムズはいい子よね」とおばさんが言った。「若いひとを間近に見て暮らせるのは素敵だわ」

メアリー・ルイーズは、おばさんと両親が考えている思惑を推しはかることができた。両親は、メアリー・ルイーズは結婚したものの、レティとジェイムズは未婚のまま、実家で老いていくのが当然だと考えていた。ところがその想定はもはや現実に合わないことがわかってきた。レティは近々獣医と結婚するし、ジェイムズもいずれは結婚しそうに思えてきたのだ。寝室がひとつ空くのであれば、ひとりぼっちになってしまったおばさんに住まいを提供するのは自然ななりゆきだった。

「でもね、どうかしら、メアリー・ルイーズ。邪魔者にならずにいられるかどうか、わたしには自信がないのよ」

メアリー・ルイーズは首を振った。おばさんに同居を提案したのは家族会議をおこなった上での結論に違いない。だとすれば父親とジェイムズも納得しているのだ。レティはデネヒーと結婚することに決めたんだなと思った。

「これはまだ内緒だけど、レティは決心したみたいよ」とおばさんが言った。

「知りませんでした」

「宗旨が違う者どうしが結婚しようとする場合は、静かにことを進めるのがいいの。デネヒーさんが通っている教会の神父さんがレティに圧力を掛けると思うわ」

「姉は決して改宗はしないと思います」

「でも子どもが生まれたらカトリックになるよう勧めるわよ」

メアリー・ルイーズは、そういう話がすべて他人事に思えた。以前ならレティは何でも洗いざらい語ってくれた。もうじき空になる寝室で、レティはメアリー・ルイーズに、恋愛の進み具合はもとより、どんな状況でどんな告白を受けたのか、教区司祭にはどう話すつもりかなどを打ち明けた。ガーガンとデートしていた頃には、夜遅く帰宅するとメアリー・ルイーズをしばしば叩き起こして、デートの一部始終を報告した。ガーガンがどんなふうに迫ったか、少年時代の性的欲望についてどんな話をしたか、銀行の顧客たちにどんな内緒事があるか、どの客に支払い能力があってどの客にはないのかまで、包み隠さず。ところが今回、姉が結婚しようとしている相手はメアリー・ルイーズが一度か二度しか話したことのない男で、その素性についても姉からは何も聞かされていなかった。レティが結婚したら実家が大きく変わるのは目に見えていた——メアリー・ルイーズとレティが使っていた寝室にエメリンおばさんが移ってきて、ジェイムズはエダーリー家の娘か、さもなくば彼女によく似たタイプの娘と結婚する。それらすべてはもはや、メアリー・ルイーズの世界から外れていた。彼女の世界は服地商会とその上階の家であり、義理の姉たちであり、夫であり、屋根裏部屋であり、いとこの愛の記憶である。かつて住みたいと念願した町と、いがらっぽい泥炭がくすぶる町の空気と、子宝に恵まれそうにない彼女に興味津々な住人たちが、彼女の世界なのだ。

「神父さんというのは子どもに洗礼を授けたがるものよ」とエメリンおばさんが言った。「当然でしょ。そういうものなのよ」

「そろそろおいとましなくちゃ」メアリー・ルイーズが口を開いた。「ロバートの写真は余ってないでしょうね？」

エメリンおばさんがはじめて驚いた顔を見せた。そうして席を外し、一冊のアルバムを抱えて戻って来た。アルバムを開くとページの間に、糊づけしていない写真が十数枚はさんである。「ロバートを写した写真はどれも、わたしにとっては宝物」とおばさんがつぶやいた。「大人になってから写したのは一枚もないけれどね」

メアリー・ルイーズは一枚ずつ見ていった。赤ん坊のロバート。三歳か四歳のロバート。オーバーを着て帽子をかぶったロバート。幼なじみだった頃の面影がよみがえってきた。彼女は見終わった写真の束をおばさんに返した。

「わが家では誰もカメラに興味がなかったから」とおばさんが弁解した。

他の写真も見せてもらった。屋敷と一緒に知らないひとびとが写っているのや、少女時代のおばさんや、口ひげを生やしたロバートの父親の写真があった。

「見せてくださってありがとう、エメリンおばさん」

自転車で並木道を走り、門の外へ出て曲がったところで、ロバートが朗読する声のこだまが聞こえたような気がした。

「一八五三年の夏の暑い日、ふたりの若い男が丈高いシナノキの木陰に寝そべっていた。モスクワ川のほとり、クーンツォヴォからさほど遠くない場所……」


町のひとびとが、いつまでたっても子どもができない自分のことを興味津々で眺めている——そう考えたメアリー・ルイーズは正しかった。また、自分が変人扱いされつつあり、そのことと子どもができないことがしばしば結びつけられているのも、彼女は承知していた。服地商会へやってくる女性客たちは、彼女の奇行を話の種にして情報を交換し合っていた。隣りのレネハンの店や、フォーリーズや、その他の店でも、女たちは同じおしゃべりを交わしていた。思い思いのニュアンスを込めて詮索し、不吉な予感を語り合うのだ。あの若いお嫁さんはなんだかうわの空よね、声をかけたってうんともすんとも言わなかったりするんだもの。手頃なガスコンロ《シルコ》を探しているんだけどって話しかけたら、シルク地のサンプルを見せてくれたことがあったわ。以前よりも愛想が悪くなったわよね。にこりともしないことがあるでしょ。それでいて後からふいに気づいたみたいに、とってつけたような笑顔を返してくるんだから。

ある日レティが、デネヒーと婚約したのを妹に報告するために、店へやってきた。彼女は即座に、帰宅してから母親に「メアリー・ルイーズの様子がおかしかった」と伝えることになる、妹の異状に気がついた。レティは妹としばらくぶりに会ったので、二階でちょっとおしゃべりできないかと持ちかけた。メアリー・ルイーズは広々した表の部屋に姉を通した。レティはその部屋にはじめて足を踏み入れた。姉妹は火が入っていない暖炉をはさんで腰掛けた。デネヒーは中庭に納屋や家畜小屋がついた農場を買ったのよ、とレティが言った。ふたりでよく車を乗りつけていちゃついた、あの農場だった。レティはその農場の部屋数を覚えようと試み、その規模の大きさを何かにたとえようとしたが、容易ではなかった。彼女は婚約者の長所を並べ立て、心から自分を愛してくれることを誉め称え、将来の計画についてあれこれ話した。最初にデートしたときからわたしはぞっこんなの、よそ見なんかしたことがない、と姉が熱弁を振るっているのに、メアリー・ルイーズはそっぽを向いていた。彼はあなたともっとよく知り合いたいって言ってるわ、と姉が続けた。

「それなのにあの子ったらひとことも話そうとしないんだから」レティが実家で家族に報告した。「表情もほとんど動かなかった」

この報告には誇張がないではなかったが、レティが感じた大きな驚きが込められていたのを勘定に入れれば、真実を正しく反映していると言えた。

「あの子は病気なの？」ミセス・ダロンが尋ねた。

レティは首を振った。妹は病気ではない。そういうこととは違う。

「そういえばわたしも気づいたことがあるわ」ロバートの死去を伝えるために、クウォーリーズ服地商会へ行ったときのことを思いだして、ミセス・ダロンがつぶやいた。後からよくよく考えてみると、あのときのメアリー・ルイーズのふるまいは赤ちゃんができないことと関係が深かったに違いない。考えれば考えるほど、下の娘の不機嫌はそのせいだと思えてきた。失望が病的な高揚状態へ変化した後、ここ二、三か月気味が悪いほど悲しみに沈み込んだのは、不妊が原因なのだ。ダロン夫妻はことさらに話題にはしなかったものの、クウォーリー家についてはよく知られた事実があった。あの家では代々、結婚は子孫を残す必要上おこなわれてきたのであって、愛ゆえに男女が結ばれてきたわけではない。メアリー・ルイーズのほうも、エルマー・クウォーリーと交際したのは町に住みたかったからだ。ダロン夫妻は寝室や、ジェイムズがトランプ遊びに出掛け、レティもデネヒーと外出して食堂兼居間《キッチン》でふたりきりのときでさえ、クウォーリー家の代々のやり方には触れなかった。結婚後の娘の幸せについて評定もしていない。第一、娘が結婚する前にも後にも、「幸せ」ということばを口にしたことがない。まるでその単語を知らないかのようだった。エルマー・クウォーリーがもっと若いか、あるいは全然違うタイプの、娘と気が合いそうな男だったなら、夫妻も心配しないですんだかもしれない。だがそれ以外の要素も考慮する必要がある。まだ妊娠の兆候がないのは、ただたんに運が悪いだけとも考えられた。

「おめでとうの一言もなかったんだから」レティが話し続けた。「あの子ったらただうなずいただけ。新居のことだって話してあげたのに、どこにあるのって聞きさえしなかったのよ」

「あの子、がっかりしたのかもしれないわよ。花嫁の付添人を頼まなかったから」

「結婚した子に付添人を頼めるはずがないじゃない。もちろん、ごめんねって言ったわ。でもあの子に聞こえてたかどうか、後から不安になったわよ」

「コーミカン医師に診せたほうがよさそうだね。近頃では検査を受ければわかるっていうから」

「そういうことじゃないと思うのよ」

「じゃあ何が原因なの？」

「あのひとがお酒に溺れてるのよ」

「誰が？」

「エルマー」

「レティ、それはあり得ないよ。あのひとは一滴も飲まないの。クウォーリー家の人間は下戸なんだよ」

「それが飲みはじめたの。町中に知れ渡ってるわ」

レティがもし町の噂を聞いていれば、さらに次のようにつけくわえただろう。エルマー・クウォーリーが突然ウイスキーを飲むようになったのは子どもができないせいで、その証拠に、彼の姉たちは、あの女と結婚したのはエルマーの誤算だったと言いふらしている、と。

「ホーガンズのバーよ」レティが言った。「わたしもこの目で見たんだから」

「まあ、なんてこと！」

「服地商会の二階でなんにも言わずに座ってるあの子を見たら、母さんだって揺さぶってやりたくなるわ。でも揺さぶった次の瞬間、不憫だと思うに違いない」

ミセス・ダロンは後から一字一句余さず、この会話を夫に伝えた。エルマー・クウォーリーがホーガンズのバーへ通うようになったと聞いて、夫も憤慨した。そして、家畜市へ行ったときにその噂が聞こえてこなかったのは奇妙だと言った。ミセス・ダロンは、言いにくい話だからそれも無理ないでしょうと返した。

「子宝にさえ恵まれれば、すべては丸くおさまるさ」とミスター・ダロンが言った。

「ぜひともそう願いたいわ」

しかし、ミセス・ダロンはその晩眠れなかった。彼女はメアリー・ルイーズを生んだときのことをあれこれ思い出していた。あの子はなかなか生まれなかったものの、レティやジェイムズに比べると手が掛からない赤ん坊だった。やがて天真爛漫な目をした子どもに育った彼女は、レティほど機敏でなく、ジェイムズほど気性は激しくなかった。夢見がちな娘なので端から見ていていらいらさせられた。ときどきやるべきことを忘れるので、わざとではないかと疑いもしたが、決してわざとではなかった。彼女はある日、納屋の中に積んであった藁の上でだらだら寝転がっているうちに上げ蓋の下の穴へ落ちた。だが本人は少しも騒がなかったから、牧羊犬たちが吠えだしてはじめて、家族は事故に気がついた。あるいは別の日、ミス・マロヴァーから届いた学期末の手紙に、メアリー・ルイーズがようやく授業に耳を傾けてくれるようになりました、と書かれていた。コーミカン医師が、この子には慢性虫垂炎の疑いがありますと言ったときには治療代のことを考えて暗い気持ちになったけれど、見立て違いだと判明した。エメリンから借りたリムリック・レースのベールをつけてウェディングドレスを着たあの日ほど、メアリー・ルイーズが輝いて見えたことはない。

明け方近くなって、ミセス・ダロンはようやく眠った。夢を見たが忘れてしまった。目覚めたときぼんやり覚えていたのは、赤ん坊と少女と花嫁になったメアリー・ルイーズが、現実の世界から支離滅裂な夢の中へ歩み去っていく後ろ姿だけだった。

クリスマスの日、メアリー・ルイーズは夫と義姉たちと一緒に教会へ行った。教会から帰宅すると、クウォーリー家のしきたりに従って七面鳥を切り分ける前にプレゼントを交換した。一月はぐずついた天気の日が続いたので、メアリー・ルイーズはマスがいた小川が氷結した情景を思い浮かべ、サギは厳冬期にはよそへ行ってしまうのだろうかと考えた。

ローズとマティルダは懇意にしている客たちに、弟の嫁がちょっとおかしいのだと伝えた。あっちの家系には少々疑わしいところがあるでしょう。だってジェイムズ・ダロンはおつむが一人前じゃないし、あのいとこの死に方もどう見たって普通じゃないんだもの。年が明けて日が経つにつれて姉たちの胸中は、弟の嫁のふるまいの分析と、嫁のせいで破滅の度合いを増していく弟への思いでいっぱいになった。なじみの客たちと話すときにも弟の変調に触れなかったのは、それが一族の面汚しになると考えたからである。

「思い切って行くのが一番だよ」二月初旬にふたりで相談したあげく――今回はかなり突き詰めた議論になった――マティルダが宣言した。ダロン家の農場へ行き、自分たちが考えている懸念をきちんと話そうと決心したのだ。ふたりは念を入れてもう一週間話し合った末に、二月二十日、キルケリーズ自動車修理工場へ行って、車を一台雇う予約をした。そして翌日、カリーンの農場を訪問した。

メアリー・ルイーズは屋根裏部屋に上がるさい、もうこそこそしたりはしない。ひと目を気にせず上へ行き、階段下の扉を閉めないことさえあった。もちろん皆、黙ってはいなかった。エルマーは、屋根裏で何か捜しものでもしているのかと尋ねた。食卓でローズが問い詰めたときには、メアリー・ルイーズは、ひとりになりたいから屋根裏へ行くんですと答えた。彼女はいつも屋根裏部屋の鍵を閉めた。気に入ったほうの部屋の鍵を閉めて中にこもっていたとき、マティルダが一度だけやってきてドアノブを握ってがちゃつかせたが、彼女は無視し続けた。「大丈夫なの、メアリー・ルイーズ?」と大声を上げた義姉に、彼女は何も答えなかった。メアリー・ルイーズは、自分が腰掛ける肘掛け椅子以外、すべてを隣りの部屋へ移動させた。必要なものがあるから取らせてちょうだいと言われたら、隣りの部屋にありますよ、と答えればすむようになった。

屋根裏部屋はしばしば冷え込んだけれど苦にはならなかった。肘掛け椅子の座面にうずくまるように両脚を折り曲げて、墓穴にいるロバートの姿を思い描いた——顔面に骨が浮き出し、肉は腐りかけている。彼女は神に向かってそのことを責めた。屋根裏部屋で、彼女は神を敵に回していた。というのも、この場所で彼女に遺されたものといえば、いとこの声のこだまだけだったからだ。彼特有の単語の発音、イントネーションの癖、彼の声が描き出す映像だけがそこにあった。

「わたしは悲しくなった自分を夢見てときどき泣きました。でも、詩句が奏でる音楽と夕暮れの美しさがかき立てた涙や憂鬱の中から、いつも垂直に萌え上がるものがありました。早春の草に似た、幸せな感情の若い芽です……」

彼の声は何度も繰り返して朗読した。今は彼女も唱和している。なぜならこれはロバートが、暗誦できるようにならなくちゃいけない、と教えてくれた文章だからである。

19

彼女は感情を使い果たしたかのような表情で私物を荷造りしている。この三十一年間のあいだに何人の女性がここへ来て、去っていったろう。死んだひともいる。やむを得ない事情でよそへ移っていったひともいる。三十一年間食事は平凡で、しばしばまずいときもあった。冬場には経費を節約しなければならないので、寒さに耐えたことも少なくない。

「あなたなら大丈夫よ」ミス・フォイが太鼓判を押す。「外へ出ても充分やっていけるから」

「ここで死ねると思っていたのに」

「そんなこと。さあ、さあ」

ミス・フォイはにっこり笑って万事受け流す。相手がこの家で誰よりも長い期間暮らしてきたのはわかっている。だが感傷に流されてそのことを話しそうになり、ぐっと口を噤む。うっかりそんなことを話題にして、動揺させたら台無しだからだ。

20

「今日、こちらへ参りましたのは」とローズが言った。「どうしてもお伝えしなくてはならないことがありまして」

「うかがいたくてうかがったわけではないんです」とマティルダが強調した。

「そう、できれば来ずに済ませようとずっと思っていました。ねえマティルダ、どのくらいになるかしら？　一年くらいかしらねえ？」

「一年にはなるわね」

ミセス・ダロンはこの会話を聞きながら、胸のざわめきが止まらなかった。姉妹は車を降りるやいなや、前もって連絡せずにやってきたことを弁解しはじめた。キルケリーズの運転手が自動車の向きを変えている間に、レティが報告したことを別の表現で繰り返した。要するに、メアリー・ルイーズに何かが起きているのだ。

「娘はどうやら本調子ではないようでして」ミスター・ダロンが、心配そうな妻をはげまそうとして、くすんだ色の細い顔に笑みを浮かべた。

「そうおっしゃられても、もちろんわたしどもでは、あのひとの本調子がどういうものかはわかりかねます」とローズが答えた。「そうでしょう、ミスター・ダロン。わたしどもが知っているのは、エルマーがわが家へ連れてきたあのひとだけなんですから。包み隠さず申しますけれど、最初から普通でなかったですよ」

「もちろん、最初の頃は今ほどではなかったんです、ミスター・ダロン。全然大丈夫でした、今から思えば」

　ミセス・ダロンはうわの空で姉妹にお茶をすすめ、車で待ってくれている運転手さんにもお持ちしたほうがいいかしら、と尋ねさえした。姉妹はどうぞおかまいなくと答えたが、ミスター・ダロンが気を利かして、お茶を入れたカップを運んだ。運びながら、たしかにメアリー・ルイーズはずいぶん無口になったと考えていた。そういえば昨日の晩、レティがその話題を何度目かに持ち出して、あの家に嫁いだら誰だって無口になると語っていた。あの子が結婚してからけっこうな年月がたつけど、会うたびにどんどん無口になってきたわよ、と。ミスター・ダロンが食堂兼居間《キッチン》へ戻ってくるとローズが話していた。

「わたしどもでは夜は表の部屋で過ごします。ラジオを聞くこともできます。エルマーは、ＹＭＣＡで購読しなくなった雑誌を何種類か購読しております。弟にとって購読料はたいした金額ではありません。雑誌は表の部屋にいつも置いてありますので、あのひとにも自由に読んでもらえるようになっているんです」

　ミスター・ダロンは、妻の異様な表情に気づいた。両目をぎょろりと剝いていたのだ。長年一緒に暮らしているが、そんな目つきははじめて見た。妻が夫のほうへ向き直って口を開いた。

「メアリー・ルイーズはいつも屋根裏部屋にこもっているの。わたしが尋ねていった日、上へ行ったまま下りてこなかったって、あなたにも報告したでしょ。あの子ったら鍵を閉めて閉じこもっているのよ」

「それだけではないんです、ミスター・ダロン」ローズの口ぶりは辛辣だった。「ほかにもいろいろあるんですよ」

「ミスター・ダロン、なんだったら本人に尋ねてみて下さい。あのひとはだんまりを決め込むとは思うけれど」

「どうしてまた屋根裏なんぞへ閉じこもるんでしょうな？」

「もちろん本人に尋ねましたよ、ミスター・ダロン。エルマーが何度も尋ねたんです。それなのにどうしても答えてくれないんですよ」

「このさい、ほかにも申しておきたいことがあるのですが、わが家では家事を手分けしています。わたしの受け持ちはこれとこれ、マティルダの受け持ちはこれとこれという具合になっていて、メアリー・ルイーズにも、本人に了解を得た上で、ほんのいくつか仕事を頼んでいるんです。ところが、本当のことを言いますけど、彼女のおかげで家中がゴミの山になっています」

「ゴミの山？」

「きたなくて足の踏み場もない状態です」とローズがつけくわえた。「あのひと、ご機嫌が斜めのときは指一本動かしません。食事の後、使ったお皿を洗わずに、次また食卓へ載せるんですから。お皿に汚れがこびりついているのを見て見ぬふりをするのです」

「お店でも同じです、ミスター・ダロン。オイルクロスを買いにいらしたお客様に、当店では取り扱っていないと言うんです。うちのお店では、三種類の厚さのオイルクロスを常備していて、十二種類以上の柄物を取りそろえているというのに」

「じつを言いますとね、うちのお店ではオイルクロスを捨てられないでいるんですよ」ローズはへの字に結んだ唇を開いてよけいなことをしゃべった。「近頃ではオイルクロスをお求めになるお客様はほとんどおられませんが、エルマーが在庫は持っておきたいと言うものですから、捨てずにとってあるわけです」

「つい昨日もお店で聞いたのですが、あのひとったらオイルクロスを買いにいらしたお客様に向かって、それでしたらお隣りのレネハンさんでお求め下さいと応対していたんです」

「たぶんメアリー・ルイーズは知らなかったんじゃ……」

「お店で扱っている商品はすべて説明済みです」

「あのひとはすぐ、屋根裏部屋の鍵を閉めて閉じこもるんですよ、ミスター・ダロン。自分の持ち物でもないのに、ひとつの部屋にあったものをずいぶんたくさん別の部屋に移しました。具合でも悪いのかと思って扉を叩いてみるのですが、何の返事もありません」

「ひとことも返事をしないんです」とマティルダが繰り返した。

「わたしたちも考えました」ミセス・ダロンがようやく口を開いた。「子宝に恵まれないせいで、あの子はがっかりしているのじゃないかと」

「でも、天からの授かり物をいただけなくて嘆いているだけかしら、ミセス・ダロン？」

「こんなこともありました」とマティルダが続けた。「一週間ばかり前の話ですが、お店を閉める直前にあのひとに言ったんです。『待って、メアリー・ルイーズ、今朝入荷したスカートを二、三枚試着してみたいのだけれど』って。誰かに見てもらったほうが、似合うかどうかわかる場合があるでしょう？　あのひとの意見を聞いてみたかったんです。あのひとは、現金取り扱い室へ上がる階段のところで、学校の廊下に立たされた子どもみたいに突っ立ってました。わたしはまず最初に、青地に藤色の千鳥格子のスカートを試着して、『どうかしら？』と尋ねました。どんなことばが返ってきたと思います？」

　ダロン夫妻は顔を見合わせて首を振った。

「へんてこね、のひとことです。ぽつんとそれだけ言って、どこかへ行ってしまいました。へんてこね、以上。理由説明はなし」

「それだけではありません」ローズが再び欠点の棚卸しをはじめた。「母の遺品の、磁器のゆで卵立てがあるんです。わたし専用の品です。母が亡くなる一週間前に、『これはローズにあげるわね』と言ってくれた品なのです。ところがある日、台所へ行ったら、あのひとがわたしのゆで卵立てを使って卵を食べていました」

「近頃、あのひとはときどき、台所でものを食べるんです」とマティルダが説明した。「ご機嫌斜めのときは食事室へ入ってきません」

『そのゆで卵立ては特別なものなのよ、メアリー・ルイーズ』怒ったようにではなく、やさしく声を掛けました。以前にも同じことを言ったのですが、耳に入っていなかったようです。『メアリー・ルイーズ、そのゆで卵立ては使わないでくれるとありがたいのだけれど』と言いました」

　ミセス・ダロンは、誰だって頼まれたことを忘れることはあるし、どれが誰のゆで卵立てかわからなくなることだってあるでしょう、と言ってやろうと思った。そうして口を開いたとたん、ローズが首を横に振った。

「その一週間後、ゆで卵立ての縁が欠けているのを見つけました。食卓には載せられなくなってしまいました」

「あの子が屋根裏部屋へ閉じこもることのほうが、わたしは心配ですが」とミセス・ダロンが本音を吐いた。「それから台所でものを食べることも。いったいどうしてあの子はそんなことをするのかしら？」

「本当に困っています」とマティルダが返した。「あのひとがあんなことをする理由がさっぱりわからなくて。それで今日、こちらへうかがったわけです」

ミスター・ダロンが、エルマーはどう思っているのか尋ねた。

「エルマーはひどく悩んでいて」とローズが答えた。「見ているだけで辛くなりますが、わたしたちにはどうすることもできません」

町で話題にしないのと同じく、ここでも姉妹は、弟が飲酒にはまっていることは言わずにおいた。あの女さえ家からいなくなれば弟はすぐ元に戻るはずだ、と姉妹は信じて疑わなかった。帰宅するたびに匂わせるウイスキーの香りとおさらばして、不幸せに巻き込まれる前の生活パターンを取り戻してくれるに違いない。不愉快な年月にはきっぱり幕が下ろされるのだ。

「それで、おふたりは、メアリー・ルイーズが本調子でない理由はどういうことだと考えておられるんですか？」ミセス・ダロンが動揺して声を上げた。「いったい何があの子を苦しめているのでしょう？」

「そのことをお話ししたくて今日、こちらへうかがったんです、ミセス・ダロン」マティルダがまた同じことを繰り返した。「こちらのご家族のお力添えが必要です。わたしたちは、心の病ではないかと思っているんです」

「心の病？」

「あのひとと十分間でもひとつ屋根の下で過ごしてみれば、その単語が頭に浮かびますよ。一日の四分の三を屋根裏部屋で過ごすなんて、とても普通とは思えないでしょう？」

「夜だけだと思っていました」

「夜はもちろんです。でも昼間もときどき、お店から姿を消してしまうことがあります。そうそう、ご自分の目で確かめたんですよね、ミセス・ダロン」

「日曜日もです」マティルダが口をはさんだ。「日曜日の午前中ずっと。何度も何度も」

「それから日曜日の午餐の後、いつも自転車でどこかへ行くのですが、泥炭地《ボグ》にでも落ちやしないかと心配でなりません。帰宅するのはいつも九時か十時頃になります」

「日曜日はここへやってきますが、それほど遅くまでいることはありませんよ」

「九時か十時よねえ、マティルダ？」

「そのとおりよ。日が長い季節にはもっと遅くまで帰ってこないわ」

「一度ですが、とうとう帰ってこなかった日もありました」

「なんですって？」ミセス・ダロンが一瞬、理性を失ったような声を上げた。夫が片手をさしのべてなだめようとした。「なんですって？」妻がもう一度、こんどはささやき声で繰り返した。

「あなたがお店へいらした日のことですよ。あのひとはぷいっと家を出たきり、翌朝の六時まで戻ってきませんでした」

「いったいどこへ行ってたんでしょうか？」

「マティルダとわたしは警察へ届けようとしたのですが、エルマーが『メアリー・ルイーズはカリーンの実家へ行ったんだよ』と言ったので思いとどまりました」

「娘はここへは来ませんでした」

「そちらはそうおっしゃる。じつを言いますとね、ミセス・ダロン、わたしたちは気が休まるときがないんです。このぶんではあのひとは、自転車でどこまで行ってしまうかわからない。近頃は世の中が物騒だというのに」

「わたしたちにとってはすべて初耳です」ミスター・ダロンはゆっくり首を振りながら顔をしかめた。

「どこへ行くのか正確にはわかりませんが、田舎をあちこち走り回っているようです。エルマーに探しに行かせたこともありました」

マティルダはそう言ったものの、エルマーがすぐさまホーガンズのパブへしけ込んでしまったことは言わずにおいた。その日、エルマーが帰宅したのは、メアリー・ルイーズの帰宅よりも一時間遅い、午後十時過ぎだった。彼は、妻が自転車を乗り回すことに口を出すつもりはないし、何時間外出するかは本人の勝手だと姉たちに言ったが、そのこともダロン夫妻には黙っておいた。ローズが口を開いた。

「一週間前、あのひとはご来店下さったミセス・リオーダンに、『わたしならそれは買いませんね』と言いました。『襟が大きすぎてちっとも似合っていないもの』って。お客様はお金をすでにカウンターへ置いていたんですよ。あんなことされちゃ、お店はやっていけません。こういうことの半分でもエルマーの耳に入れば、びっくりして跳び上がるわ」

マティルダは合図を受けたかのように、心の病に苦しむ女性を住まわせてくれる保護施設があると聞いた、と言いだした。その施設のことは姉妹が調べたわけではない。誰かが姉妹に教えたのだ。なぜそんなことを教えたのかは尋ねるまでもなかった。

「とてもゆきとどいた世話をしてくださるそうですよ」とローズが言った。「散歩できるお庭もあるって。食事はとびきり上等だと聞きました」

「まあ、なんてこと！」ミセス・ダロンが度を失って姉妹をにらみつけた。なんてひどい提案をするのかと思った彼女は、胃がぎゅっとしめつけられる感じがした。メアリー・ルイーズの挙動が不自然だからと言って、なぜ保護施設に入れなくてはならないのだ？

「娘は狂ってはいませんよ」ミスター・ダロンが抗議した。「勘違いにも程がある」

「保護施設のことを思いついたのはわたしではありません」ローズが話を蒸し返した。「よその方が助言してくださったのです」

「コーミカン医師に診てもらう必要があるね」ミスター・ダロンが妻に言った。「わたしたち夫婦がさっそく車で診療所へ行って、相談してみますよ」

姉妹はこの決定を聞いて置き去りにされたような気分になり、席を立った。そして帰る前にローズが口を開いた。

「当然のことですが、かわいそうなあのひとをどこかへ閉じ込めてしまいたいなどと思ってはいません。身内がお世話して下さるのが一番いいに決まっています。おいとまする前にこのことだけ申し上げておきたかったのです」

「身内？」

「ご実家のことです」ローズはそう言いながら食堂兼居間《キッチン》をぐるりと見渡した。「打ち解けることができる場所が一番だろうと考えているんです」

暇乞いのあいさつだけを告げて、姉妹はキルケリーズの車で町へ帰った。ダロン夫妻は外出の準備をして、すぐにコーミカン医師の診療所へ向かった。

ホーガンズ・ホテルの女性支配人ブリジットはおそらく他の誰よりも、町で起きることすべてに精通していた。彼女は過去十八か月にわたって、エルマー・クウォーリーの酒量が深刻に増えていくのを注視していた。代々酒を飲まないことで知られてきたクウォーリー家の人間がこんな形で道を誤るとは、興味深いできごとであるとともに大いなる驚きでもあった。ブリジットは、エルマーがバーから帰ろうとするとき、直接外へ出ずに、ホテルのロビーを経由して、そこで一休みしてから帰る癖を身につけたのにも注目していた。彼女はエルマーが、階段を下りきった壁に掛かっている雄鹿の枝角に見とれたり、〈アイリッシュ・フィールド〉紙の年間行事カレンダーを見ているように見せかけて、フロントデスクのガラス衝立ごしに彼女のほうを見つめているのに気がついていた。好奇心に駆られて顔を出すと、エルマーは天気のことを話題にしたり、機嫌を取るようなことをしゃべった。そうして、お休みのひとことを残して帰っていった。

こっそりとにせよ、おおっぴらにせよ、職業柄、男の視線を浴びるのに慣れているブリジットは、自分の見立てに間違いはないと思った。バーから外の道路へ直接出る扉は別にある。酒を飲みに来る客がホテルへ足を踏み入れる必要はないのだ。軽く酔ったエルマー・クウォーリーの目つきには疑う余地のない意味合いが感じられた。完全に酔っぱらうと、彼は彼女から目が離せなくなるようだった。ブリジットはじろじろ見られても平気である。そんなことがいちいち気になるようでは仕事を変えなければならない。だが彼女は、エルマー・クウォーリーが結婚した娘のことが気掛かりだった。ついこの前まで、通学カバンを背負って通りを歩いているのを見かけた覚えのある娘だ。口やかましい意地悪ばあさんがふたりもいて、四六時中監視されていてはさぞ毎日がつらいだろうという噂を聞いていた。それにくわえて夫が酒に手を出すようになり、よその女をじろじろ見るのが好きとあっては、目も当てられない。

「クウォーリーズの店主のこと、どう思う?」ある晩バーが閉店した後、ブリジットはバーマンのジェリーに尋ねた。彼女はいつもこの時間帯にバーを覗きに行くことにしている。ジェリーが一晩中かけてちびちび飲んでいたスタウトのグラスを空けてしまうまでの間、ミディアムのシェリーを注いでもらって一杯楽しむのだ。

「あの手合いは二、三杯飲むと調子が出てくる」経験豊富なバーマンだけあって言うことが揺るぎない。

「飲み出したのは突然だったよね。以前はミネラルウォーターしか飲まなかったのに」

「昔の独身者によくいたタイプだよ」ジェリーはそう言ってひと息つくと、スタウトを一口飲み、上唇についた泡を指でゆっくりぬぐった。「クウォーリー家の人間は代々子どもが欲しいから結婚するんだ」

「そうだよね、知ってる」

「あの奥さんはだんなのことをよく見極めてから大胆な行動に出たんだな。奥さんがしたくても、夫のセックスの相手をさせてもらえないなら、お互い立場は同等だろ、違うか？」

「わたし、蠅になれたら、あの家の壁に止まってみたいな」

「俺にはわかるよ。あと一年もすればアル中は相当進む」

その夜遅く、ホテルの最上階の小さな自室で服を脱ぎながら、ブリジットはまだエルマー・クウォーリーと、彼に嫁いだ娘のことを考えていた。そして本当に蠅になって、あの夫婦の寝室の壁に止まってみたいと思った。あるいは、蠅になって男の頭の中へ入ってみるのもいい。そうすれば、若妻の脇で横になったあの男が何を考えているか筒抜けだし、ホテルのロビーをうろつく理由だってわかるのだから。だがブリジットはベッドに入ると、クウォーリー家の夫婦のことはすぐに忘れた。その代わりに自分が娘だった頃、恋に落ち、その結果よその教区へ飛ばされた補助司祭のことを思い出していた。「あきらめるよ、君のために」彼はマグワイア律修司祭が踏み込んでくる直前、ブリジットにそうささやいた。

「元気でやっているかなと思って」店に入ってきたミセス・ダロンが言った。「町へ来る予定があったから寄ってみたのよ」

「ここしばらく会う機会がなかったものなあ」ミスター・ダロンがつけくわえた。

メアリー・ルイーズはカウンターの内側に立ったまま微笑んだ。そして両親に、二階へ上がっていくよう誘った。姉たちは黙ったまま会釈した。

「猫を二、三匹振り回せるくらい広々としているね」広い表の部屋に通されたミスター・ダロンがつぶやいた。

メアリー・ルイーズはお茶を淹れて両親に出した。母親が言った。

「とても心配しているのよ、メアリー・ルイーズ」

「心配？　どうして心配なの？」

両親とも黙り込んだ。どう返事すればいいかわからなかったのだ。コーミカン医師は両親に、メアリー・ルイーズ自身が具合が悪いと訴えて、本人が診察に来るのでなければ、医師としてはどうすることもできないと説明した。鍵を閉めた部屋に閉じこもりたがる理由はたくさんありえます。もっと激しい奇行に走るひとも世の中にはたくさんいます、と彼は言った。「おふたりで娘さんと話してみたらどうですか？」と医師は勧めた。

「元気かい、メアリー・ルイーズ？」ミスター・ダロンが尋ねた。「万事いろいろと、大丈夫かな？」

「大丈夫じゃない理由なんてあるの？」

「ねえ、メアリー・ルイーズ」母親がそう言いかけて一呼吸置いた。「寂しいんじゃないかなって思ったのよ。家族と農場が恋しいんじゃないのかなって」

「わたし、結婚して二年半にもなるのよ」

「そうは言ったって、ねえ」

「誰かが何か言ったの？」

「メアリー・ルイーズが寂しそうにしていたって教えてくれたひとがいるんだ」

「おまえはこの頃、日曜日に農場へ顔を見せなくなったよね。こっちもなんだか寂しいんだよ、メアリー・ルイーズ」

「ジェイムズだっておまえに会いたがってる。この前、レティも同じことを言っていたよ」

「レティはもうじき結婚してしまうじゃない」

「そうだよ、だからさ」

「何か困ったことでもあったら、なあ、メアリー・ルイーズ……」

「困ったことなんて何もないわ」

両親は話題を変えて、レティの結婚式の段取りや、エメリンおばさんがカリーンの農場に同居することになったこと、さらに、ジェイムズが近頃家のあれこれを取り仕切りたがるようになり、頼もしくなってとてもうれしいことを伝えた。農場へ車で帰る道中、ミスター・ダロンはずっと黙り込んでいた。娘を訪ねたせいで気分がすっかり落ち込んでしまい、徒労感に襲われていた。年齢差がありすぎる結婚がうまくいくはずはないとどうして見抜けなかったのか。あの結婚には反対すべきだったのに見逃した結果、こうなってしまった。クウォーリー家の姉妹の話を長々と聞かされた後で、コーミカン医師を訪ねたのだが、面会まで長々と待たされた。ようやく一杯のお茶が出て、医師と差し向かいで腰掛けたときには、時計の針は正午に近づいていた。ミスター・ダロンは何よりも、時間を無駄にしたことに怒りを感じていた。

「あの女たちはじつにその、もめ事を起こす張本人だな」と彼が言った。

ミセス・ダロンはうなずいて同意を示した。そしてことばを返すうちに、夫に同意しただけでなく、メアリー・ルイーズが計算ずくでおこなった結婚は悲しむべき失敗に終わったと考えているらしいあの姉妹にも、いつのまにか同意していた。ミセス・ダロンはその意見を決して変えなかった。


メアリー・ルイーズはそれまでのやり方を貫いた。そしてエルマーと姉たちにあきらめさせた。義姉の小言などもはや怖くなかった。夫を喜ばせようという気持ちはとうの昔に消えていた。彼女は以前にも増して寝室の窓を大きく開けるようになった。エルマーが床についてしばらくの間、ウイスキー臭さがとても強くなってきたからである。彼女は一度か二度、その呼気をうっかり吸い込んで頭がくらくらした。

母親のほうは噂がささやかれはじめているのに気づいたが、メアリー・ルイーズは知らぬままだった。彼女はまた、母親がいつも、娘が鍵を掛けた部屋に閉じこもった様子を悲しげに想像して心を痛めていることも知らないし、父親が、年の差がありすぎる結婚を認めてしまった自分自身を責めていることも知らぬままだった。そんなことをしていると姉たちを怒らせるだけだ、という夫の忠告をよそに、メアリー・ルイーズは台所でひとりで食事をした。なぜこんなことをし続けているのだろう？　彼女は自問した。あのひとたちが嫌いだからだ。

「ベルセーネフはドロスキー馬車をつかまえてモスクワへ行き、インサーロフを探すことにした。だが彼は簡単には見つからなかった。このブルガリア人は下宿を住み替えていたからである……」

ベルセーネフの人探しにつきあっていると、食品台や食器棚、レースとインド更紗《チンツ》の一重カーテンなど、クウォーリー家の食事室のしつらえがくすんで見える。メアリー・ルイーズは食事室が嫌いだった。床のトルコじゅうたんの茶色い模様も、左手の食器棚の引き出しに入っている塩と胡椒も、残飯の匂いも嫌いだった。ところがひとり台所にいて、ものを食べながら耳を澄ますと、ベルセーネフが乗ったドロスキー馬車の音がしばしば聞こえてきた。そして目を閉じなくても、インサーロフが下宿している家のレンガ作りの正面が見えてくるのだった。

エレーナ・ニコラーエヴナはインサーロフを愛しているのに、その自覚がなかった。エレーナはオリーブ色の肌と灰色の目をした背の高い娘で、屈折した性格の持ち主だった。はじめのうちは父親っ子だったがいつしか父親に冷淡になり、母親を慕うようになる。しまいには両親にたいして距離を置くようになった。メアリー・ルイーズはその感じを想像しようと試みた。彼女の子ども時代には、そういうことを経験した覚えはまったくなかった。最初の記憶は、レティのお人形と一緒に切り株に腰掛けている場面である。脇にレティがいて、お人形さんはいつだっておとなしくしてるんだから、あなたもいい子にしなくちゃだめよ、と言われた。レティはお人形とメアリー・ルイーズを相手に、食べ物を与えるごっこ遊びをした。顔と頭を日射しが暖かく照らした。すぐ近くにちっぽけな小鳥がきて切り株をつついた。レティはその小鳥をおびきよせて食べ物を与えようとしたが、飛んで逃げてしまった。二輪の軽馬車《トラップ》に揺られて、ミス・マロヴァーの教室へはじめて行った日のことも覚えている。ジェイムズとレティがかわりばんこに手綱を取った。兄と姉はホーガンズ・ホテルの中庭にポニーをつなぐと、左右から妹の手をとって教室へ向かった。ミス・マロヴァーが指し棒で、掛け図に描かれたまっ赤なリンゴの絵を示しながら、「アップルのA」と言った。次に、「ブーツのB」と言った。それからメアリー・ルイーズに、彼女の名前のアルファベットを筆写するよう指示しながら、「メアリー・ルイーズ」という名前はいろんなものに似ていますねと言った。二日目以降の登下校には二輪の軽馬車《トラップ》は使わず、ジェイムズが運転する自転車の、サドルの前のフレームに乗せてもらった。スピードは出さないという約束だった。やがて、メアリー・ルイーズがレティの自転車に乗れるようになる頃には、レティは母親の自転車を引き継いだ。金曜日にはミス・マロヴァーがふだんよりもたくさん宿題を出すので、ジェイムズとレティは下校の道中ずっと文句を言い続けた。詩を二連暗記、単語十個の綴りを暗記、計算問題三つ、作文ひとつ、歴史か地理の問題、おまけに九九までやらなければならなかった。ミス・マロヴァーは、月曜日はいつもご機嫌斜めだった。嫌みな声で作文を読み上げて、文章の出来が悪いと指し棒で自分の手のこぶしをコツコツ叩いた。「ジェイムズ、今日は居残り勉強をなさい」先生はほとんど毎週、月曜日にそう宣告した。「この詩の一連を完全に暗誦できるまで教室から出てはいけません」メアリー・ルイーズは、はじめてジャンヌ・ダルクの物語を聞いたとき、犂で耕した畑にひざまずいている農家の娘の姿を思い描き、声まで聞こえたような気がした。そして磔柱に縛りつけられた彼女が、自分を焼くための火をおこしているのを目の前に見ながら待つ姿も想像した。ダロン家の三人の子どもたちが自転車に乗っていると、キリスト教教育修士会《クリスチャン・ブラザーズ》が経営する男子校へ通うカトリック信徒の少年たちがときどき、おまえらは異教徒だから地獄で焼かれるんだぞ、と大声でののしった。ジェイムズはいつも、無礼にたいしては無礼を返した。レティは挑発をさらりと受け流した。「なんでわたしたちは地獄で焼かれなくちゃならないの？」メアリー・ルイーズが姉に尋ねると、レティは、焼かれやしないんだから心配ないと答えた。

ロバートがエメリンおばさんと一緒にカリーンの農場を訪れたことはなかったので、メアリー・ルイーズは学校へ通うようになってはじめて、ロバートの存在を知った。「ぼくは君のいとこだよ」教室脇の中庭でそう話しかけられたのが、彼に出会った最初の記憶だ。それ以後、メアリー・

ルイーズが注意して見ていると、ロバートは誰よりも先に筆写を終えるし、単語の綴りや九九でも一番だった。「いとこ」の意味は母親が教えてくれた。「エメリンおばさんのひとりっ子なんだよ」メアリー・ルイーズがいとこに恋していると自覚したのは十二歳のときだった。

鍵を掛けて閉じこもった屋根裏部屋や、アトリッジ家の墓石に囲まれた場所で、メアリー・ルイーズは情交に耽った。エレーナとインサーロフの恋物語と同様、死がその夢に水を差すことはできなかった。ロバートは父方の遠い親戚から転がり込んだ遺産を手にしたおかげで、もはや貧乏ではなかった。エルマーにはじめて誘われてエレクトリック・シネマへ行った後のある日、ロバートが農場へやってきた。エルマーに再度誘われたときには、「いいえ」ときっぱり断って、いとこと一緒に小川へサギを見に行った。やがてふたりは結婚し、新婚旅行はイタリアとフランスへ行った。海のそばのカフェに腰掛けて、道行くひとびとを眺めているロバートは、白っぽいスーツに色を合わせた帽子をかぶっていた。墓地でファーストキスをしたときと同じしぐさで、彼はテーブルに身を乗り出してメアリー・ルイーズにキスをした。彼のキスは蝶のように軽々と、彼女の腕を上下に撫で、手の指先をくまなくめぐって左右の肩へと舞い続けた。カフェの楽団が演奏をはじめた。ふたりの手には白ワインのグラスがあった。

メアリー・ルイーズは目を閉じなくても、ちらちらまたたくガス灯の炎や、雪のように白い自家用四輪馬車が何台も止まる場面を見ることができた。背の高いロシア人たちが、床がぴかぴかに磨かれた部屋べやで談笑していた。壁には鏡がたくさんはめこんであり、小さい楕円形のテーブルにはどれもビロード地に飾り房がついた布が掛けてあった。かすみを帯びた空気の中でいとこの声が話していた。自分自身の声が難しいロシア語の名前を繰り返していた。ロバートとメアリー・ルイーズは淡い色の影のように、部屋べやを行ったり来たりした。

21

ブリード・ビーミッシュが他の収容者に先だってこの家を出て行く。彼女はロックバンドのＵ２から伝言を受け取っていた。Ｕ２に困りごとがあって相談を受けていた、と彼女は語った。ＩＲＡがＵ２を尾行している、と彼女は何べんも警察に通報した。次にデイブ・リー・トラビスが個人的に彼女に語りかけ、ディスクジョッキー番組の中でも彼女にメッセージを送ってくるようになった。彼女の父親が、わが家では二度とデイブ・リー・トラビスの名前を口に出すな、とたしなめた直後、彼女はタバコに火を点けて、父親のフォード・コーティナの燃料タンクの中に放りこんだ。彼女はきままなカフェ暮らしを求めてリンカーンシャーへ行き、一か月間行方をくらました。再び姿を現したとき、彼女は「ゲーム」をしていたのだと報告したが、家族には意味がわからなかった。たまたまバーにいた客から父親が教えてもらってようやくわかった。統合失調症という診断が下った。それにくわえて軽度の性欲亢進症も認められる、と。

集合した収容者たちにブリード・ビーミッシュが手を振っている。フォード・コーティナが燃えてしまったので父親が買い換えた車の後部ドアが開いていて、その脇に彼女が立っている。医師たちは、薬をちゃんと飲みさえすれば順調に回復すると考えている。回復とは人前に出せるという意味である。見送っている収容者たちも皆、彼女はここへやってきたときよりもずいぶんよくなったと思っている。結婚だって決して夢ではなさそうだ。「さよなら、元気で！」とスペインの奥さんが声を掛ける。ブリード・ビーミッシュから何でも打ち明けられて、すっかり情が移ってしまったハンナ修道女は涙ぐんでいる。

車のドアがバタンと閉まり、タイヤが砂利を踏みしめる。

「売春に逆戻りだね」ちびのセイディーが甲高い声で予言する。

22

レティの結婚披露宴はメアリー・ルイーズのときとはずいぶん異なっていた。会場に使われたパブは、服地商会の上階の食事室でレティの恋の噂がはじめて取りざたされたとき、ローズの口から名前が出た店である。ローズが言ったとおり、そのパブは田舎道の十字路に面した細長い一階建ての建物で、デネヒーズ・ラウンジという屋号が青と黄色のネオンサインになっている。グレーのモルタル壁を小石打ち込み仕上げにしたその建物は交叉点から引っ込んだところに建ち、店の前は広い駐車スペースがある。デネヒーズの名前は周囲何マイルにも轟いており、田舎のひとびとに大いに愛されている。ネオンサインのスポンサーはハープ・ラガーで、店の看板の設置費用と相殺だった。

結婚式の後、家畜の人工授精師をしているブレヒンの車に、メアリー・ルイーズとエルマー、そしてエルマーと同年代で結婚相手を探している、フェレットに似た感じの男が乗り込んでパブまで移動した。メアリー・ルイーズは車内で会話を聞いているうちに、自分の結婚式の日の夜、海浜ホテルで出会った三人の相客と交わした会話を思い出した。彼女は後部座席に腰を下ろしたままじっと黙っていた。

「まあ、みなさん、おいでくださってありがとう」一同がラウンジバーに入っていくとレティが出迎えた。ウェディングドレス姿の彼女はタバコをふかしていた。

「どういたしまして」とエルマーが言った。

ローズとマティルダには結婚式の招待状が届かなかったので、ここ数週間クウォーリー家に気まずい空気が流れていた。姉妹は、自分たちだって親戚なのに、うっかりミスだとしたらとても失礼だと言ってぷりぷりしていた。エルマーはメアリー・ルイーズに、君の口からレティにちょっと確認してくれないかと持ちかけてみたが、彼女は無言で首を横に振っただけだった。

「グラスをお取り下さい、ミスター・クウォーリー」バーに立つ新郎の父親が勧めた。「飲み物は何にしましょう?」

エルマーはウイスキーをくださいと言った。「とびきりの晴れの日ですからね」と彼は愛想よくつけくわえた。「まさにそう呼ぶにふさわしいでしょう?」

「ええ、おっしゃるとおりですよ、ミスター・クウォーリー。息子は幸せ者です」

「おめでとうございます」

そこまであいさつを終え、エルマーはメアリー・ルイーズの隣りへ戻り、彼女の両親と握手した。エルマーはもう一度、今日のこの日の特別さを力説した。

「人生に一度の日だからね、エルマー」とミスター・ダロンが言った。

「本当に特別な日ですね」

ミセス・デネヒーが進み出て、飲み物はすべてお店持ちですからと念を押した。エルマーの見るところ、彼女は年齢の割に口紅がだいぶ濃かった。おまけに鮮やかな赤のマニキュアまでつけていた。大柄で、よく鳴り響く声の持ち主だった。

「皆さん、お好みのお飲み物をおっしゃってくださいな」ミセス・デネヒーは眉をつり上げ、もてなしの心を込めて客たちの顔を順々に見つめた。注文を聞き終わると、飲み物を取りにバーへ向かった。エルマーは彼女の後ろ姿を目で追いたかったがやめておいた。彼は代わりに口を開いた。

「レティにドレスの生地を原価で提供できたのは光栄でした、ミスター・ダロン」

「君の好意に心から感謝するよ、エルマー」

「その方面ならいつでもお役に立ちますので。どうぞお店へいらして下さい」

ローズはエルマーにかねがね、おまえにできるせめてものことは、自分たちが嫁からどんな仕打ちを受けてきたか、義父母にちょっとでも言ってやることだよと話していた。彼女はわざわざ現金取り扱い室まで上がってきて、仕事で手一杯なエルマーに同じことを繰り返した。彼女は、招待状が届かなかった件についてエルマーがメアリー・ルイーズに話したとき、どう返事したか知りたがったので、エルマーは言い訳をでっち上げなくてはならなくなった。「向こうのひとたちの礼儀作法は、流れ者《ティンカー》並みってことね」ローズが最後にぴしゃりと言った。「あんなひとたちと親戚づきあいしたって何もいいことないんじゃない？」

いいことはあったよ、店と家に働き手がひとり増えたんだからね。エルマーはローズにそう返したが、そんな言い方をしたのは、相手にはそういう表現が一番通じやすいと思ったからだ。働き手が増えたことに感謝すべきだよ、と続けた弟のことばを姉は完全に無視した。ローズは、エルマーのパブ通いに触れた。そして、町の噂になっているよと言った。

ちょくちょく飲みに出掛けるのは事実である。男なら人づきあいがしたくなることもあるからだ。家では毎日三回、食事室でがみがみ言われて不快の種ばかり植えつけられているのだから、外へ出たくなるのも当然ではないか？ ＹＭＣＡへ行って、年寄りの管理人とあいさつを交わす以外は口を嘆んだままビリヤードをしていれば、二時間くらいはあっという間だ。「おまえは大酒を飲んでいるね」とローズが返した。

ミセス・デネヒーが、メアリー・ルイーズとその両親が頼んだ飲み物を載せたトレイを持って戻って来た。トレイには自分のグラスも載っていたが、エルマーの分はなかった。

「新郎新婦の門出を祝して」と口火を切ったミセス・デネヒーを、エルマーがさえぎった。グラスが空になっているので乾杯に参加できないと言ったのだ。お代わりをもらうためにカウンターへ向かおうとしたエルマーに、あらまあそれは気がつかなくて、とミセス・デネヒーが言った。そしてエルマーのグラスをひったくり、自分のグラスをエルマーに渡した。

「皆さん、乾杯はちょっとお待ちを！」例のけたたましい声音で彼女が言った。「ミスター・クウォーリーのグラスにお代わりが注がれるまでお預けです！」

エルマーは服地商会でミセス・デネヒーの姿を見た覚えがない。もし彼女が来店していれば、口紅とマニキュアが強烈だから気づいていたはずだ。だがひとつ、ふいに記憶がよみがえった。十五歳頃のある日、表の部屋へ入っていったらペチコートを試着している女性に出くわしたことがある。今思えば、彼女とよく似た体格だった。

「さあ、強いのがひとつ到着！」彼女がエルマーにグラスを手渡した。グラスにはシングルを超える量の液体が揺れていた。ようやく全員が揃って乾杯に唱和したが、メアリー・ルイーズだけはいつのまにか姿をくらましていた。両親とミセス・デネヒーがいる前で妻が姿を消したので、エルマーはまごついた。

「ミセス・デネヒー、わたしどもは皆、大喜びしております」そう言ったミスター・ダロンの真意をエルマーは疑った。長い年月、貧困に耐えて子育てをしてきたプロテスタント信徒が、娘をカトリック男に横取りされたあげく、孫までカトリックの洗礼を授けられる運命を背負い込んだのだ。そんなことを喜んで受け入れられるはずがないではないか？

「あたくしもほんとに喜んでいるんです。ほんとにうれしいわ！」ミセス・デネヒーが声を上げた。彼女は歯並びも他の部分とよく釣り合っていた。誰かに話すときに大口を開けるのだが、そのせいで声がいっそう大きくなるようだった。口の中は奥歯まで丸見えだった。

「わたしたちの結婚披露宴のためにつくってくださったごちそうは、じつにすばらしかったです」所在なげな義母にエルマーが小声で話しかけた。「あの日、奇跡を見せていただきました、ミセス・ダロン」

ミセス・ダロンが、今日のこの披露宴もカリーンでするはずだったと語る話に、エルマーは耳を傾けた。ひと月ほど前にミセス・デネヒーがカリーンへやってきて、ミセス・ダロンを説得したという。当日はたくさんのお客様がいらっしゃる予定ですが、うちのほうには大広間もありますし、そういう商売もしているわけなので、世間一般のやり方には逆らうことになりますが、披露宴はうちでさせていただきたいのです、と。レティもその案に乗り気だったので、ミセス・ダロンはしぶしぶ譲歩した。

「かえってよかったじゃありませんか。だって披露宴を受け持てば、かなりの物入りになったでしょう？」

エルマーはいつものようにふわっと幸せな気分になってきた。彼は現金取り扱い室の壁に造りつけた金庫にジェムソンの小瓶を隠し持っており、折に触れてちびちび飲《や》っていた。マティルダがあるとき使った表現を借りるなら、エルマーはリスみたいに捕まっていたのだ。マティルダの念頭にあったのは、子どもの頃、三匹のリスを鳥かごに入れた男が店へやってきて、きれいな毛皮でしょうと言いながら、素人臭いやり方でリスを売りつけようとしたときの記憶である。父親は娘たちとエルマーを上階から呼び集め、三匹のリスをとっくり見物させた後で男を追い返した。エルマーの意見では、彼自身が置かれた苦境を示すたとえとして、捕まっているというのは悪くないと思ったけれど、マティルダに同意して彼女を喜ばせてやるつもりはなかった。彼女がその表現をつかったとき、エルマーはばかばかしいと一笑に付した。さらに一、二杯酒を飲むと、苦境のかごがぐっと狭まるような自覚もあったのだが、もちろんそんなことは言わずにおいた。

「去勢牛がいい値で売れているそうですね」エルマーが義父に話しかけた。「百十二ポンド単位でいくらと言っていましたかね？」

「先週は三十五ポンドだよ」

「そいつはちょっとばかにできない値段ですね」

ミセス・ダロンは、エルマーが最初に渡されたウイスキーを誰よりも早く飲み干したのを見逃さなかった。彼は今、二杯目を四分の三ほど飲んだところで、首筋と額に赤みが差しはじめていた。カウンターの向こう側に新郎とレティが立っていて、誰か知らない連中と談笑しているのが見えた。新郎がフルーツジュースのようなものを飲んでいるのを見て、ミセス・ダロンはほっとした。

「残念ながら、今、うちの農場には」ミセス・ダロンは夫の声が話すのを聞いた。「売り物にできる去勢牛がいないんだよ」

彼女はふたたび、次女の夫に注意を向けた。彼の話しぶりは思慮深いとは言い難い。話題がとりとめなくさまよっていき、去勢牛だかなんだかについた十年前の高値のことをしゃべっている。ついさっきミセス・デネヒーと話していたときには、あんぐり開けた彼女の口の中を覗き込んでいた。

その後一歩引いて、彼女の全身を眺めていた。

そのエルマーは今、「町の競り市でついた最高の高値は……」としゃべっていた。

デネヒーはレティの体つきを愛でるように、彼女の腰に片腕を回していた。家族営業のこの店で、彼女なら自分の立場を守り通せそうだった。緑色のドレスがよく似合っており、動くにつれてつやのある糸がきらきら光った。デネヒーがプレゼントした幸運を呼ぶブローチを、肩吊り紐の付け根につけていた。エメラルドの婚約指輪に並んで金の指輪が光っていた。

「こんにちは」斜め後ろから声を掛けられたデネヒーは首をひねらねばならなかった。レティの腰から手を離し、振り向いて笑顔をつくると、メアリー・ルイーズがいた。レティが、「あの子、めちゃくちゃになってるのよ」と言っていたのを思い出した。

「やあ、メアリー・ルイーズ、元気かな?」

「おかげさまで。そちらは?」

「最高ですよ。グラスは空になってないかな?」

「大丈夫、ありがとう」

デネヒーの耳に、新婚旅行の行き先は秘密なのと話しているレティの声が聞こえた。ふたりで相談していたとき、彼女は彼が聞いたこともない場所をいくつも候補にした。彼のほうからはトラモアを候補に出して、結局トラモアに決まったのだった。

「行き届かないところはなかったかな、メアリー・ルイーズ? 結婚式のことだけど」

彼女はうなずいた。その動きはとてもかすかで表情は真顔だった。まるで、結婚式に行き届かない点がなかったかどうか、あらかじめ考え抜いておいた結論を出したかのように見えた。デネヒーはほっとした。とはいえこれから義妹になるのだから、もう少し社交的だとありがたいとも感じた。あの子はエルマー・クウォーリーと結婚して以来、正気を失ったふりをしているのだとレティが言っていたのを思い出して、デネヒーは納得せずにいられなかった。プロテスタントの娘であろうとなかろうと、自分の倍近い年齢の服地屋よりもましな結婚相手ぐらい、見つけられたはずだからだ。

「ラストリムに家を買ったんですよ。聞いていますか？」と彼が言った。

「レティから聞きました」

「業者に頼んで内装をやってもらっているところなんです」

「レティの好みに合わせた仕上げになるんでしょうね」

「そう、悪くないですよ」彼はそう言ってパイナップルジュースを一口飲んだ。ジンが少しだけ入っているのできりっとした味わいがあった。「あと少しで工事完了。新婚旅行へ行っている間に完成する予定です」

「きっと間に合わせてくれるでしょう」

「万一、間に合わないようだったら、ただじゃ済ませませんよ」


ラウンジバーはごった返していた。ミセス・ダロンはエメリンと一緒にいた。エメリンは、エダーリー家とミス・マロヴァー以外は知らないひとばかりだとつぶやいた。ミセス・ダロンによれば、レティはエメリンが知っているひとたちも招待したはずだったが、まだ到着していなかった。招待客は皆、車に相乗りしてここまでやってくるのである。ミセス・ダロンが、「あなた、エルマーは酔っぱらってないと思う？」とささやき、姉妹はひとしきりエルマーを観察した。彼はまだ家畜の値段についてしゃべり続けていた。ふたりは近くに寄って耳を澄ました。

「おたくのお姉様たちはお元気ですか？」エルマーの長広舌をさえぎってミセス・ダロンが尋ねた。彼女は、レティの結婚式に顔を出さないのはいかにもあのふたりらしいわよ、ひとを小馬鹿にしているんだから、とすでにエメリンに話していた。

エルマーは、姉たちは元気ですと答えた。ふたりとも一日たりとも寝込んだことがありません。小さい頃、はしかに罹ったことくらいはあったかも、いや、あれは水疱瘡だったかも知れませんがとにかく、それ以外は風邪をひいたこともないんです。ふたりともストーブを点けっぱなしで一日中店に立っていますから、お客様からうつされても不思議はないのですが、とにかくふたりとも風邪をひきませんね。消化不良なんかもないようです、などと話してから、姉たちはわたしなどよりずっと元気なんです、と締めくくった。

ミセス・ダロンはエメリンをちらりと見てから夫に目をやった。彼女は、エルマー・クウォーリーがこんなにしゃべる姿を、店でも他のところでも見たことがなかった。結婚以来ずっと、彼は礼儀正しさの権化みたいな人物だと思っていたのだ。

「お代わりをお持ちしましょうか？」三人のグラスに手を伸ばしながらエルマーが言った。ミセス・ダロンは自分のグラスを手の平でふさいだ。冬物語というシェリー酒を飲んでいたのだが、一杯でじゅうぶんだった。

「そう、そいつはありがたいね、エルマー」とミスター・ダロンが言った。「エメリンはどうかな、何か持ってきてもらうかね？」

「いいえ、わたしは大丈夫」

「あのひと酔っぱらってるわ」エルマーがカウンターのほうへ向かったと見て、ミセス・ダロンが言った。

「そうね、確かに」エメリンが同意した。

ミスター・ダロンが見るところ、エルマーは少しもぶざまではなかったが、妻たちの話を聞いているうちに、ふだんよりも気持ちが大きくなっているようだとは感じた。エルマーが酒飲みになった、とレティから聞いたとき、少々割り引いて受け取っておこうと思っていたのだ。

「へべれけよ」ミセス・ダロンが断言した。


飲み物が注がれるのを待つ間にエルマーは考えた。ローズとマティルダのことが話題になっていて、会話を途中でやめるわけにもいかない以上、今日姉たちが招かれなかったことについて、黙っている理由は何もない。姉たちが元気かどうか尋ねられたのだから、招待状が届かなかったことぐらい、それとなく口に出しても問題はないだろう。三人に飲み物を持っていったときそれに触れて、すぐに話題を変えればいい。さっさと話題を変えればうまくいく。

「誰が招待されなかったですって?」ミセス・ダロンが言った。

「さっき、うちの姉たちの話をしていましたよね?」

「エルマー、おたくのお姉さんたちは招待されていますよ。わたしが招待状を書いたんだもの」

エルマーは首を振った。そして、姉たちがとても気分を害しているんですと言った。

「あなたは受け取っていないわよね、エルマー。あなたとメアリー・ルイーズは黙っていても数に入っているんだから。でも、うちのほうの親戚については、他のひと全員に宛てて、わたしが書いたんですよ」

「確かに、結婚式のことは姉たちの耳にも入っていました。ただ、姉たちには招待状が届かなかったんです」

　ミセス・ダロンはマティルダとローズ宛の招待状をメアリー・ルイーズに手渡した。三月のある日曜日だった。クリスマス以前から実家に顔を出していなかったメアリー・ルイーズがひょっこりやってきたのだ。ミセス・ダロンはちょうど招待状を書いているところだったので、マティルダとローズ宛のものを手渡した。メアリー・ルイーズは、あのひとたちはカトリックの結婚式には出ないわよ、と言いながらも封筒を受け取って、本人たちにとにかく届けると約束したのである。

「ごめんなさい、エルマー。おたくのお姉さんたちに、わたしがとても申し訳なく思っていますと伝えて下さいな。招待状は……」ミセス・ダロンはことばを詰まらせ、もう一度言い直した。「招待状は何かの理由で迷子になってしまったみたいね。どこに苦情を持ち込んだらいいかわからないわ」

「姉たちがショックを受けさえしていなければ、こんなことをお話しするつもりはなかったんです」

　ミスター・ダロンはこの会話を聞きながら、メアリー・ルイーズはカリーンの農場へ戻って家族の世話を受けたほうがいい、とローズが提案したのを思い出していた。彼はふと、そのほうがいいかもしれない、娘をエルマーの姉たちから救わなければ、という気持ちに襲われた。娘は招待状を義姉たちに渡すことがどうしてもできなかったに違いない。きっと想像も及ばないほど、あの子はひどい毎日を送っているのだろう。

「こんなことを話題にしてお気に障りませんでしたか？」エルマーが太った身体を少し揺すって、なんべんか頭を下げた。「姉たちのせいで、この件ではわたし自身気が狂いそうな思いをさせられてきたものですから」

細長いラウンジバーの向こう端でベイニー・ネリガンが歌の文句のおさらいをしていた。デネヒーはなんとかして、この男が歌を歌うのをやめさせようとしていた。レティがデネヒーに強く頼んで、披露宴では歌自慢はなしと決めたのだった。うちの両親が歌は大嫌いなので、というのがレティの言い分だった。

「結婚してるんですか?」誰かがメアリー・ルイーズに尋ねているのを、デネヒーが小耳にはさんだ。

「ええ、しています」

「おまえ、目は見えてるのか、ジェリー!」別の声が叫んだ。「彼女、指輪をしてるだろうが」男が謝り、二人組はよそへ移動していった。デネヒーはメアリー・ルイーズをさまざまな客に紹介し続けたが、彼女はあまり会話する気がないようだった。デネヒーは視界の端のほうで、メアリー・ルイーズがひとりぼっちになっているのが気になったが、幸いなことに彼女の兄とエダーリー家の若者たちが近づいていくのが見えた。

「頑固者だなあ、この男は!」結婚式を司式したマニアン神父がベイニー・ネリガンの肩を叩いた。彼がついに歌い出した。

「インサーロフさんっていう方は、お若いのですか?」とゾーヤが尋ねた。

「百四十四歳ですよ」シュービンがいまいましげに答えた。

「何を笑ってんだい、メアリー・ルイーズ?」ジェイムズにそう尋ねられた彼女は、別に理由なんてないわと答えた。

「どうだい近頃は、メアリー・ルイーズ?」エダーリー家の若者のひとりが尋ねた。

ジェイムズとエダーリー家の若者たちは皆、タバコをふかしていた。そして、慣れているのを見せつけるような手つきで、揃いも揃って大きなパイントグラスを握りしめていた。

「わたしは元気よ」と彼女が言った。

「そうだ、忘れねえぜ、やったっけなあ」エダーリー家の若者のひとりが、メアリー・ルイーズの結婚式の日、キルケリーズから借りた新郎新婦用の自動車のバンパーに、クレオソートの空き缶をくくりつけたいたずらを思い出して話しはじめた。

三人の若者が大笑いした。エダーリーの弟のほうがメアリー・ルイーズに、町暮らしはどうだいと尋ねた。そして、息が詰まりそうで俺には無理だけど、とつけくわえた。

「どうだい、息が詰まるかい?」兄貴のほうがさらに尋ねた。

「慣れるわよ」

「ディン・ラファーティがバーミンガムから帰ってきたぜ」

メアリー・ルイーズが、バーミンガムは好きじゃないと言った。

「ラファーティも耐えられなかったってわけさ」

メアリー・ルイーズとエルマーが新婚旅行から帰ってきたとき、姉たちは階段を上りきった二階の廊下で出迎えた。そしてローズが、喉がからからでしょう、お茶入れるわねと言った。だがエルマーはまずメアリー・ルイーズを寝室へ連れていった。かつてエルマーの両親が使っていた寝室が今日からふたりの寝室になるのだ。空気がかび臭く、窓がきっちり閉まっていて、大きなダブルベッドはむきだしのままだった。「シーツがしまってある場所は姉たちが知っているから」とエルマーが言った。それから食事室で姉たちに、以前の寝室はもう使わないから物置にでもしたらいいと言った。

「ディン・ラファーティは知ってるんだっけ？」エダーリーの兄のほうからそう尋ねられて、メアリー・ルイーズは、二、三回会ったことがあると答えた。

「真性のまぬけだよ」とジェイムズが言った。

メアリー・ルイーズは退散した。

「父さんの相手もしないか？」ミスター・ダロンが娘に微笑みかけた。ミセス・ダロンとエメリンはミセス・デネヒーに連れられて上階へ行き、結婚祝いの数々を見せられているところだった。エルマーはブレヒンとふたりでバーカウンターにたむろしていた。

「エメリンおばさんは引っ越してきたの？」メアリー・ルイーズが父親に尋ねた。

「もうじきだよ」

「ロバートが亡くなって寂しいだろうから」

「そうだよ、あの屋敷にひとりで住むのは耐えられないだろう。悲しい思い出だらけだからなあ」

「おばさんの結婚相手はどんなひとだったの？」

「役立たずだよ」

「どんなふうに役立たずだったの？」メアリー・ルイーズが尋ねた。

「あの男はエメリンをとことん困らせた。競馬場でスッカラカンになって帰ってくるんだからね。エメリンは食事さえ満足にさせてもらえなかったんだ」

メアリー・ルイーズは、父親がかつてその男のことを、ひとを飽きさせない男だったと語っていたのを思い出して水を向けてみたが、今日は男の肩を持ちたくないようだった。

「メアリー・ルイーズ、あいつは二ペンスほどの値打ちもないやつだよ。だらしない、人間の屑だ」

「でもそのひとがいなかったら、ロバートもいなかったことになるわね」

「まあ、そう言えばそうだな。その通りだよ」

父親の声には驚きがこもっていた。メアリー・ルイーズはふいに、わたしとロバートは互いに恋をしていたの、はじめは子どものとき、二度目は人妻になってから、と言いかけた。父さんは心配の種を蒔くのは望まないから、黙っていてくれるに違いない。父さんはそういうひとだから。はじめての夜、エルマーが酔っぱらって眠ってしまったのだと話してしまおうか。子どもができない理由を打ち明けてしまってもいい。父さんならきっと他言はしない。だったら秘密を話してしまおう、何の支障もないのだから。だが、確かに支障はないものの、秘密を打ち明ければ父親を苦しめることになりそうだった。

「こんにちは」まず声がして、メアリー・ルイーズの父親に手がさしのべられた。「マニアン神父と申します、ミスター・ダロン」

中年の神父がにこにこしている。大きな童顔はピンク色で、首筋と額もピンクだ。神父はメアリー・ルイーズにも手をさしのべたので、彼女も手を出して握手した。「こんにちは、ミセス・クウォーリー」と神父が言った。

彼女はそう呼ばれるのが嫌だった。とりわけロバートの葬式以降はそう呼ばれたくなかった。神父と父親が何か事務的な口調で話をはじめたが、メアリー・ルイーズは耳を傾けなかった。父親が何度もうなずき、神父は何度も手を伸ばして、父親の腕をぎゅっとつかむようなしぐさを繰り返した。マニアン神父の黒服の袖を見ているうちに彼女は、クウォーリー家の一員になった最初の晩、ベッドにシーツを広げたのを思い出した。しわを均し、周囲をまわりながらマットレスの下に裾を押し込み、上掛け用のシーツをもう一枚かぶせてからぴしっと整えた。彼女は次に、エルマーの両親が使っていたそのベッドに入ったときの、シーツの冷たさを思い出した。エルマーが左側に、彼女が右側に寝た。

「ジナイーダは一日中、氷水ばかり飲んでいました」彼女のいとこがそう言ったので、メアリー・ルイーズはよそを向いて微笑んだ。公爵夫人は、肺の弱い娘が氷水をたくさん飲んでは身体にさわると訴えている。一方、彼女本人は歯が痛いんだよ……。

「花嫁の付添人になるには未婚でなくちゃならないの」とレティが言った。「前にも言わなかったっけ？　言ったよね、メアリー・ルイーズ」

「聞いたわ」

「怒ってるのはそのせいなの？」

その話なら根に持ってなんかいない、とメアリー・ルイーズが言った。レティと似た緑色のドレスを着たアンジェラ・エダーリーが花嫁の付添人を勤めた。エダーリー家は遠い親戚だからである。

「わたしは怒ってなんかいないわ」メアリー・ルイーズが言い切った。

「あなたは変わったわね」

「新居に落ち着いた頃に会いに行くわ」

「ぜひ来て」レティがメアリー・ルイーズの腕に片手を置いてそう言った。「いつでも歓迎するから」

ベイニー・ネリガンの歌声に何人かの声が唱和していた。誰かがピアノで伴奏をつけていた。ふたりの娘がダンスをはじめた。男たちはバーカウンターに群がって談笑していた。自転車用のズボンの裾留めをつけた制服巡査が、人混みをかき分けてミスター・デネヒーを探し当てて、握手を求めた。流れ者《ティンカー》のふたりの子どもたちがラウンジバーへ入ろうとしたが、即座につまみ出された。知らない男たちがレティに近づいてきて、新婦にキスをすることは当然許されているねと言いながら、腰に腕を回したり、キスをしたりした。ミセス・デネヒーは客たちの間を回りながら、ダイニングルームに料理の用意ができています、廊下を進んで女子手洗いの隣りが入り口ですと告げた。

「あの子がキリスト教教育修士会《クリスチャン・ブラザーズ》の男子校に通っていた頃、わたしは彼を教えたんです」マニアン神父がミスター・ダロンに新郎の思い出話をしはじめた。「よく雷を落としました。彼はいつも一番後ろの席に座っていましたよ」ミスター・ダロンがおもしろいですねと相槌を打ち、マニアン神父が、あの頃は古き良き時代でしたとつけくわえた。「会場をもう一回りしてみます」と神父が言った。「握手したいひとが他にもいますので」

上階の寝室では、ミセス・ダロンとエメリンが結婚祝いの数々を見せられている最中だった。房状刺繍《キャンドルウイック》のついたベッドカバーや化粧台、もっと大きなテーブルの上にさまざまな品が並んでいた。皿、シーツ、テーブルクロス、灰皿、花瓶、カップ、ティーポット、電気ケトル、電気アイロン、テーブルマット、さらに皿、ナイフ、フォーク、スプーン、塩コショウ入れ、上等そうな麺棒、コルク抜き、さまざまな台所用具、シチュー鍋、ドアマット、洗面器、鉢、水差し、パン焼き皿、聖母マリアとイエスの聖心を一枚に描いた額入りの聖画。最後の品がミセス・ダロンの感情を逆撫でした。この絵は、レティがプロテスタント信徒なのを知らない人間か、あるいは新しくつくられる家庭にはこの種の聖画がなくてはならないと考える人間が贈った品に違いない。レティがこんなものを壁に掛けるはずがない。どこかへしまい込むに決まっている。

「ええ、そうなんです」ミセス・ダロンが聖画に目を止めたのに気づいて、ミセス・デネヒーがあわてて言った。「その絵はちょっと難しいですよね」

「素敵なものがいろいろありますね」ミセス・ダロンは不満を気取られぬようにつとめた。厄介なことは必ず出てくる。カトリック信徒とプロテスタント信徒が結婚する場合には、折り合いをつけるべきことが多々あるのだ。ごまかしても地金が出る。

「お友だちが気前よくして下さるのはほんとにうれしいですよね、ミセス・ダロン？　こういうときには皆さんのお心遣いがありがたいです」

他のひとたちが入ってきたので、ミセス・ダロンとエメリンは寝室を出た。階段の脇の小棚に聖人像が置かれ、下の階の壁にはレティがもらったのとそっくりな聖画が掛かっていて、絵の下で赤い灯明がちらちら燃えていた。ミセス・ダロンはふと、ジェイムズはどんな相手と結婚するのだろうと考えた。

「レティには緑が似合うわよね？」アンジェラ・エダーリーがメアリー・ルイーズのそばまで来て、レティをほめた。相手に二、三インチのところまで近寄り、窮屈なほど詰まった歯並びの口を開いて、小声で重々しくしゃべるのはいかにも彼女らしい。息が掛かって生暖かかった。

「わたしのドレスはどうかしら、メアリー・ルイーズ？　レティにはよく似合っているけど、わたしは大丈夫かなと思って」

「メアリー・ルイーズ」別の声がとがめるように彼女の名前を呼んだ。「招待状をローズとマティルダに渡してくれなかったんだね。わけを言ってごらん、どうしてなの？」

メアリー・ルイーズは懸命に弁解した。ミセス・ダロンは、悩みごとがあるならカリーンで話してくれなくちゃだめじゃないかと言った。実家はそのためにあるんだから。

「わかってるだろうね、おまえ」娘は反発しそうになかったが、母親はそう念を押した。少し前、人混みの中にミス・マロヴァーのしわだらけの顔が見えた。メアリー・ルイーズは、彼女にならい打ち明けられると思った。父さんが聞いたら動転しそうな話でも、先生ならきっと冷静に受けとめてくれる。

「ずいぶん久しぶりねえ、メアリー・ルイーズ」エメリンおばさんの風雨にさらされた顔もすぐ近くに見えた。何かお酒を飲んだらしく、赤っぽい顔がいっそう赤くなっていた。「ご機嫌いかが？」

「元気です。お屋敷を売りに出すとき、あの兵隊はどうなるんですか？　本やその他のものなんかもどうなるんでしょう？」

一瞬間を置いてからおばさんが答えた。

「競売に掛けるつもりよ。それが一番いいだろうって、あなたのお父様が勧めてくださったから」

メアリー・ルイーズはロバートの衣類がどうなるか考えた。死んだひとの衣類は慈善のために寄付されることが多い。よっぽどお金に困っていれば別だけれど、衣類が競売に掛けられることはない。そんな話は聞いたことがなかった。

「彼の懐中時計はどうなるのかしら？」

「時計はわたしがとっておくわ」

エメリンおばさんはそう言いながら、メアリー・ルイーズに微笑みかけた。メアリー・ルイーズが競売の日取りを尋ねると、おばさんは、順調にいけば五月二日になりそうだと答えた。

「ロバートの衣類は取りのけておいてくれませんか？」

このひとことは非常な驚きを巻き起こした。ミセス・ダロンはメアリー・ルイーズに、今なんて言ったのと聞き返した。娘は質問を繰り返した。

「衣類を必要としている家族があってね」エメリンおばさんが答えを返した。「父親が失業しているものだから」

メアリー・ルイーズがさらにしつこく尋ねたので、おばさんは詳細をつけくわえた。

「クロンメル街道沿いの、青く塗ったみすぼらしい田舎家に住んでいる家族よ」


ミセス・デネヒーの誘いに答えて、幾人かの客がダイニングルームへ移動した。彼らはテーブルに着席して紙皿にとった料理を食べていた。牛タンとサラダを少しずつ紙皿に載せたミス・マロヴァーは、部屋の反対側にメアリー・ルイーズがひとりでいるのを見つけて手を振った。ついさっきまで、エルマー・クウォーリーにまつわる噂は真実だと考えていたところだった。今日の午後、彼女は自分の目でそれを確かめた。エルマーの目は濁り、まぶたは重く垂れ下がっていた。彼女が見たとき、エルマーは何かを詰め込んだ袋みたいにバーカウンターの上に倒れかかっていた。

「こんにちは、メアリー・ルイーズ」

会うたびにこの子は口が重くなるようだ、とミス・マロヴァーは感じた。心の扉をこじ開けてでも、話を聞き出さなくては。「このタン、おいしいわよ」ミス・マロヴァーはそう声を掛けてみたが、相手は押し黙ったままだった。ところがメアリー・ルイーズは、まるで恩師の心の内を読み取ったかのように突然饒舌になって、夫は元気ですと語りはじめた。エルマーは無害なひとです、彼には悪意というものがありません。ひとを殴ったことは一度もないし、怒りに捕らわれたこともなく、怒鳴ったりもしません。夫のせいで困っていることなど何ひとつないのです。

「ところでミス・マロヴァー、わたしのいとこがいつも筆写を一番早く仕上げたのは覚えてらっしゃいますか？　ノートの表紙の裏側に落書きするのが癖でした。いとこのロバートのことですが」

ミス・マロヴァーはそれを聞いて驚いたが、残念ながら思い出せなかった。

「わたしたちは愛し合っていました。いとこのロバートとわたしです。先生の教室へ通っていた頃の話です。彼が亡くなったとき、愛はまだ続いていました。わたしたちはずっと、切っても切れない仲だったんです」


バーカウンターにたむろしていたエルマーとブレヒンのところへメアリー・ルイーズがやってきた。そろそろおいとましましょう、と彼女は言った。

「帰る家とは心の住みか」母親の口癖をふいに思い出して、エルマーがそうつぶやいた。それから声を低くして、事情はすべて説明してもらったよと言った。招待状を出したのに届かなかった理由がわかった。ローズとマティルダにミセス・ダロンのおわびを伝えることにするよ、と。

「エルマー、今すぐ帰れる？」

「今すぐってい うなら、お別れの一杯を大急ぎで飲まなくちゃいけないね」ブレヒンが空のグラスを挙げて言った。

「五分だけ待ってくれ、ねえ、おまえ」とエルマーが割り込んだ。「ミスター・ブレヒンがすぐ充電するから」


そのことばに冗談めいた響きはなかったが、人工授精師は声を上げて笑った。「三人で充電しましょうや」と彼が宣言した。「何を飲まれます？」

「いえ、わたしはけっこうです、ミスター・ブレヒン」

ミセス・デネヒーがすぐ隣りにやってきて、二階に結婚祝いの品がいろいろあるので見ていって欲しいと言った。「あなたのお母様とおばさまが上にいらっしゃいますよ。ご一緒にいかが？」

「見せてもらったらいいじゃないか、ねえ、おまえ」とエルマーが促した。だがメアリー・ルイーズは、結婚祝いの品々のことは次回母親と会ったときに話してもらうので、今日はもうおいとましましょうと言い張った。

「いやあ、お姉さんへのはなむけにふさわしい披露宴でしたね」車の中でブレヒンが言った。「実に大盤振る舞いでした」

エルマーが彼の隣りの席でうなずいた。ダッシュボードの時計は五時五分を指していた。階下の扉に鍵が差し込まれるや、ローズとマティルダは階段上の廊下に出て、いつものように待ち構えた。そして、お酒臭い匂いをさせて、浮き浮き気分で披露宴から帰宅するなんてどうかしている、と言わんばかりに小言を並べはじめた。メアリー・ルイーズは姉たちの存在におびえることなく、目の前を悠然と素通りしていった。こういう場合、エルマーは必ず、廊下で数分間姉たちの相手をしてから、現金取り扱い室へ上がっていく。それから十分間ほど間合いを取った後、こっそりホーガンズへ向かうのである。

「大丈夫かい、ねえ、おまえ?」エルマーは半ば振り向くようにして妻に声を掛けたが、相手の耳には入らないようだった。

ミス・フォイが彼女にお別れのキスをする。彼女のスーツケースふたつを彼が運んでいく。クウォーリー家の一族はちゃんとしたひとたちですよ、評判のいい家柄ですとミセス・リーヴィが話すのが聞こえる。彼女が玄関で待っているあいだ、ミセス・リーヴィが誰かに、昔の精神病院の話をしている。幼い頃、友達のエルシーとふたりでレンガ塀越しに覗いた恐ろしい光景をあれこれ話しているのだ。

女たちは、ブリード・ビーミッシュを見送ったときと同じように手を振っている。精神病院が慈善施設として各地に建てられたのは、それがその時代の流行だったからで、最近では麻薬中毒者のための施設がそれに当たる。彼女も女たちに向かって手を振った。自家用車のウィンドウを開けて、もう一度手を振った。

彼女は二回だけこの家を出たことがあった。一回目は父親の葬式のとき、二回目はそれから一年半後、母親の葬式のときだ。二回とも否応なく、いとこの葬式を思い出した。別れのことばはいつも同じだった。そして、決まったことばを繰り返すうちにふと考えた。生きている人間が死者を思うのに飽きたとき、死者は無と化す。生者は死者をえり好みし、死者にたいしては何かと押しつけがましい。

「あのひとたちはまだ生きているの？」沈黙を破って彼女が尋ねる。彼女の物思いから生じた自然な質問だった。

「あのひとたちって？」

「あなたのお姉さんたちよ」

心に受けた衝撃を反映してハンドル操作がひどく乱れたので、彼は気持ちを整えるために、よその牧草地へ入るゲート前に自家用車を乗り入れて停める。そうして彼女の顔を正面から見る。

「生きてちゃいけないかい？」

「わたしたちは全員、いつかは死ぬわ」

「もちろん姉たちはまだ死んじゃいないよ」

「知らなかった」

「以前に話したはずだよ」

聞いたかもしれないけれど興味がなかったから忘れた、とはさすがに言わずにおいた。彼女は黙ったまま、彼の話に耳を傾ける。これから気づくとは思うが、町の様子もわたしの日常生活もずいぶん変わったのだよ、と彼は語り続ける。

「うちの店の話をしたのは覚えてるかい？」

彼女は少し考えてから首を横に振る。

「九年前、店をレネハン家に売却したんだ。今じゃあっちが二軒つないで営業しているよ」

「ああ、その話なら思い出した」

世の中の様子を知りたければテレビを見ればいいの、何が変わったかすぐにわかりますよ、と年老いたハンナ修道女がよく言っていた。わざわざ周囲に目を配るまでもなく、知りたいことは全部テレビが教えてくれるんだから、と。

「店の上の住まいは昔のままだよ」と彼が言う。

「そう、わかった」

ハンナ修道女は頭がいい。人生はすんなりとはいきません、というのが彼女の持論だ。時の流れを出たり入ったりして、あちこち勝手にかけずり回るのが人生なのです。現在なんてほとんどありはしないし、未来なんて存在しない。がらくたの寄せ集めみたいな人生で大切なのは愛だけですよ。

24

エメリンおばさんの屋敷で競売がおこなわれる日、メアリー・ルイーズは朝八時前に自転車で町を出た。通りは静かだった。ミセス・レネハンがコッカースパニエルをつれて散歩していた。聖母マリア教会の鐘が鐘楽を奏でていた。樽をたくさん積んだ大型トラックが町はずれに停車して、配達開始まで待機するあいだ、運転手と助手は運転台で新聞を読んでいた。パン屋と新聞屋はすでに店を開いていた。フォーリーズ食料雑貨菓子店のショウウィンドウに、年配の店員がベーコンの薄切りを何列も並べていた。修道女がふたり、クロンメル街道沿いに新設された修道院付属女子校へ向かって歩いていた。

ロバートは知っているかしら、とメアリー・ルイーズは考えた。天国の存在を信じるなら、彼が知らないはずはなかった。彼女は、彼女の企みを承知しているロバートがかすかな微笑みを浮かべながら、こちらを見つめている姿を想像した。七歳か八歳の頃、母親がメアリー・ルイーズとレティを競売会場につれていってくれたことがある。奥さんの死去から三週間後、エズデイル老大佐が亡くなったためにおこなわれた競売だった。優美なひだがついた布をまとった女をかたどった、真っ白な大理石の彫像が庭園に立っていたのを覚えている。「アイルランドにはふたつとない作品です」競売人が大声で言った。「足指にいたるまで細かく彫刻されております」競売人が言う通り、足指が丁寧に彫り込まれていたので、彼女とレティはわざわざ近寄って見つめた。ミセス・ダロンは、物干し綱や掃除用タワシやバケツがひとまとめにされたものを安価で入手したいと思っていた。ところが競売の予定時間が押していたため、競売人はその品目を、家庭用品からなる他のふたつの競売品目とともに棚上げにしてしまった。

朝の空気はおだやかで、陽光が降り注いでいた。道端にはまだサクラソウが咲いていた。生け垣の裾につぼみが点々と見え、青々した葉の間から花ばなが顔を覗かせていた。シャクとニワトコは柔らかそうな緑色をまとって時節を待っていた。

門を入って並木道をこいでいく自転車の前を一台の車が走っていた。慣れない道を恐る恐る運転しているようだった。メアリー・ルイーズの目の前でその車は脇へ逸れて、屋敷より少し手前の草地に乗り入れて停まった。車から降りる人影が見えた。彼女の自転車が車のところまでたどりつくと、〈駐車場〉と書いたボール紙が置いてあった。

「競売は二時まではじまりませんよ」食堂兼居間《キッチン》にいた男が言った。もうひとりの男と少年も一緒に、テーブルを囲んで腰掛けていた。テーブルの上にサーモスの魔法瓶が置かれ、受け皿のないカップが三つあった。少年が魔法瓶の脇の破れた紙袋からドーナツを取り出してほおばっていた。

「ぐるっと見て回りたいだけなんです」とメアリー・ルイーズが言った。

ふたりの男たちは疑うような目を向けたが、少年は無関心だった。片方の男がまた口を開いて、下見は十時からと言った。告知に書いたとおりですよ。

「わたしは親戚なんです」とメアリー・ルイーズが説明すると、ふたりの男たちは少し警戒を解いたように見えた。

「それならどうぞご自由に」黙っていたほうの男がそう言ってくれたので、メアリー・ルイーズは食堂兼居間《キッチン》を横切って奥へ行った。

エメリンおばさんは、競売を見るのはつらすぎるので今日は来ないと明言していた。それゆえ母親もわざわざ車を飛ばして見に来ることはないだろう、とメアリー・ルイーズは推測した。知っているひとが来るかもしれないけれど、無暗《むやみ》に詮索してこない限りは気にする必要はない。彼女は階段を上がり、行き当たった最初の部屋の扉を開けた。明らかにおばさんの部屋だ。ベッドのマットレスが丸められて細ひもで縛ってあった。家具にはひとつひとつ、番号が割り振られた札がついている。

ロバートの部屋にも、青い長方形のカードに黒インクで番号を書いた札がたくさんつけられていた。ベッドの正面の壁に掛かった絵の、金色が無惨にはげ落ちた額縁には91番の札。昔の服を着た農場労働者たちが、干し草を積みすぎたせいで荷車の車輪が壊れたところへ集まってきた場面で、刈り株が広がった畑では犬が野ねずみを追いかけている。この部屋のベッドのマットレスも、丸められてひもで縛られていた。陶器の水差しと洗面器のセットは97番、旧式の洗面台は96番。日に当たったせいで白茶けた衣装ダンスがあり、鏡が外れてしまった化粧テーブルもある。床一面に茶色のリノリウムが敷き詰められたこの部屋には窓がひとつしかないが、遠くに例の小川が見えた。メアリー・ルイーズは、はじめてサギを見つけたのはこの窓から外を眺めていたときだ、とロバートが教えてくれたのを思い出した。マントルピースの上には、まるでロバートが置き忘れたかのように双眼鏡があった。部屋の片隅の直交する壁をえぐって、造りつけられた戸棚の中は空っぽだ。衣装ダンスの中も同じ。化粧テーブルにひとつだけついている引き出しを開けると、古新聞が敷いてあるだけで、やはり空っぽだったが、カラー用ボタンとスティーブンズ社製の緑のインクが置き去りになっていたので、メアリー・ルイーズはそれらをくすねた。

階下へ下りると、ロバートがお気に入りだった部屋に散らばっていた紙類はどこかへ消えていた。書物は束ねられてひもで縛ってある。フランス軍とドイツ軍の兵隊はいまだに戦いを繰り広げていて、ここには39番の札。メアリー・ルイーズは扉の両側に置かれたマホガニーの戸棚の引き出しを次から次へと開けて、ロバートが書いたメモやスケッチや落書きを探したが、何ひとつ見つからない。それらも書物と同様に束ねられているのではと期待していたのだ——競売に掛ける品目にはならないだろうから。おそらくエメリンおばさんがカリーンへ引っ越すとき、荷物に入れて持ち出したのだろう、と彼女は結論を出した。そして、いつの日かおばさんがロバートの書類を処分するときがきたら、もらってもいいか尋ねようと思った。

メアリー・ルイーズは時間を潰すために小川まで行ってみた。今日は魚の姿はぜんぜん見えない。門から玄関へ通じる並木道を自動車が一台、二台、やがて何台かたて続けに走ってきた。彼女は草に覆われた土手に腰を下ろして、〈駐車場〉の表示がある場所で曲がっていく車に目をやり、ひとびとが出てくるのを眺めた。ドアが閉まる音や話し声がかすかに聞こえてきた。彼女は屋敷へ歩いて戻った。

服地商会の上階の住まいで暮らしはじめた最初の一、二週間、エルマーは現金取り扱い室の壁に造りつけた金庫の精密な仕組みを見せたりして、メアリー・ルイーズをおもしろがらせた。この金庫にはダイヤル錠というものがついているから鍵がいらないんだ、と彼が説明しはじめた。桁毎に並ぶダイヤルを回して数字をひとつずつ入れていき、全部揃ったらレバーをひねり、反対側のレバーもひねると金庫の扉が見事に開いた。「やってごらんよ」とエルマーが勧めた。まるでふたりの子どもが遊んでいるみたいだった。メアリー・ルイーズは数字の組み合わせを覚え込んでしまい、しばしば心の中で繰り返した。無意識のうちに、いつの日かその数字を使う日が来るような気がしていたのだ。

昨日の夜、エルマーがホーガンズへ出掛けてしまい、ローズとマティルダは寝静まった時刻、メアリー・ルイーズが金庫を開けてみると、一週間分の売上金があった。さらに金庫の奥の金箱の中に、ジェムソンの瓶とグラスとともに、輪ゴムで束ねた五ポンド紙幣が一束入っていた。彼女は硬貨を除いて全部取り出した。あとから数えたら四百三ポンドあった。使わなかったお金は後で返すつもりだった。

「おもちゃの兵隊！」競売人の声はだるそうでせっかちで、そっけなかった。「色とりどりの兵隊一式！　さあ声をお掛け下さい」

声を掛ける者は誰もいない。結局、メアリー・ルイーズが十シリングで落札した。


壁の金庫を開けたとき、エルマーは自分の目が信じられなかった。それはその日、ふたつめの衝撃だった。ひとつめは、メアリー・ルイーズが朝食も食べずに自転車でどこかへ行ってしまったというローズの報告。午後一時に彼が食事室へ顔を出すと、彼女はまだ帰っていないと言われた。そして今、現金が盗難に遭ったようだった。

金庫の扉を開け放ったまま、エルマーはこの事態についてじっくり考えてみようと努めた。もしかして売り上げはどこか別の場所にしまったのではないか？　自分で金箱から札束を出して、戻し忘れているのではないか？　実際、ホーガンズへ飲みに行く前に金庫を開けて、ポンド紙幣を二、三枚取り出すことがときどきある。日中、金庫を開けて、疲労回復のためにウイスキーをちょっと引っ掛けることもある。気が急いていて鍵を閉め忘れたのかもしれない。ちょうどいい間合いで何者かが現金取り扱い室に侵入して、現金をつかみ取った後、力まかせに扉を閉めて逃げたのか？とはいえ、二階の窓から侵入して階下を物色したとでも考えない限り、泥棒の痕跡はまったく見つからなかった。

疲れがたまっている日には、エルマーはホーガンズから戻ってきたとたん、仕事机につっぷしてうたた寝することがあった。十分ほどして目が覚めると泥酔しているのをしばしば自覚する。寝室へ上がって一晩寝て、翌朝現金取り扱い室へ下りてくると、ものがふだんとは違う位置にあるのに気づくことがよくある。そういうときは、睡魔に襲われながらものを出した後、定位置にしまい忘れたのだろうと考えた。ウイスキーのボトルとグラスはいつも金庫にしまっていた。台所からグラスを持ち出せば姉たちが騒ぐのがわかりきっていたので、レネハンの店でグラスを買って使っていた。

昨晩、ホーガンズから戻ってきたとき、この部屋でウイスキーをちょっと一杯飲んだのかもしれない。飲み終えた後、金庫の扉を閉め忘れたのかもしれない。数え直すために現金を出したのかもしれない、それならひんぱんにやっていることだ。そうして一切合切を仕事机に広げたまま、部屋を出てしまったのかもしれない。

ところがボトルとグラスは金庫の奥の定位置におさまっていた。必要なときに取り出せるようにいつもそこに入れてあった。エルマーの両手はぶるぶる震えていた。この部屋に鏡があれば、血の気が失せた顔が土気色になっているのが見えただろう。

彼は部屋中をくまなく探した。書類整理棚を点検し、棚の後ろも見逃さなかった。売り場を見おろして、姉たちがいるのを確認すると、目を離さぬようにしながら現金取り扱い室を出た。そうして音を立てずに店の奥の物置部屋を抜け、階段へたどりつき、二階へ上がった。住居部分の窓をぜんぶ調べたが、賊が押し入ったり侵入したりした形跡は見あたらなかった。次に自分の寝室へ入り、衣装戸棚の引き出しをすべて点検した後、うとうとした状態で現金を隠したかもしれないと思ってベッドの下も見た。念のため、スーツのポケットも確かめた。

それから売り場へ下り、錠前がゆるんできているのを口実にして出入り口の扉をぜんぶ点検し、侵入者の手がかりがないか探した。物置部屋でも、山積みされた反物の後ろや棚の奥や売れ残ったカゴの中など、考えうる場所をくまなく調べた。彼は疲労回復のための一杯を引っ掛けた後、グラスを何かの上へ置いたまま忘れてしまうことがある。ときどき物置部屋へ下りていき、同じ布を再注文できるよう模様を切り取った後、どこかに置き忘れることもあった。そんなときはそこいらじゅうの主電灯を点けて、失せ物を探さなければならなかった。

エルマーは現金取り扱い室へ戻り、仕事机に向かって腰を下ろした。そして前夜の自分の行動を逐一思い出そうとした。パブからここへ戻ってきたとき、一杯飲んだのか飲まなかったのか。物置部屋の窓には鉄格子がはまっているので賊が侵入するのは不可能である。二階から下りてきたときに玄関扉も点検したが、壊された形跡はなかった。

「金庫の中をいじったかい？」四十五分ほどしてから、彼は売り場にいる姉たちにそう尋ねた。尋ねるのは毛糸を買いに来た女性客が出ていくのを待ってからにした。腹の中にはすでに二、三杯、ウイスキーが入っていた。「金庫を開けなかった？」

そんなことはしないだろうと思ってはいた。姉たちは一日の売り上げをいつもエルマーの仕事机の上に置く。姉たちが金庫のダイヤル錠の数字を知っているかどうかさえ、彼は覚えていなかった。

「何？」そう聞き返したローズの声には早くも棘があった。

「金庫から現金が消えたんだよ」

メアリー・ルイーズは、競売で購入した家具をトラックで配送する、二人組の男に話しかけた。そして自分が買った品物の番号――兵隊と寝室の家具――を伝えた。男たちは翌日必ず届けますと約束した。

彼女は目当てにしていたものを入手できたので、うきうきしながら自転車をこいで帰った。競売の場では緊張したけれど、おもちゃの兵隊を欲しがるひとは他にいなかったし、寝室の家具は思っていたよりも安く手に入った。彼女は町はずれに建つ、青く塗ったみすぼらしい田舎家の前で自転車を降りた。レティの結婚披露宴で、エメリンおばさんがロバートの衣類を寄付すると言っていた家族の家である。子どもを抱いた青白い顔色の女が出てきたので、メアリー・ルイーズは名前を告げた。

「わたしのおばがこちらへ衣類を差し上げたと思うのですけれど」

「はい、いただきました。あのお方に神様のお恵みを」

「お金のほうがよくはありませんか？」

「お金？　どのようなお金ですか？」

「もしその衣類をわたしに売って下さるなら、新品が買えるだけの金額をお支払いします」

女はそれを聞いて驚き、夫を呼んだ。夫は大男で、頭を扉口の上の横木にぶつけないよう、ひょいと会釈するようにして出てきた。メアリー・ルイーズがまだ説明していないのに、妻が抱いた疑念は夫にも伝わっているようだった。

「衣類はわが家にいただいたんですよ」と夫が言った。

「それはわかっています。その衣類の一部を買い戻したいと申し上げているんです。ご不要な衣類があれば何でも」

「息子たちがこれから大きくなりますから、とてもありがたいんですよ」事情を理解していない受け答えがちぐはぐに響いた。妻が抱いている子どもが泣き出したので、片方の腕からもう片方へ移した。

「わたしはただ、お金のほうが使い道が大きいだろうと考えただけなんです。亡くなったのはわたしのいとこです。記念にとっておけるものが何かあったらいいなと思って」

夫はゆっくりうなずいた。そういうことですか、と彼がつぶやいた。それから脇のほうへ避けるように移動して、妻に何かささやいた。メアリー・ルイーズは田舎家へ入って何枚か服を選び、選んだ服を妻が新聞紙でくるんだ。それから衣類がここへ届いたときに使われていた細ひもで包みを縛った。家の中は貧しい匂いがした。大きくなりかけている子どもたちが部屋の隅や椅子の背後からメアリー・ルイーズを見つめていた。彼女は約束したよりも多くの金額を置いてその家を後にした。

「自転車じゃその荷物を運ぶのはたいへんだわ」妻はそうつぶやき、細ひもを取るために家へ入った。そして夫が荷物をふたつに折りたたんで、自転車の荷台にくくりつけた。ゆっくり走るようにして、荷物の重みでハンドルを持っていかれないように注意しさえすれば大丈夫ですよ、と夫が言った。

「気でも違ったの？」興奮を覆い隠したローズの声はとげとげしかった。

エルマーは返事をしなかった。姉妹に本気で問い詰められて骨抜きになってしまった。彼は取り乱したあげく、新婚まもない頃、メアリー・ルイーズを喜ばせるために金庫の仕組みを教えたことを姉たちに打ち明けた。

「ほらね、あの子だよ」とマティルダが言った。

時計の針は六時四十分を指していた。店は六時に閉めていた。どうりでわかった、こりゃあはじめてじゃないねと姉たちが口を揃えた。そして、あの子はもう帰ってこないようとうなずきあった。ふたりは急いで上の階へ行き、メアリー・ルイーズの荷物がなくなっているか確かめたが、残念ながら、彼女たちの予想は当たらなかった。それでもなおマティルダとローズは、今度こそあの、誉めどころが見つからない嫁が出ていったと言い張った。

現金取り扱い室の中で、扉を開いた金庫の脇にエルマーはたたずみ、姉たちが仕事机を左右から取り囲むように立っていた。そこへ階下から音が聞こえた。メアリー・ルイーズが中庭に自転車を停め、裏口から屋内へ入ってきたのだとすぐにわかった。三人とも彼女の足音を聞き分けることができた。ローズはメアリー・ルイーズの名前を呼んだ。

「これを返そうと思って」現金取り扱い室へ入ってきたメアリー・ルイーズが言った。手には金庫から持ち出した紙幣の大半が握られていた。これ以外は使ってしまったと彼女は説明した。

「使った?」ローズが繰り返した。「使ってしまったって?」

エルマーが口を開いたが、その声はかすれていた。彼は妻に一日中どこへ行っていたのかを尋ね、姉たちが心配して気が気でなかったんだと言った。

「おばの競売へ行ったのよ。それでちょっぴり買い物をしました」

エルマーは、メアリー・ルイーズが机の上に置いた紙幣の束に手を伸ばした。ゴムバンドが巻かれたままになっている。なくなったのは二枚だけだった。

「金庫からお金を盗んだのね」とローズが言った。

エルマーは抗議しようとしたが、ことばが縺れてしどろもどろになってしまった。メアリー・ルイーズが答えを返した。

「盗んだわけではないわ、ローズ」

「競売に行くために金庫から現金を盗んだんだね」

「どうしてわたしに頼まなかった？」エルマーのささやき声は、現金取り扱い室の内側だけにかろうじて聞こえた。

「頼んだわ、あなたは酔っぱらっていたのよ」

「まあ、なんてこと」ローズが声を上げた。「なんてことを言い出すの！」

「自分が何を言ってるかわかっているの？」マティルダが割って入った。「あなたが頼んだなんて、信じられるわけがない」

「いいえ、わたしは二回、頼んだんです。おとといの晩に一回、それから昨晩もう一回」

「そんなこと言って。おおかた、エルマーが眠っているときにでも頼んだんでしょう」

「わたしだってばかじゃないわ、マティルダ。眠っているひとを相手にしゃべったりしません」

「あなたはわざわざいろんなことをするひとよ。洗ってないお皿についた食べ物をわざわざ他人に食べさせようとしたこともあったわよね。ドアにわざわざ鍵を掛けるし、わざわざ他人の持ち物に手を出すのがあなたでしょう？」

「もしわたしがあなただったら」ローズが弟に告げた。「この件は警察の手に委ねるわね。だって盗みは盗みなんだから」

「わたしが買った家具はあした届きます」とメアリー・ルイーズが言った。「誰の邪魔にもなりはしません」

彼女はそれだけ言い残して現金取り扱い室を出た。階段を上っていく足音が聞こえ、その後、現金取り扱い室のほぼ真上にあたる台所へ入る足音がした。

「エルマー、よくお聞き」ローズが一語一語を吐き捨てるように、ゆっくり、断固たる調子で話しはじめた。「あの子は、あの子の兄さんよりもひどいね。おつむが一人前じゃないんだよ、エルマー」

「あの子はわが家を引き裂いたんだ」マティルダが割り込んだ。「ローズが言ってるとおりだよ、エルマー」

エルマーは黙っていた。メアリー・ルイーズがお金を下さいと頼んだ、というのは本当かもしれなかった。眠たかったせいで、頼まれても聞き流してしまった可能性はある。彼女はずっと昔からダイヤル錠の数字を知っていた。夫が頼みを聞いてくれなかったので、自分で金庫を開けただけなのかもしれない。数字を教えたことを今さら悔やんでも後の祭りだった。

「自分の家に住んでるっていうのに」マティルダはまだ言い足りないようだった。「油断も隙もないってことだね」

「あの子のせいでどうなったか、自分の姿を見てごらん」とローズが言った。「金庫に酒瓶とグラスを入れてるなんて、今までありゃしなかったことだ。あの子のせいでおまえときたら、筋道を立ててものを考えられなくなったんだよ」

「家具なんてどうして欲しがるんだ？　わが家の家具が気に入らないのかな？」

「エルマー、あの子はわたしたちと食事をしたがらないし、上階で座を囲むのも避けてるのに、おまえと一緒のベッドに寝てるのは本当に驚きだよ！」

ローズがそう言った後、沈黙が訪れた。それは一分ほど続き、さらにまた一分、後を引いた。その後も皆、口を噤んだ。

「どうしろって言うんだ？」エルマーがようやく聞き返した。

・

翌朝、家具を積んだトラックがやってきたのをローズは見つけた。そして、店へ入ってきたふたりの男たちに嚙みついた。「家具なんていりませんよ。そのまんま持って帰ってください」

そこへメアリー・ルイーズがカウンターから出てきて、男たちを裏口へ案内した。彼女は言いつのるローズに耳を貸さず、後から口を出したマティルダの苦情も無視した。男たちにとってみれば、家具を運ぶ取り決めをした相手はメアリー・ルイーズだった。

「ごめんなさいね。一番上の階まで運び上げていただきたいの」とメアリー・ルイーズが謝った。

男たちは快く引き受けた。上でも下でも一日の仕事に変わりはない。「どうかしたんですか？」片方の男が尋ねた。

勘違いなんですとメアリー・ルイーズが説明した。義理の姉たちは家具が搬入されるのを知らなかっただけ。つっけんどんな応対でごめんなさいね、と。


「もうこれ以上がまんできない」ローズが顔をまっ赤にして、現金取り扱い室の中をにらみつけながら言った。「あの子ったらわが家の屋根裏部屋にガラクタを詰め込んでるんだから」

「昨日の晩、メアリー・ルイーズに話したよ。姉さんが怒ってるって伝えておいた」

「それでどうにかなったわけ？　あの子に話したらどうなったっていうの？　どうすればいいか、わたしたちがおまえに教えてあげたよね」

「そんなこと言ったって手荒なまねはできないよ、ローズ」

「キルケリーズの車を雇って一時間も走れば着くよ。散歩できる庭だってある。あの子は同類のひとたちと暮らしたらいいんだよ」

エルマーは長年の間に、姉たちの悪意に慣れっこになっていた。それは感情に左右されない生き方と、姉妹ふたりでこの家を切り盛りしてきた自信によって育て上げられたものだった。二、三年前、ヒッキーの工務店に家の修繕を頼んださい、着手するのを四か月も遅らせてまんまと大工事にしたのだと考えたローズが、請求書の全額を支払う必要はないとつっぱねた。マティルダも姉の言い分に無条件に賛成した。別のとき、中等実業学校に勤めているミス・オロークが売り物のカーディガンをタバコの火で焦がしてしまったのにたいして、マティルダは、その品物を買い取ってもらわなければと言い張った。そのカーディガンはミス・オロークには全然似合わない色だったし、彼女がたまたまカウンターに置いたタバコが触れたのはまったくの事故だったにもかかわらず、ローズはためらわずに妹に加勢した。似たようなことは何度も起きたが、どの場合も、姉妹が受けたと信じた損害にたいして過大な弁償が要求された。ローズとマティルダには、穏便にことを収めたり歩み寄ったりする忍耐力はない。姉妹の辞書に優柔不断の文字はないのだ。

「おもちゃが詰まった箱を運送屋が抱えていったよ」マティルダが興奮のあまり店番を投げ出して、弟のところへ報告に来た。

「エルマー、どうするつもりだい。おまえの奥さんは子どもに戻ってしまったらしいね」

「大きい段ボール箱だよ」とマティルダが続けた。「縁まであふれてたわ」

店の扉についているベルがジャランジャランと鳴ったので、姉妹は急いで店へ戻った。昨日からの二十四時間、姉妹を長い期間とらえてきた興奮がかつてない山場を迎えていた。その興奮はそもそもローズとマティルダが、弟の嫁が繰り返し屋根裏部屋へ上っていくのに気づいたときにはじまった。嫁が屋根裏部屋のひとつにほとんどすべての家具を移動させ、扉に鍵を掛けるようになったとき、それは高まった。さらに、姉妹が普通だとみなす基準から逸脱するおこないが目立つようになって、いっそう高まった。昨日、メアリー・ルイーズが行方不明になったときにはぞくぞくしてしかたがなかった。姉妹の勝手気ままな望みが最高潮に達したのは、おもちゃを競売で手に入れるために現金が盗まれたのを知ったときではない。マティルダの脳裏に一瞬、弟の嫁はこっそり赤ん坊を産み落としているのではないか、という考えがよぎったときだ。何か理由があってその子を屋根裏部屋に隠し、その子のために今回いろんな買い物をしたに違いない。マティルダは、鮮やかな色に塗られた兵隊たちが入った箱ばかりでなく、分解したベッドの部品やマットレスや、寝室家具のあれこれがトラックから運び出されるのを確かに見た。だがしかし、赤ん坊の泣き声は聞いていない。夜分に聞こえないのは不自然だ。メアリー・ルイーズが妊娠中の体型を隠しおおせたはずがないという気もしてきた。突然降って湧いた仮説は、生まれたとたんに消え失せた。でも、二十五歳の女が自分で遊ぶためにおもちゃを買ったのだとしたらよけいに気が狂っている、とマティルダは考えた。

屋根裏部屋へ上る階段にエルマーの足音が重たく響いた。彼のこぶしが扉を叩いた。ドアノブを回そうとした。彼は何度か、メアリー・ルイーズの名を呼んだ。それからあきらめてきびすを返し、重たい足取りで階段を降りた。

メアリー・ルイーズは煙突掃除人を雇って掃除をしてもらい、小さな暖炉に火を焚けるようにしたいと思った。木っ端や石炭をここまで運び上げたり、暖炉の灰を掃除するのも苦にならない。火さえ焚ければぬくぬく過ごせるのだから。

彼女はマットレスを丸めていたひもをほどき、ふたりの男が組み立ててくれたベッドの上にマットレスを置いた。ロバートは生まれてから死ぬまでの二十四年間、ずっとこのマットレスの上で眠った。二十四年のあいだ、毎朝目を覚ますたびに、干し草を積みすぎた荷車と、刈り株が広がった畑で犬が野ねずみを追いかけている場面が描かれた絵を眺めた。ロバートは毎日、衣装ダンスの白茶けた扉を開け閉めした。

メアリー・ルイーズは化粧テーブルの上に彼のカラー用ボタンを出して、いつでも見られるようにした。次に記憶をたどりながら、床の上に兵隊たちを丹念に並べた。それから彼の衣服をハンガーに掛けた。

25

彼女は町を歩きまわる。夫が言ったとおり、三十一年間留守にしたせいで万事勝手がわからないし、町の様子もずいぶん変わった。昔よりも活気があり、自動車が増えて、ひとびとはみなせかせかしている。店のショウウィンドウには、はじめて見るフランス産のチーズやワイン、新しい種類の菓子なども並んでいて、見ているだけで楽しい。ポスターも昔とはずいぶん変わった。エレクトリック・シネマは消え失せていた。

彼女はちらちら視線を感じる。じっと見つめてくるひともいる。話しかけようとする住人は誰もいない。本人を覚えているのはごく少数で、彼女はもっぱら噂話に出てくる人物なのだ。彼女にとってそんなことはどうでもいい。気になるのはむしろ、後にしてきた施設のほうである。今頃は最後の迎え車が到着して、帰宅を許可された収容者たちはそれぞれの家へ帰っただろう。騒がしく暴れる収容者たちはマリンガーの近くの施設へ移されるという話だった。彼女は思いをめぐらせる。最後まで残った収容者たちはもう他所へ移された？　おしゃべりや言い争いの声はもう聞こえない？　建築作業員たちが口笛で合図したり、ハンマーを振り下ろしたりする音が聞こえはじめている？　じきにあの家の部屋べやには、進行麻痺や病的行動や抑うつ症に悩んではいないひとたちがやってきて、眠ることになる。一日中狩猟や魚釣りを楽しんだ男たちの脇で、シフォンのネグリジェを着た女たちが夢を見る。タールマカダムでなめらかに舗装された駐車場に自家用車が停められる。庭師が丹精した花壇だったところに、毎日違う車が停まる。

そのおかげで彼女はここへ帰ってきた。マシュー神父通りを歩きながらそれを思い出して、彼女は静かにうなずく。おとなしくしていなかったら、迷惑行為常習犯の収容者たちと一緒にされて、マリンガー送りになっていたかもしれない。だが自分は無事この町へ帰ってきた。明日は墓地を訪ねようと考えている。

「お墓へ行ったせいじゃないのよ」彼女はハンナ修道女とミセス・リーヴィとベル・Dをはじめ、施設の全員に念を押した。「わたしが町にいられなくなったのはそのせいじゃない。別の理由があったの。もっとはるかに悪い理由が」

26

「ネズミ？」ミスター・レネハンが言った。

「屋根裏部屋に出るんですよ」

「ネズミはいけませんな。ネズミ捕り器の設置を考えておられるのかな？」

「そう、あるいは殺鼠剤でもいいかなと思って。お宅には殺鼠剤の在庫もあるんでしょう？」

「もちろん。ローデンキル。ライデムクイックもありますよ。どちらも効果てきめんです」

店では家畜の人工授精師をしているブレヒンが、レネハンの息子から釘を買っているところだった。彼がメアリー・ルイーズに向かってにっこり微笑むと、彼女は、レティの結婚式の日、披露宴会場まで乗せていってくれたブレヒンの車がカーブにさしかかるたびに大回りしたのを思い出した。彼はメアリー・ルイーズに近況を尋ね、彼女は変わりなくやっていますと答えた。彼女がエレクトリック・シネマへ通っていた頃、ブレヒンもしばしば夫に先立たれた女と一緒に来ていた。彼なりにふさわしい伴侶を探していたのだ。ブレヒンは未亡人だけに絞っているようだった。

「あと、リンゴの芯取り器ももらっとこう」釘の目方を量り終えたレネハンの息子にブレヒンが言った。さらにメアリー・ルイーズに向かって、「煮リンゴに目がないんですよ」とつけくわえた。

「バーズのカスタードをちょいと掛けると最高なんだ」

　彼女はうなずいた。あるとき服地商会にホックを買いにきた女性客が、ブレヒンには結婚は無理だと言っていた。アイルランド全土の未亡人を映画に誘うことはできても、あの男が自分のやり方を変えることは金輪際ありえないわよ。だって、融通が利かない上に用心深すぎるんだもの。

「じつはね、芯取り器は持っておったんだけど」とブレヒンが続けた。「リンゴの皮と一緒にうっかり捨てちまったもんでね」

　メアリー・ルイーズは、彼が男っぽい手つきでリンゴやじゃがいもの皮をむいて、自分だけの食事をこしらえている姿を思い描いた。相手は家事の話をまだ続けたが、彼女はもう聞いていなかった。**「一同が揃って客間へ入った。アルカージィは何かの雑誌の最新号を手に取った。アンナ・セルゲーエヴナが立ち上がった瞬間、アルカージィはカーチャをちらりと見やった……」**

　誰も愛していないのならブレヒンは結婚すべきじゃない。えり好みしているうちに独身のまま人生を終える結果になったとしても、選びに選ぶのは正しいこと。メアリー・ルイーズはふと、両親はお互いに愛し合っているのだろうかと思った。そんな発想は今までになかった。両親を思うときに愛を考えに入れたのははじめてだった。

「ローデンキルを勧めますね」とミスター・レネハンが言った。「とてもよく売れているんです」


　レティは結婚後すぐに妊娠した。デネヒーはレティのためにモリス・マイナーの中古車を買った。彼女は農場の新居が気に入った。実家ではいつもめんどりの世話をさせられて、餌やりと卵拾いが彼女の仕事だった。だが今後は一切めんどりには手を触れない、とレティは誓った。中庭に建つ鶏舎を使うつもりはまったくなかった。デネヒーは乳牛を一、二頭飼う計画を立てていたが、レティは、家畜の世話はすべて夫がするよう念を押した。彼女は母親から結婚祝いにもらったミシンでカーテンと椅子カバーを縫い、じゅうたんだけは店で購入して、新居の内装がすべて整った。「何か植えたらいいのに」玄関口の両側に石灰水を塗って白くした石桶が放置してあるのを見て、エメリンおばさんが言った。一週間後エメリンが再びやってきて、土をひとしきり掘り返してから肥料をくわえた。彼女は母屋の裏手に野菜畑だった土地が草ぼうぼうになっているのもめざとく見つけて、耕せるように整えた。

レティは結婚後幸せに暮らしていたが、妹のことだけが喉に刺さった骨のように感じられた。寄せては返す不安の波は、町から新しい噂話が聞こえてくるたびに少しずつ長く留まるようになった。レティは、エルマーの姉たちがカリーンの実家を訪れたときの一部始終を直後に聞かされていた。両親がコーミカン医師と相談して埒《らち》が明かなかった話も、その後両親がメアリー・ルイーズと会って話したことも知っていた。さらにメアリー・ルイーズが競売に参加したことも、最近では服地商会の店先にほとんど立たなくなったことも、耳に届いていた。それらすべてがレティを途方に暮れさせた。レティはメアリー・ルイーズの姉として、子ども時代からジェイムズとふたりで妹をつねに見守るよう心がけてきた。妹のひんやり湿った小さな手を握った感覚をありありと覚えているし、手を離しちゃだめだよと強く言ったのも忘れていない。泣きじゃくる妹をなだめて、必要なときには叱りもした。エルマー・クウォーリーと妹の婚約に反対したことも苦々しく思い出す。エルマーが妹をエレクトリック・シネマへ誘ったと聞いたときには胸がむかむかした。そして妹の結婚式の夜には――知らず知らずのうちにいとこのロバートと心を響き合わせるかのように――メアリー・ルイーズが耐えているに違いない苦悩から気持ちをそらすことができなかった。歯が小粒で目も小さいエルマー・クウォーリーの姿はレティに豚を連想させた。その夜、妹とずっと一緒に使ってきた寝室にひとり残されたレティはさめざめと泣いた。

夫の仕事上どうしても必要なので新居に取りつけた電話機は、レティにとって目新しい道具である。カリーンの実家にはなかったせいで、電話機に手を触れた覚えはほとんどない。だがこの家の玄関の突き当たりにある棚にそれは鎮座し、そばには鉛筆とメモ帳がひもに吊され、下の棚には電話帳が置いてある。ある日の午前中、縫い物に飽きたレティはクウォーリーズ服地商会へ電話を掛けて、ちっとも顔を見せないメアリー・ルイーズに「遊びにいらっしゃい」と伝えようとした。

「はい」と電話に出たのはローズだった。

「メアリー・ルイーズと話したいのですが？」

「どちらさまですか？」

「姉です」

レティの耳にローズの息づかいが聞こえた。店の扉についているベルがジャランと鳴るのがかすかに聞こえた。

「レティです」レティが言った。

「ああ、はい」エルマーはすぐ隣りにいるわけではないので、現金取り扱い室まで呼びに行かなければならない。そう考えただけで、義理の妹のために使いっ走りをさせられるのが我慢できなかった。結婚式の招待状が届かなかった件がまだ胸中にくすぶっていたせいもあって、ローズはレティに素直に応対できなかった。

「メアリー・ルイーズはいますか？」

ローズはためらった。メアリー・ルイーズの居所をすぐには教えたくない気がして一呼吸置いた。

そうして口を開いた。

「妹さんはいませんよ」

「ローズなの？　マティルダなの？」

「ローズ・クウォーリーです」

「電話をかけてくれるよう、メアリー・ルイーズに伝えてもらえませんか？　こちらの電話番号は二、四、五番です」

わかりましたと言いかけてローズは口を噤み、直感が命じるままに気を変えた。

「このところしばらく、あなたの妹さんを見かけていないんです」

「メアリー・ルイーズは元気なんでしょうか？」

「元気とは言えません。おたくの御両親に、事態はますます悪い方向へ進んでいますと伝えて下さい。近頃のあのひとの状態をとても心配しています、と」

「あのひとの状態って？　どういうことなの、ローズ？」

「わが家では何もかも鍵を掛けないといけないんです。ハンドバッグをぜんぶ、四六時中鍵の掛かるところへしまっています。あのひとがうちの事務所で金庫破りをしたから」

受話器の向こう側に沈黙がよぎったので、ローズは大いに満足した。ふた呼吸ほど置いてからレティが口を開いた。

「いったい何を言っているの、ローズ？」

「家族以外には口外しないで欲しいのです、ミセス・デネヒー」

それだけ言い残して、ローズは受話器を置いた。エルマーは金庫から現金が盗まれたことについては誰にも話してくれるなと言っていたが、ローズは話しても大丈夫だと踏んでいた。メアリー・ルイーズがどんな状態かわかるまでは、ダロン家の人間が行動を起こすはずはない。ローズが店へ戻ってマティルダに一部始終を報告すると、マティルダはよくやった、と誉めた。

エルマーは首を横に振った。わが家にネズミはいない。仮にいたとしても中庭にたむろする猫が退治するはずだ。姉たちがしかけたネズミ捕り器に二、三匹掛かったことはあったが、それ以上深刻な問題は起きていない。

「奥さんにローデンキルを売ったよ」とレネハンが言った。「屋根裏部屋がどうとかって言っていたがなあ」

エルマーはあいまいにうなずいた。そういえば屋根裏部屋のことを忘れていた、と言わんばかりの身振りだった。だがわが家の他の場所と同様、屋根裏部屋にもネズミは出ない、と彼は無言のうちに確信していた。

レネハンはグラスを干して、ホーガンズのバーを出ていった。エルマーはひとりで残った。十五分後、レティとその夫が入ってきた。バーマンのジェリーは〈イブニング・ヘラルド〉紙を読んでいる。他には誰もいない。

「エルマー」とレティが声を掛けた。

「ちょうど商用を終えたところなんです」とエルマーが言った。

「メアリー・ルイーズのことで話があるの」

デネヒーが飲み物を注文してくると言った。レティは隅のテーブルへ向かった。「それから、ミスター・クウォーリーが飲んでいるもののおかわりをひとつ」と告げるデネヒーの声が、エルマーの耳に聞こえた。それと同時にレティが口を開いた。

「エルマー、あなたがひとりでいるときに会いたかったのよ。電話を下さいってメアリー・ルイーズに伝言を頼んだのだけれど、音沙汰がないんです」

「彼女に伝えますよ」

「ローズが、金庫がどうかしたって言っていたけど」

「ちょっと内輪のことでしてね」

「ローズの話はいったいどういうことなのかしら、エルマー？」

エルマーは、メアリー・ルイーズがある日、緊急に現金が必要になったので現金取り扱い室の金庫から借りたのだと説明した。何の問題もありません。つまらないことで騒いでるだけなんです。

「ローズは、ハンドバッグを四六時中鍵の掛かるところへしまっていると言ってたわ」

ちょうどそこへデネヒーが飲み物を持って戻ってきたのでエルマーはほっとした。「乾杯！」デネヒーはそう言ってグラスを挙げてから、タバコに火を点けた。

「メアリー・ルイーズがどうかしたの、エルマー？」

「いや、元気ですよ。メアリー・ルイーズはひとりで過ごすのが好きなのに、うちの姉たちはそこのところを理解できていない。彼女は自転車で出掛けるのが好きだし、家の中でも自分だけの場所にこもるのが好みなんだ。それだけのことです。それ以上の問題ではないんですよ」

「おたくのお姉さん方は二、三か月前、カリーンの家を訪問して、メアリー・ルイーズのことについて報告をしたそうじゃないの」

「報告って何を？」

「あの子が正気を失ってるっていう報告よ」

エルマーはどきっとした。グラスを飲み干してから、ジェリーに合図して三人分のお代わりをつくるよう頼んだ。合図を目に留めたレティがかすかに首を横に振った。デネヒーがうなずいた。

「そいつは知らなかった」とエルマーが言った。

「お姉さんがふたり揃ってカリーンの家に行ったんですよ、知らなかったの？」

「いや、本当に。知らなかった」

「わたしたちが結婚式を挙げた日以降、メアリー・ルイーズとは会っていません。あのときはふだんと変わらなかったわ。もちろん、あの子はずいぶん口が重くなってはいたけれど」

「わたしたちも皆、そのことには気づいてますよ」

「昔はあの子は、とてもおしゃべりだったのよ」

屋根裏部屋にはネズミはいない。ネズミが住みついていれば、ばたばた駆け回る音が頭の上からしてくるはずだ。ところがエルマーの知らぬ間に、メアリー・ルイーズが殺鼠剤を買ったことが町中の噂になっていた。

「実家の両親はメアリー・ルイーズに、コーミカン医師の診察を受けさせようとしたんです」とレティが言った。

「それは問題ないでしょう。健康診断を受けたところで害にはならない」

「妹は断ったんです」

「わたしから話してみますよ、レティ」

「わたしは毎日家にいます。電話を待っていますからと妹に伝えて下さい」

レティはそう言ってだしぬけに立ち上がった。ちょっと口をつけただけのグラスが残った。エルマーは、レティがしかめっ面を崩さないのに気づいていた。額の真ん中には最後まで不安げなしわが刻まれていた。

「また近いうちに」バーマンのジェリーに仲違いしたと気取られてはいけないと思い、エルマーはわざと声を上げてと言った。

「うちのほうへも遊びに来て下さい」デネヒーがそう答えて、グラスをそそくさと飲み干した。レティは何も言わなかった。

エルマーはバーカウンターへ戻って、ウイスキーのダブルを注文した。

「どうも、大変なことになりましたね」釣り銭を渡しながらジェリーが言ったので、エルマーは一瞬、バーで交わされた会話についてコメントしているのかと思ったが勘違いだった。ジェリーは〈イブニング・ヘラルド〉を見せた。イラクのファイサル国王が射殺された記事だった。

エルマーは遠い他国で起きた惨事に興味はなかったものの、大変なことだとつぶやいた。そしてそのつぶやきは、自分自身が抱えている問題のほうにいっそうよくあてはまると密かに思った。姉たちがダロン家を訪問したのは余計なお世話だ。メアリー・ルイーズの精神状態がおかしいなどと報告する必要は全然なかったし、金庫から現金を取ったことも言わなくてよかった。妻は自分が納得できるやり方で問題に決着をつけたんです——彼はレティにそう説明したかったのにやりそこねた。今では毎晩、メアリー・ルイーズは屋根裏部屋で寝起きしている。本人がそうしたいのなら、そうしていけない理由など何もない。


煙突がちゃんと煙を吸い込むか確かめるために、煙突掃除人が暖炉に火を点けた。石炭と薪はメアリー・ルイーズがこの部屋まで運び上げた。客は少ないので、店に彼女がいる必要はなかった。それでも店に立つようにしていたのは、何事もないかのようにふるまうためだ。少なくとも彼女にとってはそういう意味だった。夫にも義姉たちにも話しかけない日が何日も続いた。毎朝屋根裏部屋で目覚めても、今では全然恥ずかしいとは思わない。食事で皆が使った食器を洗うのは彼女の役目である。その他にも、彼女に割り当てられた仕事はきちんとやり続けた。だが食事はいつもひとりで食べた。気が向くと自転車に乗って町を出て、たいていは墓地へ行った。エメリンおばさんの屋敷に近い牧草地を散歩することもあった。屋敷はすでに空き家だったが、まだ売却されてはいなかった。

もっと静かならいいのに、と彼女はしばしば思った。義姉やエルマーの声が聞こえるのはうんざりだった。階段の足音や、皿ががちゃがちゃ触れ合う音や、店の扉のベルがジャランジャランいう音が耳に入るといらいらした。邪魔な音を聞こえなくするために、子どもの頃やったゲームをはじめた——目を閉じて次々に部屋をめぐり歩く情景を想像するのだ。義姉たちの寝室を見回り、広々した表の部屋の窓を開け、食事室の模様替えをする。階段を上りきったところの二階の廊下にはピンクと深紅のガラスのシャンデリアがある。花の香りとアイロンしたてのテーブルクロスの匂いがする。台所ではコックがレンジの上でシチュー鍋を動かしている。台の上にマトンの生肉が置かれている。キャベツに包丁を入れた衝撃で、脇に積み上げられた皿ががたんと音を立てる。中庭では誰かに追いかけられた鶏が、首をひねられるのを察知して鋭い鳴き声を上げている。

店の窓にはすべて青い鎧戸がついている。扉は全部閉じられてかんぬきが掛けられている。あらゆるものの中心に彼女のいとこがいて、空想の中で内装を改めた部屋と同じくらい繊細な姿を見せている。すべては壊れやすい。今にもすべてが、敷石の上に落ちた磁器のように粉々に砕けてしまいそうだ。メアリー・ルイーズとロバートは指を唇に当てて静かに笑う。

エルマーと話すとき、妻のことを話題にするひとはもういない。彼女は今や変人の烙印を押されているので、めったに町の噂にもならない。ただ、頭にスカーフを巻き、寒くない服を着込んで自転車に乗っていく姿だけがひんぱんに見られた。一九五九年が明けた一月、彼女はレティの家を訪れ、食堂兼居間《キッチン》の作り付け家具を誉め称えた。そして、妊娠するとどんな感じになるのかを語る姉の話に耳を傾けた。ミセス・ダロンは同じ月のある日、服地商会をまた訪ねた。メアリー・ルイーズはもう店には立たない、とローズに言われたので、住まいの玄関の呼び鈴を鳴らしてみたが返事はなかった。ミセス・ダロンは店へ戻り、エルマーに会いたいと告げた。するとエルマーが現金取り扱い室から階段を降りてきたが、彼女の目には足取りがおぼつかないように見えた。エルマーはミセス・ダロンを住まいに案内し、表の部屋で待ってくださいと言った。数分後、メアリー・ルイーズが入ってきた。彼女は微笑んでいて、黙りこくっているのを除けばふだんと変わりないように見えた。「近頃はすっかりごぶさただね」母親がやんわりとたしなめた。メアリー・ルイーズは次の日曜日に実家を訪ねると約束した。だが彼女はやってこなかった。次の日曜日も、その次の日曜日も。

エルマーは妻が買った殺鼠剤のことがまだ気になっていた。姉たちにはもちろん、誰にもその話はしなかったが、屋根裏部屋でほとんどの時間を過ごしているメアリー・ルイーズに、ネズミがいるのかどうか、できるだけさりげなく尋ねてみた。「ネズミならたぶんやっつけたと思う」と彼女が答えた。「わたしが仕掛けたローデンキルを食べたから」殺鼠剤の残りはどうしたのか聞くと、ネズミがまた出るといけないからとってあると答えた。エルマーは首を横に振って、そいつはよくないと言った。だって君自身が取り扱いを誤ったら危険だし、誰かが知らないで持ち出しでもしたら一大事だから。ネズミ退治が終わったのなら残りの毒物は捨てたほうがいい。必要ならまた買えばいいじゃないか。メアリー・ルイーズはうなずいて聞いていた。そして、残りの殺鼠剤はひとまとめにしてゴミ箱へ捨てると約束した。

メアリー・ルイーズの訪問後もレティの心配は消えなかった。しかし、妹の変化を受け入れる以外どうしようもないとわかってもいた。やがて赤ん坊が生まれ、レティの心配と世話焼きの種はその子が独占するようになった。彼女はメアリー・ルイーズが自転車をこいで赤ん坊に会いに来てくれるだろうと期待していたが、いつまで待っても来ないのでがっかりした。子どもはケヴィン・アロイシャスと命名した。アロイシャスというのは、デネヒー家の子どもによくつけられる名前だった。

ローズとマティルダは虎視眈々と待ち構えていた。ふたりは、メアリー・ルイーズが店に立つのをやめてくれてせいせいしていた。メアリー・ルイーズがいない食事時はまるで昔みたいだった。とはいえ、マティルダがかつて「メアリー・ルイーズの澄まし顔」と呼んだ彼女の表情が義姉たちをいらだたせ続けた。話しかけると人当たりのいい表情が浮かぶのだが、それはごく一瞬のことで、すぐに顔から生気が失せる。まるで、あんたたちにかまっていられるのは六十秒が限界だよ、と言われているような気がするのだ。使いたいときに限ってトイレや浴室に彼女がいるのも、のべつ幕なしに屋根裏部屋へこもるのも虫が好かなかった。とりわけ弟に悪影響を与え続けているのがどうにも腹に据えかねた。エルマーはときどき、ちゃんと見えていないのではないかと心配になるほど、朝から目を充血させていることがあった。ぶくぶく太って顔色も悪くなった。おまけに、毎年秋になると野生リンゴを持ってくるクロウじいさんみたいに、両手が震えはじめた。ローズとマティルダはアルコール依存症について無知だったので、間違って結婚した妻が実家に戻るか相応の精神病院に入りさえすれば、エルマーは元に戻ると信じていた。元に戻ったエルマーはホーガンズ・ホテルのバーへ行くのをやめにして、以前のようにYMCAのビリヤードルームでゲームを楽しむようになるだろう。夏場には昔と同じように散歩に出掛けるようになる。すっかり冷めてしまったように見える仕事への情熱だって復活するはずだ。今となっては、服地商会が彼の代を最後に廃業し、財産はアサイに住んでいる遠縁の手に渡るだろうという見通しは、不幸な結婚生活に比べれば取るに足らぬ問題だった。他方、エルマーにとってつくづく残念だったのは、家でも店でも、姉ふたりと妻のなごやかな様子をついに見られずじまいになったことだ。

ローズとマティルダは、現金の盗難と似たような事件がいつまた起きても不思議はないと確信していたので、虎視眈々と待ち構えていた。今度こそ犯人は罪を逃れるわけにはいくまい。騒ぎの大きさを考えれば白黒つけずにはすまされないだろう、と姉妹は考えていた。

メアリー・ルイーズは、ロバートを失ってから数週間、さらには数か月たった後にもよく起きたすすり泣きの発作に、もう襲われなくなった。彼女の体は無用のがらくたに過ぎず、存在こそしているものの無意味な物体になりはてていた。

「もちろんしてないわ」居眠りしてやしないかといとこに尋ねられて、彼女がまた答えた。「するわけないじゃない、ロバート」

スーザン・エミリー。苔むした文字でそう書いてあった。**チャールズの妻**。**今は天国に抱かれて**。**平和、まったき平和**。蜂の羽音を聞きながら、判読しにくい一行の下に書かれた墓碑銘をたどった。墓地で目を閉じると、緑地を背景にして塔や四阿《あずまや》があちこちに浮かび上がった。シナノキの老樹の木陰にテーブルクロスが広げられていた。「**御者と召使いとメイドが、馬車から食べ物が入ったバスケットをいくつも運んできた……**」

朗読する彼の声が響き、彼女の声がそれにからんだ。それこそがふたりの愛の行為なのだ。義姉たちと夫から解放されたメアリー・ルイーズにとって、その清らかさが喜びだった。ここまでこぎつければ、あとはロバートが愛用していた懐中時計を入手できさえすれば完璧だ、と彼女は思った。屋根裏部屋の暖炉の脇の壁に打ちつけてある釘に、あの時計を掛ければ申し分ない。そして彼女は、この家に平穏が訪れたあかつきには金縁のカードにロバートの名前も添え、日付と時刻を印刷して、左下にはＲＳＶＰ〔ご返事たまわりたく〕と記した招待状を発送しようと考えていた。

メアリー・ルイーズが上の牧草地まで自転車でやってきていて、今こっちへ向かっている。食堂兼居間《キッチン》へ入ってきたジェイムズがそう報告するのを聞いて、ミセス・ダロンは驚くとともにうれしくなった。やかんをレンジに載せ、ジェイムズに父親を呼びに行かせた。彼女はくたびれた敗北感を味わいながら、クウォーリー家の姉妹がぶちまけた非難の数々について、少なくとも一部分は受け入れなければならないと考えていた。もはや手の施しようがなく、何を言っても無駄だと承知はしていても、子どもさえ生まれていれば全然違っていたのに、という思いが残っていた。子宝への希望は捨てずにいたものの、以前よりも悲観的だった。

「さあ座って。来てくれたんだね」

メアリー・ルイーズはコートを脱いだ。それから母親の質問に答えて、元気よと言った。ミセス・ダロンはブラウンブレッドを薄く切り、バターとレモンカードを添えて出した。

「さすらいびとのご帰還だな」扉口でゴム長靴を脱ぎながらミスター・ダロンが言った。

「レティも会いたがっていたよ」夫の軽はずみなセリフが娘の気に障ったのではないかと思い、ミセス・ダロンがあわててご機嫌取りのひとことをくわえた。ミセス・ダロンは寝室で夫とふたりきりのときには、娘が心を傷めたに違いない話をなんべんも繰り返していた。エルマー・クウォーリーにプロポーズされたと聞かされたときのわたしたちは、喜んでいないように見えたと思う。レティなんかもっとあからさまだった。メアリー・ルイーズはわたしたちの態度に傷つき、意地悪な義姉の態度にも傷ついていくうちに、どんどんひとりぼっちになっていったのよ。エルマーがお酒を飲みはじめたときにも、あの子には相談相手がいなかった。夫が飲んべえになれば、妻は誰だって困り果てるに決まっているのに。

「近頃、あっちは静かなようじゃないか」ミスター・ダロンが町のことを論評した。彼は靴下だけを履いた足で食堂兼居間《キッチン》を横切り、椅子に腰掛けてパンに手を伸ばした。

「たしかに活気はないわね」メアリー・ルイーズが同意した。

父親は娘が十一、二歳のとき、古いクッキー缶にブラックベリーをいっぱい摘んで、中庭で自分の脇に立った場面を思い出した。薬局に勤めれば白衣がもらえるのよと娘が言った。彼は、娘が心を痛めたはずだという妻の言い分には賛成できなかった。妻としては何か慰めになる理屈がほしかったのだろう、と彼は考えた。どんな理屈でもないよりはましなのだろう。だから彼は妻の議論につきあった。議論が少しでも慰めをもたらすなら、とことんすればいいではないか?

「時代のせいだね」と彼が続けた。「みんなお金がないんだよ」

メアリー・ルイーズが返事をしなかったのでミスター・ダロンはがっかりした。あの日、中庭で娘は立ったまま十五分ほどしゃべり続けた。薬局のショウウィンドウに並んだ香水やおしろいや口紅、コティ、ポンズ、エリザベス・アーデンについて。あれは暖かい九月の夕暮れだった。

「ジョージ・エダーリーはイングランドへ行ったよ」とミセス・ダロンが言った。「訪問販売の仕事だって」

今度はメアリー・ルイーズが反応を返した。かすかにうなずいて、薄い微笑みが表情を動かした。あの子にとっては薬局が町暮らしの象徴だったわけだ、と父親は記憶を反芻した。ミス・マロヴァーの学校へはじめて行った日から娘は町に夢中になった。日曜日にがらんとした町を車で通り抜けるだけでもあの子は大喜びしたのだ。

「エメリンおばさんはいないの？」と娘が尋ねた。

「今はレティの家だよ」と母親が答えた。「レティのために菜園をつくっているのよ」

「わたし、思うんだけど」メアリー・ルイーズがそう言いかけてひと息ついた。両親は、彼女が何か言おうとして気が変わったのだとわかった。「ちょっと見てみたいのよ」と娘が続けた。「自分の部屋を」

両親の顔に驚きが浮かんだ。ミセス・ダロンの困惑がしかめ面になってしだいに消えた。父親はパンにナイフを入れかけて一瞬動きを止めたが、ゆっくりまた手を動かした。

「ほんのちょっとだけ」メアリー・ルイーズは立ち上がり、すでに階段室の扉に手を掛けていた。両親は、娘の背中でかんぬきががちゃりと音を立てて閉じるのを聞いた。ミスター・ダロンは自分のカップをティーポットのほうへ押した。ミセス・ダロンは無意識に手を動かして、カップにお茶を満たした。メアリー・ルイーズはいろいろ考えた末に、ここへ戻ってくることにしたのかしら？世話をしてやる必要がある？　あっちの義姉さんたちにはもう話した？　自分の部屋を見たいなんて言い出したのはそれが理由なの？

「娘がここへ戻ってきたら、エメリンはどこに住めばいいんだろう？」

ミスター・ダロンには妻が何を言っているのか理解できなかった。妻の考えの道筋を追いかけることができなかったのだ。かつて姉と共用し、今ではおばが暮らしている部屋をメアリー・ルイーズが見たがるのは奇妙としか思えなかった。いったいどういう理屈なのか。

「もしかしたら」と妻が続けた。「あの子、あのひとと別れたいのかも」

「エルマーと？」

「だってお酒のことがあるでしょう。そのうえあの義姉さんたちまでいるんだから。我慢できなくなったとしても、あの子を責められやしないわ」

「だがもし本気なら口に出すんじゃないかね。エメリンの部屋を見に二階へ行ったりする暇があったら、はっきり言うだろう、あの子は」

「あの子は、自分とエメリンがあの寝室で一緒に寝起きできるかどうか考えているんじゃないかと思うの。昔、あの子とレティがそうしていたようにね」

「エメリンにそんなことは頼めないだろう――」

「いざとなれば頼むしかないわよ」

ダロン夫妻はある晩、火のそばに腰掛けていたときエメリンから、メアリー・ルイーズがひんぱんにロバートに会いに行っていた事実を聞かされた。「あら、知らなかったの？　あの子、あなたたちに何も話していないの？」メアリー・ルイーズの日曜日の来訪について、ダロン夫妻は息を詰めて聴き入った。「親切な真心から出たことなのよ」エメリンはきっぱりそう言った。ダロン夫妻は、自分たちこそ知らなかったものの、余命いくばくもないロバートをメアリー・ルイーズが親切心から訪問し続けたのは好ましいことだ、という印象を持った。「あの子もきっと寂しかったのよ」ミセス・ダロンはそう言いながら、自分の娘が立派な行いをしたのを誇らしく感じていた。寂しかろうとそうでなかろうと、病気の若者の相手をするのが楽しいとは到底思えなかった。

メアリー・ルイーズが食堂兼居間《キッチン》へ戻ってきた。そしてそそくさとコートをはおり、ポケットから青と赤の枡目模様のスカーフを取り出し、頭にかぶってきっちりしばった。ジェイムズがちょうど戻ってきたが、もう行くわねと彼女は告げた。ごめんなさい、おしゃべりしている時間がないのよ。

彼女は屋根裏部屋の暖炉の脇に打ちつけた釘に、鎖つきの懐中時計を掛けた。この時計は一日一分遅れるんだ、といとこは言っていた。これから毎晩、彼女は眠る前に時計の針をうきうきと合わせるだろう。

27

彼女は、義姉たちが彼をののしっているのを聞く。あいつのために誰が食事をつくるっていうの？　あいつが汚した後を誰がきれいにするっていうんだい？　食事の世話までさせられるのはたまらない。気が違った女に翻弄されるなんて一週間だって耐えられない。長い年月、お前がお金を払い続けたおかげで、あいつはぜいたくな暮らしができたんじゃないか。それだけでじゅうぶんじゃないのかい？　無礼の上に侮辱を重ねようっていうわけだね。はなっから間違っていたんだよ。わたしたちには関わり合いのないこと。勝手にやってちょうだい。どんなにたいへんか知らないけど、ひとりで面倒見るしかないわね。

「彼女はわたしの妻だよ」と彼が言う。

「わたしたちは今後、あいつにびくびくしながら暮らさなくちゃならない。おまえの実の姉さんふたりが人生の大詰めにたどりついたっていうのに、恐怖におののいて死んでいくはめになるとはねえ」

「どうしようもないんだよ。近頃ではあちこちの施設が軒並み閉鎖されていくんだから」

「わたしたちをいじめるためにやってるんだろう」

彼の風采はみすぼらしく変化している。服にはタバコの焼け焦げがつき、シャツの襟はすり切れて、下あごのひげにそり残しがある。彼は罪悪感ゆえに彼女を連れて帰ってきた。罪悪感ゆえに彼女のもとを訪問し、割増料金を支払って、ホーロー引きのマグしか使わせない待遇から彼女を救った。もちろん、彼女に手を上げたことなど一度もない。

「ロバートは望まなかったお墓に埋葬されたの」彼女は頃合いを見計らったかのように話を切り出す。「手を貸してくれない、エルマー？」

彼は返事をしない。あなたを憎んでたわけじゃないの、と彼女が言う。ミス・フォイの家で暮らした長い年月のあいだ、あなたのことをよく思い出していたのよ。「お祈りをするときには他のひとたちのためにも祈りなさい」と言い聞かされていたから、彼のためにも祈ったのだ。

「ごめんなさい、あなたに迷惑を掛けて」と彼女が言う。「ごめんなさい、こじらせてばかりで」

28

ある日の深夜、エルマーはふと気がつくと、ホーガンズ・ホテルで眠っているブリジットの姿を考えていた。少年の頃、ミセス・ファヒイやウェックスフォードの寄宿学校の清掃主任の寝姿を夢想したのと変わらなかった。女性支配人の衣服は寝室の椅子に掛けられて、いちばん上にストッキングがかぶさっていた。姉たちに打ち明けたことはないし、メアリー・ルイーズにもほのめかしたことすらなかったものの、エルマーは妻が屋根裏部屋で寝ると決めたとき気が楽になった。ベッドが広く使える上に、寒い夜は掛け布団を独占できたし、隣りに眠る人間のために場所を空けておく気配りも必要なくなったからだ。ひとことで言えば、せいせいしたのである。

エルマーが少年の頃、事務弁護士のハンロンの奥さんは外出恐怖症なのだという噂をひんぱんに聞いた。彼女ひとりのためにミサをあげるため、司祭が家を訪れた。美容師もわざわざやってきた。女子修道院で図書館を開いている修道女は書物を抱えて週に二度、ハンロン家を訪れた。エルマーは食事中に父親が、「あのかわいそうな奥さんは、自宅の庭に足を踏み入れることさえできないんだ」と言っていたのを覚えている。「階段の一番下で一時間も様子を見るのだが、結局玄関扉へ近づくことができない。あれじゃ亭主も気の毒だよ」

エルマーはハンロン家の前を通り過ぎるとき、弓形の張り出し窓の内側から、腰掛けた奥さんが花壇に集まったコマドリを眺めているのをしばしば目にした。父親は彼女のことをやせこけた女と形容したが、エルマーの目にもその通りに見えた。彼女は結婚後じきに恐怖症が出たという話だったので、エルマーはメアリー・ルイーズも似通った病気なのではないかと思った。もっとも彼女の場合は、外出恐怖の正反対と言うべき症状だったけれども。

「あの手の症状はどんな医者にも治せやしないんだよ」と父親が食事室で断言した。「神経の病気っていうやつだからね」ミスター・クウォーリーはエルマーそっくりの、肉づきがよくがっしりした人物で、食事中に家族を相手にして、さまざまな話題を論評するのを好んだ。教育の半分は家庭で受けるものだ、というのが彼の口癖だった。エルマーは、父親ならメアリー・ルイーズが抱えているのも「神経の病気」だと言うに違いないと思った。そして、今後もしこの問題について彼女の両親やあの横柄な姉と話し合う機会があるとしたら、ぜひ同じ表現を使ってやろうと考えた。彼自身、事務弁護士と同じ不幸に見舞われた男だった。誠実な気持ちを持って結婚に臨み、文無しの娘に居場所を与えたのだ。効果さえあるならコーミカン医師に毎日往診してもらうことだってできる。だがエルマーの父親によれば、ハンロン家に医師が立ち入ったことは一度もなかった。そんなことをするのは金銭をどぶに捨てるようなものだったからだろう。

海辺へ新婚旅行に出掛けた週に感じた落胆と、帰宅してから長い年月続いた失望の苦い痛みはようやくどこかへ消え失せた。その痛みをごまかす方法を発見したからだ。じつは痛みは今でもときおりぶり返すのだが、そんなときには、現金取り扱い室の金庫の金箱の奥に手を伸ばしさえすればよかった。

「いったい何なの、これは？」ある晩、マティルダが食事中に声を上げた。三人のうちで真っ先に包み揚げをフォークで口に入れた瞬間だった。彼女は即座にぜんぶ吐き出して、ひどい味、と金切り声で叫んだ。

包み揚げをこしらえたローズはかちんときた。そして、まずいはずがないと言い張った。同じものをすでに昨日、皆で夕食に食べた。今食卓に上がっているのはその残りを温めたものなのだ。ローズは自分の皿の上の揚げ物をフォークで口に持っていった。そして即座に吐き出した。

「腐ってるわよ」とマティルダが言った。

「なんで腐るの？　この天気で腐るわけない。そうでしょ？」

エルマーは自分の皿を押しやった。包み揚げが腐っているのならわざわざ味見する必要はない。ローズが二度、三度と調理しなおした肉はときおり、味もそっけもなくなっていることがある。

「昨日は完璧だったのに」とローズが繰り返した。

エルマーは、もしチーズがあるなら、パンにチーズを塗りたいと言った。

「そもそもこのサーロインが届いたとき、悪くなっていたんじゃないの？」そうつぶやいたマティルダに向かって、そんなことありえない、とローズがぴしゃりと言った。毎週金曜日に肉屋がいつも同じサーロインとアンダーカットを配達する。その肉を日曜日にローストし、月曜日に冷肉として食べ、火曜日に細かく刻んで包み揚げにする。水曜の晩の食卓には包み揚げの残りを出す。長年、この決まり事に変化はなかった。クウォーリー家では、毎週水曜日の晩には何があっても包み揚げが供された。

「うじ虫がいるんじゃない？」マティルダがフォークでマッシュポテトと肉を押し分けた。「口の中で何かが動いたのよ」

何言ってるの、とローズが言った。包み揚げにうじ虫が混じっているわけがない。肉とポテトに半カップのミルクをくわえ、丸くしたら卵黄をつけてパンくずをまぶすレシピは、いつも通りだった。

姉たちは皿の上の食物をフォークでつついて、切り刻んだ肉と卵黄とパンくずの衣をくわしく点検した。ローズは小さな切れ端を用心深く持ち上げて口に入れた。変な味はしないわよ、と彼女がつぶやいた。

チーズがあるなら、と言ったエルマーの注文は忘れられたようだったので、本人が立って食器棚へ行った。真ん中の大きな引き出しを開けると、ゴールティの三角チーズスプレッドが詰まった円形箱が入っていた。彼はそこから二個取り出して席へ戻り、銀紙の包みを開いた。

「この緑色のものを見て」マティルダが再び声を上げた。「一体全体これは何なの、ローズ？」

マティルダが目の前の皿を見せた。ローズも自分の包み揚げをもう一度仔細に眺めてから、エルマーの皿に載った包み揚げをふたつ、半分に切り分けた。両方とも真ん中あたりに、妖しげな緑色の部分が見えた。

「食物カビね」とマティルダが言った。「じゃがいもはどのくらい古かったの？」

ローズは答えなかった。「食物カビ」ということばは初耳だったので、マティルダがでっちあげたのではないかと疑った。そして、包み揚げがたとえ腐ったとしても自分のせいではないと思った。彼女はパンのスライスをふたつにちぎって、バターをつけた。水曜の晩にいつもするように、二つの包み揚げを台所から運んだのは「奥方様」である。あの子はもう食べたのかしら、とローズは考えた。そして、色や味を確かめたのに悪くなっているのに気づかなかったとしたら、いかにもあの子らしいと思った。

「食物カビには毒性があるのよ」とマティルダが言った。

そのことばは、食後にホーガンズへ繰り出したエルマーの耳の奥で不快なこだまを響かせていた。彼は、マスター・マグラア以来の最速のグレイハウンドが優勝したんですよ、とバーマンのジェリーが話すのを聞いていた。その一方で心の目の前には、食事室の皿の上でふたつに割られた包み揚げが居座っていた。そして、「奥さんにローデンキルを売ったよ」というレネハンの声も耳の奥で鳴り響いていた。

屋根裏部屋に本当にネズミがいるのなら、家中の誰もがそれを知っていて当然だっただろう。だがあいにくメアリー・ルイーズは、「神経の病気」で知れ渡っている。彼女がローデンキルをカップに入れて、家のどこかに置き忘れたのかもしれない。ローズがせかせかしていて、明かりが暗かったとしたら、そのカップを何か他のものを入れたカップと間違えても不思議はない。エルマーはグラスをカウンターの奥へ押しやった。彼がもしそんなことを言い出せば、とんでもない騒ぎになるのは目に見えていた。

「飛び出し口にうずくまるのがあいつの癖で」とジェリーが言った。「スタートの合図とともに火の玉みたいにすっとんでいったんです」

エルマーは、父親が食卓で話題にしていた別の女性を思い出した。名前は忘れてしまったが、確か彼方の丘に住んでいるひとだった。その女性は着火剤をため込んでいた。使う目的があったわけでもないのに、ロウを使った着火剤で家の中をいっぱいにしていたのだ。彼の父親はよく、マッチ一本であの家は一分と持たないよと言っていた。

エルマーはその晩はロビーをうろついたりせず、もう一杯だけ飲んだ後そそくさと帰宅した。彼は姉たちが三階の寝室へ上がっていく音を聞き届けてから台所へ入った。食器棚を調べ、次に隣りの流し場、食品貯蔵棚と冷蔵庫も調べた。皿や深鉢や水差しをぜんぶ外に出し、何が入っているのかわからない包みや紙袋をいちいち吟味した。ゴミ箱の中に包み揚げが投げ入れてあったが、緑色の物質の供給源はつきとめられなかった。

エルマーは姉たちを起こさぬよう注意しながら、階段を降りて店へ行き、短い階段を上って現金取り扱い室へ入った。そうして金庫を開け、ウイスキーを一杯注いだ。ひとしきりそこに腰掛けた後、彼は再び注意深く階段を上り返して屋根裏部屋まで行った。


メアリー・ルイーズはまだ起きていて、部屋の扉を手探りする気配に気づいた。ノブがきゅっと回転した。「メアリー・ルイーズ」と呼ぶ、夫のささやき声が聞こえた。

その声は愉快な回想を妨げた。縞模様のスモックを着た少年が雪の中にたたずみ、女主人とその娘が扉口の石段で寒そうにしている。別れの場面だった。そりが待っている。

「メアリー・ルイーズ」もう一度ささやき声が聞こえた。「メアリー・ルイーズ、起きているかい?」

扉をこぶしで叩く音がした。その音は、前回エルマーがここへやってきたときよりもかすかで、あたかも扉の向こう側とこちら側で秘密が共有されているかのようだった。

メアリー・ルイーズは、燃えさしがくすぶっている暖炉に寄せた椅子から動こうとしなかった。少ししてエルマーが去っていく足音が聞こえた。それまで浸っていた回想は消え失せ、どうあがいても戻って来なかった。夢想が中断されるといつもこうなるのだ。彼女はその後、かれこれ二十分ほど火のそばに座り続けたが、頭に浮かんできたのはレティとジェイムズと一緒に学校へ行った場面、食堂兼居間《キッチン》の食卓に教科書を広げた場面、それから課題に出された詩の暗誦をする場面だけだった。

「すみません」レネハンを金物屋の脇へ引っ張り寄せてエルマーが言った。「メアリー・ルイーズ
にこれ以上ローデンキルを売らないで欲しいんですよ」妻が近頃忘れっぽくなって、ものを置きっ
放しにするようになってきたので、とエルマーが説明した。誰かがローデンキルを手にとって、包
みに書いてある警告を読まなかったりしたら一大事だから。

「なるほど、わかった」とレネハンが答えた。このことは内密に願いますとエルマーがつけくわえ
たとき、相手はシチュー鍋に値札を貼りつけているところだった。レネハンは手に鍋を持ったまま
うなずいた。

「よかった」とエルマーがつぶやいた。

その晩のうちに、エルマー・クウォーリーの奥さんが服毒自殺を図ったという話が町中を駆け巡
った。

包み揚げの謎についてひと晩じっくり考えた結果、ローズとマティルダは同じ結論に達した。す
なわち、誰かが手を加えたに違いないということである。人間の生涯よりも長い年月のあいだ、ま
ったく同じレシピで作り続けられてきた包み揚げは、これまで一度も悪くなったことがない。だと
したら今頃になって腐るのは不自然としか言いようがなかった。姉妹はその晩、同じエピソードを
別々に思い出していた。クウォーリー家がお手伝いを雇っていた時代である。その子はキティ
という名前だったが、姉妹の母親は陰で「うすのろ娘」と呼んでいた。その彼女がある日、食卓の
準備をしていたとき、砂糖壺の砂糖をなめているところを見とがめられた。彼女は甘い物が置いて
あるとなんでもつまみ食いしたので、ミセス・クウォーリーがその悪癖をやめさせようと決心して、

252

いくつかの砂糖菓子《タフィー》に石鹸を塗りつけておいた。暗黙のうちに、甘い物の盗み食いはぴたりとやんだ。

「奥方様だよ」とローズが言った。「わたしたちへの嫌がらせを考えるほかに、あの子にすることなんてあるはずないんだから」

マティルダもちょうど似たようなことを考えていた。暇を持てあましたメアリー・ルイーズが嫌な味のする何かを食べ物に混ぜて、自分たちとエルマーを怒らせようとしたに違いない、と。マティルダの見るところでは――ローズも同意見だったのだが――メアリー・ルイーズが自分たちを怒らせようとしている証拠は他にもたくさんあった。ストーブの上に張ったひもに掛ける約束になっているふきんが、びしょびしょに濡らしたまま洗い場に引っ掛けてあった。フォークは食器用引き出しの間違った場所にしまいこまれていた。牛乳用の青い水差しはフックではなく棚の上に置かれていた。ポテトマッシャーもフックに掛けていなかった。石炭と薪を屋根裏部屋まで持って上がった。頭上に聞こえる足音がうるさかった。入浴にひどく長い時間を掛けた。おまけに自転車でほうぼう走り回るものだから町の噂になりはじめていた。

「あの子ったら自分は目玉焼きを食べたんだ」ローズが記憶を確かめた。「包み揚げに細工をしたからだよ」

ふたりは売り場をそっちのけにして、これらの結論を報告するために弟のところへ行った。ふたり揃って売り場を離れるなどということは、メアリー・ルイーズが来る前は決してなかった。ローズが口火を切って、包み揚げに異物が混ぜられたのは間違いないと言った。騒動の原因を振りまいたのはたぶん下剤《カスカラ》の一種だよ。マティルダはエルマーに、甘い物を盗み食いしたお手伝いの話を思い出させた。今回も同じことが起きているのだから手をこまねいている場合ではない。お手伝いの盗み癖はやめさせなければならなかった。今回だって今すぐ手を打たないとだめだ、と。

「疑いの域は超えてるんだから」とローズが言った。

「包み揚げはスープ皿に入れて、上からもう一枚お皿をかぶせて冷蔵庫に入れてあったのよ、エルマー。あの子がこっそり切れ目を入れて、中へ何か入れたんだよ」

姉ふたりがエルマーの顔を見つめた。口元に締まりがなかった。舌先が右から左へゆっくり動いて、上下の唇を舐めまわした。現金取り扱い室ではときどきそうするのだが、上着は脱ぎ、チョッキのボタンはぜんぶ留めて、胸ポケットのひとつに鉛筆とボールペンを差していた。

「迷惑の種になるのを生きがいにしてる人間っていうのはいるものよ」とローズが言った。

ふきんと、食器用引き出しのフォークと、ポテトマッシャーと、牛乳用の青い水差しのことも報告した。エルマーは口を挟もうとしたがうまくいかなかった。マティルダが、こんなことでは他人様に顔向けができないと言った。町のお店に入れば皆がきっと黙り込むに決まっている。

「メアリー・ルイーズにはわたしからちゃんと話すから」とエルマーが約束した。

「本当?」マティルダの口ぶりは恐ろしいほど嫌味だった。「そのつもりがあるなら、今まであの子に千回だって話せたんじゃないの?」

エルマーは背中にシャツがべったり貼りついているのを感じた。食物に何かが意図的に混入されたという話と同時に、汗が噴き出しはじめていた。額に浮き出ているのを感じたので手で拭った。そのしぐさを姉たちに気づかれなければいいが、と思った。両脚と左右の脇の下にも、じっとり生暖かい汗を感じた。現金消失事件の後、金庫のダイヤル錠の数字は変更した。姉たちのほうから尋ねてくるかもしれないと考えて、新しい数字の組み合わせはまだ伏せておいた。ジェムソンの瓶はいっそう見えにくいように、金庫内の金箱の奥に横倒しに置いた。とはいえ自分以外の人間を金庫から遠ざけておくに越したことはない。ジェムソンのことが万一また話題になったら、店内で卒倒する客が出たときの用心に、父の代から金庫内に気付け薬のウイスキーが常備してあるのだ、と説明するつもりだった。

「あの子を今ここへ連れてこようか？」とローズが言った。「上に行って、おまえが用事があるって伝えようか？」

エルマーはチョッキのボタンをはずしはじめた。だが指が小刻みに震えているのを姉たちに気づかれると思い、途中でやめた。事務弁護士の妻が神経の病気のせいで玄関に近づくのを恐れたのだとしたら、存在しないネズミに包み揚げが食べられてしまうのを恐れる人間がいても不思議はなかろう、と彼は考えた。だがどう口火を切ったらそれを姉たちに説明できるのか？

「そっとしておいて欲しいんだ」と彼がつぶやいた。

「そっとしておく？」ローズの目が丸くなった。「何事もなかったかのように？」

「おまえがあの子を映画に連れて行った夜以来、この家に何事もなかったとでも言いたいのかい」

「おまえが待ってるから下りておいでってあの子に伝えようか？」ローズが再び催促した。

「わたしが上へ行くよ」とエルマーが言った。

ところがエルマーが屋根裏部屋へ行き、扉のノブをがちゃがちゃいわせても、こぶしで扉をやかましく叩いても、部屋の中からは何の返答もなかった。彼女が中にいるとすれば、うんともすんとも言わないのは普通ではない。エルマーがふと中庭を見おろすと、メアリー・ルイーズの自転車が見あたらなかった。彼は店へ下りていき、姉たちにそう報告した。そして彼女が帰宅した音が聞こえたら、教えてくれるよう頼んだ。

ゴンドラは音もなく水面に浮かんでいた。建物の石は濡れていて、ぬるぬるした緑色に見えた。どんよりした青い海はやがて満ち、やがて引き潮になって、砂の上に貝殻や海草が置き去りにされた。振り向くと教会の丸々とふくれたドームがいくつも見えた。そびえたつ柱の上の彫像も……。

彼女は当てずっぽうに書物を開いて、ページをぱらぱらめくった。そうやって時を過ごすのがお気に入りなのだ。彼女は、エレーナ・ニコラーエヴナが一晩中眠れないので、両手で膝小僧を抱えて頭をその上に載せている姿をじっと見守る。さらにエレーナが窓辺へ行き、熱い額を窓ガラスにつけて冷やすところも見守り続ける。

「……ぽつぽつと降りはじめた雨が滝になり、ぎらぎら光りながら、夜のように真っ黒くなった空から降り注いだ。エレーナ・ニコラーエヴナは荒れはてた礼拝堂で雨宿りした。物乞いの老婆もそこで雨が止むのを待った……」

墓地の真ん中で彼女は髪を整え、コンパクトの鏡に向かってにっこりしながら口紅を引いた。

カリーンの実家では、かなりの日にちがたってから懐中時計の紛失に気づいた。引き出しをくまなく探し、家具をずらして裏のほうまで探しても出てこなかったので、そのうち見つかるだろうということで沙汰止みになった。

だがいつまで待っても懐中時計は出てこなかった。ある日の午後、ミセス・ダロンは流しで鶏卵を洗っているとき、メアリー・ルイーズが自分の昔の部屋を見たいと言ったときにふと感じた驚きを思い出した。ローズとマティルダに聞かされた報告のあれこれが、今あらためてミセス・ダロンの心に突き刺さり、彼女は鶏卵を手に持ったまま気分が悪くなった。吐き気が波のように腹部に襲いかかった。両脚がふらふらして気を失うかもしれないと思った。

その一時間後、彼女はクウォーリーズ服地商会を訪れた。「メアリー・ルイーズに会いに来ました」

それを聞いたローズはカウンター沿いに視線を流し、サテンの反物を巻き戻しているマティルダに止めた。

「住まいの玄関の呼び鈴を鳴らしてみたのですが」とミセス・ダロンが言った。「返事がなかったものですから」

「おたくの娘さんは自転車で外出しているかもしれませんよ、ミセス・ダロン。屋根裏部屋にこもっていたら、呼び鈴が聞こえないこともあるでしょうけど」

ミセス・ダロンが現金取り扱い室の窓ガラス越しに目をこらすと、机に向かって事務仕事をしている義理の息子の四角い頭が見えた。彼女は今では、店内を通って住居へ上がる経路を心得ていた。

「上に行って、あの子がいるかどうか見てみますね」と彼女が言った。

ローズもマティルダも止めなかった。ふたりは同時に、勝手にするがいいと思っていた。階段を上がって屋根裏部屋の扉を叩いたところで、返事などありやしないのだから、と。

ところが返事はあった。ミセス・ダロンが声を掛けると、すぐに鍵穴で鍵が回る音がして扉が開いた。メアリー・ルイーズは紺のスカートにブラウスを着て、ミセス・ダロンがいつか贈ったブローチを首元につけて、こぎれいに装っていた。

「あら、メアリー・ルイーズ」

「二階へ下りましょう」

扉の鍵穴から鍵を抜き、外側から差し込んだ。表の部屋でメアリー・ルイーズは、母親にお茶でも一杯いかがと訊いた。

「いえ、いえ、いいの。おかまいなく」

「カリーンではみんな元気？」

「元気だよ、メアリー・ルイーズ。みんな元気でやってるわ」

「それならよかった」

ミセス・ダロンは落ち着かなかった。詰め物がぎっしり入った肘掛け椅子に浅く腰を下ろしたまま、気を揉んでいた。おまけにメアリー・ルイーズがやけに冷静で、完全に自制しているように見えるので、なんだか怖じ気づいた。

「おまえカリーンへ来た日のことなんだけどね、メアリー・ルイーズ。あのときにさ」

メアリー・ルイーズがうなずいた。

「おまえ、エメリンが今使っている部屋を見に行っただろ」

メアリー・ルイーズは顔をしかめた。そして頭を横に振った。するとしかめっ面がきれいに晴れた。彼女は、おばさんの部屋を見に行ったことなんて覚えていないと言わんばかりに両腕を大きく振ってみせた。それがどうかしたの、という意味合いも含んだしぐさだった。

「エメリンが持っていた懐中時計が見あたらなくなったもんだから、あちこち探したんだよ。ロバートが愛用していた時計なんだ」

メアリー・ルイーズは同情するようにうなずいた。

「あの日、その時計を見た覚えはないかい？　鎖つきの懐中時計なんだけど」

「その時計なら、彼はわたしに持っていて欲しいと願っていたはずよ。自分がいつ死ぬかわかっていたら、彼はきっとあの時計をわたしにくれたと思う」

鶏卵を洗っているときに感じたのと同じ吐き気がミセス・ダロンを襲った。身体のあちこちにちくちくするような不快感が走った。腰を下ろしていてよかった、と彼女は思った。

「あの懐中時計を盗ったのかい？」

メアリー・ルイーズは、あの時計を探してあちこち調べた末に、ベッド脇のテーブルの引き出しを開けたら中にあったのだと話した。

「あの時計はおまえのものじゃないんだよ、メアリー・ルイーズ。エメリンのものじゃないか」

「もともとはロバートのお父さんのものだったの。ロバートの遺品の中で唯一金銭的な価値のあるものよ。兵隊なんかは値が付くような品ではないから」

ミセス・ダロンもエメリンも競売の場にはいなかったので、メアリー・ルイーズが競売に参加したことは知らなかった。母親がおもちゃの兵隊の話を理解していない様子だったので、メアリー・ルイーズはすぐに説明をつけくわえて、兵隊とロバートの寝室の家具を買い取ったのだと話した。今のところはそれだけ話しておけばじゅうぶんだと判断したので、失業者の家からロバートの衣服を買い取った話はせずにおいた。

「まあ、メアリー・ルイーズ！　おまえったら！」

ミセス・ダロンはふらふらと立ち上がった。そしてメアリー・ルイーズが立っている、両側を窓にはさまれた壁のほうへ近づいた。彼女は両腕で娘を抱きしめ、娘の髪を撫でた。母親は涙を押し戻そうとしてまばたきした。それから鼻をかもうとして二、三歩後ずさったとき、母親は驚いた。メアリー・ルイーズがあいかわらず落ち着いた様子で、むしろおもしろがっているかのように微笑んでいたからである。

「本調子じゃないんだね、おまえは」

メアリー・ルイーズは首を横に振った。そして、ロバートがあの夜、自分が急死するとわかっていたら、あの懐中時計をわたしにくれたはずなのだと繰り返した。わたしたちは彼のお父さんについていろいろ話したの。本当はどんなひとだったんだろうってしばしばふたりで考えたのよ。

「まあ、メアリー・ルイーズ！」

ミセス・ダロンは再び椅子に腰を下ろした。この部屋から帰るわけにはいかない、と彼女は思った。娘をひとりきりにしてはおけない。ここから帰ってしまうなんてできやしない。肩のあたりに残っていた、ちくちくするような不快感が消えた。腹部を苛《さいな》んだ吐き気も消えた。ただ、身体を駆け巡る血流に氷が投げ込まれたかのように、体中が冷え切っているのを自覚した。

「ずいぶんおもしろい名前をつけたわね」とメアリー・ルイーズがつぶやいた。「レティが選んだとは思えない。ケヴィン・アロイシャスなんて」

「今はそんな話をしてる場合じゃないわよ」

「いいのよ、これで話はお終い」


ミセス・ダロンは帰宅後、エメリンと夫に、メアリー・ルイーズが語ったことばをひとことも漏らさず話した。娘の口調も、顔に浮かんだ微笑みも、広々した表の部屋の、窓と窓の間に挟まれた壁を背にした娘の立ち姿も、話題が支離滅裂になっているのに気づいていない様子も、残らず伝えた。だがそれら一切をジェイムズには言わずにおいた。若い彼を興奮させずに、静かに語り聞かせられる自信が誰にもなかったからである。その夜、ダロン夫妻は寝つかれなかった。これまでの年月、家族の心配事を話し合ってきた夫婦の寝室で押し黙ったまま、ふたりはまんじりともしなかった。ミセス・ダロンの耳の奥では、メアリー・ルイーズが自分は元気だと語り、レティが赤ん坊にずいぶんおもしろい名前をつけたものだとつぶやく声が、窓の下の通りを走っていく自動車の音とともに、いつまでも聞こえ続けていた。

「ミセス・ダロン、困ったことになりました」翌日の午後、キルケリーズの乗用車を雇ってやってきたエルマーが言った。「恐ろしいことが起きてしまいました」

彼は、包み揚げに毒物が混入されたことを打ち明けた。懐中時計をくすねる以上に悪いことなど起きるはずがないと思っていたダロン夫妻は、自分たちの見通しが甘かったのを思い知った。レティは両親に余計な心配をさせないために、金庫から現金が消えた話はしていなかった。ダロン夫妻は今、その事件についてもはじめて聞いた。エルマーたちが住む家に寝室家具一式が届けられた話も聞いた。

「物事を大げさに言う癖はあるのです」とエルマーが言った。「ローズとマティルダのことです。姉たちは話に尾ひれをつける傾向があるので、最初聞いたときには眉唾だなと思うんです。ただ、しまいには信じないわけにいかなくなるのですよ」

食堂兼居間《キッチン》で話を聞いているうちに、悪夢としか思えない全体像が明らかになってきた。まるでジグソーパズルの断片が集まって絵になるように。

「いったいぜんたい、何が原因なのかね？」ミスター・ダロンがぼそりと言った。

その質問は複雑すぎてエルマーには答えようがなかった。自分は誠意を持ってメアリー・ルイーズと結婚したし、妻になろうとする人物の身辺調査をするなどということは考えもしなかった、と言いたかった。だが結局彼は黙っていた。

「なんであの子は」とミセス・ダロンが小声で言った。「殺鼠剤を混ぜるなんてことをしたのかしら？」

「それがかりじゃありません。家の中は家具でいっぱいなのに、どうして彼女は家具なんか買ったんでしょうか、ミセス・ダロン？　わからないことだらけなのです」

懐中時計の一件は今のところダロン家の問題で、義理の息子には関係ないと思えたので、ダロン夫妻はそのことは話題にしなかった。

「今お話ししたことを姉たちは知りません」とエルマーが言った。「現金が消えた話は知っていますが、もうひとつの話は伏せてあるのです。姉たちにもし知られたら、ふたりを止められなくなりますから」

「あなたのお姉さん方が少し前にここへいらした直後、わたしたちはコーミカン医師に相談したのですよ」とミスター・ダロンが言った。

「姉たちがこちらをお訪ねしたことはわたしも聞いています」

「ふたりで見えて、いろいろな話をしてくださったのよ」

エルマーは軽くため息をついた。そして彼は口を開いた。

「段階を踏んでいかないといけないと思っています」

「どういう段階よ？」ミセス・ダロンがいきなり金切り声を上げた。

「姉たちは、メアリー・ルイーズが包み揚げに何か細工したと考えています。何を混ぜたのかは知らないものの、わが家でこういうことが起きるのは危険きわまりない、と」

「それでどういう段階を踏むっていうの？」ミセス・ダロンは少しだけ平静を取り戻して尋ねた。

エルマーは答えなかった。「コーミカン医師はどのように言っておられましたか、ミセス・ダロン？」

「メアリー・ルイーズが病気ならわたしが診ます、とおっしゃいました」

「なるほど、それじゃあそうしましょう」

キルケリーズの乗用車が町はずれまで戻ってきたところで、エルマーは運転手に声を掛けて車を停めさせた。そして代金を払って車を返し、目の前のパブへ入った。はじめて入る店である。薄汚く、活気のない店で、他には客がひとりもいなかったが、エルマーの気分にはうってつけだった。誰とも話したくなかったし、知人に見つかるのも避けたかった。

カリーンの家で、ジェイムズが一日の仕事を終えて食堂兼居間《キッチン》に姿を見せたとき、両親とエメリンはテーブルを囲んでいた。彼は、こんな時間に三人が揃っているのを見て驚いた。三人はとても小さな、ほとんどささやくような声で話し合っていた。三人はとたんに話をやめた。

「どうかしたの？」流しにあるふたつの蛇口をひねり、石鹸を手にとって水に濡らしながらジェイムズが尋ねた。

「メアリー・ルイーズの具合がよくないんだよ、ジェイムズ」と父親が答えた。

「風邪でもひいたのかい？」

「このところ、メアリー・ルイーズの行動が奇妙なんだ。それで心配しているわけさ」

「奇妙ってどんなふうに？」ジェイムズが流しを背にして振り向いた。蛇口からは水が出っぱなしで、石敷きの床に両手から水がぽたぽたと垂れた。彼は母親が泣いているのにはじめて気づいた。エメリンおばさんもつい今しがたまで泣いていたように見えた。父親は口をへの字に結んでいた。

「どんなふうに奇妙かだって？」

三人はジェイムズに、まずともかく椅子に腰掛けるよう言った。その晩、ミスター・ダロンはレティに事態を報告するために車を飛ばした。

ミス・マロヴァーはひとり住まいの屋根の下で、メアリー・ルイーズが子どもの頃、ジャンヌ・ダルクにあこがれていたのを思い起こしていた。そして、そのあこがれを重く受け止めなかった自分は間違っていたかもしれないと考えていた。いとこが死んだとき彼と恋をしていました、とレティの結婚披露宴会場でメアリー・ルイーズから告げられたとき、あまりにも唐突な打ち明け話だったので、空想を語っているのだろうと思った。あの日以来、ミス・マロヴァーは一再ならずそのことを考えなおしているのだが、そのたびに途方に暮れてしまう。若い娘と年長の服地屋が選んだ便宜優先の結婚は、町で目につく他の不体裁な結婚事例と並べて語られる話題になりはてていた。お互い同士に直接話しかけるのをやめ、伝えるべきことを犬に向かって話しかける老夫婦や、夫に内緒で夜な夜なディキシー・ダンスホールに出没する妻や、流れ者《ティンカー》の娘と行方をくらました後で間違いに気づいて戻ってきたパンの配達人の話と似たようなものだ。結婚生活がうまくいかなくなる背景にはさまざまな理由がありうるけれど、本当のところは当事者以外にはわからない。ミス・マロヴァーは、他人の出る幕でないと承知しつつも、エルマー・クウォーリーとメアリー・ルイーズの将来についてあれこれ考えずにはいられなかった。


「恐ろしいことをしでかしてくれたね、メアリー・ルイーズ」

「恐ろしい？」

「食物に殺鼠剤を混ぜたことだよ」とエルマーが言った。

メアリー・ルイーズはにやりとした。**いたずらはもうしません**、とポシー・ルークの机の物入れに青虫を入れたのがばれたときに百回書かされた。縦の棒はぐっと引くこと。弓なりの形は丁寧に。

さもないとぜんぶ書き直しですよ。ぐ、る、ぐるだったテッサ・エンライトはとうとう白状せずじまいだった。

「わたしたちを殺すところだったんだよ」とエルマーがつけくわえた。

「そうね」

彼はついに決心した。メアリー・ルイーズは彼の目を見てそれがわかった。目がすべてを物語っていた。ほんの一瞬、嘆きの光も宿っていた。

「そうね」彼女はもう一度繰り返した。「そうね」出ていくときには自分の荷物を持っていっていいか尋ねようと思った。だが口は開かずにおいた。荷物を持って出るのは問題ないはずだった。懐中時計と彼の服と、それから書物とカラー用ボタンぐらいなら。

29

「わたし、町へ帰ってきたのね」

「ずいぶん具合がよくなったから帰ってこられたんだ。薬のおかげだよ、ねえおまえ。昔のことはぜんぶ終わったことだから忘れてしまおう」

「わたしはお墓が気になるから帰ってきたのよ」

「墓に手を触れてはだめだ。墓は放っておかなくてはいけないんだよ」

「変えたい気持ちがあれば、ものごとは変えてもいいはずでしょ」

彼の手がドアノブに掛かっている。エルマーは何よりもまず喉が渇いている。飲みたいというより、飲む必要があった。立っているのさえつらい。彼が持って上がってきた食事のトレイを見て、彼女は微笑んだ。以前にもしたことがある墓場の話を繰り返して彼を引き留めた。「本人が望むなら、もとのように屋根裏部屋に住まわせてあげて下さい」というのがミス・フォイのアドバイスだった。彼は彼女の言うとおりにして、妻のベッドには自分の手でシーツを敷いた。

「そろそろ行くよ」と彼が言う。

「お墓を掘り返したっていいの。亡骸《なきがら》をよそへ埋めなおすことだってあるのよ。ねえエルマー、おもしろい言い方だと思わない？　亡骸よ。人間を指して亡骸と呼ぶなんて！」

「わかったよ。でもどうして埋めなおしをしなくちゃならないんだい、ねえおまえ？」

施設に収容された彼女をはじめて訪ねたとき、彼女はエルマーに、誰かが日記をつけるのをやめたという話をしたのだが、彼にはその人物の名前が聞き取れなかった。日記帳に黒くて太い線が引かれてそれっきりになったという話だった。書きかけの日記帳が放置されるようでは心配なので、日記を書くのをやめたのはおまえなのかいと尋ねたが、彼女は黙っていた。

「ロバートとわたしは愛し合っていたの」と彼女がつぶやく。

「冷める前にちゃんと食べてくれよ。食べ終えたら忘れずに薬を飲むこと。トレイは扉の外に出しておいてくれれば、わたしが後で片づけるから」

「わたしは薬なんか飲む必要ないのよ、エルマー」

「いやいや、ちゃんと飲まなくちゃいかんよ。薬を飲んだからこそ、ここまでよくなったんじゃないか？」

「ようするに亡骸をひとつの墓地から別の墓地へ移すだけなのよ。そして、わたしが死んだら彼と一緒に埋めて欲しいの。エルマー、お願い」

姉たちは、屋根裏部屋へ上がる階段には決して足を踏み入れないと言い張った。あいつが相手じゃパンにバターを塗ってやる気にもならない。そうして、あいつが食料貯蔵室の周囲十ヤード以内に近寄ったらわたしたちはこの家を出ていくからね、と宣言した。エルマーは、「彼女の食事の面倒はわたしが見るから」と請け合い、きちんと妻の世話をした。食事の残り物を屋根裏部屋へ持って上がり、必要ならベーコンや卵を炒めて添え物にした。

「町で仕事があるんでね」と彼が言う。「遅れるわけにはいかないから」

「彼と一緒のお墓に埋めてくれさえしたらいいのよ」

「言う通りにするよ。だから今は薬を飲んでおくれ」

「車を出してくれる？　そしたら墓地がどこにあるか教えるから」

「わたしの仕事が一段落したら、ふたりで真っ先に墓地へ行こう」

「アトリッジ家の墓がある場所よ。アトリッジ家一族の」

「わかっているよ、大丈夫だから」

　ホーガンズのバーで今すぐ飲みはじめたい。欲望が彼の身の内にうずきのように広がっていく。同時に彼は、施設に収容された彼女をはじめて訪問したときのことを思い出す。「どうだい、調子は、ねえおまえ？」と尋ねた彼に、メアリー・ルイーズは首を横に振りながら、「物乞いの老婆に再会したら、なんだかよくよしているようすじゃございませんかって言われたのよ」と答えた。エルマーは、後に訪問したときにはもっぱら町のニュースを報告した。フォーリーズ食料雑貨菓子店が金網製のカゴに品物を入れるセルフサービス式になったことや、ロウアー・ブリッジ通りのサースフィールズのパブに町ではじめてテレビジョンがお目見えしたことなどを語った。

「ほんとにお願いよ」メアリー・ルイーズがしつこく念を押す。「それだけがわたしの望みなんだから」

「墓のことなら心配要らないよ、ねえおまえ」

　施設へ収容された後、メアリー・ルイーズは死んだかのように見なされた。姉たちとエルマーの心に、彼女が嫁いできて以来めちゃめちゃになっていた生活を、新たに立て直そうという気運が高まった。だがそれもつかの間だった。エルマーはキルケリーズ自動車修理工場に立ち寄って話を聞いているうちに、自家用車を買うことに決めた。妻がいなくなって十か月後のことだった。自家用車は年に三、四回、妻を施設に訪ねるときだけ使われた。姉たちはその車に乗ったことすらなかった。彼女たちはメアリー・ルイーズが収容された施設を遠目に見たことさえなかった。「遠乗りするから一緒に来ないか？」エルマーは何度も姉たちを誘ったが、ふたりは一度も返事をしなかった。

ローズとマティルダは広々した表の部屋に立てこもっている。花模様がついたグレーの壁紙が大昔のまま残るこの部屋に、エルマーは過去三十年間、一度も足を踏み入れていない。メアリー・ルイーズがこの家へ戻ってきたことにたいして、ふたりは精一杯の怒りを表現していた。さりとてローズは七十四歳、マティルダは七十三歳なので、激しい感情をあらわにするには年を取り過ぎている。特効薬のおかげでメアリー・ルイーズはすっかりよくなった、とはじめて弟が報告したとき、「おまえはよほどのばかだね」とローズが返した。エルマーは、ひとびとが彼を形容するのに用いた「親身に」とか「献身」とか「共同体」ということばを姉たちに向かって繰り返した。彼の口からそういうことばが発せられると、どこか滑稽に感じられた。エルマー自身、もう何年も前に過去のひとになっていた。先人の遺産が残っていた頃には、姉たちがそれを保持しようとしてやっきになった。だがいつしか彼女たちもさじを投げた。店が人手に渡ると同時に、町で一目置かれていた三人の地位も失われた。エルマーはしばしばネクタイを締めないで過ごすようになった。古びたフエルトの室内履きで玄関の外へ出て行く姿が見られるようにもなった。今では彼は、犬にやる餌をかき集めるかのように食事の残り物を集め、トレイに載せて、屋根裏部屋へ通じる階段を上っていく。彼は目玉焼きをつくることもあるが、卵の殻のかけらが油に混じってもおかまいなしである。

「おまえはよほどのばかだね」ローズが同じことばを繰り返す。昔なら感情がこもっていたので声も甲高くなった。ところが今では、事実を冷酷に述べているだけだ。ローズはじつにしばしば、そのことばを繰り返す。

「あいつには兄さんと姉さんがいるんだよ」とマティルダが念を押す。これもなんべんも聞かされたセリフである。「あいつの家はここじゃないんだ。誰がここだと言ったんだい?」

「メアリー・ルイーズはわたしの妻だよ」

グレー一色の表の部屋で、こうしたやりとりや他の会話のあれこれが想起される。だがそれらのことばについて、姉妹はもう語り合ったりしないし、くだくだと考え続けもしない。記憶はふたりの老いた女にとりついて、不機嫌な彼女らをいっそう苦々しくさせているだけだ。邪魔者がやって来る前の生活の残響が、ふたりの胸中にいまだに響いている。三人水入らずだったときにはエルマーを中心に世界が回っていた。ケーキを焼くのも、肉をローストするのも、ほころびを繕うのも、ベッドのシーツを換えるのも、クリスマスにプレゼントをやりとりするのも、全部彼のためだった。エルマーは現金取り扱い室に陣取り、姉妹が客を迎える。かつてはそれらがすべて永遠に続く約束だと思われた。多くを望まない質素な暮らし。神よ、ご照覧あれとばかりに。


カリーンの農場では、ジェイムズが息子のいずれかに後を継がせたいと思っているが、息子たちはまるで興味を示さない。ジェイムズの妻はアンジェラ・エダーリーで、ふたりは農業に無関心な息子たちにがっかりしている。だが決してその気持ちを表に出しはしない。息子たちは口をそろえて、カリーンの農場暮らしでは生計を立てられないと言い張るのだ。ずっとここで暮らしてきたジェイムズはどう返答したらいいかわからない。「わたしたちの代が終わるまではこの農場でやっていくんだからいいじゃない」とアンジェラに言われて、それだけでも感謝すべき祝福を受けているのだと納得する。

アンジェラは、メアリー・ルイーズが町へ戻ってきた直後、ブリッジ通りで彼女の姿を見かけた。本人かしら、とためらいさえしなければ話しかけていたところだったが、話しかける勇気を出したときには義理の妹は通り過ぎてしまっていた。

「あいつはこの家へ顔を出すべきなんだよ」ジェイムズのことばは胸中の感情を裏切って恨みがましく響き、強すぎることばづかいになった。

「その通りよ、ジェイムズ！　気が向いたときにいつでも来てくれたらいいんだから」

カリーンの農場に嫁いで以降、アンジェラの心には浮き沈みがあった。気が塞いだときにはしばしばメアリー・ルイーズを念頭に浮かべ、彼女を物差しにして自分の人生を考えるようにしてきた。アンジェラはメアリー・ルイーズに感謝しているのだ。夫とふたりで一度だけメアリー・ルイーズに面会しに行ったことがあるが、ジェイムズが二度と行きたくないと言ったのでそれきりになった。ジェイムズの心にはいつも妹の不幸が引っかかっていて、メアリー・ルイーズのほうも兄のその気持ちを察している――アンジェラはそう感じていた。それゆえ彼女は、メアリー・ルイーズがカリーンへやってくることはないだろうと直感しており、自信を持ってそれを夫に言うこともできそうだった。だが彼女は口を噤んだままでいた。

デネヒーはエニステーン十字路のパブを相続したのを境に、獣医の仕事は辞めた。彼とレティは結婚のときに建てなおさせた農場を売り払い、一家でパブへ引っ越してきた。真夜中にたたき起こされて急病の動物を診に行かなくてはならない生活にくたびれていたデネヒーは、パブの主人への転身に満足していたし、レティとしても、パブを経営したほうが収入が多いとわかったのでほくほくだった。

「うちで一緒に暮らせばいいわ」施設から戻ってきた妹のことがはじめて話題になったとき、レティが言った。デネヒーも異存はなかった。家は大きく、店はいつも忙しいので、妹が多少風変わりでも問題ないし、女がひとり増えたところで誰も気にしないだろうと思った。

「うちへ来るべきなのよ」メアリー・ルイーズが町へ戻ってきて少したった頃、レティがそう繰り返し、その二日後彼女は妹と話すために服地商会の上階の家を訪ねた。施設へ面会に行ったとき、ミス・フォイに「ゆくゆくはわが家で同居できますから」と請け合っていたし、メアリー・ルイーズ本人にも同じことを伝えてあった。ひとの出入りが多く、やかましくて大きなパブに住んで、甥や姪に囲まれて暮らすほうが、エルマー・クウォーリーと暮らすよりもよっぽどいいに決まっていると彼女は信じていた。もう何年も前にレティは寝室で夫と話し合って、妹の一件については結論に達していた。メアリー・ルイーズはエルマー・クウォーリーの図体があまりに大きいせいで正気を失ったに違いない。彼がベッドで妹をこわがらせるような要求をし続けたから、彼女は精神に異常を来すようになったのだ。納得いく話よね、とレティが言った。寝室にエルマー・クウォーリーが素っ裸で立っているのを想像したら、誰だって永久に目をつぶったままでいたくなるはず。メアリー・ルイーズは昔から純で、信じやすくて、世間知らずだから、そういうことがらをうまく処理できなかったということなのよ。エルマー・クウォーリーの耳の穴には毛がぼうぼう生えているし、近寄っただけで気持ちが悪くなりそうな黒いごわごわの鼻毛だって生えているんだから。あの男のほっぺたはよく汗でべとべとになっているでしょう。あの汗がこっちの肌につくのは耐えられない。そういうことが全部はっきりしたとき、メアリー・ルイーズが拒絶反応を起こして、それをきっかけにしてエルマーは酒浸りになったのよ。

「わたしはここを動くつもりはありません」とメアリー・ルイーズがきっぱり言う。「ときどきそっちへも遊びに行くから」

アンジェラと同様レティも、妹は遊びになど来ないとわかっている。

墓を掘り返してもらうにはどうしたらいいだろう？　ちゃんとした理由もないのに死者の眠りをさまたげて、今の墓地から五マイルも離れた田舎の、使われなくなって久しい墓地へ、遺体を埋葬しなおすなんてできるのだろうか？　エルマーはホーガンズ・ホテルのバーで、妻がなぜあれほど執拗に移葬を望むのか考えあぐねている。問題のいとこは確か不幸なひとで、心臓だか肺だかが悪いせいで長く生きられなかった。一週間前、メアリー・ルイーズに案内されて、伸び放題の雑草をかき分けて古い墓地の一角へ行った。彼女はそこで、いとこと自分をその場所に埋めて欲しいと言った。妻は自分といとことの間に何か特別なことがあったという考えにとり憑かれているのだ。

「おかわりを、ひとつ」勝手知ったるバーカウンターの上でエルマーがグラスをついっと押すと、バーマンのジェリーが慣れた手つきで受け取る。エルマーは最近関節炎を患っているので、グラスを持つとき、指がかぎ爪のように曲がってしまう。

「困ったことになっているんですよ、ミスター・クウォーリー。道路が一方通行になるかもしれないという話で」

「本当に？」

「本当の話ですよ。青写真はもう仕上がってるって」

「そりゃあ商売にとって大打撃でしょう？」

「おっしゃるとおり。正味の話、手をこまねいている場合じゃないんですよ」

エルマーがうなずく。町の交通事情に問題があるのは確かだが、道路の一方通行化は問題をいっそうこじれさせるように思われた。彼はもう一度、深くうなずく。

「もう落ち着かれましたか?」少し間を置いてから、バーマンがためらいがちに尋ねる。

「おかげさまでね、ジェリー。妻はこっちの暮らしにすっかり慣れました」

エルマーがトレイを持って行くと、メアリー・ルイーズはロシア人たちの消息ばかりを話す。どこで覚えたのかは語らないが、彼女はたくさんの人名を覚え込んでいる。遺体を掘り出すには簡単な機械を使う必要がありそうなので、相当な費用がかかるだろう。いったん作業をはじめたらしまいにはどうなるかわかったものではない。大丈夫だと思っていたのだが、本当に大丈夫か心配になってくる。医師たちから特効薬の効き目を説明されたときには納得したものの、口を開けばロシア人の話ばかりで、墓を掘り返すことを懇願する妻の状態が正気だというのは、少々無理があるのではないか? 本当のところは経済的な理由のために、施設が収容者たちを厄介払いしたのではなかったか? 妻に最後の精神分析を受けさせたとき、今後も万事それなりの費用がかかることを覚悟しておくべきだった。

「先週でしたか、奥さんが歩いておられるのを見かけました」バーマンがしゃべり続ける。「お元気そうでした」

「そう、元気、元気そのものですよ、ジェリー」

エルマーとダロン夫妻は暗黙のうちに合意して、殺鼠剤をめぐる真実は決して口外しなかった。町のひとびとは、エルマー・クウォーリーの妻が精神病院へ入れられたのはどうしても手に負えなくなったからだと考えていたが、その理解はまんざら的外れでもなかった。あの頃、町の噂話では、メアリー・ルイーズはおもちゃでひとり遊びにふけり、ネズミの群れに狙われる妄想を抱いているということになっていた。彼女自身、何度か殺鼠剤を飲もうとしたし、衣服なら住まいの階下の店にいくらでもあるのに、わざわざ貧しいひとの家から衣服を買い取ったというのだ。

「そうですか、それはよかった」

「いやどうも、おかげさまで、ジェリー」

明日もう一度、メアリー・ルイーズを墓地へ連れて行くことになっている。雑草をかき分けなければならないので、ズボンがびしょびしょに濡れるだろう。姉たちは、エルマーが妻を自家用車でどこへ連れ出しているのか聞かされていないからやきもきしている。エルマーはひそかにいい気味だと思っている。今朝、メアリー・ルイーズが「墓石の手配は進んでいるの?」と尋ねたので、首尾は上々だよと答えておいた。

エルマーはバーを出るとき、昔のようにホテルのロビーに寄り道はせず、通りへ直接出る扉口を通って帰る。女性支配人のブリジットは数年前に引退したが、エルマーはもうずいぶん前からロビーを覗くのをやめていた。

30

教会の隅の信徒席に今日もひとりだけ、やせた女がぽつんと腰掛けている。二つの色――黒と茶色――がセンスよく混ざったコートを着て、寒いので毛皮をあしらった襟を立てている。柔らかそうなスエード靴も同じ配色である。目尻と口元に老いの皺が忍び寄ってはいるものの、いとこだけが「きれいだよ」とことばにした美しさはまだ消えていない。最後の夜、いとこは彼女のことを夢に見ながら、聖母マリアそっくりだとつぶやいて死んだ。

「アーメン」彼女は目を閉じたままそうつぶやき、細い指が額をかすめて十字を切る。

祭壇に立つ牧師は背が高くて若い男で、未婚である。広い地域にわたる五つの教区の受け持ちを引き継いで、まだ日が浅い。毎週日曜日、朝八時から日没までの間、数少ない信徒たちのために五つの教区を巡回して福音を広める。この教会の場合、どの週にやってきても、最近まで正気を失っていると見なされていたこの女ひとりしか信徒席に座っていない。

「わたしたちの心の闇を照らしてください……」牧師が静かな声で祈りを捧げる。牧師の背後のステンドグラスから緑と深紅、青と黄色がぼんやりと輝き出している。丸まった巻物、籠、そして幼児をくるむ布の形が見える。信徒がひとりしかいないので賛美歌は歌わない。説教の代わりにふたりはぽつりぽつりとことばを交わす。「あらゆる人知を越える神の平和が……」

女は子どもの頃、礼拝のために教会へ行くことが「お出かけ」だったのを思い出している。結婚してからは教会での礼拝が実家の家族と会う恰好の機会だったことも。施設で暮らす間に礼拝それじたいが好きになった。

「とてもよい礼拝でした」女が牧師に礼を言う。「美しく司式してくださったので」

「毎週来てくださって感謝しています」

「感謝の賛歌《テ・デウム》のとき、ミス・マロヴァーのことを思い出しました。なぜかはわからないけれど」

その女教師はずっと前に亡くなっているのだが、日曜の礼拝のとき、この教師の名前が女の口からしばしば出る。教室に座ったふたりの子どもがお互いをちらちら見ている。ほんのかすかな恋の予感。牧師の心の目の前にその映像が今一度浮かび上がる。

「ミス・マロヴァーが気づいていなかったなんて本当に驚きです。彼とわたしがお互いの一部だったことを先生が知らなかったなんて！」

牧師はうなずく。共感を示しているのではない。相づちを打たないのは失礼だからうなずいているのだ。

「ロバートとわたしは、生まれる前からお互いの一部だったんです。お互いのことを知るずっと前から」

「以前にもその話をしてくれましたね」

「愛というのはそんなふうにはじまるものなのでしょうか？　知らないうちにお互いの一部になってしまうもの？　振り返ってみるとそう思えるのだけれど」

女のほうが経験豊かなのを認めて、牧師はうなずきを返す。彼の本心は袖広白衣《サープリス》の下に隠されている。若い牧師はそういった機微がまだよくわかっていないので、こっそり肩をすくめている。

「神様がお許し下さるということかしら？　司祭様はどう思われます？」

「たぶんそうでしょう」

「そしておそらく神様は、他人が憶測するのをお許しにはならないでしょう？」

「おそらくそうでしょう」牧師は袖広白衣《サープリス》を脱ぐ。この女と話していると子どもの相手をしているような気分になる。頭に浮かんだことをすぐさまことばにするのは、施設に長年収容されていたせいだ。一緒に暮らしていた仲間たちから習い取った習慣に違いない。牧師は彼女のことがだんだんわかってきて、そう思うようになった。

「エルマーはわたしに面会に来るために自家用車を買ったんです。お墓をちゃんとしてくれるよう、彼に頼んでも大丈夫ですよね。それとも頼みすぎかしら？」

牧師は袖広白衣《サープリス》を左腕に掛けて右手で皺を伸ばしている。女はすでにいろんなことを牧師に打ち明けていた。いとこと墓地へ行き、ふたりきりでツルゲーネフの小説を読んだこと。処方された薬を八年間、トイレに流し続けたこと。必要がないので今も薬を飲んでいないこと。牧師は信徒席に立って微笑みかけている彼女を見て、この女の人生は神の御業のように神秘的だと思う。女の純な心と無限の愛が目の前にあり、彼女のささやかな最後の願いは叶えられない運命にある。そんなことを考えているうちに彼の胸に心痛がわき起こり、その痛みがいつもの不安へと変化する。このひとの人生について思いをめぐらすたびに、自分の信仰が試されているのを感じる。それは、信者のいない教会よりも厳しい試練だ。

「聖餐にあずかることはできますか？」

聖餐式をおこなえば次の教区へ巡回するのが遅れるが、牧師はためらわない。袖広白衣《サープリス》をふたたび身につけ、鍵を開けてパンとワインを取り出し、分量を確かめて祭壇に置く。「このように行いなさい」と牧師が述べる。「わたしの記念として……」

彼女はいとこが死を漁師にたとえた文章を読んでいたのを思い出す。それから夫が面会にやってくるとき、クランチーやキャラメルクリスプのチョコレートバーを持ってきてくれたのを思い出す。店の正面の青い木造部分を同じ色に塗り重ねた、と夫が語っていたのも思い出す。青にこだわるのがいちばんいい、青く塗っておけば一目瞭然で自分の店だとわかるからね、と夫は力説していた。「お姉さんはまたおめでただよ」と言っていたのを思い出す。夫がチョコレートバーを買うのは決まってフォーリーズ食料雑貨菓子店だったことも。

締めくくりの祈りが捧げられた。ささやくような祈りの声は彼女にそよ風を思い起こさせる。漁師は魚を網で捕まえ、水に入れて泳がせておき、望むときにそれをつかみ取るのだ。「わたしはこれでおいとまします」牧師はそう言いながらも、相手がツルゲーネフの小説に出てくる漁師の話をしている間は耳を傾けている。小説の世界に彼女を引き込んだのは、いとこにできる精一杯の求愛だった。彼女としても、小説の世界に生きることが、受け入れられるぎりぎりのところだった。それでも、結婚が性的に達成されるのと同様な激しい愛がやってきた。彼女は三十一年間、愛が翼を自由に広げられる場所で暮らした。施設が愛の巣になったのだ。三十一年間、彼女は正気を失った人間とみなされて暮らしたが、同時にそれは平穏な人生でもあった。

「わたしは彼のためにおめかしするんです」と彼女は言う。「わたしたちの墓地ではお化粧もします。彼のためにまたおめかしできてうれしいわ」

ローデンキルの封は切らずじまいでした、と打ち明けながらくすくす笑った彼女を思い出して、牧師が微笑む。彼女はくすくす笑いながら、**いたずらはもうしません**と百回書かされたことがあるんですよと打ち明けた。彼女はわざと夫の友達の店でローデンキルを買った。それから、いとこの部屋からくすねてきたスティーブンズ社製の緑のインクで包み揚げに色をつけた。例の件の一部始終を話し終えたとき、彼女は、「ひとは最悪の事態を考えるものだから」とつけくわえ、でもだからといってひとを責めることはできません、と締めくくった。

「ごめんなさい、すっかりお引き留めしてしまって」と、彼女は退出する前に牧師に謝る。「わたしったらとんでもない厄介者だわ」

牧師は彼女が歩き去るのを見送る。しゃれた靴を履き、茶色と黒のコートを身につけた姿は華奢だが、牧師の目には幸せそうに見える。愛に生きる彼女はじっさい幸せなのだ。彼女はエルマーに、自分はいとこのためにおめかしすると言うのだろうか？　エルマーはそのことについて考えたくないために、問うこともせず服の代金を支払うのか？　彼女の愛の真実を知れば、誰しもいささか恐ろしくなるのではないか？

「さようなら」牧師が背中に声を掛ける。彼女は振り向いて手を振り、歩き去っていく。

寒い教会の中で再び、牧師の目の前に浮かんで消える姿がある。教室の中で、離れた席に座っている病弱ないとこを見つめる彼女。いとこの部屋でカラー用ボタンにくちづけし、化粧テーブルの引き出しからスティーブンズ社製の緑のインクをくすねている彼女。アトリッジ家の墓石に刻まれた、日射しに照らされて暖かくなった文字を指でなぞっている彼女。青く塗ったみすぼらしい田舎家でいとこの衣服を買い取っている彼女。おもちゃの兵隊を並べて、よく知らない戦闘場面を再現している彼女。暖炉の脇に打った釘に、鎖つきの懐中時計を掛けている彼女。ロシア人ばかり出てくる小説を読むふたりの声が交わってからみあうところ。

牧師は、彼女はクウォーリー家の三人が死んだ後も生き延びるだろうと考える。そして彼女の違う姿を目の前に見る。年老いてひとりになった彼女が、服地商会だった建物の上階で部屋から部屋へと歩き回っている。彼自身の声が「望み通りに手配しました」と告げる。それぐらいはお安いご用なのだ。

かくして葬式が執り行われ、恋人ふたりはともに横たわる。

ウンブリアのわたしの家

My House in Umbria

1

自己紹介をしようとすると少々厄介である。グロリア・グレイ、ジャニーン・アン・ジョーンズ、コーラ・ラモーのどれかを名乗ればいいのだが、名前ならまだ他にもあるからだ。わたしは、名前などどうでもいいと思っている。一番好きな名前はエミリー・デラハンティだと言っておけばじゅうぶんだろう。ひとびとはわたしを「ミセス・デラハンティ」と呼ぶ。だが厳密に言えば、わたしは一度も結婚していない。見た目と年齢のせいでミセスと呼ばれているに過ぎない。あるとき、他の誰よりもわたしと話す機会が多いクインティに、この件について尋ねてみたところ、『ミス・デラハンティ』という感じじゃないでしょう」という答えが返ってきた。

反論するつもりはない。わたしは世慣れた人間ではないし、高等教育も受けていない。万事独学である。十六歳からこのかた、噂や当て推量や根も葉もない嘘にさんざん悩まされてきた。誰でもそういう悩みを避けて生きるわけにはいかないだろうが、わたしの場合デマがひどく行き渡っているので、この機会に正しておきたいと思う。まず第一に、今ほど裕福でなかった時期に汽船ハンブルグ号に乗っていたのは、乗客係として働いていたからだ。それ以上のことは何もない。第二に、オレアンダー・アヴェニューで不祥事が起きたとき、わたしが口止め料を受け取ったと伝えられているのは、迷惑きわまりない作り話。第三に、ミセス・チャブスが死んで埋葬された後に、わたしはミスター・チャブスに出会った、ということ。他方、男たちがわたしに数々の贈り物をくれたのを否定はしない。それらのほぼすべてを受け取ったのは事実である。また、アフリカで暮らした年月が個人的な後悔とともに記憶されているのも否定しない。不幸は混乱と誤解を引き起こす温床だ。オンブブのカフェ・ローズにいた頃のわたしにとって、幸福ははるか彼方にあった。

これからある夏のことについて書きたいと思う。わたしは五十六歳で、ちゃんと化粧をした女だった。瞳は緑がかった青。今と同じくあの夏も、砂色の髪は貝殻みたいにすべすべで、いじりすぎないヘアースタイルが丸顔を引き立てていた。唇はバラのつぼみのようにぷっくりとふくらみ、鼻筋がすっと通り、顔の色つやはいつもほめてもらえた。もちろんあの夏、顔にはすでに笑い皺があったけれど、娘時代の面影をとどめた肌は台無しになっておらず、声もまだしわがれていなかったから、女らしさは消え残っていた。いろんな土地で暮らした若かりし日には及ばないものの、さすがはイタリア、見知らぬ男たちがすれ違いざまに振り返っていったものだ。あの頃のわたしは、ぽっちゃりという以上に肉がついていた。太りすぎたのを頭に置いて服選びをする必要があるのはわかっていたが、いざ選ぶとなるとそれを忘れた。服装で少々ドラマチックな効果を演出したい欲望にあらがえなかったのだ。かといって、派手な色を好んだわけではない、むしろ嫌いだ。「これほどおしゃれにドレスアップした娘は見たことがないよ」ハンブルグ号の常連客だったじゅうたんのセールスマンによくそう言われた。太りやすい体質のわたしをほめてくれるひともけっこういたのである。ミスター・チャブスに言わせると、ミセス・チャブスは骨と皮だった。彼がわたしに興味を持つようになったのはそれが原因だったに違いない、とわたしは信じている。

この文章をここまで読んで下さった方は、わたしがお祈りをする人間だと聞いたら驚くだろう。

でもわたしだって子どものときは日曜学校へ通ったたし、ベッドの上の壁には、ロバに乗ったイエス様の絵が掛かっていた。オンブブのカフェ・ローズでは貧乏っ子のエイブラハムに声を掛けて、祈る習慣をつけさせてやった。わたしがそんなふうに感化したのは生涯であの子ひとりだ。クインティはいつも冗談めかした口調で、少年が近くにいてもおかまいなく、「あいつはちょっと、おつむがあれですからね」と言った。クインティがそういう人間だということは、読者にもおいおい理解してもらえるだろう。

わたしはシリーズもののロマンス小説を書いていた時期がある。この家に住むようになって以降、中年の頃の話だ。今ではもう書いていないし、そもそも文学界で一旗揚げようなどという野心があったわけでもないが、人間のもつれた感情を細かく分析することにおいて、ささやかな小説群がある程度の成功を収めたと言っても誇張にはならないだろう。親切な読者がファンレターを送ってくれたおかげで、わたしは自分のロマンス小説が楽しく読んでもらえた手応えを感じることができた。小説を書いていれば時間が経ったので大助かりだった。それ以上の意図はなかった。わたしが正直な女だということは、やがて皆さんにもわかってもらえると思う。

とはいえ、ものごとには順序がある。わたしはイングランドの海浜保養地の、下宿屋の階段のてっぺんで生まれた。父親は〈死の壁〔大きな円筒の内側をオートバイで乗り回す見世物〕〉のバイク乗り、母親はバイクの後部座席の上に立って見せる役で、ふたりとも国中を旅してまわる人生だった。わたしには両親の記憶がない。下宿屋の主人からミセス・トライスが聞いたという話によれば——それ以上のことは知らないのだが——わたしの母親は二階のトイレへ行こうとしていたとき、赤ん坊に捕まったのだという。品のない表現はお許しいただくとして、そういう事情で数分後に、階段のてっぺんで産声が聞こえた。ミセス・トライスの表現を借りれば、「しくじった結果」だった。わたしの両親は、母親がバイクの芸をやり続けていればお腹の子は「消えてくれる」はずだと期待していたらしい。流産させようとしたがうまくいかなかったので死産を望んでいた、とミセス・トライスは言った。ところがわたしが死なずに生まれてきたので、海浜保養地のプリンス・アルバート通り二十一番地のトライス夫妻が引き取って育てることになった。

子どもができないので、もうずいぶん前にあきらめていたトライス夫妻は、望まれずに出生した赤ん坊を買い取った。代金を支払う条件として、産みの親はプリンス・アルバート通り二十一番地を決して訪問せず、親としてのすべての権利も放棄するという取り決めをしたのである。この事情を知るのは今やわたしひとりだとはいえ、〈死の壁〉の夫婦者がそんな条件で子どもを売り渡したことを考え直してみると、わたしは捨てられたと言う他にない。今日までわたしは、この話を小説に使うことを本能的に避け続けてきた。わたしのロマンス小説に登場する娘たちは、男に赤ん坊を取られて、ひとりぼっちで捨てられるような運命を背負い込みはしない。母親が小さな子どもを見限ることもない。妻が哀れっぽく嘆願したり、絶望した妻が夫を裏切って浮気をする物語も書いていない。人生の暗澹とした面はとりあげたくなかった。小説はいつもハッピーエンドで終わるようにした。

クインティはわたしの出自に精通している。彼は地獄耳なのだ。アフリカに住んでいた頃、わたしがお金を貯め込んでいるのを彼は知っていた。おそらく金額まで把握していたと思う。一九七八年、オンブブで彼と出会ってからしばらくたった頃、彼はわたしに、ウンブリアで売りに出されている土地つきの屋敷を買うよう勧めた。クインティがその屋敷を手に入れて、わたしのためにカフェ・ローズとは全然違う略式ホテルを切り盛りしてみたくなったらしい。彼の腹案を繰り返し聞かされ、鋭い目でじっと見つめられたせいで、わたしはくたびれはてた。計画実行にじゅうぶんな資金は貯まっていたので、ふたりともアフリカに留まる理由はなかった。クインティの目は決断を促していた。今までとは違う種類の家に住んで、違う種類の静寂を手に入れよう。半分は子どもで半分は悪党、それがクインティという男である。

彼はアイルランドのスキベリーンという町で、四十二年ほど前に生まれた。やせていて足取りの軽い男で、目鼻立ちに陰気くさいところがある。左右の目尻から頬にかけて、糸みたいに長い縦皺が走っている。オンブブではじめて会ったとき、ずるそうで不健康な若者だと思った。カフェに入ってきたよそ者を見た貧乏っ子のエイブラハムは興奮して、「病人が来たよ」と声を張り上げた。わたしは、クインティがオンブブへ来る前にアフリカのどこに住んでいたのかはおろか、どんな理由があってアフリカ大陸へ流れ着いたのかさえ知らなかった。だがやがて、オンブブのような辺境植民地特有の噂話に乗って、彼が何年か前、裕福なイタリア人家庭の令嬢をだまして結婚したという話が聞こえてきた。ロンドンの家庭に住み込んで英語と生活スタイルを学んでいた令嬢を引っ掛けたのである。自分の結婚相手が食肉エキス工場を任されているというのはまっ赤な嘘で、着ている服はD・H・エバンズ百貨店から盗んだものだと判明すると、令嬢はあわてて逃げ出した。クインティはモデナまで追いかけてきて、彼女にしつこくつきまとったり脅しをかけたりしたが、ついにある晩、彼女の父親と兄弟たちがやってきてクインティを車に乗せた。そうしてパルマの近くまで連れて行き、草が生えた道路脇に放り出した。彼はロンドンへは帰らず、イタリアに留まってことばを習得したのだった。彼の口から「ウンブリア」ということばが出たとき、それがどこにあるのか見当もつかなかった。たぶんはじめて聞く地名だった。「ほんの少しだけ、現金を持たせてくれたら恩に着ます」じめじめしてうっとうしいある日の午後、オンブブでクインティがわたしに懇願した。「旅費と、下見をしてくるのに必要な金額でじゅうぶんなんで」アフリカは古くさくなったと彼は言った。事実、カフェ・ローズの常連客はもう何年も同じ顔ぶれだった。言い方を変えれば、わたしたちのどちらにとっても退屈な場所になってしまっていたのだ。

　彼はまるで歌でも歌うかのようにイタリアを誉め称えた。わたしは、ウンブリアの風景や丘の上の町々、それから季節毎に登場するさまざまな食材やワインの話に耳を傾けた。クインティの話には説得力があったので、わたしは彼に賛成して、人生の一時期が終わったことを喜んで認めた。その時期の大半、彼はひとつの役割を引き受けてやりとげたので、手柄を認めないわけにはいかなかった。彼がイタリアの計画を持ち出したとき、わたしがしたことはじつに単純だった。手切れ金のつもりで、彼が求めた現金を手渡したのだ。ところが二週間後、彼はオンブブへ戻ってきて、ウンブリアで撮った風景写真と、売りに出ている何カ所かの田舎屋敷の写真を見せた。「死ぬまでカフェ・ローズにいたい人間なんていやしませんから」わたしはそのことばに同意せざるを得なかった。彼は候補の中の一物件に惚れ込んでいた。

　ところどころ川底のように見える小道の突き当たりにたつ黄色っぽい建物を思い浮かべていただきたい。オリーブの木立とイトスギが織りなす風景を縫ってカーブを描く小道は、雨が降ると黒っぽく湿り、それ以外のときは砂ぼこりで真っ白になる。夏は斜面一面を覆うクローバーの上にエニシダとキングサリが絵の具を塗りたくったように咲き、牧草地のあちこちにケシとゼラニウムの花がまき散らされたように咲く。屋敷の裏まで上り坂が続いていて、ゆるやかに盛り上がった丘がひまわり畑になっている。すぐ近くに大きなトラジメーノ湖がある。三十キロ南には国鉄のキウージ駅があるので、交通の便は申し分ない。近傍のキアンチャーノは保養地になっている。クインティが撮ってきた写真には崩れかけた厩《うまや》や赤く錆びた機械類が写っていたが、それらは後に撤去された。

　屋敷自体は窓の鎧戸が色あせた緑色で、日中は常に開け放ってある玄関扉も緑色に塗られている。

玄関ホールへ入るとしゃれた金属枠にガラスをはめた両開きの扉があって、外玄関と内玄関ホールを仕切っている。その両方とダイニングルーム、それから客間――クインティはそこを応接室《サロット》と呼んだ――の床には、すべて淡い色のテラコッタ・タイルが敷き詰められている。二階へ上がると、左右に長くひんやりした廊下が延びており、女子修道院の独居室に似た小ぶりで簡素な寝室が並んでいる。室内はクリーム色の水性塗料で塗られ、窓にはカーテンの代わりに内鎧戸がついており、化粧台と洋服ダンスとベッドがある。洗面台の上の壁にはさまざまな受胎告知の複製画が掛かっている。この家のぜいたくなところは、一階の部屋べやと内玄関ホールに点在する骨董家具だ。刺繍をあしらった布張りのソファ、淡い色の椅子とテーブル、象眼模様で装飾した書き物机、足載せ台、ガラス張りの書棚、そしてダイニングルームのシャンデリア。

　わが家に宿泊客が到着すると呼び鈴の鎖を引く。外玄関から響く音を聞きつけたクインティがこぎれいな白い上着を着て応対に出る。「いらっしゃいませ」彼はまず客に英語で話しかけることにしている。少しのあいだイタリア語を控えて、訪問者に軽い衝撃を与えるのだ。「ご用件を承ります」英語を母語とするひとでないかぎり、宿泊客は急ごしらえの英会話をやむなくはじめる。

　クインティが一度に迎える宿泊者はいつもわずかである。五キロほど離れた町のホテルが満室のとき、あぶれた観光客がここまでやってくるのだ。わが家のコックは小柄な中年女性で、名前はシニョーラ・バルディーニという。いつも黒ずくめの服を着ている。あとひとり、足が長くて肌が浅黒いローザ・クレヴェッリという娘が、ダイニングルームでクインティを手伝っている。彼がどこかで見つけてきた娘である。クインティは宿泊客にわたしたちを紹介するとき、ホテルのスタッフとしてではなく、一世帯を構成する仲間として紹介する。わたしの家は開業当初から宿屋《アルベルゴ》でも賄いつき下宿屋《ペンシヨーネ》でもなく、泊まれるレストランでもホテルでもない。「こんな感じがちょうどいいでしょう?」とクインティが言った。

彼にとっては儲かりさえすれば「ちょうどいい」のだが、わたしにとっても別の意味で、この家の流儀はちょうどよかった。どこかの教会へ行ったとき、内壁に描かれた帯状壁画を見たのを思い出す。古めかしく着飾った人物たちが天国だか地獄だかへ向かって行列している絵だった。長年にわたってこの家へ泊まりに来た客たちは、その壁画に描かれたひとびとのように記憶に残っている。わたしは今でも彼らの顔を思い浮かべられるし、声も聞くことができる。背が高いオランダ人、おしゃれなフランス人、朝食の残りを容器に詰めていくドイツ人。子どものように、ささいなことに大喜びするアメリカ人、消化不良で悩んでいたイギリス人のカップルたち。テラスで書物を読むひとや絵はがきを書くひとがいて、夜はブリッジをしたり、絵を描いたりするひとがいた。わたしには厄介な負債などなかったし、お客さんが寝室や食事に苦情を言うこともなかった。クインティはローザ・クレヴェッツリに英語を教えるうちに、彼女と密かにねんごろになっていったが、わたしは黙って静観していた。他人にかまう代わりに、わたしはこの家に住みはじめてひと月もしないうちから独学でタイプライターを打ちはじめた。

それから数えて九年後に、わたしがこれから書く夏がきた。それまでの九年間は何とかして過去を忘れようとしていた時期で、その間に『九月は心の宝』、『魅惑への逃避行』、『つのる思い』、『胸をひらいて』など、他にもたくさんロマンス小説を書いた。この家は貯金で購入し、はじめのうちは苦しい時期もあったけれど、今では蓄えができた。クインティはある日ふと、この家が裕福になっているのに気づいただろうが、わたしが自室にこもって小説を書いているとは思いも寄らなかったはずだ。目ざといクインティといえども、その兆しをつかめたとは思えない。わたしは全然そういうタイプではなかったのだ。正直を言えば、自分自身が驚いていた。わたしは観光客相手に牧歌的な屋敷の女主人となり、ふたりが食べていけるだけのお金を稼げるだろう。それがクインティの思い描いた未来像だった。全然違う種類の店だったとはいえ、アフリカでも同じようなことをしてきたのだから。彼のその見通しはもちろん正しかった。クインティは金儲けに関してじつに抜け目がなく、それ自体が彼の人生だと言ってもいいくらいだった。

観光客以外でこの家へやってくる人間はほとんどいない。税務署の役人か、室内を下見したいという口実で入りこもうとする泥棒か、肥料のセールスマンが近所の農場への道順を尋ねるために立ち寄るのがせいぜいである。わたしは今日にいたるまで一九八七年の夏を、将軍とオトマーとあの子の夏として覚えている。あの夏のことなら、今まで生きてきたどの年のどの季節よりも鮮明に思い出せる。あの夏を境にしてあらゆるものが変わってしまったからだ。あの夏とそれ以後の数年間、この家では観光客の宿泊を一切引き受けなかった。もしもあなたがあの夏、宿泊以外の用向きでこの家へやってきたならば、外玄関でクインティがあなたをお迎えし、内玄関ホールから応接室《サロット》へご案内して、わたしがあいさつに出るまでお待ちいただいただろう。一日のうちの時間帯によって異なるけれど、涼しい木陰で将軍が英字新聞を読んでいたり、あの子がお絵描きに夢中になっていたり、オトマーが切断されなかったほうの手の指で、テーブルの表面を音もなく叩いていたかも知れない。あのひと夏、わたしは心の中で、訪問者の声を何度となく聞いた——「オトマーに会いに来ました」「イギリス人の老人がこちらにご厄介になっていると聞きました」「あの子の荷物をひとまとめにしてください」。自動車がやってきて止まった拍子にタイヤから砂ぼこりがあがるところも、何度となく思い描いた。役人の一団が玄関へ詰めかけて、そのなかのひとりが時間つぶしのためにタバコをふかし、やがて吸い殻を砂利の上に投げ捨てる様子も想像した。だが実際にはそんなことは何ひとつ起こらなかった。トマス・リバースミスがやってきただけだった。

あの夏、あの子は八歳でオトマーは二十七歳、将軍はかなり年老いていた。三人とも身寄りがなく、わたしもそうだった。『サンビームに乗ったふたり』で、「心の友」という表現を使ったことがある。あの小説の最後の段落を書き終えてからずいぶんたつのに、そのことばが今だに胸の中に住みついている。個人的に大切なことばなのだ、おそらく。わたしはつねに、人間は生きている限り物乞いをし続けるしかない、という運命を甘受した。その一方で、施し物はいつか必ずもらえるという希望も信じ続けた。トライス夫妻の世話になっていた頃、わたしは、古びたゲイアティ・シネマの銀幕からカウボーイが飛び出てきて、わたしを馬の鞍に乗せて、プリンス・アルバート通り二十一番地から連れ去ってくれる日を心待ちにしていた。事務職の男ばかりがやってくるパブのダイニングルームで給仕をした娘時代には、道を歩くわたしの脇に、良家の御曹司が乗った自動車がすっと来て停まる日を夢見ていた。大人の女になってからは、それまでとは別種の見知らぬ男がカフェ・ローズに現れる日を待ち焦がれた。だがあの夏、ウンブリアで暮らすわたしはとうの昔に希望を捨て去っていた。五十七歳の女はすでにそっけない現実と折り合いをつけてしまっていたのだ。小説を書くことが心の支えだった。それだけは確かである。

あの夏に先立つ冬と春は静かだった。ファンレターの束がときどきイギリスの出版社から転送されてきた。さまざまな会合の招待状も届いた。鉄のカーテンの向こう側の国で「ロマンス小説フェスティバル」がおこなわれるという案内状を受け取ったとき、そのタイトルに驚いたのを今でも覚えている。どんな招待も丁寧に断って、決して出席しなかった。ニュージーランドから届いた男性のファンレターに、小説の登場人物が自分と同じ珍しい名字だったのでうれしかったと書いてあった。珍しいのも無理はない。わたしはその名字を自分でこしらえたつもりだったのだから。また、ストックトン＝オン＝ティーズの女子学生が、いかにも女学生らしい調子で心の内を打ち明けた手紙もあった。ある年配の読者は、ささいなことなのでいちいち知らせるには及ぶまいがと断った上で、小説内の時代考証が間違っているのをたしなめた。

その年の一月にペットが死んだ。何年も前のある日、わが家の敷地内に迷い込んできた、足の不自由なシャム猫である。がりがりにやせて哀れを誘う姿だった。シニョーラ・バルディーニがその猫の世話を焼くようになり、タタと名づけて小さな鈴を首につけたので、チリンチリンというやさしい音がこの家に加わった。わたしたちはタタがだんだん元気になり、毛並みもよくなり、落ち着きを取り戻していくのを皆で見守った。だがタタはもう若くなく、活発でもなかった。わたしたちは最初から、この猫がすでに命をほとんど使い尽くしているのを知っていた。彼女はしとやかに老いていった。人間にしろ何にしろ、そういう老い方は好ましいとわたしは思う。シニョーラ・バルディーニが壁の上のほうに細い板をとりつけて、タタ専用の通路にした。

シニョーラ・バルディーニは子どものいない未亡人だ。大工だった夫が一九七五年に死んでからというもの、彼女が孤独を受け入れるまでにはしばらくかかった。英語を全然話さないけれど、この家へ来て働くようになるまではずっと幸せを取り戻せなかったのだと思う。彼女はクインティにたいして、初対面のときから控えめな嫌悪感をしめしてきた。彼さえいなければ、シニョーラ・バルディーニにとってこの家での日々は完璧だっただろう。クインティがローザ・クレヴェッリとつきあっていることばかりでなく、彼がけちけちしたやり方でこの家をとり仕切っていたのも気に入らなかった。とはいえシニョーラ・バルディーニは昔も今も、決してことを荒立てる人間ではない。

わたしがこれから書くひと夏は、だいたいこんな具合にはじまった。ちょっとした内装工事が終わったばかりだったので、家の中にはかすかにペンキの匂いがしていた。「この家には庭が必要よ」その年の冬から春にかけて、わたしは何度もそうひとりごとをつぶやいていた。「これだけの屋敷に庭がないのはどう考えても不自然だもの」実を言えばこのことは何年か前から心に掛かっていた。ある年の四月、イタリア国内を鉄道で移動していたとき、ある駅で、アザレアの見事な鉢植えがたくさん置かれているのを見た。そのときは何という花か知らなかったけれど、後でクインティに花の様子を話したら、それはアザレアだと教えてくれた。それ以来、アザレアの咲く庭と、イングランドで見たような芝生と、ピンクの花で縁を飾った花壇が欲しいと思うようになった。

足りないのは庭と親友だけだとはなんて恵まれているのだろう、と読者は思うに違いない。もちろんおっしゃる通り、昔も今もとても恵まれている。第一、こんな屋敷に住める資力は誰にでもあるわけでなく、わたしは費用を気にせずに住まいを選ぶことができたのだ。足の悪い猫の死を悲しむだけで冬と春を過ごせるひとだって、そうざらにはいるまい。ここを訪れた観光客たちの目にわたしは、使用人たちにかしずかれる裕福なイギリス人マダムと映ったに違いない。クインティのほうは奇妙とまではいかないにせよ、風変わりな人物と映っただろう。彼には、根拠のない事情や苦悩を他のひとびとに割り当てて、それを出発点にして話を長々とこしらえていく癖があった。彼はまた百科事典や新聞記事を読みあさって、王室や人類の堕落をめぐる話や、下水設備や自動車の最高速度記録、さらにはアマゾン川流域の孤立した部族が守る通過儀礼のあらましなど、雑談にちょうどいい話題をたくさん仕入れていた。わたしは彼が、運の悪い宿泊客をつかまえて、日本の鉄道の歴史やジャッカルの習性について長広舌を振るっているのをなんべんも見た。彼は玄関ホールで秘密を打ち明けるかのように、「ジュゼッペ・ガリバルディがビスケットの名前の起源になっているんですがね」と切り出すのだ。「バースの町も別のビスケットの由来になってますよ。はじめてつくられた固いビスケットがバースと呼ばれてましてね、金槌で叩かないと割れないんです」あの夏、彼は応接室《サロット》の柱に寄りかかり、将軍をつかまえて聞き手に据えて、いつ終わるかわからないスポーツの話を上機嫌でまくしたてた。ミスター・リバースミスがやってきたとき、先方のお気に入りは蟻をめぐる話だとわかりきっていたのに、クインティは聖女たちの物語ばかり語りたがった。

クインティには別の面で、食わせ者と言ってもいいくらい胡散くさいところがあった。あの夏の直前の四月のある日、ローザ・クレヴェッツリがわたしに、イタリア語で何か無礼なことを言った。きれいな形の下唇がわたしをあざけるように歪んだのだ。クインティは確かにそれを見たのに叱責しなかった。そのときはじめてクインティが、カフェ・ローズをふたりで去ったとき以来、ふたりのあいだで結ばれていた暗黙の了解を反故にしたのを悟った。彼は小娘に過去の話を打ち明けてしまったのだ、と。

わたしはこの裏切りを非難した。彼は最初へらへらしていたが、いったん背けた顔をわたしに向けたとき、頬が涙で濡れていた。「なんでそんなに叱るんですか？」彼は悲嘆に暮れた声でささやいた。それから彼はわたしへの忠誠を誓い、自分とあの娘はあなたのために命をなげうつ覚悟ができているし、自分たちは他のどこでもないこの屋敷でずっと暮らしていきたいと縷々《るる》弁解を重ねたので、許すしかなかった。彼は同じ日の夜、応接室《サロット》へやってきて、わたしの姿を見つけるとにっこり微笑みながら、「とびきりのG&T〔ジン・トニック〕をお持ちしました」と言った。次にローザ・クレヴェッツリと顔を合わせたとき、彼女はひざを曲げてうやうやしく会釈した。

もちろん本当のところはわからない。あのふたりが忍び笑いをしている可能性は大いにある。疑わしい場合には相手に有利になるよう解釈するわたしの癖は、弱みにも強みにもなるだろう。だがいずれにせよその癖を美徳だと言い張るつもりはない。実のところ、わたしには自慢できるものなどほとんどない。自分がいかに見どころのない人間かは本人がいちばんよくわかっている。あの夏に関して言うなら、神秘的な何かが手助けしてくれたわけではない。わが家に天使は来なかったし、天使の声も聞こえなかった。あの子はふつうの子だったし、他のふたりも普通人だった。とは言っても、あの夏が他の夏と違っていたのを否定できる者は誰ひとりいないはずだ。わたしたちはあの夏、誰もができるわけではない経験をしたのだから。

五月五日の朝、わたしは白黒の細いストライプ柄のスーツを着て、ハンドバッグに合わせた靴を履いて、家からミラノへ向かった。クインティの運転で鉄道駅まで行き、プラットホームでクインティから切符を受け取った。わたしのイタリア語は決して流暢ではなかったけれど、ひとり旅は心配なかった。検札に来る車掌がしゃべる決まり文句ぐらいなら理解できたし、リナシェンテ百貨店でも他の店でも問題なく買い物ができた。定宿にしているドゥオーモ近くのグランドホテル・ドゥオーモでは、従業員が皆完璧な英語を話した。わたしが年に二、三回ミラノへ行くのは服と靴を買うのが目的だった。ふだんの生活を離れて、じっくり時間を掛けてもの選びができるのをいつも楽しみにしていた。

その日屋敷には誰も泊まっていなかった。前の年のシーズンが終わって以来、町のホテルが満杯なためにまわされてくる観光客は皆無だった。少なくとも六月半ばまではこの調子だと思われた。宿泊客が到着したときに在宅していなければならないという決まりはないものの、わたし自身が客を迎えたいという気持ちは強い。ダイニングルームを一緒に囲み、英語が通じる客なら、旅の経験談や訪れた場所などについておしゃべりする。英語が通じにくい客の場合にはことさら口出しはしない。ダイニングルームでも、テラスで食事をする場合でも、一度に五人以上の客をもてなすことはない。

列車の中でわたしは、クインティが鉄道駅から帰るところを想像した。彼は買い物をするために町へ寄り、幌を畳んだグレーの旧式乗用車を教会に近い栗の木の木陰に停める。行きつけの店でコーヒーを飲んだ後に屋敷へ戻ると、シニョーラ・バルディーニとローザ・クレヴェッリが台所で昼食をとっているだろう。わたしは三人がテーブルを囲むところを思い描いた。クインティが新しい英単語と表現をいくつかローザ・クレヴェッリに教えている場面。彼は過去の話をシニョーラ・バルディーニにも打ち明けてしまったのだろうか、という考えがふいに頭をよぎったが、まさかと思い直して、その考えを閉め出した。すると頭の中が、ついさっき鉄道駅で思いついたロマンス小説のタイトルで一杯になった。『とめどない涙』。タイトル以外はまったくの白紙である。ヒロインのイメージはまだ浮かばない。相手の男の姿も見えない。それなのにタイトルだけが頭の中に居座っている。経験上、タイトルが揺るぎないときにはじっと待ち続けるのがいい、とわかっていた。

　列車はローマ発の特急だった。わたしが乗り込む前にオルヴィエートを経由してきた列車で、これから先はアレッツォとフィレンツェに停車していく。特急《ラピード》列車の一等車を想像していただきたい。しゃれたインテリアにはプルマン車両の趣きがあり、白い椅子カバーはフリルつきで、ゆったりと広い。わたしの席のはす向かいには若い男女が腰掛けていた。ふたりの顔を見ればすぐに恋人同士だとわかる。もっと年上のカップルが女のほうの父親と旅をしていた。その家族関係は会話の内容から明らかだ。この三人は英語を話しており、若いカップルはドイツ語を話していた。男の子と女の子を連れた若夫婦もいた。彼らの会話は聞き取れなかったけれど、全体の雰囲気から見て明らかにアメリカ人だ。ファッション業界の関係者らしき女性がひとりで腰掛けていた。他の座席には軽そうなスーツを着たイタリア人のビジネスマンたちがいた。

　わたしは恋人たちを観察した。男が娘の腕の素肌をなでている。男はとくにハンサムではなく、魅力的にも見えないが、娘のほうが惚れ込んでいるのがわかる。年上のほうのカップルはというと

――ふたりは父親が一緒にいるのを退屈だと感じているだろうか？　本心は見えないものの、カップルが父親に接するさいの丁寧さからは気まずさのかけらも窺えない。だがなぜか、そのふたりの丁寧な物腰がわたしをいらだたせた。アメリカ人の家族はおしゃれな身なりをしていた。子どもたちが活発におしゃべりをし、両親は静かに語り合っている様子で、ときおり笑い声が上がった。若く、目立って魅力的な母親は金髪で、顔にそばかすがあり、両頬にはえくぼができた。目にはユーモアの輝きが宿っていた。

わたしは思い浮かんで間もない小説のタイトルがますます気に入ったが、構想はまだ発展せず、方向性も見えないままだった。わたしは、『胸を開いて』の中でアダムにべそをかかせたアーネスティーン・フレンチ＝ウィンを思い出していた。だが、すでに書いてしまった小説のプロットが新しい小説の展開にヒントを与えることはまずないので、ぐずぐず考えるのはやめて、近くにいる旅客たちを再び観察しはじめた。恋人たちは頭を寄せ合い、娘のほうが何やら筆算しつつある紙切れを覗き込んでいる。娘は最初期の頃の映画女優リリ・パーマーに似た面影がある。年上のほうのカップルは、ふたりとも読書の最中。老いた父親は腕時計をいったん外して、何やら再調整している。アメリカ人の男の子は母親から叱られている。女の子は男の子と席を交換して、父親と手をつないでいる。わたしの心のスクリーンに、この場面を文章であらわした原稿が浮かんだ。いつも使っている緑色の用紙にタイプライターで打った黒々とした文章が何行も書いてある。なぜそんな映像が思い浮かんだのかはわからない。

列車は快調に走り、小さな駅や、春の雨が上がったばかりの青々とした風景を次々に追い越していった。車掌が検札に来た。やがて食堂車の担当者がそそくさとやってきて鐘を鳴らし、正午を知らせた。ビジネスマンたちが食堂車へ向かい、ファッション業界の女性もそれに続いた。どこから

の種は何ひとつなかった。

ともなくことばが降ってきた——**庭ではゼラニウムが咲いていた。かぐわしい夕暮れの中、白いドレスを着た娘が、朝明けのクモの巣ほどに軽い足取りで歩いていた。夕暮れをゆく娘の心に、憂い**

文章はまだ先がありそうだった。愛用の黒いオリンピアの前に腰を下ろしさえすれば、段落に次ぐ段落がするすると生まれ、ひとつの場面が次への場面へとつながって、会話が自然に続いていくかと思われた。わたしは〈オッジ〉誌のページをぱらぱらめくったが、つまらなくなってじきにやめた。そして知らず知らずのうちに物思いに耽っていた——遅まきだったとはいえ、自分に与えられた文才に目覚めなかったとしたら、わたしはどうなっていただろう。このくらいの年齢になっても、パブのダイニングルームで来る日も来る日も事務職の男たちに給仕している女はたくさんいる。わたしもかつてやっていたように靴を売ったり、フェリーボートのキャビンの掃除係をしている女たちだっている。カフェ・ローズに行き着いてしまったのはどう考えても幸運ではなかったけれど、そうなる定めだったと言わねばならない。しまいにはあそこの女主人におさまって、〈みんなの友達〉と言われる存在になったのだから。わたしは幸運だった、とあらためて書いておこう。だってカフェ・ローズがなければ、わたしがものを書く人間になるはずなどなかったのだから。

どうやら少し眠ったらしい。というのも夢の中にアーニー・チャブスがあらわれ、アル・フレスコ・クラブの外にいたわたしに近寄ってきて、現実そっくりの口調で「ハーイ、シュガー！」と声を掛けたからだ。アル・フレスコ・クラブで、あの男はわたしに愛していると言った。それから一晩中隣りに座っていたい、とささやいた。アーニーは、アル・フレスコへやってくる男たちが誰でもしたがるように、わたしに酒をおごり続けた。そして、他の男がわたしに近づいてきて酒をおごろうとすると猛然と怒り出し、よそへ行けと言った。その後いきなり夢特有の場面転換が起きて、わたしはミラノで買い物をしていた。ロング丈のスエードコートを各色試着するわたしに、店員が、今年の秋冬のデザインですよと言った。巻きつけるように着るタイプのものが好きなの、と答えた瞬間、轟音がとどろいて目が覚めた。空中にガラスが飛び散り、アメリカ人の母親の顔が逆さまに見えた。叫び声。痛み。それからすべてが真っ暗になった。

2

「クインティです、会いに来ました」とクインティが言った。「もう大丈夫。心配いりません」

彼は微笑もうとしていた。頬にジグザグ形の深い皺があらわれたけれど、微笑みそのものは浮かんでこなかった。

「今日は聖金曜日かしら?」そう口に出してから、聖金曜日は何の関係もなかったと気づいてうろたえた。それからわたしの耳に、カフェ・ローズにいた頃のある年の聖金曜日に起きたできごとをしゃべっている、自分の声が聞こえた。あの日、オーストリア人の象牙捕りが上等な獲物を捕ったので有頂天になっていたが、貧乏っ子のエイブラハムはそれを見て、イエスが十字架に掛けられた日に浮かれ騒ぐなんてとんでもないと顔を曇らせていた、という話だ。

影に閉ざされた時間が流れていた――何年も経ったかと思われた――そして、その影をかき分けるようにして、白い制服の看護婦たちがたゆたっていった。とりわけひとりの看護婦の、黒くて薄い髪が記憶に残っている。「爆発が起きたんですよ」とクインティが言った。「でも不幸中の幸いでした。順調に回復してますから心配はいりません」そう言ってから、ふと鼻を鳴らした。不注意な音をたてるのが彼の癖で、何かをごまかそうとしているに違いなかった。

「何が起きたの？」とわたしは尋ねた。クインティの返答は――返答したか定かではなかったものの――わたしをはぐらかした。そして、彼のほうに目を向けたときにはすでに姿が消えていた。わたしはものを考えたくなかった。心が自由にさまよい続けてぼんやり昔を思ったり、記憶の奥へ深入りもしたけれど、無意識の動きなので疲れはしなかった。「お客さんは出すべきものを出したのかい？」ミセス・トライスが亭主に尋ねた。亭主は保険料の集金人をしているので、いつもそんなふうに尋ねる。「あんたはお客さんにたいして弱腰なの」と彼女が責めた。「弱腰すぎるよ」子ども時代の八年間をプリンス・アルバート通り二十一番地で暮らした後、わたしは自分がお金で買われた子なのだと知らされた。わたしはバイク乗りの夫婦について何も知らず、ずっとトライス夫妻を実の両親だと信じて疑わなかったのだが、ある土曜日の朝、ミセス・トライスが家の食堂兼居間《キッチン》でわたしに告げた。「おまえの両親はうちの亭主からお金をもらったんだ」という話だった。「会ったとしても好きになれそうにない連中だよ」

夢と現実の境目で、トライス夫妻に替わって、貧乏っ子のエイブラハムの正直な黒い顔があらわれた。彼はカフェ・ローズのベランダの床を箒で掃いていて、近くで扇風機がガラガラ音を立てて回っている。隅のテーブルでは四人のイギリス人がポーカーをしていた。「悩みを打ち明けられるひとは、皆さん方以外にいないんですから」オーストリア人の象牙捕りがいつものようにそう切り出し、一座の会話を自分のほうへ引き寄せてから、黒人の人妻にたいする埒《らち》もない横恋慕の話をしはじめた。カフェの常連客のひとりは飛行機乗りで、ビール会社などから宣伝費をもらって空中文字を描く仕事をしていた。

わたしは再び眠りに落ちて、列車の中と同じように夢を見た。「お嬢ちゃん、気分はよくなったかい？」ここはアイダホで、アーニー・チャブスが心配そうにしていた。「チャーメン〔五目焼きそば」でも持ってこさせようか？」

そこへ看護婦がイタリア語でやさしく話しかけてきた。表情を見れば親切さがわかる。枕の位置を直し、少しのあいだわたしの片手を握ってくれた。眠っていたときに大声で叫んでしまったのかもしれないと思った。落ち着きを取り戻したとわかると、看護婦はいなくなった。

アーニー・チャブスが一緒にアイダホへ行かないかと誘ってきたとき、わたしは喜んでついていった。開拓時代の西部を見てみたかったからだ。開拓時代の西部のことを思うと今でも心が弾み出す――カウガールの衣装を着たクレア・トレヴァー、酒場で歌うマレーネ・ディートリッヒ。まぶたを閉じればたちどころに、駅馬車の車輪が一個ゆるむシーンが浮かぶ。保安官が早撃ちするシーンは今思い出しても目にもとまらぬ早さだと思う。ミスター・トライスは日曜の午後、ゲイアティ・シネマへよく連れて行ってくれた。まず最初にレオン・エロルやローレル・アンド・ハーディやチャーリー・チェイスが登場する短篇コメディーを見て、次に〈ゴーモン〉のニュース映画と続き物の一回などをはさんで、いよいよ本篇上映となるのだった。本篇はギャング映画もあれば、アイススケートが出てくるドラマやミュージカルもあったけれど、どれを見てもがっかりした。わたしが見たかったのは峡谷と牧場が出てくる映画で、騎馬隊のひづめの音が聞こえ、星空の下で鞍を枕代わりに使う世界にあこがれていたのだ。

アイダホもがっかりだった。アーニー・チャブスはアイダホならまかせておけと言わんばかりで、あそこには開拓時代の西部が残っていると豪語していたが、言うまでもなく嘘っぱちだった。長年の夢が砕かれた。さすがのわたしも、映画で見たままの踏み分け道が荒野に残っているのを期待していたわけではない。とはいえ、少なくともそういうものの痕跡というか、せめて革の道具の匂いくらいは残っているのではないかと思っていた。「おまえさんはお人好しだね、エミリー」カフェ・ローズへやってくる大柄な医者にいつも言われた。たしかにそうだなと思う。自分ではどうしようもない。わたしはお人好しで情にもろい人間なのだ。

「どれくらいのあいだ？」とわたしは尋ねた。「このベッドに寝かされてから何日経ったのですか？」

だがイタリア人の看護婦は微笑みながら枕の位置を直しただけだった。わたしはどれくらいの時が流れたのか知りたかった。ところが次の瞬間――いやたぶん、瞬間ではなかったのだろう――そんなことはどうでもいいと思い直した。アーニー・チャブスとのアイダホ暮らし――彼が仕事で留守にしているあいだモーテルの部屋で待ちぼうけばかりくわされていた――の夢を見て、わたしはうめき声をあげたに違いない。看護婦たちがとんできて、再びなだめてくれたのでそれがわかった。その後は余計な考えを閉め出して、開拓時代の西部のことだけ思い描いた。ゲイアティ・シネマの銀幕にはカーテンがついていなかった。白っぽい丸裸のスクリーンに、ピストルの革ケースや巨大なつばがついた帽子の汗よけ革が映り、羽根飾りをつけたインディアンたちがひとりまたひとりと撃ち倒された。はじめて見る戦闘シーンは粗野で混乱を極めていた。ディートリッヒの歌声を聞いたのは七歳だっただろうか、いや、八歳か九歳だったかもしれない。「**裏部屋の男たちが何を飲むつもりか確かめて**」その歌声は有無を言わせぬ命令口調だった。「**そしてわたしも同じものを飲むと伝えて**」鎮静剤が支配する静寂の中で、わたしはなつかしいその歌をまた聞いた。アーニー・チャブスと暮らしたアイダホは永遠にどこかへ消え失せたように思われた。わたし自身が生命を吹き込んだ若い男たちが、幸せな娘たちに愛のことばをささやいていた。ウェディングマーチが演奏され、花嫁たちがブーケを投げた。もしかするとカフェ・ローズも、そもそも存在していなかったのかもしれない。

「クインティ」

「今はまだ動いちゃだめです」

「他にもひとがいたのよ。若者とその恋人がいて、ドイツ語をしゃべってた。アメリカ人の家族と、ダークスーツを着たイタリア人もいたわ。ファッション業界の女性も。イギリス人も三人いた。クインティ、あのひとたちもここにいるの？」

「いますよ、もちろん」

「クインティ、あのひとたちを見つけ出して欲しいの。確認してわたしに教えて。頼むから」

「そんなふうに心を悩ますのはよくないですよ」

「クインティ、あのひとたちは死んだの？」

「確かめておきます」

しかし、彼はベッドの脇から動こうとしなかった。彼がここへやってきたのは希望が持てるかどうか、わたしが回復する見込みがあるかどうか見極めるためだ。その目は二本の黒いねじ錐《きり》の先端そっくりだった。わたしは目を閉じた。リトル・ボニー・メイはトゥーペのベターバリュー商店で、棚に陳列した商品にピストル型タグガンで値札をつける仕事をしていた。正しい価格が印字された小さくて丸いシールの値札が、缶詰や包みの表面にパチンパチンと貼られていた。時間帯によって、彼女はレジに立つこともあった。

リトル・ボニー・メイはドロシーに目をかけてもらっていた。ドロシーは、彼女と同じピンポンクラブに入っている年長の友人である。ドロシーは独学のひとで、金融業者の秘書をしている。ふたりとも声がきれいだ。ドロシーがなぜ目をかけてくれるのか、ボニーにはわからなかった。ドロシーはボニーに細かい用事をさせようとする癖はあるものの、ボニーは彼女の友情がとてもうれしい。ボニーはいつも心からドロシーに感謝していた。ただひとつ、ボニーは口が重いので、自分が静かすぎるせいでドロシーの友情に傷をつけやしないか気がかりだった。

「クインティ、わたしが書いたあの小説は読んだ？『リトル・ボニー・メイ』」わたしは、クインティに問いかけている自分自身の声を聞いて驚いた。ふだんはこんなことを話題にしたりしないからだ。彼が答えた。

「たくさん本が書けて立派ですよ」

「カフェ・ローズにいた頃、頭の中にはすでに物語があったのよ」

「その話なら前に聞きました」

「話した覚えはないけど」

「前のときはちょっとお酒が入ってました。そのせいで忘れたんでしょう」

あの本は琥珀色のカバーにタイトルの三単語が青で印刷されていて、その下にふたりの娘たちが描かれていた。クインティのうなずき具合をみると、以前に話したことがあったのだろうか？　彼はじきに病室から出て行った。わたしの耳に娘たちの声が聞こえはじめたと思ったのかもしれない。

「あら、〈家《ハウス》〉は〈アウス〉じゃないのよ。ちゃんとHを発音しなくちゃ」ドロシーがちょっと粗《あら》を拾うとボニーはすぐに赤面する。ふたりで一緒に旅をして、ボニーがドロシーの使いっ走りをしているあいだに、ドロシーは、発音にとくに注意すべき単語のリストをこしらえる。「フォークはお皿とひと組なので、きちんと覚えておきましょうねって、ばあやからよくそう言い聞かせられたわ」

まどろんでいるとき、顔面の痛みがこわばり程度まで和らいでいることもあったので、わたしははじめて微笑んでみようとした。休暇中の娘ふたりはマントンまで旅してきていた。ふたりの目の前にブレーンがあらわれて、彼は当然のごとくドロシーをデートに誘った。あわれなボニーはついていくわけにもいかないので、ぶらぶらして時間をつぶすより他にない。「もちろん気になんかしてない。ぜんぜん大丈夫よ」ボニーはアイスクリームを食べたり、ヨットを見に行ったりして陽気にふるまった。

わたしは無理やり物語をこしらえたことはない。何かを操ろうとしたこともない。さまざまな顔やことばや声が、頭の上に流れてくるだけなのだ。「なんてこった！」ブレーンが声を上げる。「なんて運が悪いんだ！」ドロシーが盲腸炎になったのだ。救急車がやってくる。「コニャックを飲むといい」ブレーンが言い張った。「コアントローでもいい。ねえ、ボニー、君には気付け薬が必要だよ。ああかわいそうに。君だってとんだ災難じゃないか！」ドロシーの休暇は帳消しになってしまった。毎朝ブレーンが愛車のプジョーでボニーを迎えに来て、ドロシーのお見舞いに連れて行く。病床のドロシーはほぼ毎日、頼みごとのリストをボニーに渡した。見舞いがすむとブレーンとボニーはプチ・エスカルゴ亭で昼食をともにした。

ブレーンは三か月前、シュロップシャーにある広大なマーラ屋敷を相続したばかりだった。彼はその屋敷を愛する一方で恐怖心も抱いていたため、相続直後にイングランドを離れた。

「母は僕が一歳半のときに死んだ。それからはいつも父とふたりきりなんだ」

「兄弟や姉妹はいないの、ブレーン？」

「兄弟も姉妹もいない」

がらんとしたお屋敷に父さんと使用人たちだけと暮らすなんて、きっと寂しいに違いない、とボニーは思った。跡継ぎに多くを期待する彼の父親は厳格な人物だった。

「僕はいくじなしでね。ものごとに賢く立ち向かえるようになれるなら、何でも犠牲にするつもりだなんて思ってはいても、ついつい逃げてしまう。どうにもならないのさ、ボニー」

「あなたのお父様は……」

「父は何でも完璧にやった。強い男さ。愛した女と結婚してよそ見をしなかった。使用人も借地人も父を尊敬していたよ」

マーラ屋敷には主任庭師がおり、その下に数人の園丁がいた。執事と料理人とメイドたちもいるが、彼らは皆ブレーンが物心つく前から勤めている使用人たちだ。ずっと昔は下男もいたという。

マーラ屋敷は、何をしゃべっているのかわたしには理解できない看護婦たちの影や麻酔薬の匂いよりも実体がはっきりしていた。芝生があってティーローズが咲き、屋敷の建物と野菜畑の塀はしっとり落ち着いた色のレンガ積みで、鉄細工の装飾金物は古色蒼然としていた。わたしは、ボニーと同じ驚異の念に打たれた。彼女は海辺の小さな町でバイク乗りの夫婦に捨てられた子どもではなかったものの、小説には描かなかった悲しい過去を背負った人物である。かつてないほど深く、彼女の気持ちがわたしの身に染み込んできた。

「素敵なところでしょうね、ブレーン。あなたのお屋敷は」

「そう、とても素敵な家だよ」

ふたりは夕刻、海浜遊歩道を歩いた。彼はドロシーと結婚して、彼女をマーラ屋敷へ連れて行くに違いない、とボニーは思った。だってドロシーはきれいなだけじゃなくて頭もいい。彼女がついてさえいれば、ブレーンはきっと責任を果たす男になれる。お父様に負けないくらい強い男に成長して、何でも完璧になしとげるようになるわ。

「愛しのボニー」ブレーンの声を耳にして、ボニーは息が止まりそうになった。どう返したらいいのかことばに詰まった。青い空を映した海は静かで、ガラスの板そのものだ。「愛しのボニー」彼はもう一度繰り返した。

わたしを治療してくれているふたりの医師が声を掛けてきた。ひとりが英語で、わたしがずいぶん回復したのでふたりとも喜んでいると言った。

「喜んでいただけてこちらこそうれしいです」とわたしは答えた。

「あなたは痛みによく耐えました、シニョーラ」と同じ医師が言った。「とても我慢強かったですよ、シニョーラ」

ふたりの医師は満足げにうなずいて部屋を出て行った。ブレーンがボニーの腕をとった。ボニーは男性に腕を触られるのがはじめてなので、小刻みに震えていた。「愛しの」と呼ばれたのもはじめてだ。彼女はそれまで心の友に出会ったことがなかった。

「ずいぶんよくなったわ」とドロシーが言う。だがその日は、マントンで過ごす最終日だった。彼女がサングラスをベッド脇のテーブルに忘れたので、ボニーが取りに戻った。ブレーンが愛車で彼女を誘い、ボルディゲーラまで遠乗りした。ボニーはひとりで海岸へ行ってアイスクリームを食べた。それからトゥーぺのベターバリュー商店で一緒に働いている娘たちに宛てて、遅まきながら絵はがきを書いた。この分では絵はがきが宛先へ届く前に帰宅することになりそうだった。

物語の進行は一度だけ妨げられた。アル・フレスコ・クラブのほの暗い記憶からアーニー・チャブスの獰猛な顔が飛び出してきて、餓えた両目がわたしの目を探した。彼の指はモーテルの部屋の中で、わたしの服のジッパーを引き下ろそうとした。その部屋には古びた洗濯物絞り機があって、ブリキの湯船に薪が貯めてあった。わたしは、男とこんなところにいること自体が間違っているのを承知していた。「誰にも言わないこと」とアーニー・チャブスが言った。「いい子は黙っているんだよ、エミリー」いや、これは記憶違いだ。いい子は黙っているんだよと言ったのは別の男。アーニー・チャブスはそんなことをつべこべ言いたがるタイプではなかった。

悪夢の残骸は冷えたタバコの吸い殻そっくりな灰色で、客間に迷い出たドブネズミさながら、あっという間に消え失せた。入れ違いにあらわれたのはもっと生き生きした夢想だった。「ほんとにもう！」ボルディゲーラから帰ってきたドロシーは少しご機嫌斜めだ。彼女はベッドに身を投げ出して、部屋が蒸し暑すぎると独り言を言った。それから窓を開け、吹き込んでくる風に向かって寒いと毒づいた。ビシー鉱泉水を部屋まで持ってきてくれるよう頼むが、このホテルにはエビアンしかない。彼女はいらいらするあまり、まだくわえてもいないタバコをもみ消した。

「ボニー」小型のプジョーのドアを開け、そこにもたれてブレーンが言った。「ああ、ボニー、君を幸せにできたらどんなにいいだろう！」

これほど親切なひとには会ったことがない、とボニーは思った。彼はわたしが愛しているのを知っている。わたしが自分を止められなくなっているのに気づいている。彼とドロシーの幸せが危うくなっているときにわたしの幸せを口にするなんて、彼はなんて親切なのだろう。今日の午後、ドロシーとブレーンはちょっとした口げんかをしたけれど、じきにふたりは仲直りする。今夜、彼はドロシーに結婚を申し込んで、明日以降、わたしは二度とふたりに会うことはない。ドロシーは幸せすぎて、忙しすぎて、ピンポンクラブへはもう戻って来ないだろう。結婚式の準備をして、ハネムーンへ行って、帰ってきたらマーラ屋敷に住むのだから。

「ボニー、これを見てくれ」日射しを受けてサファイアが輝いていた。パチンと音を立てて、彼が小さな箱を開けたのだ。小さなクッションの上に、宝石を乗せた細い金の指輪が見えた。「彼女のためにこれを買ったんだ」と彼が言った。「会って三日後にね」

「きれいだわ」喉に詰まりかけたことばをボニーが吐き出した。涙で目がかすむ。微笑もうとしてもとうてい無理だった。

「ボニー、聞いておくれ。これはドロシーのために買ったんだ。そのことを君に言っておかなくちゃならない」

ボニーは暗い顔でうなずいた。

「今日の午後、この指輪をドロシーにプレゼントするつもりだった。でもボニー、僕にはそれができなかった」

ボニーは再びうなずいた。ブレーンが何を言いたいのかよくわからないけれど、わかっているふりをした。

「ボニー、僕は君しか愛せない。この世の中の何よりも、それだけは確かだよ」

「わたし？　わたしなの？」

「そうだ、もちろんだよ。愛しのボニー」

微笑んだ彼の顔がうろたえたボニーを見おろしていた。彼の唇が開かれていた。彼女は、わたしなんてたいしたことないんだからと自分の声が答えるのを聞きながら、内心では、そんなこと言ってはだめよとつぶやいた。彼女の耳に彼の笑い声が聞こえた。

「たいしたことないはずがないよ、愛しのボニー。だって君は、僕の世界のすべてなんだから。太陽とあらゆる星と、夏のジャスミンの香りが君だ。言ってること、わかるかい？」

ボニーは赤面して顔を背けた。ドロシーのことを思い、裏切りを実感して、どうしたらいいかわからなくなった。声を上げて笑い、同時に泣きたくなった。

「僕のボニー、君の唇は天使みたいだ」

彼の唇が今ほめたたえたばかりの唇に重なった。やさしく押しつけられた唇は炎のようだ。「ああ、ブレーン、ブレーン」ボニーのつぶやきはことばにならなかった。

「何も言わなくていい」彼がささやき返し、サファイアの指輪がいつのまにか彼女の左手の薬指におさまっていた。

わたしだって結婚して子どもを産みたかった。こんなことになったのはアーニー・チャブスのせいだ。避妊具をつけるというのは口ばっかりでいつもいい加減だった。彼とつきあっていた時期、わたしは四回も堕胎した。最後はアイダホで施術を受けた。そのとき、もう妊娠は無理ですよと宣告された。「すまんね、お嬢ちゃん」とアーニー・チャブスが言った。「チリコンカンのルームサービスを頼もうか?」

デニムの上に血の色が広がった。深紅に染まった片手が天井から降ってきて、指を広げたまま空中にぶら下がった。恐怖から出た絶叫と痛みから出た悲鳴は別ものだ。渦中にあったとはいえ、その違いを聞き分けることはできる。

「二十ポンド」とミセス・トライスが言った。「それがあのふたりに支払った金額。うちのひとは子ども好きだから。子犬はただでもらったんだけどね」さらに彼女は、赤ん坊を売って儲けようとはいい根性だと続けた。「お金を返してよって言いたくても」わたしはアーニーに言った。「両親はもう行方知れずになっていたのよ。最初に五十ポンドってふっかけて、二十ポンドもらって行方をくらましたっていう話」アル・フレスコ・クラブでアーニーがラムのコーラ割りを注文した。一杯五ドルだった。「濡れ手で粟だね」ダンディーケーキを口元へ運びながらミセス・トライスが言った。「流れ者はいつだって一儲けを狙っているのよ」

「落雷」とわたしは言った。「列車に雷が落ちたのよ」

麻酔の投薬量は日を追うごとに減らされて、安静にしている時間も短くなっていった。プリンス・アルバート通り二十一番地の家で片手鍋にミルクを入れてかき混ぜていたとき、ミセス・トライスにいきなり叱りとばされた。ちゃんとかき混ぜていさえすれば焦げつかないんだ。洗濯物絞り機が置いてあって、ブリキの湯船に薪が貯めてあったのは、プリンス・アルバート通り二十一番地の家の裏庭の納屋だ。わたしが父だと勘違いしていた男がべそをかきながら、いい子は黙っているんだよと懇願したのも、この納屋の中だった。獰猛な顔をしていたのはアーニー・チャブスではない。アーニーはもっとやさしかった。

ミスター・トライスは直毛のフォックステリアを飼っていた。黒と白のぶちで極端に愚鈍だった。九歳のわたしがさせられていたお手伝いは、薪割りと皿洗いと朝食の炒め物にくわえて、この犬を散歩させることだった。ところがこのフォックステリアは、家の裏庭を自分の領分だと固く決めていて、外へ出たがらなかった。それでも無理やり連れ出すと、犬はわたしの後ろをとぼとぼ歩いてプリンス・アルバート通りを過ぎ、海岸の濡れた砂地へ下りた。わたしが防波堤に背中を預けて腰を下ろしているあいだ、カモメたちが犬にちょっかいを出すのだが、犬は何食わぬ顔で砂の上にじっとしている。カモメたちがときどきくちばしで犬をつついても、フォックステリアは怖がるでも喜ぶでもなく、そもそもちょっかいに気づいていないかのようにぼんやりしている。他の犬たちが近寄ってきて歯をむき出してうなることもあったけれど、ミスター・トライスの犬はそうした敵意にも心を動かされないらしく、腰を上げない。相手の犬がかかってくるとふぬけのように縮こまった。地面に身を押しつけ、目を閉じたフォックステリアの背中の逆毛は少しも逆立たなかった。

「こいつはやさしいんだ」というのがミスター・トライスの口癖だった。いやだなと思ったけれど、彼はときどき気が向くと犬の散歩についてきた。わたしたちは波打ち際に沿って歩いた。ミスター・トライスはしきりに犬を灰色の波に立ち向かわせようとしたが、決して思い通りにならなかった。石を投げようが口笛を吹こうが、フォックステリアは頑固に無関心を決め込んでいた。「頭がいい証拠だよ」ミスター・トライスはいつもそう負け惜しみを言った。「入る前に水の冷たさを見抜ける犬はめったにいるもんじゃない」ミスター・トライスとわたしは防波堤の陰に腰を下ろした。彼はわたしの体に腕を回して抱きしめる前に、必ず肩越しに振り返って後ろをちらりと見た。「愛してるって父さんに言っておくれ」と促されたわたしは、黙っているのは無愛想だと思ったので、言われた通りのことばを返した。ミスター・トライスはもう一度周囲を見回した。それからわたしの手を取っておでこの横のほうにキスした。犬はそのあいだじゅうずっと、座れば楽なのを知らないかのように、そばで立ったままでいた。ミスター・トライスは海岸ではいつも抱きしめてキスするだけだった。だが裏庭の納屋ではわたしをひざの上に乗せたし、ゲイアティ・シネマではわたしの足の上に片手をずっと載せていた。『砂塵』と『駅馬車戦争』がはじまって終わるまで、彼は手をどけなかった。わたしが十一歳になると、ミセス・トライスが洗濯屋へ働きに出ている留守に、わたしを寝室へ連れ込むようになった。彼はペニー貨を手渡しながら、わたしに約束をさせた。みんなが勘違いするといけないから、と彼が言った。

イタリアのその病院に入院していたとき、わたしは自分の人生の美しくない部分について、くよくよ考えたかったわけではない。とはいえ、考えてしまう自分を抑えることができなかった。当時五十六歳のわたしは美しい屋敷の女主人だったから、ベッドに横になりながら、屋敷を背景にした自分自身を思い描こうとしていた。ところがまたしても思索は裏切った。わたしの意思とは正反対に、長年にわたって屋敷を訪れた客たちが隠していた、見なくてもよい部分ばかりが思い出されたのだ。母親と神経質な息子、エイズに罹った同性愛者のカップル、三角関係の男女たちなど、しぐさやしゃべり方が連想させる物語が記憶からあふれ出してきた。母親はそもそも息子を手元に置いておきたいがために、幼い心に恐怖を植え込んだ。同性愛のカップルの場合は、若いほうが浮気をしたのが運命の分かれ目だったのだが、年上のほうはその過ちをすでに赦していた。ふたりともじきに死ぬ運命だった。ひとりの男を愛したふたりの女たちは、それぞれ次善の境遇に甘んじていた。わが家のダイニングルームとテラスでは、ローザ・クレヴェッリが客たちのグラスをワインで満たし、フルーツやドルチェをテーブルに運んだ。人間悲劇の数々を感知したわたしはぐったり疲れ果てて、テーブルを立った。

その一方で、出しゃばりのポリー・ダーリングやアネット・セントクレアとつきあうひとときは、うきうきと心温まる時間だった！　愛らしい唇やちょっと濡れた唇から流れ出すのはささやき声、ひそひそ話や、無心な喜びを叫ぶ声ばかりだった。彼女たちのなめらかな顔を黒髪が縁取り、瞳は初夏のヤグルマギクのように青かった。愛機の黒いオリンピアにカバーを掛けて、一日の執筆を終えるのは、しばしば三時半とか四時になった。空に薄明かりの筋が見え出す頃、わたしはテラスに出て、その晩最後のタバコに火を点けた。心地よい疲労感がもう眠ろうよと声を上げたものだ。

医師と看護婦がやってきてわたしの額をぱたぱた叩いた。腕には血圧を測る器具を巻いた。体温計を差し込んだ。やがて傷口を縫い合わせていた糸が抜き取られた。

「秘密にしておけば大丈夫」とミスター・トライスが言った。「大丈夫だから、ね？」

「うん」

三度目にペニー貨を手渡された後、わたしは自分の部屋の扉が開かないように椅子で押さえた。

だがそんなことをしても何の役にも立たなかった。十六歳の誕生日の前日、わたしは茶色い厚紙製のトランクに荷物をまとめて家を出た。五シリングを置いて出たのは、そのトランクがミセス・トライスの持ち物だったからだ。他人様のものを盗んではいけませんという日曜学校の教えを守ったのである。

「さあ話してごらん」とパブの女性店員が言った。「お給仕の経験はあるの？」

働くのははじめてだったので、わたしはまず厨房に配属されて皿洗いをした。「あんた、のろまだね」と同じ女性が言った。「まったく、筋金入りののろまだ」わたしの髪はちぢれ毛で太りがちな上に、着ている服はほとんどが古着屋で買ったものだった。でもじきに、ミスター・トライス以外の男たちがわたしの体を欲しがるようになり、プレゼントももらえるようになった。

「時限爆弾だったんですよ」とクインティが言った。

「落雷だと思っていたのに」

「時限爆弾です」

「どこに仕掛けてあったの、クインティ？　わたしの席の近く？」

「かなり近くに。他の車両は無傷でした」

「警察が来たのはそのため？」

「そのようですね」

入院中のある日、わたしのベッドの枕元に警察軍《カラビニエリ》がぞろぞろやってきた。そのせいでわたしの夢想が邪魔されて頭の中が混乱した。彼らが帰った後も、赤と白をあしらった濃紺の制服と、黒いホルスターに入れたリボルバー拳銃と、ひとりの白髪交じりの頭の残像が浮かんだり消えたりしながら、空想がぎっしり詰まった脳裏に居座った。彼らと何か話したかどうかは覚えていない。

後日、平服の刑事たちが通訳と一緒にやってきた。彼らは何度か通ってきて、通訳がわたしの応答を翻訳して聞かせるのに耳を傾けていたが、その態度から判断して、爆破事件の標的はわたしではなさそうだった。今思い出してみると、列車に乗るとき、さらに席に座った後、何か異状は感じませんでしたか、と百回も聞かれたようだ。わたしはなんべんも首を横に振った。挙動不審な人物はおろか急に顔を背けたり、顔を隠したりした人間も、一切見た覚えはなかった。刑事たちはつねに辛抱強く、礼儀を失わなかった。

「ブオンジョルノ、シニョーラ、グラッツィエ」

「さようなら、奥様」通訳がいちいち翻訳した。「ありがとうございました」

わたしが乗っていた客車はカロッツァ219である。切符に書かれていた番号を覚えていた。座席は十一番。近くの席に座っていたひとたちの顔が心のスクリーンに浮かぶ。アメリカ人の家族、若いカップル、それから老人連れのカップル。ファッション業界の女性と軽そうなスーツを着たビジネスマンたちは食堂車へ行って席を外していた。

「皆、この病院にいますよ」クインティがそう言ってわたしのほうをちらりと見た。そして、「全員じゃないですが」とつけくわえた。

三人のイギリス人の中では老人だけが生き残った。ドイツ人の若いカップルは男だけ。アメリカ人の幼い少女は病院内でエイミーと呼ばれていた。家族パスポートが見つかっていたが、生存者は彼女ひとりだった。アメリカに身元引受人がいないか探す調査は難航しているようだった。クインティが聞いてきた第一報では、身元引受人はいないとのことだった。だが、警察軍《カラビニエリ》と病院職員から聞き集めて、どこかに祖父母がいるらしく、後におばもいるとの情報がつけ加えられた。その後わかったのは、その子の祖父は心臓病をわずらっているので、息子とその妻と孫をいっぺんに失ったという報告などできやしないということだった。一方祖母のほうも、真実を知らされれば悲しみを夫に隠してはおけないと思われ、報告するのは無理そうだった。わたしはベッドに横になったまま話を聞いて、それはそうだろうと思った。アメリカの遺族には真実を知らせずにおくのが一番だ。年寄りたちにわざわざ、人生最後の悪夢を見せる必要などありはしない。

「女の子のおばさんとはなかなか連絡がとれないみたいで」とクインティが報告した。「どうやら旅行中らしいですよ」

そのひとは今ドイツだかイギリスだかにいるようだという話だったが、次の日の情報ではその話と矛盾していた。旅行中なのはおばではなく、女の子の家族と何らかのつながりがある親戚か友人であるらしい。女の子のおばとはすでに連絡がとれたようだ。

「なんでもそのおばさんは女の子を引き取れないそうで」

「どうしてなの、クインティ？」

「さあ、はっきりしません。病弱なのか、あちこちを年中飛び回る仕事でも持ってるのか」

クインティが行ってしまってから、わたしは考えた――どんな理由があるにせよ、身寄りのない女の子を切って捨てるとはなんて冷淡なおばさんなのだろう、と。

「またもや情報が間違っていたみたいですよ」クインティがやってきて訂正した。「例のおばさんというのは、誰か別のひとのおばさんだそうで。祖父母ともども人違いだそうです」

クインティが警察軍《カラビニエリ》に聞き回らなければ、これらの情報はわたしの耳に入らずじまいだったに違いない。なにぶん遠い国で親戚や家族の友人を探す作業をしていたのである。下っ端の巡査ぐらいでは調査がどこまで進んでいるか知らなかっただろう。その一方で病院の当局は、女の子がことばをしゃべれない――またはしゃべろうとしない――ので困惑していた。

カロッツァ219の乗客以外にけが人はいなかった。またあの列車に、政治的な重要人物が乗っていなかったことも明らかになった。生き残った老人の娘婿はロンドンの金融機関《マーチャントバンク》と関係のある仕事をしている人物で、アメリカ人の家族の父親は小児科医だった。だが爆発は起きた。たまたま近くの席に座った人間の命を奪い、手足をちぎるよう意図した爆弾が巧妙かつ無慈悲に仕掛けられたのだ。

犯人たちの目にはいったい何が映っているのだろう、とわたしは考えた。その連中はどれほど残忍な正体を隠しているのだろう。犯罪なら――軽犯罪とは言えない程度のものもしばしば――汽船ハンブルグ号に乗っていた頃に見たことがある。わたし自身の体から胎児が掻爬されて、生ゴミ用のバケツに捨てられたことも何度かある。カフェ・ローズではいかがわしい告白のあれこれが明るみに出た。アーニー・チャブスのずるがしこい瞳の中を、醜い罪悪感がかすめていくのも見た。だが一九八七年五月五日、午前十一時四十五分にわたしが乗り合わせた列車を襲った犯罪に匹敵するほどのものには出合ったことがなかった。むしょうに慰めが欲しくなったわたしは、あの日にタイトルを思いつき、カロッツァ219の車内で冒頭の数行が舞い降りてきた小説を書いてみることにした。**庭ではゼラニウムが咲いていた。かぐわしい夕暮れの中、白いドレスを着た娘が、早朝のクモの巣ほどに軽い足取りで歩いていた。夕暮れをゆく娘の心に、憂いの種は何ひとつなかった。**ところがそこから先がどうしても書けなかった。しかたがないので療養に専念しようと心に決めた。

イギリス人の老人とわたしは精神的打撃に苦しんでいた。わたしは顔の左側に刺さったガラス片を摘出してもらった。老人は両脚と胴体からガラスを取ってもらった。ドイツ人の若者はオトマーという名前で、片腕を失った。老人は将軍の地位まで昇った退役軍人だった。

「皮肉なものです」廊下で歩行訓練をしながら老人がつぶやいた。「このわしがただひとり生き残ったとは」

その声には感情がこもっていなかった。わたしは、老人の娘が美しかったのを覚えていた。イギリス人らしくしとやかで物静かで、どちらかといえばやせ形の、少ししおれた感じの女性だった。おそらく牡羊座生まれだ。

「命拾いしたわたしたちは幸運なんですよ、将軍」

老人は首を横に振りながら顔を背けた。わたしは彼に、エイミーと呼ばれている女の子の話をし、当局がアメリカで彼女の親戚を探していることも報告した。老人が女の子の境遇を思って一緒に悲しみ、自分以外にも大切なひとたちを失った人間がいることを知って欲しいと思ったのだ。老人はできる限り愛想よく応答し、しまいには微笑みさえした。そしていかにも職業軍人らしく、現実に起きたことを平然と受け入れているように見えた。憂鬱の気配は感じられず、疲労感だけがにじみ出ていた。わたしは歩行訓練を続ける老人を見送った。彼は看護婦の指示を忠実に守りながら金属の杖を突いて歩き、自分のベッドと、廊下の突き当たりにあるカーテンを閉めたバルコニーとのあいだを何度も往復した。

「オトマー、どうお見舞いを言ったらいいかわからないわ」わたしが掛けた同情のことばに、ドイツ人の若者はかなりしっかりした英語で、やさしくささやくようなあいさつを返した。ただその受け答えが、恋人を失ったことについて言っているのか、失った片腕について言っているのかは判然としなかった。彼は列車の中では赤と黄色の格子柄のネルシャツを着て、大きめのメガネを掛けていた。だがメガネは爆発の瞬間にこなごなに砕けた。今はワイヤーフレームのメガネを掛け、ジーンズをはき、グレーの無地のシャツを着ている。将軍とは違って、強いて作り笑いを浮かべようとはしない。彼は、目覚めてしまった強大な恐怖に追い詰められているように見えた。

「オトマー、希望を持ちましょう。わたしたちに残されているのは希望しかないのだもの」

回復期にさしかかった頃、わたしは自分の病棟の病室へ戻るたびに、新しい小説を書き進めようと試みた。ところがいっこうにはかどらなかった。これほど書けないのははじめての経験だった。列車の中で主人公が心のスクリーンにあらわれた瞬間、これはいけるという確信があったのに、動きはじめたフィルムが数秒後、突然停止してしまったらしい。娘のドレスのはためきも、穏やかな気分も一瞬のうちに凍りついた。わが映写機が壊れたせいで、庭の奥からあらわれるはずの友達が登場しそこねているのではないか？　穏やかな気分は高揚していくのではないのか？　娘の長い髪はこれから、一輪のクチナシの花で飾られるのではないのか？　わたしには何も見えなかった。どんな喜びが――あるいは悲しみが――あるのかが見えず、娘には名前がなく、日々の暮らし向きも不明で、家柄も、どんな星の下に生まれたのかもわからぬままだった。それればかりか、『とめどない涙』というタイトルが列車で起きた災難をずばり言い当てているようで、深い困惑と虚ろな気分に襲われた。落胆の淵に突き落とされたわたしは震えが止まらなかった。自分にそれまで起きたすべてのよいことが、奪い去られてしまったように思えたからだ。ある日、クインティがふと言った。

「しばらくのあいだ、あのひとたちにうちの屋敷へ逗留してもらったらどうですかね」

その一週間前、たまたま将軍が今イギリスへ帰るのはつらいので、しばらく時間が欲しい、とつぶやくのを聞いた。「じたばたあがいておるわけです」と彼は言った。「ベッド、廊下、壁に掛かった聖像、バルコニー。患者さんたちの顔とエーテルの匂い。この病院が自分にぴったりの居場所になったように感じるのですよ」

クインティは明らかに、他人の不幸を種に一儲けするつもりだが、たとえそうでも、彼の提案に反対する理由は何ひとつなかった。「静かな屋敷ですよ」とわたしは老人に言った。「高台にあるので涼しいのです。日によっては、そよ風がトラジメーノ湖を渡っていくこともあります」

老人はうなずいて感謝の意を述べた。二日後に会ったとき、わたしは彼に、わが家へ泊まってもらえれば食事だって出せるし、近所のホテルが満室のときに観光客を受け入れてきた長年の実績もあるのだと説明した。

「代金はきちんとお支払いします」と老人は静かに言い張った。「あのひとに、おたくの規定に従って、必要な代金はすべてきちんとお支払いするつもりですと伝えました」

「そのあたりのことはすべて彼が心得ています」

わたしは以前、下士官になら出会ったことがあるけれど、将軍ははじめてだった。老人はその地位にふさわしい風貌で贅肉がなく、髪は鉄色で、見事に引き締まった口元に灰色のひげを生やしている。押し出しは申し分ないがもちろんもう若くはない。七十歳に近いと踏んでいた。

「それでは一週間か二週間」さりげない礼儀正しさを感じさせる調子で老人が言った。「お世話になります。ですがミセス・デラハンティ、本当にいいのですか？　このようなときにお宅にご迷惑を掛けてはいけませんから」

「もちろん大丈夫ですわ」

オトマーは最初ことわった。かわいそうに、彼が背負い込んだ不幸の重みが日を追って増していくように見えた。彼は将軍よりもいっそう、本来の世界へ戻るにはどうすればいいか途方に暮れているようだった。

「ご親切はありがたいのですが」オトマーの声は瞳に浮かんだゆがみと響き合っているように思わ

れた。彼と話しているとき、わたしはしばしば彼の顔を正視できなくなることがあった。「お誘いをお受けできません。ぼくは文無しなので」

クインティもさすがに若者の懐具合までは知らなかっただろう。わたしは、オトマーの滞在費用は必要なら自分が負担しようと心に決めた。そして、お金のことは心配しないでいいと言った。将来、すべてが落ち着いたときに、もし余裕ができたら、ほんの少しだけ払ってくれればいいのだから、と。「ねえオトマー、遠慮しないでいらっしゃいよ」

アメリカ人の女の子を治療していたのはイノチェンティ医師である。小柄で、褐色の顔に金歯が目立つ彼は、医師や看護婦がたくさんいる中で一番英語が達者なので、将軍やオトマーやわたしが医師たちと意思を伝えあわなければならないとき、いつも通訳を買って出てくれた。わたしの家を開放して皆に滞在してもらうことになったという話が彼の耳に入ったとき、イノチェンティ医師はわざわざわたしの部屋まで来て、感謝の言葉を述べた。

「回復に役立ちます」と彼が続けた。「まさに願ってもない療法です」

医師は薄茶色のスーツに赤と緑の縞模様がついたシルクのネクタイを締めていた。もしよかったらあの女の子もわが家で歓迎しますとわたしが言うと、医師は首を横に振った。そして、まだ後見人が見つかっていないあの少女の身柄は警察軍《カラビニエリ》の管理下にあるので、彼らに相談しなければならないのだと説明した。「イタリアでは誰しも辛抱強くなければなりません」と彼は言った。「でもわたしは、あの少女が病院を出て、異なる環境で暮らすのはとてもいいと思います」

「先生、女の子は順調に回復しているんですか?」

返答の代わりに、仕立てのいいスーツの中で小さな両肩がすくめられた。両手が大きく動いて、栗色の頭が向こう、こちらと傾げられた。

「ゆっくりということですね？」わたしが口を挟んだ。

ゆっくりすぎる、と医師の端正な目鼻立ちが無言で答えた。楽観はできない。目下のところ回復のめどは立っていないので、と。

「お医者様の立場から見て転地療養が役立つのであれば、女の子も喜んで歓迎したいのです」

「シニョール・クインティもそのようにおっしゃっていました。願ってもないお申し出です」医師は静かにそう言った。真っ黒な瞳が子猫のようにやさしかった。魚座生まれだなと思った。

「警察軍《カラビニエリ》の責任者たちに説明しておきます。お役所的な手続きを端折《はしよ》れるかも知れません。ことばのわかるひとびとに囲まれて生活するのはエイミーにとって有利です」

しばらくして、イノチェンティ医師が警察軍《カラビニエリ》の説得に成功したのを知った。今後、女の子がわたしたちのもとでじゅうぶんな世話を受けているかどうか確認するために、毎週二、三回、警察軍《カラビニエリ》がわが家を訪問し、その結果をアメリカの当局に報告するという取り決めができた。イノチェンティ医師も定期的にわが家を訪れることになった。体調悪化の兆候が見られるようなら、ただちに病院へ戻される。だが医師は、女の子が病院で暮らした場合、悲劇の記憶がいつまでも生々しく心に残って、本人が現実と折り合いをつけるさまたげになると考えていた。

「シニョーラ、あなたは寛大です。少女の身元引受人がアメリカで見つかりしだい、お宅での滞在費用が支払われることを、シニョール・クインティにお伝えしておきました。警察軍《カラビニエリ》に勤務するわたしの友人たちによれば、少女の家族は貧しいわけではなさそうですので」

ある日の午後、わたしたちは皆揃って退院した。その晩、わたしたちはわが家のテラスのタイル貼りのテーブルを囲んだ。わたしの右隣りに将軍が座り、左隣りにオトマーが座った。女の子はすでにベッドで眠っていた。

ローザ・クレヴェッツリが、ラザニアとローズマリー風味のラム肉とヴィーノ・ノードレ・ディ・モンテプルチャーノと桃を運んできた。わたしたちは皆、自力で歩けはするものの、包帯や絆創膏をぐるぐる巻きつけていたので、よそのひとが見たらきっとぎょっとしただろう。愛する者を失わなかったのはわたしだけである。そもそもそういうひともいなかった。そんなことを考えていたら、真っ黒な地に金文字で例のタイトルが印刷された本のジャケットが心に浮かんだ。白いドレスの娘が庭を歩いて行くシーンが再び浮かんだと思ったのもつかの間、映像はまた凍りついた。

3

わたしたちが通っていた、日曜学校の先生のミス・アルツァピエディはすごくのっぽでやせていて、髪の毛が悩みの種で、他にもいろいろ厄介事があった。ベッドの上の壁に掛けるように、とロバに乗ったイエス様の絵をわたしにくれたのはこの先生だった。お祈りのしかたを教えてくれて、世の中には自然にお祈りをするひとたちと、そうでないひとたちがいますと指摘したのもミス・アルツァピエディだった。「愛のために祈りなさい」と先生は忠告した。「守ってもらえるよう祈りなさい」

そういうわけでプリンス・アルバート通り二十一番地を飛び出す前に、守ってもらえるよう祈った。自分にはそうすることが必要だと思ったからだ。パブのダイニングルームや、靴屋や、汽船ハンブルグ号で働いていたときにも、アーニー・チャブスがわたしをアイダホへ連れて行ったときにも、それからずっとたって、彼がわたしをオンブブで捨てたときにも、守ってもらえるようお祈りをした。洗練された女のようにふるまいたいと思い続けてはいたものの、ミス・アルツァピエディが教えてくれた通りにひざまずいて祈ることを恥ずかしいとは思わなかった。部屋にお客さんがいても平気だった。正直に言えば、今はもうひざまずきはしない。立って祈ったり、腰掛けたまま祈ったりしている。祈りを小声に出すこともせず、心の中でとなえている。

ウンブリアのこの家に移ってきた最初の年の暮れに、わたしは『九月は心の宝』を書き上げた。自分が楽しむために、時間つぶしとして書いた物語だ。書き上げるとすぐに引き出しへしまい込み、次の物語に取りかかった。今度の物語には『魅惑への逃避行』とタイトルをつけた。ある日、宿泊客が持っていたロマンス小説を読ませてもらったとき、わたしが書いた物語も決して悪くないと思った。そこでその本の出版社の住所を書きとめておき、後日、『九月は心の宝』の原稿をイングランドへ送った。何か月も音沙汰がなかったので、小包が迷子になったか、出版社が廃業したのだろうと思った。あの原稿を見ることは二度とあるまいとあきらめた頃、小包が送り返されてきた。**残念ながらご意向に沿うことはできませんでした**と印刷された無愛想な紙が一枚同封されていた。わたしは『魅惑への逃避行』を書き続け、他の出版社を知らなかったので一か月後くらいに同じ出版社へ送った。するとやがて、返送代分の郵便為替を送れば原稿を返却しますとだけ記された手紙が届いた。心の傷が癒えた頃、わたしは別の物語をかなりのスピードで書き上げて出版社へ送り、同じようにボツにされたが、もう傷つきはしなかった。結局のところ、わたしは、自分のためだけにこしらえたことばのタペストリーの中に慰めを見出していたのである。物語は無から生じた。文字どおり空しさの中から生まれたのだ。あの頃でさえ、わたしはそのことに驚異の念を抱いていた。

貴殿の中篇小説に興味があります。タイプライターで書かれたそっけない文面を見たとき、夢ではないと信じるのが難しかった。その短い手紙にはJ・A・メーカーズという署名があり、「プロットにさらなる推進力をもたらすための、当社査読者からの提案」を追ってお送りしますとも書いてあったが、その手紙の到着を待ちきれずにただちに返事を書いた。二週間後、プロットをめぐる提案を列挙した手紙が届いた。わたしは喜んですべての提案を受け入れた。その結果、おおげさな賛辞が連ねられたJ・A・メーカーズの書簡を受け取った。今では社内の部下の多くが貴殿の作を拝読し、全員が感服しておりますと綴られた手紙は、**今後おたがいにとって有益な関係を築けるでしょう**と締めくくられていた。その予測は的中した。とはいえ次の作品の原稿を送った後しばらくして「当社査読者からの提案」が届いたときには、その紙を破いて捨てて、それ以後、その種の提案を受け入れたことは一度もない。その作品は『胸をひらいて』である。すでにボツにされた作品もそれ以降たてつづけに出版された。

会話をとぎれさせないために、こうした話をひととおり将軍に聞かせた。将軍には会話がぜひ必要だと思ったからだ。その必要性がなければ、そっとしておいてもよかっただろう。わたしとしては、彼自身の物語を引き出すための前座として自己紹介をしたのである。

「もしよければあなたのお話も」とわたしは静かにつけくわえた。

将軍はすぐには返事をせず、下を向いたままだった。深い皺が刻まれ、白髪が生えた頭部が目の前にあった。クインティが気を利かして持ってきた〈デイリー・テレグラフ〉紙が膝上に開かれていた。気が重くなる見出しがいくつか目に入った。商店の外に停めた乳母車から赤ん坊が盗まれて近くの森に埋められた。歯科医師が女性患者の弱みにつけ込んだ。司教が何かの問題に巻き込まれた。

「おしゃべりすると気が晴れることもありますよ」

「うむ?」

「もし気が向いたら、ということです」

沈黙がまた舞い降りた。わたしは将軍が部下を率いて戦場で戦う場面を想像した。壮年期は第二次大戦頃のはずだった。今は老いた将軍が若く、抜け目のないキツネを思わせる名将の姿で、砂漠の戦線で活躍する場面が頭に浮かんだ。

「将軍はおひとりですか？」

「妻が死んでからずっとね」

彼の目が新聞紙上の不愉快な見出しをなでた。首相にジャムの固まりを投げつけた事件もあったようだ。

「旅から帰ったら新しい生活が待っているはずだった」と将軍が言った。

わたしははげますように微笑んだ。ことばは口に出さなかった。

「娘とその婿と一緒にハンプシャーで暮らすことになっていたのです」

彼はついに口を開いた。これでいい、とわたしは思った。子どもはひとり生まれた。一緒に旅していた娘さんのことで、彼女は列車内では若々しい美しさが褪せつつあるように見受けられた。

「娘を甘やかさないでね」というのが妻の口癖だった。彼の話によれば、娘は六歳か七歳の頃、木から落ちたことがある。彼が抱き上げて食事室まで運び、膝掛けをしてソファに寝かせてやった。そのときはほとんど体重がないように思えたという。何年も経ってからその同じ木の下で、三人家族と客人がジンのフレンチベルモット割りを飲むことになった。娘が、「このひとがディグビー」と彼氏を紹介した。

「わしはその男が好きになれなくてね」と将軍が打ち明けた。相手が死んだせいで恥辱が深まったその声は、うなるような調子だった。あの日、車内で三人はやけに遠慮しあっていた。わたしは三人のあいだに窮屈さ——というか何か隠しごとでもありそうな雰囲気——を感じたのを覚えていた。将軍が考えをまとめるまで、わたしは辛抱強く待った。ようやく口を開いた彼の声には、うなる調子がまだ残っていた。あの爆発さえなければ、娘婿にたいする感情的なしこりはいつまでも胸にしまい込まれていたに違いない。

　将軍は妻について情愛深く語った。彼女が死んだとき、彼女を苦しめた苦痛もこれまでだと思い、ほっとしたという。彼女の死は盲腸を切った手術痕のように、将軍の存在に深く刻印されている。わたしは将軍の正面から目をそらして、やせて年老いた彼の体内に榴散弾の破片が食い込んでいるイメージを追い払おうとした。その瞬間、刈り込んだ芝生に輝く日射しを背景にして、勲章をつけた若い男の軍服の首回りに娘の両腕が回される場面が見えた。「いいわ！　いいわ！」娘はプロポーズに熱烈に答え、彼女のうれし涙が軍服の上に貼りついた革のストラップに染みをつける。あなたくらい素敵なひとはどこを探したっていやしない、と彼女は胸の中で考えている。その通りだとわたしは思った。

「だめだった。わしはあの男がどうしても気に入らなかった。妻はそれを知って不機嫌になった。妻は、わしがよき父親であろうとした以上によき母親だったのですよ」

　再び沈黙。将軍は、もし爆弾で命を落としていたら、イングランドの新聞各紙にそれなりの死亡記事が載っただろう人物である。彼の妻は、おそらく、そのような注目とは無縁に死んだ。娘とその夫も同じように死んでいった。

「わしはあの男と同居できそうにないと思っていた。だがそのことは誰にも言わなかった」

「あの旅行は一種の予行練習だったのですね？　そういうことでしょう？」

「たぶん、そういうことだよ」

　わたしは微笑んでそれ以上何も言わなかった。おそらく嫉妬が原因だった――将軍は旅行をするうちに、ますますはっきりとそのことに気づいた。宿や教会や美術館で交わした会話にいつも嫉妬が染みこんでいたからだ。将軍は、娘夫婦には子どもが生まれなかったと言った。妻はそれを残念がっていたが自分はそうは思わない、と。

「〈テレグラフ〉はもう御用済みですか？」老人の膝の上から新聞を無理やり取り上げるのをためらってクインティがぐずぐずしていた。ローザ・クレヴェッリが、ティートレイに載せてきたお茶の道具をテーブルに並べはじめた。

「読み終わりましたよ」

「それではキッチンのほうへお下げします。何を隠そう、涼しい夜分に〈テレグラフ〉を読みながら過ごす一時間が何よりも好きなもので。夕食を片づけ終えてから読む〈テレグラフ〉は、自分へのごほうびなんです」

テーブルの、将軍の手に届く位置に、受け皿に載せたレモンティーのグラスが置かれた。ローザ・クレヴェッリが空になったティートレイを持っていた。クインティはまだテーブルのそばにいる。こうなると誰にも止められない。

「今申しました通り、もし新聞が必要でしたらキッチンにありますんで」

将軍はうなずいた。クインティはコホンと咳をして将軍に尋ねた。

「クリケットに関心はおありですか？」

将軍は首を横に振った。だがクインティがことばによる返事を待っているのに気づいて、クリケットにそれほど興味を持ったことはないのですよ、と丁寧に答えた。

「自分はスポーツの話となると無関心でいられないクチでして。興味のないスポーツはないんです。アイスホッケー。野球。ラクロスなら男子も女子も。カヌー競技も目が離せません」

将軍がお茶をすする。皿に、小さなビスケットのリッチャレッリが載っている。クインティがリッチャレッリをすすめ、ブール〔芝生で球を転がすフランスの球技〕の話をし、話題を再びカヌー競技に戻す。わたしは彼に合図を送って、あなたの茶目っ気に害はないけれど、お悔やみのムードがただよっているこの場にはふさわしくないわよ、と伝えようとした。彼はわたしの身振りを見て気づかない振りをした。

「白状しますと、自分はスポーツは観戦するだけでして。球技をやったことがないんですよ。トランプをするくらいが関の山で」

クインティが笑おうとするといじけたような微笑になる。彼は今、微笑んでいる。彼はよくカフェ・ローズの隅のテーブルで、常連のイギリス人たちとポーカーをしていた。トランプということばを口にするだけで、彼とわたしが分け持っているその記憶にスイッチが入るのを、彼は気づいているのだろうか？　わからない。

「ごめんなさい、彼は勝手に振る舞いがちで」クインティが部屋を出て行った後、できるだけ何気ない調子で将軍に弁解した。あるとき宿泊客に、クインティさんは頭のネジがゆるんでいるようですね、と言われたことがある。わたしが見る限り、将軍も今同じ疑念を感じているが、ことばにすると無礼に響くので黙っているに違いなかった。良家の令嬢の気を引くためにクインティが食肉エキス工場の責任者になりすました話などをして、彼の不幸せな人生を強調すれば、将軍に納得してもらえたと思う。彼がモデナの町を出て数キロの道路脇で車を下ろされた経緯や、やがてオンブブにあらわれた事情を話してもよかっただろう。一度など、彼があまりにもかわいそうだったので、抱き寄せて頭を撫でたことさえある、と吐露してもよかったかもしれない。

「彼はそういう人間なのです」すべてを打ち明ける代わりに、わたしはひとことだけ口に出した。じきにクインティが戻ってきて、いたずらでもしているかのような低い声で、G&Tをつくりましょうかと言った。そしてわたしの返事を待たずに、そこに立ったまま飲み物をこしらえた。前にも述べたように、半分は子どもで半分は悪党なのだ。

羽根飾りをぶちまけた空間にたくさんの生き物が飛び交っている。頭は人間だが手や足は形が歪んでいる。生き物たちは我を忘れて森の景色の中でもがいている。その森は白っぽい鳥の羽となめらかな群葉で満たされている。

かれこれ一週間のあいだ、あの子が描き出す特異な世界を見守りながら、わたしは背筋が寒くなる思いを感じていた。女の子が絵を描きはじめたのを見て、シニョーラ・バルディーニがクレヨンを買い与えると、絵は色とりどりに変貌し、描くものすべてが生々しくなって、わたしたちを驚かせた。口からはものを吐き出し、目線は奇妙に据わっている。カミソリみたいにやせた猫が人間のはらわたを漁っている。犬と馬の体の肉がむしり取られている。鳥が自分たちの血の海に横たわっている。ウサギはうじ虫に食われている。

エイミーは絵を描きながらときおり顔を上げた。そして、苦悩は自分の中にではなく絵の中にあるのだと言わんばかりに、かすかに微笑みさえした。彼女は決してことばを発しなかった。

母親は生前レース編みが趣味だった、とオトマーが話してくれた。彼は、切断されなかったほうの手に残る指で、何によらずものの表面を撫でるのが好きだ。母親はレース編みをしていると心が落ち着いて、複雑な模様の中に心が呑み込まれていくようだったという。彼は母親の話を多く語った。ドイツの郊外の家の、暗い室内に重厚な家具がぼんやりと浮かび、棚の上の果実がすべすべした光沢を放つ様子を描写した。ぎごちない話に耳を澄ますうちに、カーテンを閉めた食事室でチクタク時を刻む置き時計の音まで聞こえてきた。文字盤の両側にはブロンズの騎馬像がついている。

ポークソーセージとおいしいラインワインが供される。「さあ食べよう！《グーテン・アペテイート》」オトマーの父親が声を上げる。わたしがもしオトマーの年齢だったら、彼が語る家と家族と、冬の炉辺で食べるりんごの焼き菓子《アプフェルシュトルーデル》をどれほど愛しただろう！

「マデレーン」とオトマーが言った。爆弾で命を落とした娘の名前だ。わたしは彼に、あなたにはちょっと古すぎるかもしれないけど、彼女を見たとき有名な女優のリリ・パーマーに似ていると思ったのよ、と言った。そう語りながらわたしは、一九六〇年代にオンブブで見た傷だらけの『心の焦燥』を思い出していた。その映画は当時すでに時代遅れの作品だった。

「マデレーンもユダヤ系だったんですよ」とオトマーが言った。それを聞いてわたしは、オトマーがリリ・パーマーを知らないと決めつけていたのは間違いだったと気がついた。

オトマーと彼女はオルヴィエートで乗車してミラノまで行く予定だった。オトマーは列車を乗り継いでドイツまで、マデレーンはミラノのリナーテ空港から両親が住むイスラエルへ向かうことになっていた。ふたりは何週間も前からその旅について話し合い、マデレーンが父親に会って結婚の許可を求めるべきか否かを話し合っていた。父親がもし許してくれれば、オトマーがユダヤ人でないゆえの失望を差し引いても、若いふたりになにがしかの経済的援助をくれる見込みがあった。「結婚したくなったときにはお父様に許しを請うこと」マデレーンの母親は何年も前にそう釘を刺していた。「さもないとお父様の逆鱗に触れることになるから」彼女の父親は五年前、自分の富とビジネスセンスを、精神的故郷と考える国のために生かそうと思い立ち、ドイツを引き払ってエルサレムへ移住した。エルサレムを訪れたことがないマデレーンが、実家を訪問したいという手紙を父親に書き送ると、小切手が封書で送られてきた。父親は喜んだに違いなかった。「おかげで運賃の高い列車に乗れました」とオトマーが説明した。「小切手がなかったらヒッチハイクするしかなかった」

わたしは黙っていた。ことばには出さなかったけれど、オルヴィエートを起点にして飛行機に乗るつもりならローマ空港へ行くのが理にかなっている。ミラノよりもローマへ出たほうがずっと近いからだ。わたしはまた、将軍と娘夫婦が本来、前日に列車で移動する予定だったと将軍が語っていたことや、イタリア人のビジネスマンたちとファッション業界の女性が食堂車へ行ったことを、つらつら思い出していた。オトマーはわたしに向かってしゃべり続けた。マデレーンのこと、爆発までの日々のこと、それから、小切手が届くのを待った日々について。ふたりは八月に結婚するつもりだったという。

「あのドイツ人は文無しです」クインティが冗談めかして言った。「皆をだまそうとしていますよ」

「お金がないことは彼から直接聞いているわ。費用はわたしが負担します」

「慈善事業をやってるわけじゃないんで。お忘れなきように」

「皆が気の毒で見ていられないの」

わたしはクインティに、あなたが気の毒で見ていられなかったこともあると言ってやってもよかった。ローザ・クレヴェッリがはじめてここへやって来たときなんか、栄養不良でがりがりで、手の爪が全部割れてて目も当てられなかったんだから、と言ってやってもよかった。屋敷へ野良猫が迷い込んできたようなものよ、と。

「天国へ行ったらごほうびがもらえますよ」とクインティがつぶやいた。

その夏、わたしは毎朝五時十五分に目を覚まして、小鳥の声が聞こえないか耳を澄ました。病院から家へ戻ったとき、夏はすでにたけなわだった。鳥のさえずりが聞こえない明け方は寂しい。わたしがあの時期、爆弾を仕掛けた犯人のことを再び考えはじめたのは、たぶんその寂しさのせいだ。犯行声明を出した政治グループはなく、警察は、異常者の犯行とする仮説に傾きつつあった。わたしはその卑劣な人間の様子を思い描こうとつとめた。その男は今頃、息子がいつの日かとんでもない罪を犯すだろうと思い続けてきた母親か、どうしても夫を見捨てられない妻にかくまわれているのだろう。どんな種類の異常者なのか、それとも悪魔というべきか？　いかなる精神疾患が――あるいは悪意が――見ず知らずの乗客たちを殺すよう命じたのか？　わたしは明け方に思いをめぐらして犯人像の可能性を数え上げた。正気を失っているせいか、残虐さが突出したか、憎しみを募らせた結果か、痛めつけられた人間か、軽蔑されて歪んだか、復讐心をこじらせたのか。六人が死に、四人が大けがを負い、少女は孤児になった上に自分自身を見失っている。これらすべてはすでに世間で、聞き飽きた話になっているだろうか？　わたしの顔と体についた切り傷はやがて完治し、痕もほとんど残らないと聞いた。たぶんその通りになるだろう。だがそれ以外の痛手はどうなのだ？　わたしにしろ他のひとたちにしろ、いつの日か心の痛手が回復するかと問えば、答えは疑わしい。『とめどない涙』というタイトルがわたし自身を嘲笑している。小説の世界は何ひとつ見えてこず、打ちひしがれた気持ちになるばかりだった。

わたしたちはわたしの家で暮らしはじめた。それはどこでもない場所だ。何を待っているのかわからないまま、皆で何かを待ち続けていた。悲しみ、痛み、嘆き、長い沈黙、死の静かな影、心に秘めた悪夢――それらすべてを皆が黙って抱えていたが、共有しているからといって慰めはなかった。あの夏、あなたがもしウンブリアのわたしの家を訪ねたならば、わたしたちを亡霊と呼んだかもしれない。

警察は定期的にやってきた。刑事たちがわたしたちに質問し、疑わしい人物たちの写真を見せるあいだ、警察軍《カラビニエリ》の二人組は警察車両の中で待機していた。シニョーラ・バルディーニが制服姿の男たちにアイスティーを出した。イノチェンティ医師は毎日やってきて、エイミーをしばらく見守った。静かなひとなので、来ているのに気づかないほどだった。彼はいつも、大事なのは時間ですと言った。時の力を信じる必要があります、と。

わたしは私室にエイミーを呼び、自分が書いた本を飾っているガラス張りの書棚を開けて、色とりどりの本のカバーを見せた。彼女がクレヨンで描く絵の色彩が少しでも明るくなってくれたらいいと思ったからだ。彼女はおとなしくカバーの絵を見てうなずいていた。それから一、二冊を開いて、本文を拾い読みしているようだった。だがやはりひとこともしゃべらず、自分の部屋へ戻って一枚の絵を描き上げた。以前にも増して過激な恐怖が溢れ出すような絵だった。「食欲はじゅうぶんですよ」とイノチェンティ医師が指摘した。気休めを語ることで彼自身も気を取り直しているように見えた。

ある晩、事態が急に動いた。エイミーが両親を失ったことに関連して病院を数回訪れた、アメリカの当局者から電話があったのだ。電話の主はクインティに、アメリカでエイミーの母親の兄が見つかったと報告した。今回は人違いではない。イノチェンティ医師がすでにその人物と話したのだという。

「ついに朗報が舞い込みましたね」翌朝テラスで朝食をとりながら、わたしが将軍に言った。

「朗報？　どういうことです？」

「エイミーのおじさんが見つかりました」

「ほう」

「リバースミスという名前です」

「寄宿学校にそういう名前の生徒がいましたよ」

「このひとはアメリカ人ですけどね」

将軍はエイミーがお気に入りだった。子どもに情が移るところをずっと見守っていたのでわたしにはわかる。今から思えば、将軍が、エイミーのおじが見つかったという話題に乗ってこなかったのもよくわかる。できればそれを認めたくなかったのだろう。将軍は話をそらし、いつの間にか話題がすり替わっていた。彼は自分が卒業した寄宿学校に近いコッツウォルズ地方の村について語り出し、暖色の茶色い石材や小さな花の庭の話をした。友達と連れだって村はずれまで歩いて行くと、小さな食堂をやっている女性——ミセス・パッチという名前だった——がいた。四人でテーブルを囲んでよくお茶を飲んだが、代金は一テーブルにつき六ペンスだった。レタスのサンドウィッチや蜂蜜のサンドウィッチやサーディンのサンドウィッチが供された。干しぶどうが入った熱々のスコーンの上にバターが溶けているのや、チョコレートを詰めたバナナケーキも出た。ポットのお茶は飲み放題だった。寄宿学校の生徒たちは代々、村まで散歩していって小さな食堂に入り、テーブルクロスの上に六ペンスを置き、ミセス・パッチからわが家にも息子たちがいるけどもう皆大人になりましたという話を聞かされた。お金を少しだけ余計に払い——四人がけテーブルにつき一ペンス——前もって話しておけば、魚料理が出た。

思い出話の口調は淡々としていた。ジョブスンがいつもチャペルでオルガンを弾いた。即興曲《ヴオランタリー》がはじまると、聖歌隊席の後ろの特別席まで先生方が行列してくる合図なので、生徒たちは、通路の両側に並んだ横長の信徒席で起立して待った。ヘンデルかバッハの曲が最高潮に鳴り響く頃合いになると、校長先生が先頭に立って先生方が入場してくる。儀式が終わった後、ジョブスンはときどき、演奏を間違えたと告白した。だが彼はとても上手なオルガニストで、ミスタッチをごまかす技にも長けていたので、誰ひとり気づかなかった。ジョブスンと将軍は、新入生用の共同寝室で入学第一日目に出会って以来の親友だった。

奇妙なものだ、とわたしは話を聞きながら考えた。将軍は心痛に打ちひしがれているはずなのに、思い出話が滔々と出てくるのだから！　ミセス・パッチの古い食堂、級長の声、ミルク缶にマグを突っ込む場面など、記憶の内部を漂う断片のあれこれが次々に浮かんでくるのも奇妙だった。舎監——六人の年配者だった——が片手をあご先に当て、もう片方の肘を引いて、組んだ脚には黒いガウンをまとわりつかせて、チャペルの席に偉そうに腰掛けていた。思い出を語る将軍の視線はいつも遠くの丘に注がれていた。記憶の中のチャペルの鐘、学校の鐘、消灯の鐘はそれぞれに異なる音色だった。ある日手品師がやってきて、ウサギや鳥を出す手品をやって見せた。体育館の裏で喫煙する生徒たちがいた。規則はどれも破られるためにあったが、盗みを働く者だけはいなかった。悪事はいさぎよく白状するのが当然で、捕まったら嘘は決して言わなかった。おとなしい風景の中に控えめにたたずむその学舎で名誉を重んじる心のなんたるかを学んだ、と将軍は語った。彼はそれから表情をつくり、微笑みを浮かべた。病院で見たよりも自然な微笑みだった。

「クルーとマクマイケルは厄介な連中でね」少ししてから将軍がそうつぶやいた。わたしは一瞬、そのふたりはジョブスンと同じく寄宿学校の生徒たちだろうと想像した。わたしたち四人のあいだでは困惑が狼狽へといとも簡単に変化した。

ところが実際は、将軍は事務弁護士たちの話をしているのだった。クルーとマクマイケルは将軍が雇っている事務弁護士で、娘婿を担当しているのはジョンストン・ジョンソンという名前だった。両方の事務所から将軍宛に封書が届いたのだ。手紙の冒頭に哀悼のことばが述べられた後、すぐに用件が書かれていた。遺言と財産について、整理すべきことがらについて、さらにあれこれの法的手続きについて。わたしは将軍をなだめようとして口を開いた。

「先方としてはそれが仕事でしょうから」

将軍はなかばあきらめたように、なかばは仕事とやらに疑念を隠せぬ様子でうなずきを返した。ハンプシャーの屋敷は空っぽになってしまい、死んだ娘には財産がある。それら両方の相続人が将軍なのだ。口には出さなかったものの、主を失った部屋から部屋へ歩き回り、引き出しや物入れを開けてまわるのを、彼は明らかに恐れていた。娘の友人の子どもたちに配るために、宝石類の価格はすでに査定済みだった。事務弁護士から届いた手紙の一通には、持ち主がはっきりしないものに関する、細かすぎる問い合わせも含まれていた。屋敷には娘婿が蒐集した中国切手のコレクションや、彼が撮った写真もあった。夫婦の衣類や、本やレコードもあった。**私物と思われる物品に関しましては、後日、すべての準備が整った段階でご指示を仰ぎたいと考えております**。と事務弁護士が書いていた。

「遺品の整理は娘さんのお友達にまかせることもできるのじゃないかしら？」

将軍は、自分がなすべきことがらについて責任逃れはしたくないと言った。だが彼の人生でおそらくはじめて、軍人としての勇気が揺らいでいた。彼の顔を見ればそれは明らかだった。見覚えのある衣服を見るのも、娘と虫の好かない男と三人で住むはずだったハンプシャーの屋敷を見るのも、耐えられないに違いない。今思えば、あの男を毛嫌いしたのは心が狭かった！　ささいな短所を受け止めてやれなかったとは、何と狭量だったことか！　将軍の視線が遠くの丘から離れてわたしに注がれた。カロッツァ２１９の車内で、将軍が腕時計を外していじくっていたとき、彼の胸中は嫌悪感でいっぱいだったのだろうか？　娘婿が死ぬ瞬間にも、彼は嫌悪感にさいなまれていたのだろうか？

「ああ、なんてことだ」そうつぶやいた将軍の声には感情がなかった。涙は押しとどめられ、飛び出したそのひとことに紛れて消えた。慰めにしがみついた手の力が弱まり、少年時代の追憶は無益な塵と化した。わたしは手を伸ばして彼の両手をとった。その瞬間わたしは、将軍が望むものなら何でも与えたいと思った。

「ひとを嫌いになるのはしかたがないことよ」わたしは小声で言った。「くよくよしないで」

「娘は何年も前からわかっていたに違いない。わしは娘を長年傷つけてきたのだよ」

「娘さんは賢く見えましたよ。わざとしたことじゃないのですもの、傷ついてなんか」

「あの男の笑い方が我慢ならなかったんだ」

わたしは、将軍の奥さんが娘婿の味方をして、決して悪いひとじゃないわとか、大事なのは娘の幸せでしょう、などと話している場面を想像した。笑い方が我慢ならないなんて、ささいなことにもほどがある。「さあ、気を取り直して」決して不機嫌を表には出さなかったものの、妻の叱責は断固たるものだった。彼女はひとあしらいが上手だった。

「もちろんわざとではなかった」と将軍が言った。彼は手を引っ込めたが、わたしが意図した慰めは受け取ってもらえたと思う。彼の声は穏やかになった。背を丸めた姿勢からも立ち直った。腰を下ろしてはいるものの、背筋の伸びた軍人らしさが戻ってきた。

「ぜんぶかまわず処分してくれたらいいのだよ」かなり元気を取り戻した将軍が言った。

「きっとそうしてくれますよ」

わたしは将軍に向かってまた微笑んだ。彼には、臆病と自覚したものをごまかすための口実が必要なのだ。『九月は心の宝』でデイス・ミス夫人は、「いいわね、つらいときにはごまかすのが一番」と言った。何を隠そう、わたしもそのとき自分をごまかしていた。将軍がイングランドへ帰りたくない理由は、イングランドが、彼がコッツウォルズの寄宿学校の生徒だった頃とは大きく変わってしまったせいに違いない、と考えることにしたのである。わたしがおしゃべりしたイングランド人の宿泊客は口を揃えて、犯罪が増え、都会が荒れてきたことや、ひとびとの強欲さに苦情を述べたてていた。白バイに乗った巡査が威張り散らすのは腹に据えかねる。テレビのCMで下品なことばをしゃべり散らして、正気とは思われない連中が人気者になっているのも我慢できない。自動車のリアウィンドウにみだらなことばを書いたステッカーが貼ってあるのもいかがなものか、などなど。「そういうことが気になったことはありませんな」嘆き節は将軍の興味を引き止め損なったようだ。彼はほとんどテレビは見ないのだそうだ。

「あら、わたしは確信していますよ。今思いついたわけじゃなくて前々から。緑豊かで楽しきイングランドの大地をよからぬ輩《やから》が牛耳っているのです。王族が利益を得るためにチーズを売るご時世ですもの」

話の流れを変えるために、わたしはアーニー・チャブスを話題にした。彼は、代理店契約をしている衛生陶器に王室御用達の認可証をもらおうとしたがうまくいかなかったので、無断で御用達を名乗っていたところ、見つかってひと悶着起きた。将軍はうなずいてくれたものの、彼の心がよそへ行ってしまったのがわかった。唇をすぼめた事務弁護士たちが灰色の事務所で、将軍に向かって単調な話をしていた。古めかしい書物と書類箱と、既決書類入れに積まれた封書の山に囲まれて、将軍はみじめに立ち尽くしていた。生涯掛けて積み上げてきた勇敢さがついに無に帰してしまった。

「将軍、気が晴れるまでずっとこの家にいてくださいな。ここでは決してひとりぼっちじゃないのですから」

「ご親切にありがとう、ミセス・デラハンティ」うなだれていた顔が正面を向いて、無表情な瞳がわたしの目の奥を見つめた。「ほんとうにありがとう」と将軍が言った。

オトマーとの会話も似たような感じだった。応接室《サロット》でタバコに火を点けたところへ、いつもながら気配の薄い彼が入ってきて、丈が高いフレンチウィンドウを開け放った脇の、肘掛け椅子に腰を下ろした。わたしは彼に微笑んだ。「エイミーのおじさんが見つかったって」とわたしが言った。「待ちに待った朗報よね？」

「おお、はい《ヤー》」

彼は何度もうなずいた。

「はい《ヤー》」彼はもう一度言った。

わたしはそれ以上深追いするのをやめた。オトマーから無理やり感激を引き出そうとは思わなかった。だがエイミーを愛している人間が見つかったのは事実である。彼女もやがて愛する心を取り戻すだろう。オトマーに言いはしなかったけれど、愛こそは人生に不可欠なもの。愛を受けるか与えるかしない限り人間は生きていけない。娘や恋人を失うことは、愛を失うのと同じなのだ。わたしの愛は〈死の壁〉の上で消えた、とは言わずにおいた。「ふたり仲良くあの世へ行ったよ」わたしが尋ねたのに答えてミセス・トライスが冷淡につぶやいた。「あんなに危ない見世物をやってたんだから無理もない」わたしは自分を捨てた両親の死を何度も繰り返し追悼した。ふたりを乗せたバイクが円筒の端をかすめて走り、木製の不十分な防柵をぶち破って跳んだ。今でも目の前に、勝ち誇ったポーズで観客にあいさつする女の片腕が見える。口を覆った赤いハンカチがはためくのも見える。それから虚空へ突っ走っていくバイクも。

「英語はどこで習ったの、オトマー？」彼のカップにコーヒーを注いでからわたしは尋ねた。そして、やりにくそうにブリオッシュをちぎるしぐさを見つめた。

「学校で習いました。イングランドへもアメリカへも行ったことはありません」

コーヒーカップの受け皿の縁を手の指が撫でていた。彼はさらに、マデレーンはイングランドで暮らしたことがあり、ボーンマスで親戚の仕事を手伝っていたのだと話した。「シルクのスカーフ。最初は製造工場で働いて、しばらく後には販売をしていました」

将軍と同じように彼も一瞬、涙をこらえているように見えた。マデレーンのことを話すときは、わたしから目をそらした。彼はブリオッシュをコーヒーにひたした。わたしは、彼が食べるのをじっと見ていた。わたしの質問に答えて、彼はジャーナリストになりたかったのだと語った。マデレーンとともにイタリアへ来たのもそのことと関係がある――フィレンツェで恋人を何人も殺害し、まだ捕まっていない殺人鬼がいるという話を聞いてやってきたのだ。犯行はいつも、停車した車内でセックスをしている最中におこなわれた。オトマーにはひとつの仮説があったので、それを生かして記事にまとめ、ミュンヘンの新聞に売り込むつもりだった。ニュース記事に導かれてオルヴィエートまで行き、ふたりはそこで結婚の約束をした。オトマーは文無しだったにもかかわらず。マデレーンがエルサレムの父親に電話で連絡したのは、オルヴィエートからだった。

「タバコはいかが？」

オトマーが一本とって丁寧に礼を言った。切断されたのは右腕だった。コーヒーカップは左手で持ち、カップは今テーブルの上に置かれていたが、ぎごちなさはぬぐえなかった。彼にくつろいでもらおうと思い、わたしは微笑みかけた。それから自分と彼のタバコに火を点けた。その拍子にわたしの指が彼の手の甲をかすめた。わたしが口を開いた。

「彼女とはどんなふうに出会ったの？」

「スーパーマーケットで」

彼女が袋入りのハーブに手を伸ばそうとして、マスタードの瓶をいくつか倒した。彼は彼女に手を貸して瓶をもとに戻した。その後、レジのところでまた一緒になった。「コーヒーでも一緒にどうですか？」と彼が誘い、駐車場を通り、道路を渡ってカフェに入った。わたしは『ひと夏の花びら』の出会いの場面を思い出したが、もちろん口には出さなかった。

「上等なタバコですね」オトマーはそう言いながら立ち上がった。「少し歩いてきます」わたしはひとり残されて空想し続けた。

こんなロマンティックな経験ははじめて。オトマーと並んでカフェまで歩くあいだ、マデレーンが心の中でそうつぶやくのをわたしは思い浮かべた。オトマーは、食料品が入った彼女のレジ袋を持った。カフェで彼は、じつはマデレーンの姿を以前にも見たことがある——しばしば見かけていたのだ——と話した。知り合える機会を待っていたと告白した彼は、マデレーンの顔かたちの美しさを熱っぽく讃美し、彼女がどれほど夢に出てくるかを語った。声はどんなだろうと想像していた、とも。「まあ、わたしなんて全然きれいじゃないのに」と彼女は言い張ったが、オトマーは聞かなかった。彼は彼女を愛していると言った。「愛している《リーベ》」という単語は、オーストリア人の象牙捕りが年がら年中口にしていた。オトマーは駐車場を通って元の場所へ戻るまでのあいだ、「リーベ」を何度も繰り返した。

その晩マデレーンは眠れなくて、明け方まで寝返りを打ち続けた。彼女の美しさを称賛したオトマーのことばに誇張がなくはなかったかもしれない。一方、彼本人はお世辞にも男前とは言えなかった。ハンサムでないばかりか、どちらかと言えば醜いほうかも、とマデレーンは思った。だがそんなことはどうでもよかった。彼女は生まれてこの方、自分を愛し、その美しさを讃えるために発せられた、あれほど熱烈なことばを聞いたことがなかったのだ。

「オトマー、わたしはあなたを愛しています《イッヒ・リーベ・ディッヒ》」きっかり一か月後、マデレーンはオトマーにそう言った。

イノチェンティ医師がまたやってきて、エイミーが新しく描いた絵をほめた後、わたしを脇へ引き寄せて彼女のおじさんの話をした。ミスター・リバースミスは大学教授で、電話でのやりとりは長話になったという。

「教授《イル・プロフェッソーレ》に、少女はもうしばらくこのお宅の静かな環境で過ごしたほうがよさそうだと伝えておきました。エイミーはまだアメリカへ戻すべきではありません、と」

「もちろんです」

「わたしとしてはまだ、あの子が長旅をするのに賛成できません」それから一呼吸置いて、「シニョーラ、ご迷惑でしょうか？」

「エイミーはずっといてもらってかまいませんよ」

「シニョーラ、あなたは思いやりが深いです」

「先生は、どうしてあんなことが起きたと考えておられるのですか？」

「どうしてとは、シニョーラ？」

「犯行の理由は何だったのでしょう？　警察が今でもここへやってくるのです」

医師は彼特有の表現力豊かなしぐさで肩をすくめた。両肩と同時に眉と口元も動いて、両手の平がクエスチョンマークのように広げられた。

「警察が通ってくるのは、彼らにもまだ真相がつかめないからでしょうね」彼はまた肩をすくめた。

「誰の責任か、つかめていないのでしょう」

「あんな事件を起こしたからには理由があると思うのです、必ず」

「シニョーラ、いかなる場合でも警察軍《カラビニエリ》は沈黙を守ります。真犯人は、爆弾を仕掛けたのは素人だと思わせて捜査を攪乱しているのでしょう」

「あるいは異常者のしわざ。そう言っているのを聞きました」

「だとしたら賢い異常者ですね、シニョーラ。所有者不明の荷物が乗客のものに混じって荷物棚に置かれていました。異常者というよりむしろテロリストの線だろう、とわたしは思っています」

「でもそうだとしたら、彼らが殺したかったのはわたしたちのうちの誰なんです？　居合わせたのは皆ふつうのひとびとなのに」

「シニョーラ、ボローニャ駅で起きた爆弾事件では誰が狙われたのでしょうか？　まさか当時三歳だったアンジェラ・フレスが標的だったとは思われませんよね？」

4

あのひどい事件の後、はじめて早朝の散歩をした。オリーブの灌木とエニシダのあいだをゆく道はいたるところで、白い砂ぼこりにまみれた踏み分け道と化していた。遠くの丘が描く曲線は靄《もや》にかすみ、空には色がなかった。これこそウンブリアの風景だと言い張っているカサマツとイトスギの上空に、画家が描いたかのような小さい雲が貼りついていた。

アメリカ人の教授はどんなひとだろうと考えた。リバースミスという名前は響きがよかったものの、何も語ってはくれなかった。その名前の持ち主は、列車に乗っていた金髪でえくぼがある女性の兄さんで、たぶん三十歳台だろう。彼の様子を思い浮かべるうちに、顔がしだいにあの女性に似かよっていった。

「ブオンジョルノ、シニョーラ！」薪を山ほど背負った年老いた女性がわたしに声を掛けた。さらに歩いて行くと、彼女の夫が道端の草を鎌で刈っていた。砂ぼこりの白い道で出会うひとびとは限られている。若者がときおり、バイクで通り過ぎる。秋にはブドウの収穫人たちがやってくる。十一月にはオリーブが収穫される。よく知っている道を歩くのは楽しかった。

「ブオンジョルノ、シニョーラ！」わたしもあいさつを返した。あるときわたしは日曜学校でとんでもない失敗をしたことがある。質問に答えるときに間違えて、ヨセフ様を神様だと言ってしまったのだ。誰かがくすくす笑いだした。わたしは恥ずかしくて、自分の顔が赤くなるのがわかった。でもミス・アルツァピエディは、そういう間違いは誰にでもあることだと言ってくれた。先生の広い胸板はテーブルの天板みたいだった。夏でも冬でも先生はストッキングを履かないので、白くて骨張ったくるぶしがいつもむき出しだった。ヨセフ様はイエス様の父親で、神様も父なるお方なので、わたしの間違いは無理もないようにも思えてきた。ミス・アルツァピエディが「もちろんですよ」と言いながらうなずくと、くすくす笑いは止んだ。

わたしが日曜学校のことを思い出したのは、将軍がミセス・パッチの小さな食堂を思い出したり、オトマーが実家のぬくぬくとした暮らしを思い出したのと同じだった、と今にして思う。それは現実と折り合うひとつの方法——混沌とした泥の中ですがりつけるものを見つけるための手段——だ。それぞれのしかたで支えを探そうとするのが人間なのだろう。ミス・アルツァピエディの日曜学校に通った中で動揺した経験と言えば、あのとき、先生が助け船を出してくれるまでのわずかな時間だけだ。オトマーは叱られたときの記憶を語ってくれた。階段室と玄関の壁を塗り替えるために塗装職人がやってきた日にペンキ缶をぶちまけてしまったときと、食器棚に入れてあった皿の上から梨をひとつ盗んだときの話である。将軍の話によれば寄宿学校時代、青い毛布を掛けたベッドにパジャマの少年たちが寝た共同寝室でも、恥ずかしい思いをしたことはあったという。だがぞっとするほど恥ずかしかった経験も愉快な思い出へと変貌する。

「ひとびとがロバの行く足元に棕櫚《しゅろ》の葉を敷き詰めたのです」ミス・アルツァピエディがそう語るのを聞いていると、ロバの背に乗った、長髪であごひげをたくわえたイエス様の姿が目に見えるようだった。ロバは神聖な生き物だと学んだ。「どのロバの背中にも十字架の形があらわれています」と先生は語った。「神聖なロバは皆、黒い十字架を背負っているということをどうか覚えておいてください」

　将軍は部下たちを率いてあちこちの前線で戦った。だが、日射しを浴びた芝生の上でうれし涙を流し、軍服に貼りついた革のストラップをその涙で濡らした娘のもとへ必ず戻ってきた。他の女には見向きもしなかった。男同士がからかいあって同志愛を育む兵舎でも、将軍の情欲は正道を踏み外さなかった。あるいは砂漠の真ん中で、砂漠の女たちが一日二日の喜びを約束するような状況でも、彼は一度たりとも揺らがなかった。結婚生活がいかに幸せであったかは、老人の顔の皺に刻まれていた。ふたりの人間がほぼ一生涯、ひとつに結ばれていたのである。

「ほらね、ずっとよく見えるはずよ」オトマーがはじめてメガネを掛けたときに母親が言った。それまでは何を見ても形がぶれて色も滲んでいたのに、今はすべてがはっきり見えた。最初に検眼室へ入ったとき、オトマーは視力検査表が全然読めなかった。検眼士もメガネを掛けていて、肉づきのよい顔の鼻の左側に小さな赤い斑点がいくつか浮き出していた。母親に、これからはメガネをいつも掛けていなくてはいけないのか尋ねると、母親がうなずき、検眼士もうなずいた。検眼士が微笑むと白い歯がきらりと光った。母親のコートは毛皮だった。

　ロバを使いこなしたのはイエス様よりもマリア様のほうが先である。例の宿屋の馬小屋まで、ロバの背に揺られてたどり着いたのだから。ヨセフ様はロバの手綱を取って、大工仕事のあれこれに思いをめぐらしながら脇について歩いた。マリア様は天使のことばを理解した。ヨセフ様は材木を切って鉋《かんな》を掛けた。扉や箱をつくり、修理を請け負うのが彼の仕事だった。今でも目の前にヨセフ様のサンダルと、イエス様の素足と、それを洗う女たちの姿が見える。聖なるロバに乗ったイエス様の絵がベッドの上の壁に掛かっているのも見える。

「人生は細かいかけらが集まってできているのよ」と『九月は心の宝』のデイスミス夫人が言っている。将軍の場合なら砂漠に倒れたたくさんの遺体。硬直していく日に焼けた肌。ロチェスターやサマーセット出身の兵士たち。コッツウォルズの寄宿学校で聞いたさまざまな鐘の音色、オルガンの響き、夕べの賛美歌。それから、結婚初夜のために大切にされてきた乙女の美しさ。かつて娘が落ちた木の陰で客人と飲んだ酒の苦さ。「あなた」最愛の妻が夫の真心に返礼してつぶやく。「あなたはとてもやさしいひと」

わたしの場合ならまず愚鈍な犬、濡れた浜辺、寄ってくるカモメたち。二十世紀フォックスのサーチライト、ライオンの抑えた雄叫び、ウェスタン・エレクトリックの音響設備。室内で男が義足を外し、切断された脚の基部をさすっている場面。道路の向かい側ではネオンサインが赤、緑の順に一晩中光り続けている。なかば忘れた夜。床のタイルが割れていたのだけは忘れない。茶色っぽくてつやつやしていた。

メガネの奥のオトマーの瞳になぜ恐怖が残っているのだろう？　つらい体験――あるいは隠された試練――がずっと続いているのだろうか？　スーパーマーケットで娘の片手が再び陳列棚に伸びる。駐車場とカフェで語った熱愛のことばは、最初の瞬間のまばゆい歓喜を失っていない。リーベ！　リーベ！　目を閉じて指が触れ合う。だがそれがすべてではない。ものごとには神秘が宿っているからだ。

日曜学校のミス・アルツァピエディは、何年も経ってからデイスミス夫人に生まれ変わった。のっぽだった背は普通の高さになり、悩みの種だった髪は従順になり、平らだった胸にはふくらみができた。ミス・アルツァピエディは二十歳そこそこだったけれど、デイスミス夫人はもちろんはるかに年配である。地味な娘が歳を重ねるにつれて、美しく変貌して悪いはずはないだろう。「人生の細かいかけらは、記憶という覗きからくりの中に見えてくるのよ」かつて日曜学校の先生だった若い娘が姿を変えたデイスミス夫人が語りはじめたのは、ウンブリアのこの家にわたしが住んで、一か月ほど過ぎた頃だった。

その朝早く、柔らかい暖気を浴びて、屋敷の裏手の丘へ向かう小道をたどりながらひと休みした。そうして屋敷を振り返って、爆弾事件がわたしたちに残した悪意の刻印をひしひしと感じた。将軍は精根尽き果て、オトマーは苦悩に耐え、エイミーは病み続けている。わたしはそれらの思いを押しのけて、『とめどない涙』の冒頭の文章を今一度練ろうとしたがうまくいかなかった。しかたがないので少し先まで歩いてから引き返した。

「ずっと前から、ここに庭があったらいいと思っていたのよ」一時間もかからずに丘から下りてきたわたしは、テラスにいたオトマーにそう話しかけた。そしてふたりでタバコを吸った。実家に庭があったか尋ねると、彼はあったと答え、小さな裏庭だったものの夏には木陰ができるので、本を読むのにちょうどよかったと話してくれた。彼の話しぶりで、両親はもう亡くなっているとわかった。わたしはふと、彼が抱えこんだ恐怖と両親の死には関係がありそうだと感じた。なぜだかそう思えたのだ。

「ここはどこ？」朝早く白い道を歩いた日から数えて一週間後、エイミーが突然そう尋ねた。床に画用紙を広げて、絵を描いている最中のことだった。涼しくするために鎧戸は閉めてあったけれど、応接室《サロット》はじゅうぶん明るかった。

「ここはどこ？」女の子がもう一度尋ねた。

将軍は窓の近くに腰を下ろして新聞を読んでいた。オトマーはちょうど部屋へ入ってきたところだった。どちらも口を開かなかったのでわたしが答えた。

「エイミー、あなたはわたしの家にいるのよ。わたしはミセス・デラハンティ」

女の子はわたしのことばに直接答えず、中庭で口げんかしたからママが不機嫌なの、とつぶやいた。お兄ちゃんのリチャードが女の子は泥棒になれないって言ったのは、自分が泥棒になりたいからなんだよ。エイミーはまるで自分自身に言い聞かせるかのように、わたしはじきにおばあさんになるから、泥棒がやってきて金庫はどこだと問い詰められても、デッキチェアから立ち上がる力も出ない、と説明した。でも本当は、ずっと前からおばあさんなので、いつも寝ているんだよ。彼女はそれから絵を描き続けた。生きているようには見えない犬の前足が描かれ、へこんだ腹に陰影がつけられた。列車の到着を待っていた駅のプラットホームで、彼女とリチャードは、すぐそこにいたイタリア人男女が何を話しているのかを当てっこして遊んだ。女のひとのほうは怒っていた。男のひとが家の窓の鍵を閉めるのを忘れたからだ、とエイミーは想像した。

「それが正解だと思う」とわたしが口を挟んだ。

「あの女のひとは男のひとにすごく怒ってた」

エイミーがわたしの発言に答えてそう言ったのかどうかは定かでない。しかめっ面をしたので、そばかすのあるおでこに皺が寄った。母譲りの金髪がまっすぐ背中に垂れていた。しゃべるときは輝いていた瞳がまた生気を失った。

「エイミー、あなたのおじさんがここへやって来るのよ。ミスター・リバースミスが」

女の子は何も言わずにクレヨンを手早く動かして、変てこな形の手足や体に色を塗り続けていた。集中しているせいで、唇のあいだから舌先がほんの少し覗いていた。

「ミスター・リバースミスよ」とわたしは繰り返した。

それでも反応はなかった。オトマーが部屋を出て行った。たぶんクインティに知らせてイノチェンティ医師を呼んでもらうつもりだろうと思った。

「君のおじさんだよ」と将軍が言った。

エイミーはふいに、リチャードと一緒に遊んだ別のゲームの話をしはじめた。そして、はじめたときと同じくらいぷつんと話をやめた。彼女はそれ以上何も言わなかった。だが先ほどから交わした短い会話は将軍とオトマーに、そしてある意味わたしにも、少なからぬ驚きを与えた。その衝撃がわたしたちの内側で眠っていた何かに火を点けた。短いことばであるとはいえ、女の子がしゃべりだしたという事実が、尽きたかと思われた希望を揺り動かした。ついに幸先のよい事態が現在形で動きはじめた。皆で見守っている最大の関心事に進展がおとずれたのだ。

床に座り込んでわたしたちのことなど眼中にないエイミーに、将軍が微笑みかけた。何を言えばいいかわからぬままに、エイミーっていい名前ね、とわたしがつぶやいた。「神に感謝しよう」将軍がわたしに直接言った。

「そうですね、感謝しましょう」

オトマーが部屋へ戻ってきて無言のままわたしたちと一緒に腰を下ろした。やがて、イノチェンティ医師の自動車が到着する音が聞こえた。皆は耳を澄ました。エンジン音が近づいてきて、やがてすぐそこの砂利をタイヤが踏みしめて止まった。

「元気が一番！《コラッジョ》」イノチェンティ医師が部屋へ入る前から、扉口のところでやさしく声を掛けた。

「きっとよくなりますからね《ヴァ・メッリョ・ヴェーロ》」

医師はエイミーが元気になると請け合うとともに、回復へ向かう過程で変調が起きることもあるので気をつけるよう注意を促した。子どもにとっては現実へ戻ろうとすること自体がしばしば不安を引き起こすので、用心しておく必要がある。そして、エイミーがあまりひどく動揺せずにすめばいいと思っている、と言った。さらに医師はわたしたちに、四六時中、子どもから目を離さないよう念を押した。

日々が重なり週になって、幸せに過ぎていった。わたしは医師に、エイミーはわたしたちにとって、ライフルで撃たれた巣の中で生き残った雛鳥のようなもので、あの子の明るい顔を見ていると苦しみや痛みがすっと消えていくのだ、と控えめに伝えた。エイミーは美しい娘に育つだろうと思われた。その先触れはすでに目鼻立ちにあらわれはじめていたが、彼女の美しさは、カロッツァ219の客車内で引きちぎられた手足や、割れたガラスから滴り続ける血や、飾り物のように空中にぶらさがった腕に抗うものとして輝くだろう。彼女のおしゃべりは将軍の罪悪感を癒し、オトマーは叡智のことばに聴き入るように耳を澄ますだろう。イノチェンティ医師はわたしの話を最後まで聞き、心を動かされたかのように何度も「うん《スイ》、うん《スイ》」と繰り返した。

爆弾事件に遭った何人かがわたしの家で暮らしているのを知った地元のひとたちが、お花やワインや果物やフルーツケーキ《パネットーネ》を届けてくれた。警察軍《カラビニエリ》が来訪する頻度が減り、エイミーがちゃんと世話されているか確かめるだけになった。やがてぱったりと来なくなったのは、来訪する代わりにイノチェンティ医師から事情を聞くようになったせいらしい。ある日、わたしが台所へ入っていくと、シニョーラ・バルディーニが泣いていた。何か悲しいことでも起きたかと思って、顔を上げたところを見ると、流しているのはうれし涙だとわかった。クインティはポーカーフェイスだったけれど、ローザ・クレヴェッツリの心は表情に出た。「エイミー、エイミー！」と呼ぶ彼女の声が聞こえた。

おそらく将軍にとって、エイミーはともに人生をやり直したかった娘の代わりだ。オトマーにとっては、列車内で死んだ恋人の代わりだったのだろう。もちろん本当のところはわからない。わたしに断言する資格はないし、彼らに尋ねたこともない。だがわたし自身のことならはっきり言える。あの時期わたしはどんな母親にも負けないくらい、エイミーに愛を惜しみなく注いだ。あの子が床に座り込んでクレヨンを動かしているところや、自動車を駐めてある近くで石ころを集めて小さな大建築をこしらえているところや、シニョーラ・バルディーニが淹れたアイスティーを飲んでいるところを見るだけで、わたしは満足だった。エイミーは心の闇へ入ったり出たりしながら、わたしたちと同じ屋根の下で数週間暮らした。あの子とわたしはふたりきりで、ときどきテラスで過ごした。涼しい夕暮れどき、わたしはあの子の細くてきれいな髪をなでてあげた。

5

わが家の電話が鳴る音は小さい。だが決して取り損なわないのは、玄関と台所にくわえて、わたしの書き物部屋にも受話器があるからだ。エイミーのおじがついに電話をかけてきたとき、受話器を取ったのはわたし自身だった。

「ミセス・デラハンティですか？」

「はい、わたしです」

「ミセス・デラハンティ、トマス・リバースミスと申します」

「まあ、はじめまして、ミスター・リバースミス」

「エイミーの様子をお尋ねしてもよろしいでしょうか？」その声は声帯に砂粒がはさまったような——こわばった、よそよそしい感じで、アメリカ人にしては異例だった。

「エイミーはわたしたちが話しかけると受け答えするようになってきました」

「毎日、しゃべっていますか？」

「はじめて口を開いた日の午後以来しゃべっています」

「担当医とは何度も電話で話しました」相手はそこで一呼吸置いてから、何か不本意なことでも言うような調子で、「ミセス・デラハンティ、ひとこと申し上げますが、あなたが姪にして下さったことすべてに感謝します」

「たいしたことはしていませんよ」

「あの子があなたにどんなことを話したか、お尋ねしてもよろしいでしょうか？」

「エイミーが最初に発したのは、ここはどこかという質問でした。お兄さんの名前を挙げて何度か話題にしています。お母さんに叱られたときのお話もしてくれました」

「叱られた？」

「子どもならよくあることでしょう」

「なるほど」

「怖い夢を見たりして夜中に目を覚ました場合には、あの子の声がすぐ聞こえるようになっています。オトマーが寝室のドアを開けて眠るようにしているのです。昼間はあの子のそばに必ず誰かいます」

ふいに応答がとぎれたかと思ったが、返事が聞こえてきた。「ドアを開けて眠るのはどなたとおっしゃいましたか？」

「オトマーです。爆弾事件の被害を受けたドイツ人です。わたしの家にはイギリス人の将軍もいます。このひとも被害者です」

「なるほど」

「不思議な組み合わせでしょう」

そのひとことは無視された。再び長い沈黙がよぎったので電話が切れたかと思った。だがやがて、あのざらついた声が戻ってきた。

「担当医は、わたしがあの子を連れて帰るまでの間にいっそう回復が進むよう願っています」

「必要ならエイミーはいつまでもこの家にいてもらってかまいませんよ」

「すみません。今聞き取れませんでした」

わたしはもう一度繰り返した。すると、あいかわらず頑とした堅苦しい調子で答えが返ってきた。

「わが国の当局がそちらにお伝えしたかとは思いますが、当然のことながら、かかった費用の全額を私がお支払いいたします。医療費だけでなく、あなたが私的にお立て替え下さった分も」

わたしはなんだか、大勢を前にした演説を聞いているような気分になった。そして、会計はクインティにまかせていることを説明しそびれた。それればかりか返答そのものをしそびれた。電話の向こうで女性の声が、何やら話しているのがかすかに聞こえた。ミスター・リバースミスはわたしのことをいくつか質問した後、わたし自身が爆発で負った傷は完治したのかと尋ねた。続いて、背後の声が教えるままに同情の口上を述べた。爆弾事件の話を聞いて大きなショックを受けました、と彼は言った。そういう事件については新聞や雑誌で読んだことがありましたが、まさか自分の間近まで迫ってくるとは思ってても見ませんでした、と。一語一語に無理を押す響きが感じられた。わたしと同じ感情を分け合うのが我慢ならないというような——あるいは、この会話さえも忌み嫌うべきものであるかのような——響きだった。

「本当ですよ、ミスター・リバースミス」

相手がいつまでも堅苦しさを通そうとするので、わたしはだんだんいらいらしてきた。気軽な会話のできない相手なのだ。電話のあいだじゅう、にこりともしていないのが目に見えるようだった。微笑むことなど興味ないのだろう。わたしは再び、なんてアメリカ人らしくない男だろうと思った。

「もしよろしければもう一度お電話させてください、ミセス・デラハンティ。お互いに都合のいい日取りを決めさせていただきたいのです」

そうして、筆記用具が手元にあるか尋ねもせずに、緊急時のためにと、自分の電話番号を告げた。この男に子どもはいない。イノチェンティ医師はそのことについて何も話さなかったけれど、わたしには容易に想像がついた。

「さようなら、ミスター・リバースミス」

わたしは彼が受話器を置いて、今回の電話会談を陰鬱なものにした張本人である女性のほうへ振り向く姿を思い描いた。このタイプの男の背後には必ず、男の行き届かぬところを補う女の存在がある。

「厄介そうな相手だったわ」しばらくしてわたしは、将軍とオトマーに向かってそう言った。決して酷な感想ではなかったと思う。わたしは覚えている限りの会話を再現し、トマス・リバースミスのそっけなさを説明した。将軍もオトマーも多くのことばを返さなかったけれど、子どもがなつきにくそうな人間に、悲劇的な事件で孤児になったあの子を託すことを心配しているのがすぐにわかった。そんな男にエイミーを渡すのは間違いだ――三人の意見はすでに一致していた。

将軍は歩くときに杖がまだ手放せない。とはいえ最初の頃よりもずいぶん楽に歩けるようになった。わたしの首筋と左頬の傷は完治した。医者が言ったとおり、化粧すれば小さな傷跡は簡単に目立たなくなった。オトマーは今ではマッチ箱を両膝で支えて、自分の手でタバコに火を点けることができる。ただ、ステーキを食べるのは難しくて、わたしたちの誰かが切り分けてあげなくてはならなかった。タイプライターが打てるまでには時間が掛かりそうだったけれど、トランプのひとり遊びならできるようになった。「ソロ？」ゲームが一段落したところでエイミーが話しかけ、一緒に二、三ゲームした後、彼女はいつも、チェッカー盤に駒を並べはじめるのだった。わたしにはよくわからなかったが、びりびりに破いた紙を使って遊ぶドイツのゲームもふたりで楽しんでいた。

将軍はエイミーにお話をしてあげた。寄宿学校のときの話ではなく、軍人になってからの冒険談だった。ふたりは内玄関ホールの椅子に仲良く腰掛けていた。将軍のお気に入りは背もたれに横木をいくつも渡した椅子で、エイミーは、わたしが孔雀の刺繡を施した足載せ台に座っていた。家中が眠ったように静まりかえる午後のひととき、将軍は静かな声で語った。床磨きのワックスの匂いがかすかに漂っていた。ふたりが内玄関ホールを好んだのは、そこがいつも涼しかったからだ。

わたしは何をしていたかと言えば、来る日も来る日も、緑色の紙にタイプした例の小説の冒頭部分を眺めて暮らした。タイトルを含めても三十六語か三十八語ほどしかない単語の数を数えていたのだ。その先をどう書いたらいいのかがまるでわからなかった。今ではその喪失感を、もっと大きないくつもの喪失――恋人や娘、父や母や兄の喪失の脇に並べて考えなくてはならないと理解するようになった。

書き物をするための小部屋はインテリアを茶色でまとめ、暑さと光を遮るよう、分厚いカーテンを掛けていた。壁紙の凝ったキヅタ模様も涼しさを演出する工夫のひとつだ。著書を収納したガラス張りの書棚の隣りに机があり、天板は緑色の革張りで椅子もお揃いである。六月のあいだ毎日この椅子に腰を下ろして、愛用の黒いオリンピアのカバーを外しはしたものの、何も書けないまま日々が過ぎ去った。ヒロインの顔が見えないばかりか、彼女の名前すら見つけられなかった。エスメラルダ？　デボラ？　人間関係をめぐるかすかなヒントも見つからず、物語のおぼろげな輪郭さえ浮かんでこない。聞こえるのは依然として白いドレスの衣ずれだけで、見えるのは消え果てる寸前の亡霊の姿だけだった。

「このミスター・リバースミスってひとは学者先生でしょう」ある晩、食事の後で、クインティが書き物部屋にジン・トニックを持ってきた。書けないわたしをそうやって邪魔してから、彼がつぶやいた。「生まれてこの方、大学教授とやらにはお目に掛かった覚えがないですねぇ」

わたしも同じだった。部屋から彼が出て行ってくれればいいと思いながら、ジン・トニックをすすった。だが決してこちらの思い通りにはなってくれないのがクインティという男である。

「お医者さんの話では、ミスター・リバースミスはエイミーに会ったことさえないそうで。電話でもそう言ってましたか？　死んだ妹と彼のあいだには仲違いがあったって」

わたしは首を横に振った。それからぶっきらぼうに、お酒をどうもありがとうと言った。もっとも頼んだわけではなかったけれど。クインティは出しゃばりだが、こういう場合、一番の情報通はいつも彼なのだ。

「考えていたんですが、彼の奥さんは今まで会ったこともない子どもを、どんなふうに家へ迎えるつもりなんですかねえ？」

わたしはまたもや首を横に振った。ミセス・リバースミスにとっては大仕事になるはずだ。大変なことになったと思っているに違いなかった。

「面白そうな人物ですよ」とクインティが言った。「ああいうタイプの人間と会うのはきっと面白い」

クインティはわたしの机の上のものをあれこれいじくりながら、まだぐずぐずと突っ立っていた。そして、もう犯人は見つかりそうにないですねと言った。ほとぼりも冷めちまいますよ。ミスター・リバースミスがエイミーを迎えに来てしまえば、将軍とオトマーも行ってしまう。それは当然のこと。この家にいつまでも留まっていられるはずはないのだから。すべてはそのときに終わるのだ。「ドイツ人の分の請求書は確か、あなたが支払ってくれるんでしたね？」

「前から言っているとおりよ」

クインティが独特の笑い方で笑った。「天国へ行ったらごほうびがもらえますよ」なんべん聞いたか数え切れないセリフをまた繰り返した。本人が気づいているかどうかはさておき、これは彼のうたい文句なのだ。取り決めこそ結んでいないものの、わたしの死後、この屋敷は自分とローザ・クレヴェッリのものになる、とクインティは了解している。彼は本当は、わたしがもらうごほうびなど眼中にありはしない。

「あなた以外は全員、地獄でこんがり焼かれる運命ですが」そう言い残して、彼は部屋を出て行った。

ミスター・リバースミスがまた電話を掛けてきて、この前と似たような話をした。わたしは彼の姪が快方に向かっていることを報告し、あの子がその日したことや話したことを伝えた。伝え終わったところで話がとぎれた。沈黙があり、咳がひとつ聞こえ、背後で女の声がして、そっけない別れのあいさつとともに電話が切れた。

数日後、三度目の電話が掛かってきた。イノチェンティ医師とさらに話を詰めたとのことで、彼がこの家を訪れたい日取り――一週間ほど先だった――を知らせてきた。いつもと同じとげのある話しぶりで、ぽかんとした間を置いてから別れのあいさつで電話が切れた。わたしは自分で酒を注ぎ、グラスを持ってテラスへ出た。頭の中で気まずい会話がこだましていた。闇の中でホタルが光っているのを見つめた。まったく初対面の子どもが家へやって来たら、あの女はどんなふうに迎えるつもりだろう？　あの女はいったいどういう人間なのだろう？　彼女がもう少し温かみのある人物だったら、同じ話題を電話で話したとしても、もっとうるおいのある対話になったはずだった。トマス・リバースミスの話し声は死んだ彼の妹よりもずっと年上に聞こえた。初回の電話を切った後、山羊座生まれだなと思った。山羊座の人間はしばしば神経質なのだ。

テラスでわたしはタバコに火を点けた。そのとき、平穏な宵闇を予告もなしに引き裂いて絶叫が聞こえはじめた。エイミーのその声は、いまだかつて聞いたことがない凄まじいものだった。

6

イノチェンティ医師が飛んできた。彼は落ち着いた対応で、わたしたちの懸念を静かに取り除いてくれた。エイミーに鎮静剤を与えて寝かせた後、わたしたちに向かって、薬は長時間効くわけではないと説明した。かといって子どもを入院させる必要はなく、入院させても何の足しにもならない、というのが彼の持論だった。冷静で頼り甲斐のあるイノチェンティ医師は、わたしもベッドの脇で見守ることを許可してくれた。その後、彼はわたしとともに応接室《サロット》の椅子に腰を下ろし、ミネラルウォーターのグラスに口をつけた。そうして、エイミーが起きたときに声が聞こえる場所で待ちたいと言った。子どもは目を覚ますたびにかえって悪夢の深みにはまりこんでいくので、と。

「わかりますか、シニョーラ？　悪夢から目覚めても全然目覚めていない。この子の場合、目覚めたときに悪夢がはじまるのです」

　絶叫が再び聞こえはじめたので、わたしたちはベッドの脇へ駆けつけた。今回、医師は、鎮静剤をすぐには処方しなかった。絶叫の連続で疲れ果てるとエイミーはすすり泣いた。枕に頭をあずけたとたん恐ろしい痙攣がはじまり、小さな体が捻れた末にちぎれてしまうかと思われた。わたしは医師に、なんとかしてあげてと懇願した。

「大丈夫だよ、エイミー」イノチェンティ医師は薬を与える代わりに、のんびりした口調で語りかけた。「ここにいるのは皆、君の友達なんだからね」

女の子は同情のことばを無視した。彼女の瞳は狂った動物みたいに大きく見開かれた。しかたなく鎮静剤がもう一度投与された。

「これで朝まで眠れるでしょう」と医師が約束した。「朝以降もまどろんだ状態が続くと思いますが、何かあればわたしが飛んできますので心配は要りません」

玄関の電話を使って、医師がトマス・リバースミスに女の子の様子を報告した。「こちらへおいでになる日取りを少し遅らせていただけませんか、シニョーレ?」と話す医師の声が聞こえた。「そうですね、三週間ほど。あるいは四週間。今はまだ予断を許さない状況ですので」

イノチェンティ医師には皆、全幅の信頼を置いていた。医師と自然の摂理が情報を交換し合っているかのように、彼の予測はことごとく的中した。彼の面持ちや身のこなしには思いやりが溢れていたが、同情が行動を鈍らせることは決してなかった。同情は時と場合によって敵になる――わたし自身、そのことは身に染みていた。

その晩、医師がしてくれた対応は驚異的だった。オトマーと将軍もいい影響を受けた。ことばには出さなかったものの、いざとなればいつでも動ける心構えで、それぞれの部屋の扉を閉めた。わたしはひとりで医師を送り出し、おやすみなさいと告げた。そうして、彼の車のテールランプが暗闇の中へ吸い込まれていくのを見送った。エンジンの音が消えた後も、その光は長いあいだ見えていた。

「あっぱれですね、あのお医者さんは」とクインティが玄関ホールで言った。あれほど大変な状況でも心の軽さを保って、深刻ぶらずにいられたのはさすがである。

「本当ね、彼は大物だわ」

「誰とは言いませんが、どこやらで会ったお医者さんとは全然違う人種ですねえ？」

彼がほのめかしているのはカフェ・ローズの常連だった医師のことだ。体重は二十四ストーン〔百五十キロ〕もあるそうで、ズボンのベルトの上に巨大な太鼓腹が迫り出していて、胸も女性顔負けだった。大きな足にサンダルを突っかけてすり足で歩いていたかと思うと、どしんどしん音を立てる、赤みがかった脂肪の塊みたいな男だった。唇はだらしなく開き、豚そっくりな左右の目がじっとこちらを見つめていた。その男がある日わたしに向かって、「わたしらふたりは、案外うまくいくんじゃないかな」と言ったことがあった。クインティはそれを知っていたのだ。後日クインティがイギリス人たちとポーカーのテーブルを囲んだとき、そのひとことを肴に大笑いしたのは想像に難くない。

「それではおやすみなさい」とクインティが言った。「この調子でいけば、あの子のおじさんが来ても、われわれはびくともしませんよ」

「おやすみ、クインティ」


わたしは寝つかれなかった。目を閉じることさえできなかった。わたしは絶叫の記憶を思い出すまいとした。わたしを骨の髄まで凍りつかせた、切羽詰まったあの甲高い悲鳴を追いやって、クインティがちょうどいいタイミングで思い出してくれた太りすぎの医師のことを考えようとした。あの男には医師らしさがまるでなく、道路に穴を掘る作業員にしか見えなかった。とはいえ、カフェの二階の部屋で年配の農夫が心臓発作を起こしたとき、あの男は処置法を知っていた。地元のひとたちとその後の治療法について話しあっていたのも事実である。

近い過去のことを考えすぎるのはやめよう、と心に誓っていたにもかかわらず、早朝散歩したときと同様、心の目の前にありありと見えてくるものがいくつもあった。オトマーの恋人がスーパーマーケットで、袋入りのハーブに手を伸ばそうとしている場面。将軍と愛妻が一緒にいるところ。「ビーズ巡査部長を呼びますからね」たまたま洗濯屋から早く帰ってきたミセス・トライスがぴしゃりと言った。「この子にもう一度手を触れたら、あんたの手が後ろへ回るからね」一度はわたしの父親だと思っていた男が、怒鳴り散らしたあげくに嘆願をはじめた。彼の口から出てきたのは、ほとんど意味のわからないたわごとだった。

　その晩ずっとわたしの心は記憶と夢でごった返し、空想と現実がごたまぜになった映像が次から次へとあらわれた。「お願いよ」マデレーンの懇願を受けて、オトマーが荷物をまとめて彼女のフラットへ転がり込んだ。マデレーンが働きに出ているあいだ、彼はコーヒーを大量に飲み、タバコをふかしながらタイプライターで記事を書き、新聞社へ売り込んだ。マデレーンは彼のために、ギリシア風グラタン《ムサカ》やチキンシチューをこしらえた。ふたりは一度、ベルギーを訪れたことがある。ベルギー人の老夫婦の息子が兵役に出たのを利用して、息子になりすました男が帰ってきたという事件を知って、オトマーがドイツの新聞向けに記事を書けそうだと考えたからだ。

「先生のスカートの中が見えない」様子のおかしい少年がそう言った。ミス・アルツァピエディがいつもロング丈のスカートを履いているのは中を覗かれないためだ、などと考える者はその少年以外に誰もいない。先生は、スカートの中を覗きたがる人間がいるとは思いも寄らなかったはずだ。「目を閉じてごらんなさい、イエス様の愛を感じられるはずです」と先生は言った。「皆さん、わたしと約束してください――これからの人生、皆さんがどこで暮らしても、イエス様の愛を感じるための時間を必ずもうける、と」少年は嫌われ者だった。彼が歯を見せてにやにや笑い出すと、誰もが目を背けた。彼がばかなことを言い出すたびに、女の子たちがミス・アルツァピエディの目を盗んで、少年の髪の毛を引っ張って黙らせた。

「やあどうも、はじめまして」由来話を聞いた覚えのある木の下で、将軍が娘の恋人にあいさつしていた。デッキチェアのあいだに置かれた白いテーブルの上に飲み物が用意されていた。背の高い水差しに氷とレモンが入り、調合済みのマティーニが入っている。「お会いできてうれしいわ」と彼の妻が言った。将軍は娘のフィアンセの顔を見つめていた。承認の笑顔を顔に貼りつけて、唇はなかば開いている。将軍は、べっとり濡れた好色なキスを想像して、胃がきりきり痛んだ。彼は顔を背けた。「本当にうれしいわ」という妻の声がまた聞こえた。

太りすぎの医師が求婚する前にわたしに言い寄ったのは、空に広告文句を描く飛行機乗りだった。わたしが会ったとき、空中文字の仕事からはすでに足を洗っていたが、カフェ・ローズではよく、アフリカの空に千回も描いた〈ベイリーズ・ビールを飲もう〉という広告文句の話などをした。内耳の具合が悪くなったせいで引退したものの、いつの日かもう一度、命を賭けて飛びたいんだ、と彼は語っていた。「見て、おねえちゃん！」貧乏っ子のエイブラハムが興奮して叫び、わたしの袖を引っ張るので、カフェの外へ出て、無舗装の地面にトラックが何台も止まっているところまで行った。「見て！　見て！」空を見上げると、シェービングフォームみたいな文字で、わたしの名前とプロポーズの文句が描かれていた。ちっぽけな飛行機が音もなく動いて最後の文字を描きあげると、後はジグザグ模様の飾り書きになる。「わあ、きれいだなあ！」貧乏っ子のエイブフハムが大声を上げる。「すごいなあ、なんてきれいなんだろう！」幸いなことに彼は字が読めなかった。

「男のひとが窓の鍵を閉めるのを忘れたの」エイミーが鉄道駅でしつこく繰り返していた。イタリア人女性は足を踏みならさんばかりに怒っていた。男のほうが小柄で、ポマードを塗った髪を後ろへなでつけていた。「そうじゃなくて、何かつけっぱなしにして出てきちゃったんだよ」とエイミーの兄が言った。「たぶんストーブとか」エイミーが反論しかけたところで列車が到着し、一同はカロッツァ219の車内へ乗り込んだ。列車が動き出すとエイミーはひまわり畑や、行儀よく列をつくっている緑色のブドウの若木や、日射しを浴びた小駅を見つめた。青かった色が漂白されたような空も眺めた。畑のところどころに、水を噴き出しながら回転するノズルが仕掛けてある。遠くには木立を点々と生やした丘また丘。「イトスギだよ」と父親が教えた。そこへちょうど食堂車の担当者がやってきて正午の鐘を鳴らし、ビジネスマンたちとファッション業界の女性が席を立った。女のひとはストーブを自分で消したんだよ、とエイミーがささやくと、彼女の兄はむっつりして顔をそむけた。「いいかげんにしなさい」と母親が叱った。

「もちろんいいわよ」マデレーンの留守中にフラットに友達を呼んでもいいか、と尋ねたオトマーに、彼女が返事をした。彼の友達というのは学生や無職の若者たちで、皆まじめそうだったが、娘がひとり混じっていたのでマデレーンは心穏やかでない。オトマーとマデレーンがイタリアへやってきて、カフェの野外席に腰掛けていたとき、友達グループのふたりと偶然出会った。彼らはオトマーに安くてうまいレストランの名前を教えたが、オトマーはその名前を書いた紙切れをなくしてしまった。「あら、またあそこにお友達がいるわよ」二、三日後、マデレーンが指差した先を見ると、カフェで出会ったふたりが、さらに別のふたりと一緒にいた。オトマーは彼らに合流して、安いレストランの名前をもう一度聞くこともできたのだが、合流したがらなかった。

「ラムのコーラ割りをくれ」アーニー・チャブスがアル・フレスコ・クラブでそう注文した。すると東洋人の娘がすぐにグラスを運んできて、どの客にもしてみせる流し目を送る。アーニーは二杯分の代金を支払っているのだが、わたしのグラスにはラム酒は入っていなかった。それがアル・フレスコの流儀である。女の子を酔わせると後が心配というわけだ。「さあ飲もうか、お嬢ちゃん」とアーニー・チャブスが言った。店の隅っこの席に腰掛けたので、顔がほとんど見えない。その席は暗いし、昼間通りで出会ったときには相手の顔をちらりとしか見なかったので、アーニー・チャブスがどんな顔をしているのかよく知らぬままだった。彼がなれなれしくわたしに尋ねた――「ダーリン、この店へはよく来るのかい？」

飛行機が大空に、〈アフリカでサイコーの白いおっぱい！〉という文字を描く。ところがわたしが見た夢の中では、描かれる文字が全然違っていた。〈アンジェラ・フレス、三歳〉その名前は、ボローニャ駅にある大理石の慰霊碑で見た覚えがあった。

目が覚めたとき、部屋の中にほの暗い光が射していた。わたしはタバコに手を伸ばして火を点け、目を閉じた。「僕の愛は変わらない」と、『永遠に』のジェイソンが言う。「花々の香りが消えず、海から塩が消えないかぎり」だが彼とマギーは、不安な一夜をともに過ごしたひとたちとは違う。だってジェイソンとマギーはわたしの思うままなのだ。変えたいところは変えればいいし、やらせたいことをやらせればいいのだから。

ここで少々脱線する。ロマンス小説を書くためには状況設定が不可欠で、その設定の範囲内にキャストを配置しなくてはならない。一例を挙げれば、主役になるジェイソンとマギーの周辺に、マギーの自分勝手な姉や裕福なおじのセドリックを置いてみる。ジェイソンとマギーは乗馬クラブを開業したいのだが資金が足りないという状況設定。マギーの姉はジェイソンを自分のものにしたいと思っている。その一方でジェイソンのおじのセドリックは、家業である鋼リベットの製造を手伝うつもりがあるのなら、ジェイソンに資金援助をしてもいいと考えている。ところで小説には興味をそる場所も登場させなければならない。この作品の場合なら、乗馬クラブに改装するのにうってつけの古い工場があり、馬を走らせるのにちょうどいい低い丘の連なりがあって、遠景には重苦しくくすんだ印象を与える鋳物工場が見えている。ドラマチックな事件も欲しい。マギーの姉の悪だくみが露見するシーンや、ジェイソンがセドリックおじの言いつけに従わないために起きる険悪な口論など。だが肝心なのは、人物がリアルに描かれていること。そこをしくじると、いくら設定がよくてもすべては台無しになってしまう。

不安なあの夜が明けた早朝、わたしは、自分に書けそうな唯一の物語は、過ぎ去っていきつつあるひと夏の物語だと確信した。ある悲劇が起きた後という設定で、あの夜をともに過ごしたひとびとがキャストとなる。どこが舞台かはいうまでもない。『とめどない涙』というタイトルはあくまで仮題に過ぎなかった。わたしはあの朝、その仮題を捨てた。そのとき夢想していたのは――方向性こそ見えなかったものの――秩序がそこから生まれるはずの母胎としての混沌。ロマンス小説にしろ何にしろ、物語を語ろうとすれば万事なりゆきまかせになるのであって、真実が含まれているかどうかは小説の成否とは関係がない。

わたしは祈り、タバコをもみ消してからベッドを出た。それから外へ出て、ひんやりした早朝の大気の中、静けさとともに名状しがたい気分を味わいながら屋敷の周囲を散歩した。霊感と呼ぶのが正しいかどうかはわからないけれど、妖しげなその気分に、このときほど抗いがたくとり憑かれたのははじめてだ。わたしはグラスにトニックウォーターを注ぎ、景気づけにジンを少しだけ加えた。白いドレスを着た例の娘がエイミーだと気づかなかったのは、われながら鈍かった。

7

エイミーは落ち着いた状態で目を覚ました。その後しばらくのあいだ、悪夢のぶり返しが何度かあったものの、幸い、最初のときほどひどくはならなかった。回復のためにじゅうぶんな時間をとる必要上、ミスター・リバースミスがこちらを訪問する日程は今一度延期された。こんな状況でもイノチェンティ医師は楽観的だった。

わたしたち——将軍とオトマーとわたし——はずっと不安だった。一日が何事もなく終わると、それだけで勝利をおさめた気分になった。そんなある日、ささやかな喜びの源が降って湧いたようにわたしを訪れた。小耳に挟んだ他人の会話には聞かなければよかったと思うことも多い。事実、『九月は心の宝』のデイスミス夫人は「かまわず先へ進むこと。いいわね、どうせいいことなんて聞こえてこないのですから」とアドバイスしている。とはいえ、悪いことばかりとも限らない。その晩わたしは応接室《サロット》の扉の脇で、将軍とオトマーが話しているのを立ち聞きした。

「そうだね、そのことなら彼女から聞いたよ」わたしがそこを通りかかったとき将軍がそう言っているのが聞こえて、「彼女」というのはわたしだと直感した。この状況設定で、誰が立ち止まらずにいられただろうか？

「機会を逃さずに」とオトマーが言った。「ぼくの分の費用を彼女に支払いたいんです」

次に将軍が、妻はとりわけフリティラリアの栽培にかけては、玄人はだしだったと語った。オトマーはその単語を理解できなかったので、将軍がその植物がどんなものか説明した。その名前は「サイコロを振り出す筒」を意味するラテン語で〝フリティラス〟が語源だという。「妻は園芸用語の語源にうるさくてね。リンナエウス博士の著書を愛読していたのだよ」

オトマーがそれも知らないと言うので将軍が補足説明した。わたしが聞きとれたのは、リンナエウス博士というのはスウェーデン人で、生まれたときの名前はリンネといい、あらゆる花や植物を分類した人物だという話。すべての植物に名前を与え、通称がある場合にはいちいちラテン語の語源を見つけ出したそうで、整理整頓とラテン語がこの博士の強みだった。

「彼女は庭が欲しいんですね」将軍の説明が終わったところでオトマーがそう言った。念を押すようなその口ぶりは、会話が難しくなりすぎたので現実的なところへ引き下ろしたがっているように聞こえた。

「その通り、彼女のために君とわしが庭をこしらえるという計画だよ」

あのふたりはいったいどうやって庭をつくろうというのだろう？　ひとりは老人で、もうひとりは片腕しかないというのに！　とはいえ、それは聞くだけでうれしくなる話だった！　わたしはそこにたたずんだまま、身の内で温かいものが鼓動しているのを感じた。娘の頃、「君が好きだ……」と告白されたときの気分を思い出した。

「彼はそういうタイプではないね」ふとわれにかえると将軍がそう話していた。「手を貸してくれそうにない。興味を持つとも思えんね」

クインティのことだな、と思った。じっさいその通りの男である。

「機械はあるのかな？」オトマーが問いかけた。「土を掘り起こす機械は？」

「わがイングランドにはメリー・ティラーというのがある。小型エンジンがついた耕作機なのだよ」

わたしはオトマーがうなずいているところを想像した。将軍がことばを継いだ。

「ここは土地が乾燥しているから、どういう植物が一番向いているのかを考えにゃならん。栽培できる植物はたぶんかなり限られているだろう。本を読んで調べる必要がある」

「ぼくは種のことなどは何も知りません」

実家の庭にはフクシアがあった、とオトマーが続けた。植物の名前は苦手だけれど、二輪ずつ咲くフクシアの鉢植えがあって深紅と淡黄色の花が咲いた。将軍が答えて、ゼラニウム属ならここでもよく育つだろう、エニシダも大丈夫そうだと言った。わたしがうれしかったのは、彼がアザレアの名を挙げてくれたことだ。日陰がなくてはならないので、どうにかして日陰をつくってやらなくては、という話になり、アザレアは壺形の鉢に植え、冬場は屋内へ入れればよいというところへ落着した。

「腕一本では土が掘れませんが」とオトマーがつぶやいた。

「やってみなくてはわからんよ。いざ試してみると驚くべき成果があがるものだ」

ふたりが立ち上がる物音がしたので、わたしはその場を去った。数分後、屋敷の裏の壊れた納屋のそばで、将軍とオトマーが身振りを交えながら話し合っているのを見かけた。ふたりの声はわたしのところまで聞こえてきた。将軍があちこち指差していた。低い土地へ下りていく階段をここにつくる。ここには半円形の花壇をこしらえて四分割する。このあたりには大理石像を置いたらいい。

数日後、ふたりはわたしに秘密を打ち明けた。彼らはそのあいだに描いた何枚かの図面を見せてくれた。将軍は、タイムとバジルとタラゴンとローズマリーを植えたハーブ畑をつくると約束した。イチイか松のどちらか、わたしの好きな方の木を庭のところどころに配置するという。生け垣を箱形に刈り込み、コトネアスターとキョウチクトウもしつらえ、さらにはケムリノキ、ハンカチノキ、バラ、桃などこの土地に合いそうな植物を植えましょう。

「大人になったらわたしもお話をつくれるようになりたい」

エイミーが『魅惑への逃避行』を抱えていた。わたしは問われるままに小説のあらすじを語り、エイミーはおのずと耳を傾けた。

「丘がたくさんあるここが好き」と彼女が言った。

8

七月十四日、トマス・リバースミスがやってきた。到着する二、三日前に夜電話を掛けてきて、迷惑を最小限にとどめたいので迎えに出てもらう必要はないと言い張った。彼はその日、ピサからタクシーでここまでやってきたのだが、道のりがたいそう長いばかりか、近所へ来てからこの屋敷を見つけるのも一苦労だっただろう。運転手にタクシー代を支払うのを二階の窓から見ていたら、十万リラ札を何枚も数えていた。彼は黒いマンダリナダックの旅行鞄を持っていた。わたしは階下へ下りて、内玄関ホールで彼を迎えた。

背が高くて肉づきがよく、顔にも肉がたっぷりついたこの男は、列車の中で見た若々しい母親には全然似ていなかった。黒々と太い眉の下の目には輝きがなく、瞳が青いのか緑なのか判然としない。縮れた頭髪は灰色がかっている。ミスター・リバースミスは電話の印象に違わず、頑とした堅苦しい人物だった。個性的な顔だちがハンサムに見えたのは驚きだった。ダークスーツを着ていたが、飛行機の座席に引き続いてタクシーにも長時間揺られてきたせいで、皺々になっていた。マンダリナダックの旅行鞄は妻が買い与えたものに違いないと思った。その他の持ち物と少しも合っていないからだ。

「ミセス・デラハンティです」

彼はうなずいただけで名前を名乗らなかった。他の誰が来るはずもないのだから、当然と言えば当然である。彼はそこに突っ立ったまま、何にも興味がなさそうに、わたしが何か言うのを待っているようだった。夕刻の六時を少し回ったところで、アメリカ人がカクテルアワーと呼ぶ時間帯だ。ミスター・リバースミスの顔に刻まれた倦怠感が、酒があればありがたいとほのめかしているように思われた。

「お酒？」彼はわたしが勧めたことばをオウム返しにした。そうして頭を振って、むしろ手を洗いたいと言った。彼は話すときにこちらの顔をじっと見つめる癖がある。だがかんじんの瞳には何も映っていないような印象を受けた。わたしなど相手にするに値しないと言いたいのだろうか。

「クインティがご案内します、ミスター・リバースミス」

「手を洗い終えたら姪に会えますね」

「もちろんですとも、ミスター・リバースミス。あなたの準備が整い次第。応接室《サロット》に皆揃っておりますので」

彼はクインティについて二階へ上がった。わたしは自分の部屋に戻った。その日の午前、ロンドンの出版社から転送されてきたたくさんのファンレターが届いた。ミスター・リバースミスと会ったのはわずかな時間だったが、解毒剤が必要に思えた。わたしの小説を読んで思い思いに感動し、物語に自分自身を重ね合わせてくれるファンの手紙に目を通すのがちょうどよさそうだった。**私はロザリンドが自分そのものだと感じていたのです。でもそれはもちろん昔のこと。今や八十歳の大台を迎えました。**手紙にはしばしば小さな贈り物が同封されていた。日本製の立体紙パズルや、押し花や、高価でないアクセサリーなどが出てきた。**ルシンダは本当に怒ったのでしょうか？　それ**

とも怒ったふりをしただけ？　マークは彼女を心から完全に許すのでしょうか？　彼ならきっとできるとわたしは信じています！　糊つきの付箋に書いた、サインをねだるメモも届いた。あなたの本は全部持っています。郵便はあまり信用できませんがとにかく返信用の切手を同封します。わたしはちゃんとした返事を書くように心がけてはいるけれど、あまりの数にうんざりしてしまうこともある。ミズ・ペニー・コートはなんと素敵なバースデーパーティーをしてもらったことでしょう！　私は自分のパーティーを思い出してしまいました。二十一歳の誕生日。父が焼き石膏と銀色のペンキで鍵をつくって、プレゼントしてくれたのです！　今四十歳、アレック（夫です）はもういないけれど、子どもたちがいてくれるのでがんばっていきたいと思っています。なぜかいつも、ミズ・ペニー・コートのことを考えるのです。彼女の自立しているところがうらやましい。私と父はちょっとべったりしすぎていたかな。そのおかげで二十一歳の誕生日に鍵のプレゼントをもらえたのだけれど。子どもたちのことは心から愛しています。それはもちろんのこと。だって、アレックと結婚しなかったら子どもたちを授かることもなかったんですもの。でも彼は二年前、警備員をしている女のところへ行ってしまいました。ファンレターはしばしば何ページにもわたる長いもので、インクの色を何度も変えて、便箋には染みがついていた。食べ物が同封されている場合には感激だけいただいて、食べ物そのものは処分した。そうするほうがよいと聞いていたからだ。

ロン、こんにちは。トマス・リバースミスが旅装を解くのを待つ間、わたしはファンレターに返事を書いた。いきなり呼び捨てはなれなれしいかとは思ったものの、相手の情報がそれしかないのでしかたなかった。素敵なお手紙をありがとう。『勇者よりも』を楽しんで下さったとのこと、とてもうれしいです。アナベラとロジャーが前世からの知り合いだったというあなたの解釈は興味深いですね。わたしもたぶんそうだろうと思っているのです。あなたのペットについて書いて下さったお話も興味深く読みました。あなたがフレッドに慰めを見出したからといって、あなたの奥様が傷つくことは全然ないと思いますよ。むしろ奥様はきっと大喜びされると確信しています。わたしはさらに、フェレットのフレッドについてもうひとことだけ書きくわえて、便箋を封筒に入れて封をした。わたしは編集者からの忠告を守って、自分の住所は読者に決して明かさない。じっさい、断じて返信を書くべきでない相手もいる。情緒が不安定な人物と手紙のやり取りをするのはいい考えだとは思えない。

わたしが応接室《サロット》へ入っていくと、ミスター・リバースミスが黙って突っ立っていた。

「お酒でも一杯いかがでしょうか?」とクインティが言った。

「お酒?」

「長旅の後でお疲れかと思いますので」

ミスター・リバースミスはオールドファッションドを所望した後、ようやくわたしがいるのに気づいて、姪がとてもかわいいと言った。

「そうですね、本当に」そう相づちを打ってから、でもエイミーはまだ精神的に不安定なのだとつけくわえた。さらに、イノチェンティ医師が明日の朝やってきてそのあたりのことを説明するはずだと伝えた。

「イノチェンティ医師が姪のためにしてくださったことに心から感謝しています」ミスター・リバースミスがそう言ってひと呼吸置いた。「それからまた、あなたが姪の回復期を見守っていて下さることにも感謝しています、ミセス・デラハンティ」

わたしは、近所のホテルが満室のときにはいつもこの家に観光客を泊めているので、客人を迎えるのは慣れているのだと説明した。

「まず費用の精算をさせていただけませんか?」ミスター・リバースミスは、すべての手続きをいっぺんに片づけてしまわないと不安だと言わんばかりにそう告げた。「姪を連れて帰る前にきちんとしておきたいので」

わたしは、そうしたことはクインティが担当していると伝えた。クインティはミスター・リバースミスにグラスを手渡しながらうなずいた。「G&Tでよろしかったですね」クインティがわたしにささやいた。彼は「ジー」と「ティー」を舌先でチリンチリン鳴らすように発音した。なぜか、このことばの音がたいそう好きらしい。

「クインティ、ありがとう」わたしがそう言うのと同時に将軍が部屋へ入ってきた。

わたしはふたりを互いに紹介した。それから声を低めて、あの列車の中で将軍の席はエイミーから二、三席しか離れていなかったのだと語った。電話で話したことをミスター・リバースミスが忘れているかもしれないと思って、オトマーの名前も出した。次に声をさらに低めて将軍の娘夫婦とマデレーンのことも話した。こういう場合には、そういうことを全部話しておいたほうがいいと考えたからだ。

「あの子を連れにいらしたのですな」と将軍が言った。

「はい、そうです」

沈黙がよぎった。クインティが将軍のためにウイスキーを注ぎ、並んだ酒瓶の脇にいつも置いてある赤い小さな帳面に要目をつけた。将軍はミスター・リバースミスにうなずきを返した。わたしは気まずい空気をやわらげようとして、答えが分かりきった質問をミスター・リバースミスに投げかけた。「エイミーのことはよくご存じないのですか?」

「三十分前にはじめて会いました」

「何ですと?」将軍が顔をしかめた。「何ですと?」と、もう一度同じことばをくり返した。「妹の子どもたちには会ったことがなかったのです」明らかにそれ以上、その話題には踏み込みたくなさそうだった。だが次の瞬間、彼は意外にもわたしがすでに感づいていたことをつけくわえた。じつは家族内でもめごとがあったのだ、と。

「あの子もあなたに初対面だというわけですな?」将軍がしつこく確認した。「あなたと同じように」

「そういうことです」

将軍が続けてした質問にたいしてミスター・リバースミスは、妻も一緒に来られたらよかったのだが、あいにくどうしても動けない事情があったので、と答えた。妻の名前はフランシーンだと言ったが、わたしにははじめて聞く名前だった。わたしの質問に答えて、彼は、妻も研究職についているのだとつけくわえた。

「教授とお呼びしなくてはなりませんね」とわたしが口を挟んだ。「よくわからなかったものですから」

呼び名はどうでもいいとミスター・リバースミスが答えた。大学での肩書きなど重要ではない、と。どんな分野の研究をしているのか将軍が尋ねると、相手は声音ひとつ変えずに、樹皮アリと答えた。そして、わたしたちにとってその昆虫が馬や犬と同じくらいなじみ深いものであるかのように説明をはじめた。

将軍は首をひねって、樹皮アリとははじめて聞く名前です、と告白した。ミスター・リバースミスはかすかに肩をすくめるようなしぐさを返してから、アカシアの木につく樹皮アリのコロニーにおける相互依存性は、人類におけるそれときわめて類似していると語った。そして最後に、この分野の研究は数少ない専門家だけにしか理解されていないことを認めた。

「姪はこのお宅で過ごした日々を忘れないでしょう」

「おっしゃるとおりです。忘れることはないでしょう」と将軍がうなずいた。

オトマーがエイミーと手をつないで部屋へ入ってきた。わたしは彼をミスター・リバースミスに紹介した。オトマーには礼儀正しすぎるところがあるので、気をつけの姿勢を取るのではないかと一瞬ひやりとした。だが彼はおじぎをしただけだった。まだそのあたりにいたクインティは、エイミーのグラスにコカコーラを注ぎ、オトマーにはステラ・アルトワを注いだ。彼は要目を帳面にメモした後、部屋から姿を消した。

「おもしろい絵をたくさん描いたね」ミスター・リバースミスが言った。

「どの絵のこと？」

「君の部屋の壁に貼ってある絵だよ」

「描いたのはわたしじゃない」

「ぼくが描いたんです」とオトマーが言った。

「オトマーが描いたんだよ」とエイミーも言った。

ミスター・リバースミスははじめて面食らったような顔をした。わたしは、イノチェンティ医師がすでに電話で、それらの絵の話を彼に伝えたのを知っていた。電話で聞いた話を誤解したのかも知れないと思って、彼がとまどっているのが見てとれた。彼は何か言おうとして口を開いたが、エイミーがさえぎった。

「わたしをいつ連れて行くの？」

「明日、イノチェンティ先生に会ってお話を聞いたら、いつかわかるよ」

「わたしはもう元気」

「もちろんだよ」

「ほんとに元気なんだよ」

シニョーラ・バルディーニと一緒にお店で買った赤い無地のドレスを着たエイミーは、部屋の真ん中に立っていた。オトマーは通路へつながるアーチの下に寄りかかっていた。瞳にはまだ恐怖が残っていたものの、少しは落ちついていた。

「近々長旅がしたい気分かな？」ミスター・リバースミスが、ある種の大人が子どもに向かってしゃべる、わざとらしいつくり声で尋ねた。「お空の上の旅は、君も知ってるようにちょっと疲れるけどね」

「おじさんは休みたいの？」エイミーは少しことばにつっかえながらそう尋ねた。そしてもう一度繰り返した。「休みたいの、おじさん？」

「皆、おじさまを急きたてではいけないと思っているのよ」わたしは静かに口を挟んだ。「帰りの長旅をする前にしばらくのあいだ、休んでもらわなくちゃならないんだから」

会話がしだいにこなれてきた。将軍が腰の低い独特なことばづかいで、住まいはアメリカのどのあたりか、子どもはいるのかなど、客人にありきたりな質問をしはじめた。将軍がミスター・リバースミスに語りかける声を聞くひとは誰も、この人物がすっかり勇敢さに見放されて、空っぽの自邸へ戻ることはおろか、事務弁護士と話すことさえできなくなってしまっているとは思いも寄らなかっただろう。

「ヴァージンズヴィル」ミスター・リバースミスが、自分が住む町の名前を教えた。「ペンシルベニア州です」

さらにその近くにある大学の名前を挙げて、その大学で先ほど言った昆虫の研究をしているのだと話した。フランシーンと彼のあいだには子どもはいないだろうと想像したわたしは間違っていなかった。

「うちの娘にも子どもはいませんでした」と将軍が言った。

ミスター・リバースミスは相手の礼儀正しさに答えるつもりで、妻には前の結婚でできた子どもたちがいるのだが、すでに皆ひとり立ちしているのだと話した。あなたも再婚ですか、とわたしが尋ねると、そうだと答えてまた黙りこくった。そこへ将軍が、じつは今、庭づくりの計画を立てているのです、と話題を変えて空気を和らげた。部屋の片隅で、オトマーとエイミーがささやき声で話しながら、びりびりに破いた紙を使って遊ぶゲームをしていた。将軍はさまざまな植物の名前を挙げた——たしかシバザクラ、マグノリア・キャンベリー。妻のお気に入りだったボタンがウンブリアの大地と相性がいいかどうか考えているのです。何事も試行錯誤ですな。じつはこの近所に、エンジン式の耕作機を操縦者つきで雇えるところがあるのをクインティが見つけてくれたのですよ、と将軍は興奮気味に語った。

「園芸に関してはほとんど何も知らないのです」とミスター・リバースミスが言った。

彼の話を聞きながら、わたしは五月五日のペンシルベニア州ヴァージンズヴィルを想像した。ミスター・リバースミスが帰宅するとフランシーンが、「イタリアで爆弾事件があったわよ」とつぶやく。もちろん、その情景は今でもありありと思い浮かべることができる。フランシーンはオレンジジュースを飲んでいる。テレビの画面にはめちゃめちゃに壊れた列車。「今日はどうだった？」大学から帰宅するたびに、決まりごとのように抱きしめられた妻がそう尋ねる。「ああ、まずまずだったよ」と夫が答える。（彼は「まずまず」ということばを選ぶ、とわたしは確信している。）

「かれらは目下、注目に値するコロニーを形成しつつあるところだ」こっちはへとへとにさせられたわ、とフランシーンがつぶやく。最近ずっと具合が悪かったトヨタのボンネットが、今日またついに開かなくなったのだ。テレビのニュースキャスターは、どのテロリスト集団も犯行声明を出していないと伝えている。

「奥様もアリの研究をなさっているのですか、ミスター・リバースミス？」重たい沈黙が再び垂れ込め、それと同時に好奇心がふいに湧きもしたので、わたしはそう尋ねた。

彼は答える前に唇を一文字に結んだ。ためいきをこらえたのかもしれないし、ひきつりの発作みたいなものだったのかもしれない。「妻も同じ分野をやっています」と彼がようやく答えた。「研究者です」

何週間も経ってから、あの日テレビに映っていた光景がリバースミス夫妻にとって無視できない意味を持つと教えたのは、ヴァージンズヴィルの地元警察だったかもしれない。その様子も今だにありありと想像できる。腰を下ろしてくださいと勧めたのをやんわり断った二人組の巡査の胸で、バッジが日射しを浴びて輝いている。「イタリアですか？」トマス・リバースミスがとぎれとぎれの緊迫した声を巡査たちに――また自分自身にも――向けて絞り出す。「その小さな女の子は退院しました」と巡査のひとりが告げる。「今は近くの家で静養しています」ミスター・リバースミスは緊迫した様子のまま、いくつも質問をする。一体全体なぜ爆発が起きたのですか？　たまたま列車に乗っていたアメリカ人とどんな関係があるというのです？　犯人はすでに逮捕されたのでしょうか？　フランシーンが部屋へ入ってくるなり、「なんてこと！」と声を上げる。「なんてことなの！」

わたしたちはテラスでディナーを食べた。ミスター・リバースミスは陽気にふるまい、テラスからの眺めを無理やり誉めた。

翌朝、イノチェンティ医師がミスター・リバースミスのために、エイミーの様子を事細かに報告した。医師の口調とミスター・リバースミスの反応から推して、すでに電話で報告された話が繰り返されているようだった。医師は辛抱強く確認し、問題を明らかにして、必要と判断した部分にはくわしい説明を加えた。そして、ミスター・リバースミスの準備さえ整えば、エイミーをアメリカへ帰国させることに何の問題もないと告げた。最後に医師は、自分ができることはすべてやったと締めくくった。ミスター・リバースミスは重い口を開き、長々と丁寧に礼を述べた。

「先生、ひとつだけお尋ねしたいことがあります。エイミーはあのたくさんの絵を自分で描いたのではないと言い張っているのですが」

「自分で描いたことに気づいていないのですよ、シニョーレ」

「あのドイツ人の若者は……」

「オトマーが手伝っているのは歓迎すべきことです」

「エイミーとオトマーは友達になったのですよ」とわたしが口を挟んだ。

ミスター・リバースミスが眉をひそめ、とげのある表情が顔をかすめた。わたしはそのときふと気がついた。このひとがときどき不機嫌になるのは短気のせいだ。神経が過敏なのではなく、短気が元凶なのだ。彼はそれを隠すための予防線を張るみたいに、深刻なふりをしている。ところがときおり、深刻ぶりをやりそこなうと、いらついた頑迷さが覗くのである。

「とるに足らぬこと《ノン・インポルタ》です、シニョーレ」とイノチェンティ医師が断言した。「絵は絵に過ぎませんから。紙に色をつけただけのものですよ」

「ミスター・リバースミスには理解しにくいのではないですか」とわたしが口を出した。「エイミーの様子をずっと見てこられたわけではないので」
「そうですね」とイノチェンティ医師がうなずいた。それから、彼らしくない曖昧な口ぶりでつけくわえた。「わたしたちは希望を持たなくてはなりません」

その日の午後、ミスター・リバースミスは病院とイノチェンティ医師に宛てて必要な小切手を書いた。それから墓石の手配もして代金を前払いした。

その後、思いがけない展開があった。イノチェンティ医師がエイミーとおしゃべりしていたとき、医師が故郷のシエナの町を自慢した。イタリアに都市は数あれど、シエナこそは最も誇り高き町で、薄暗い路地からあっと驚く眺めにいたるまで、素敵な場所がたくさんあるよ。アメリカへ帰る前にぜひ訪ねて欲しいね、と。「君はまだ行ったことがないんだよね?」医師はがっかりしたような大げさな声でそう言った。「君のお友達に、連れてってって頼めばいいんだぞ、エイミー」

オトマーが応接室《サロット》でそのことを話題にした。エイミーはイノチェンティ医師に約束したのだが、彼女ははにかみ屋なので頼めないでいたという。
「シエナ?」ミスター・リバースミスがつぶやいた。

近いですよ、とわたしが説明した。車なら出せます。「せっかくの機会ですからシエナを見てお帰りになるといいですよ」

運転手はクインティである。将軍は町で園芸関係の本が買いたいので一緒に行くことになった。買った本はクインティに訳してもらえばいい。
「早めに出発したいのですがどうでしょう?」とわたしはミスター・リバースミスに提案した。

「日中の炎暑を避けたいので」

彼は早起きは苦手だなどと言ったりはせず、即座にうなずいた。フランシーンも即決するタイプかしら、と考えずにいられなかった。

「朝六時半にクインティがお茶を持って起こしにうかがいます」わたしは声をひそめて、他の誰にも聞こえないよう気を配りながらそう伝えた。それから、皆で揃って何かをするのはこれがはじめてなのだと打ち明けた。「爆弾事故の後、皆すっかり自信をなくしてしまったものですから」

相手がちゃんと聞いてくれたかどうかは定かではない。黙ったままわたしを見つめていた彼は、再びためいきをこらえているように見えた。フランシーンもその前の奥さんも、彼のこの癖を失礼だとたしなめたことがないとしたら驚きである。

9

翌朝七時過ぎ、将軍がミスター・リバースミスに、わが家の自動車についてあれこれ講釈しているのを見かけた。この車はクインティがいつも「自分の」と呼んでいるのだが、もちろんわたしの所有物である。巨大なヘッドライトと荷物箱のクロム製留め具と、今は畳んであるキャンバス製の幌を見てください、と将軍は言った。これほどの品格と美観を持つ自動車は、近頃では生産されておらんのです。ミスター・リバースミスがこの自動車を骨董品だと思っているのは間違いなかった。彼は何か受け答えしたのだが、よく聞き取れなかった。

遠足のためにわたしが選んだのは、つば広の白い帽子と無地の白いドレス。ハイヒールは白と黒のコンビで、ベルトとハンドバッグは黒にした。屋敷の正面の砂利を敷いた広庭で将軍とミスター・リバースミスに朝のあいさつをしているところへ、オトマーとエイミーが出てきた。エイミーはミスター・リバースミスが到着したときに着ていたのと同じ赤いドレス姿である。驚いたことにローザ・クレヴェッツリも屋敷から出てきた。花模様がついた緑色のお出かけ服に、緑のレースのストッキングを合わせている。

「ちょっと、クインティ」彼を脇へ引き寄せたわたしがローザの名前を口に出すより前に、相手がさえぎった。

「あなたが許可してくれたんですよ」とクインティが言った。「ゆうべ頼んだとき、大勢いたほうが楽しいからって言ってくれたじゃないですか？」

「そんなこと言ってないわよ、クインティ」

「いいえ、思い出してください。あの娘にはいいお出かけになるのでありがとうございますって、わたしはお礼を言いましたよね？　あいつは近頃元気がなかったからちょうどよかったって感謝したんだから」

わたしは断固として首を横に振った。そんな話をした覚えはない。

「少々聞こしめしておられたせいかな、シニョーラ」

「クインティ――」

「申し訳ございません」

クインティは彼特有のしぐさでしおらしくうなだれて見せた。それから、彼自身も娘もわたしに楯突くつもりはないと訴え、大勢いたほうが楽しいからと聞いたように思ったのは聞き違いだったかもしれないと弁解した。

「あなたに来てもらうのは運転手という仕事があるからでしょ」とわたしは言った。「メイドまで同行させる理由はないのよ。もってのほかです」

「昨晩あなたが許可してくれたと思ったもんで、娘に約束しちまったんです。あいつはあなたのことを親切な女神様だって言ってますよ」

万事スマートにやるつもりだったのにすべてが台無しになってしまった。わたしとしてはこの一日を、エイミーとミスター・リバースミスに楽しんでもらえる遠足にしたかった。ミスター・リバースミスをもっとよく知る機会にもしたかった。将軍とオトマーには気分転換をしてもらって、彼らが失意から立ち直る契機になればいい。皆が再び幸せに向けて一歩を踏み出す日にしたかったのだ。

「クインティ、聞いて。屋敷のお客様たちにメイドが混じるのはおかしいわよね」

「はいはい、わかってます。自分たちは使用人ですから。ただ、自分が言いたいのは、そもそもが誤解からはじまったことなんで、今回だけは大目に見てもらえませんかという話なんです。あいつはひどくがっかりしますよ。だって明け方までかかって、お出かけ服にアイロンを掛けてたんですからねえ」

納得はできなかったけれど、しまいにはわたしが折れた。そして、折を見計らってお客様がた――少なくともミスター・リバースミスと将軍――に謝ろう、と心に決めた。クインティがよく知っているように、わたし自身使用人階級の出身である。とはいえ待っている皆を相手にそんな言い訳を述べるわけにもいかなかった。

「申し訳ございません」とクインティがもう一度くり返した。

わたしは無言で首を振るしかなかった。ローザ・クレヴェッリはわたしたちを見つめながらやりとりの中味を推しはかっていた。クインティが彼女にちらっと目をやると、浅黒い顔に浮かびかけたふくれっ面が微笑みに変わった。わたしは待たせている皆のほうへ行き、エイミーとメイドには後部座席に座ってもらいます、と静かに言った。わが家の自動車は中部座席の長いシートを前に倒すと、後部座席にたどり着けるようになっている。オトマーとミスター・リバースミスとわたしが中部座席に座り、将軍にはクインティの隣りの助手席に座ってもらうことにした。

「さあ出発《アンディヤーモ》！」ギアを入れると同時にクインティが声を張り上げた。一瞬前までの重苦しい表情はさっぱりと消えていた。「出発進行！」

空には雲ひとつなく、朝の大気はひんやりと心地よかった。わたしは道中、遠くに見える丘の上の町やイトスギの並木道を指さして、ミスター・リバースミスに教えた。それからまた、教会の前を通りかかるといちいち知らせ、めぼしいものがない地域では路傍の軽食堂やガソリンスタンドまで指さした。よそから来た客人には何でも珍しいだろうと思ったからだ。ミスター・リバースミスはときどきうなずいていたが、それ以外はひとりきりの考えごとに耽っているようだった。「この車はじつにすばらしい」将軍がそうつぶやくのが聞こえた。オトマーがときおり後ろを振り向いて、エイミーとことばを交わしていた。

「奇妙に見えるかも知れませんね」前の日に話したことが夜のあいだじゅう気になっていたので、ミスター・リバースミスに向かって言った。「わたしたちはまだ、人生を粉々にした恐怖の手にわしづかみにされているというのに、こんな遠足に出るなんて」

彼は首を横に振った。そして紋切り型の口ぶりで、それは皆さんが快方に向かっている証拠でしょうと言った。

「ふさぎの虫から逃げ出したいんですよ、ミスター・リバースミス。うわべだけでもなんとか繕おうとしているの。でもね、心の中を覗き込んだら、耐えられない悲しみでいっぱいなんです」

わたしは注意深くことばを選んでそう語った。ただ、他のひとたちが失ったものに較べたら、わたし自身が失ったものはほんの少しなので、わたしの苦しみなど物の数ではないのですが、とは言わずにおいた。こみいった話をする場面ではなかった。あなたが今見ている姪とオトマーと年老いたイングランド人の姿は人間の残骸に皮膚をかぶせたものに過ぎない、ということだけはどうしてもはっきりさせたかったのです。ミスター・リバースミスは、自分ならそういう表現はしたくないと返しはしたものの、別の表現は思いつかない様子だった。

「どうしてもお話ししておきたかったので」と言い添えて口を噤んだ。わたしたちが生きている時代の残骸なんです、とつけくわえてもよかったが、それも言わずにおいた。

シエナの町に着くと、クインティは城門のすぐ内側で車を停めた。車体が熱くなり過ぎないように木陰を選んだ。彼がキャンバス幌を上げて定位置に固定し終わると、カンポ広場のカフェに向かって一同で歩きだした。朝食をそこで摂ろうという計画だった。狭い通りは肌寒かった。

「ごめんなさいね」ミスター・リバースミスとふたりだけになったのを見計らってわたしが言った。

「何ですか？」

わたしは微笑みを返しながら、横目でローザ・クレヴェッリの存在を示した。鮮やかな緑色のドレスとレースのストッキングをつけているせいで、ジプシーめいた雰囲気がかなり強調されて見えた。

「何ですか？」ミスター・リバースミスがもう一度尋ねた。

恰好のタイミングが過ぎ去り、娘に聞かれるのは嫌だったので、何でもないと答えた。奥様がもし今いらしたら、この町を気に入ってくださるかしら、地元のひとたちが早起きの亡霊みたいに行き交う、灰色の路地を好きになってくださるかしらね、と尋ねると、彼はイエスと答えた。ようやく目的地に着くと、それまでとは見事に対照的な景色が広がっていた。この町の真ん中に位置する、優雅な貝殻形の凹んだ広場では、輝く炎のような日射しが敷石とテラコッタのタイルを灼きはじめていた。ミセス・リバースミスはこの光景も気に入ってくれるかな、と思った。

ミスター・リバースミスは直接には答えなかった。いや、厳密に言えば、全然答えなかった。「イノチェンティ医師が姪にこのガイドブックをくれたのです」とだけつぶやいて、その本を閉じたままわたしに手渡した。

飾らない静かな空を背景にして堂々とそびえたつ市庁舎の高い大塔は、あたかも支配力を誇示するかのようだ。一同がカフェの日除けの下のテーブルに腰を下ろしたところで、わたしはガイドブックをぱらぱらめくった。クインティとローザ・クレヴェッリは、ウェイターとイタリア語でおしゃべりをはじめ、握手を交わしている。それからにぎやかにコーヒーとブリオッシュを注文した。ふたりを見るわたしの視線に気づいたクインティが、「出かけてきたおかげで元気になりましたよ」と小声で言った。

「いやあ、楽しいですな」と将軍が言った。

「そうですね、実に」とミスター・リバースミスが応じた。車を降りてから広場へ歩いてくるまでのあいだ、彼はむっつりしているように思えたので、このひとことは少し意外だった。

コーヒーがテーブルに届くと、わたしは彼に、パリオ祭のことがガイドブックに載っていますよと言った。毎夏、シエナの町の通りと、今わたしたちが座っているカンポ広場の斜面を使っておこなわれるその祭りは、地区対抗の乗馬レースがメインイベントだ。わたしはガイドブックの文章を声に出して読んだ――乗馬レースには地区同士の何代にもわたるライバル関係が反映され、技の見せ合いも多く、他の町に住む既得権所有者やシエナの旧家同士が抱く嫉妬関係がからんでくることもあるので、荒々しく危険を伴う展開になることもしばしばである。

「街角の壁面のランプ台に飾りがついていますから後で見てください」とクインティが口を挟んだ。

「勝負の日のために飾っているんです」

わたしはサングラスを掛け、目の動きを悟られないのを幸いに一同を観察した。クインティはローザ・クレヴェッリから教わった、ランプ台をめぐる蘊蓄を受け売りし続けていた。オトマーの手の指が神経質に動き、肩越しに後ろを気にするしぐさをくり返しているのが目についた。周囲の環境に不信感を持っているせいだろう。将軍は秘めた苦悶を隠しおおせているように見えた。エイミーは、皆のコーヒーについてきた砂糖の小袋に描かれた絵を、しげしげと見つめていた。

「シエナの町はマカロンがおいしいんですよ」わたしはミスター・リバースミスに言った。「リッチャレッリというお菓子で、お茶の時間によく食べます」

「そうですか」と彼が返した。

少したって大聖堂へ向かう道すがら旅行社を見つけたので皆で中へ入り、ミスター・リバースミスがペンシルベニアへ帰るフライトの予約をした。とんぼ返りするのはせめて時差ぼけを治してからにして欲しい、とわたしがそれとなく伝えたので、四日後に出る便を予約した。「エイミーが向こうで落ち着いたら」予約の確認が済んで一同が通りへ出たところでわたしが言った。「あなたとあなたの奥様になついてくれるのが楽しみでしょう」

彼は唇を一文字に結んだまま、素早く堅苦しいうなずきだけを返した。それからまた沈黙が流れた。

「妹さんのことを話して下さいな」彼と肩を並べて歩きながら、ためらいがちに水を向けた。

わたしがそのことばを言い終わらないうちに彼は足を止めた。そしてわたしのほうへゆっくりと向き直って、エイミーを見るたびに妹を思い出しますと言った。エイミーは髪と目とそばかすがフィルそっくりなので、と。なるほどそうですか、と返したわたしのことばは無視された。それから驚いたことに、彼はそこに立ったまま、家族のいざこざの一部始終を語りはじめた。他の皆は大聖堂へ向かう上り坂をずっと上のほうまで行っていた。彼の妹は、彼の最初の奥さんをとても気に入っていたのだという。再婚相手のフランシーンはそのことばかりか、夫の妹が夫と先妻を復縁させようと苦心していたことまで知ってしまった。フランシーンと彼が結婚して二、三か月後、彼女とフィルは大げんかをし、それがきっかけでふたりは口をきかなくなった。彼がフランシーンの側についたので、妹は兄を決して許さなかった。醜悪な絶交状態が続いたため、妹の子どもたちはミスター・リバースミスに会わずじまいだったのである。彼は、義弟に当たるジャックとは一回しか会った覚えがない。ミスター・リバースミスはフィルに宛てて、和解の手紙を書こうと何度思ったか数え切れない。だがついに手紙は書かれぬままに終わった。

「当然ですが、ここへやってくるまでは心配のしどおしでした」とミスター・リバースミスが打ち明けた。「姪の写真すら見たことがなかったのですから」

頑固さはすっかり消え失せていた。彼がはじめて普通の人間に見えた。自分のことばを伝えようと努力するひとりの男。多弁な人物ではない。たとえ世界がひっくり返っても、このひとがおしゃべりになるとは思えなかった。とはいえ、家族のいざこざをめぐる話が彼の口からごく自然に転がり出して、わたしの心を揺さぶった。ためらいながらぎごちなく語られた話ではあったけれど、心から自然に出たことばであるのは間違いない。わたしは気持ちが晴れ晴れしてくるのに気がついた。手足のしびれが治りかけてチクチクするような――あるいは身の内がぽかぽかと暖まってくるような――感じだった。わたしはむしょうに、会話のボールを投げ返したくなった。

「エイミーは自分におじさんがいるとは知らなかったんです」とわたしは言った。「だから、あなたとフランシーンがエイミーの目を見て、妹さんから非難されていると感じたとしても、エイミーに罪はありませんよ」

わたしのことばを聞いて、ミスター・リバースミスはあっけにとられたような顔になった。少しぎくっとしたようにさえ見えた。

「あなたたちは非難されてなんかいません」とわたしはくり返した。「わたしが会った妹さんの顔には、心の広さがあらわれていました」

彼は何も言わなかった。彼がいつ妹と会ったきりなのか尋ねると、母親の葬式のときだと答えた。

「ずいぶん昔ですか？」

「一九七五年です」

「お父様は？　あなたとフィルの」

またしても驚いた。父親はフィルが幼いときに死んだのだという。わたしは、フィルよりもずっと年上のミスター・リバースミスが彼女の父親代わりをしていたのだろうと考え、見よう見まねで家の修理をしたり、レタスやナスを育てているところを想像した。そんなふうに育った妹ならたいていそうであるように、フィルは兄をとても大事に思っていたに違いない。

「自分を責めないで」とわたしは懇願した。そうして、かつては勇敢さの権化だった将軍が、好きになれなかった娘婿を失ったのをきっかけにして、空っぽの家へ帰れないばかりか、事務弁護士と交渉する勇気さえなくしてしまった話をした。さらに、オトマーが亡くしたマデレーンにも触れた。

しゃべっているうちに前の晩に見た夢を思い出し、その内容をすぐに語りたくなった。ところが相手が相手なので、とうとう話を切り出せずに終わった。読者も先刻お気づきとは思うが、わたしは夢の話が大好きだ。オーストリア人の象牙捕りは——いや彼ばかりでなく貧乏っ子のエイブラハムも——わざわざわたしを訪ねてきて、夢の話をしてくれた。わたしもしばしば自分が見た夢の話をした。その日の前夜に見た夢というのは、他でもないミスター・リバースミスに関わる内容だったので、おもしろがってくれるかもしれないと思ったが結局話せなかった。その夢に出てきた彼は若くて、まだ少年だった。彼はフィルが持ってきた台所の引き出しを修理しているところだった。

接着剤が利かなくなったらしく、引き出しの側板が両方とも剝がれていた。少年は板の継ぎ目に出たカビのようなものをこそげ落とし、新しい接着剤をつけてから、引き出しを道具で締めつけた。

「そういうふうに直すんだね、お兄ちゃんさすが」とフィルが言った。半開きにした台所の窓から吹き込んでくる微風のせいで、木製ブラインドの羽根板が窓枠に当たってかたんかたんと音を立てた。大聖堂の丘へ登る坂道で、そんな修理をしたことがあるか彼に尋ねてみたかったが、ここでも口を開かずにいた。

　他の皆はもう見えなかった。大聖堂にたどりつくと、石段のところで皆が待っていてくれた。イノチェンティ医師からもらったガイドブックを将軍が開いて、一同の先頭に立った。そしてスズメバチそっくりな縞模様がついた柱の立ち並ぶ堂内に入り、床面の装飾や彫刻で飾った説教壇について解説した文章を音読した。わたしたちは見事な建物のさまざまな見どころを堪能し、近くの小博物館を見た後、絵画館へ向かった。クインティとローザ・クレヴェッリはいつのまにかどこかへ消えてくれたので、わたしは胸をなで下ろした。

　絵画館の静けさの中でミスター・リバースミスと話の続きができたらいいと思っていたのだが、途中でオトマーと将軍に出会った彼はわたしを置き去りにして、彼らと一緒に歩いて行ってしまった。エイミーも先のほうを歩いているはずだった。

「これ見て！」近くの部屋でエイミーが声を上げたのが聞こえた。少ししてから、わたしたち一同はエイミーを感動させた絵の前に勢揃いしていた。

　それは〈羊飼いへのお告げ《アンヌンチョ・アイ・パストーリ》〉という絵で、囲いの中へ追い込んだ羊たちのそばで、ふたりの羊飼いと一匹のネズミみたいな犬が焚き火を囲んでいる情景だった。背景に見える丘の連なりはイタリアらしい地形の丘が茶色い砂漠になったようで、空はいかにもイタリアの空で、遠景と近景に描かれたいくつかの建物もイタリア風に見える。ところが黄色い光に包まれて空に浮かび、何かの小枝を差し出している天使はわたしの目で見る限り、他の部分とはちぐはぐに見えた。

「こんなにきれいな絵を見たのは生まれてはじめて」とエイミーが言った。

その声を聞いたわたしは、あの爆発さえ起こらなければ、この子はたぶん両親と兄弟と一緒にこの町へ来ただろうと思った。一家揃ってこの同じ絵の前に立っただろう――そう思ってエイミーを見ると、彼女の目が輝いていた。わたしは今考えたことを小声でミスター・リバースミスに伝えようと思い、彼のほうへ立ち位置をずらした。ところが折悪しく彼が移動してしまった。

「羊たちが囲いに入れられているところを見て」とエイミーが言った。「網で囲っているみたいだよ」

「サーノ・ディ・ピエトロは一四〇六年にシエナで生まれ、一四八一年に死んだ」将軍はイノチェンティ医師がくれたガイドブックを読み上げて、このひとがこの絵を描いた画家だと説明した。

「五百年以上も昔なのね」エイミーが興味を持つかも知れないと思ってわたしは注釈をつけた。

「木が八本」と彼女が数えた。「八本と半分って言ったほうがいいかな。羊はたぶん十九頭。二十頭かもね。見分けるのが難しいよ」

「二十頭じゃないかね」と将軍が見積もった。

同じ色の羊の輪郭が二頭重なり合った部分では数えるのが難しかった。ガイドブックの解説によれば、犬は羊飼いたちが気づくよりも先に天使の到来に気づいているのだという。それはどうかなと思ったけれど黙っていた。

「わたしはあの犬が好き」とエイミーが言った。「とっても気に入った」

他の絵を見に行っていたオトマーが戻ってきた。エイミーは彼の手を握り、すでに気に入ったと説明した部分について今一度語って聞かせた。「とくに犬が好き」と彼女はつけくわえた。

皆で階段を下りながらわたしは心躍らせていた。天使や聖人や聖母子の絵はどれも美しいし、見ているとほれぼれするけれど、どんなにいい絵でもたくさんありすぎるとうんざりしてしまう。こんな感想を話したらミスター・リバースミスの奥さんは賛同してくれるかしら、と考えていた。わたしは、彼女がどんな人物なのか確かめたかったので、彼に尋ねてみることにした。聖母の絵が三十点以上もありました、とわたしは言った。

「あなたの奥様は大聖堂のほうがお好みかしらね？」

だがミスター・リバースミスは絵はがきを選ぶのに夢中で、聞いていなかった。彼が二度結婚したことは興味深い、とわたしは考えた。

「市庁舎の塔に登れるって、オトマーが言ってるよ」絵はがき売り場でエイミーが言った。「登ってみたいな」

カンポ広場へ戻る通りを歩いて行くと、クインティとローザ・クレヴェッリが一軒の家の戸口にたむろしていた。ふたりはタバコを吸いながらグラビア雑誌を読んでいた。クインティがページをめくると彼女がくすくす笑った。ふたりはわたしたちのほうに目を向けず、他の皆もふたりがいるのに気づかなかったようなので、わたしはほっとした。ふたりが読んでいたのは、表紙さえ見ればすべてがわかってしまうような雑誌だった。

「今までどうして会ったことがなかったのかな？」エイミーがミスター・リバースミスに尋ねている声が聞こえた。「わたしにおじさんがいるなんて知らなかった」

返事はわたしには聞き取れなかった。たぶん、ペンシルベニア州ヴァージンズヴィルと、エイミーの家族が住んでいた場所が遠かったとかいう話をしたのだろう。ミスター・リバースミスはその話題には深入りしたくないに違いなかったが、エイミーは、カンポ広場に着いてもまだしつこく質問をし続けていた。本当のところを知りたかったのだろう。

「ママのこと、きらいだったの？」

「大好きだったよ」

「けんかしたの？」

彼は少し躊躇してから返事をした。

「ばかげたけんかだったよ」

将軍は、皆が塔へ登って下りてくるまでのあいだ、町で園芸の手引き書を探したいと言った。そこで一時間後に、わたしたちが今朝朝食を摂ったカフェの隣りの、イル・カンポというレストランで落ち合うよう約束した。それまでの時間、わたしはひとりで靴屋をひやかすことにした。

わたしはタン皮色のミッドヒールを探していたのだけれど、ちょうどいいのが見つからなかったので、銀行ばかりが並んでいる広場に近いバーへ入った。「はいどうぞ《エッコ》、シニョーラ！」注文した飲み物を運んできたウェイターが威勢よくそう告げた。ひとびとを眺めながらそこに腰掛けているのは心地よかった。すぐ近くの席にこぎれいに着飾ったカップルがいた。女は上手に化粧して、男はリネンのスーツに合わせた青いシルクのネクタイが決まっていた。ひげ面の男がひとりで〈ラ・スタンパ〉紙を読んでいた。双子のようなかわいい娘たちがおしゃべりに夢中になっていた。ウェイターがもう一度、「エッコ、シニョーラ！」と声を掛けた。それにしても、ミスター・リバースミスがわたしの夢に出てきたのは驚きだった。たいそう私的で、細部まで生き生きした彼の人生の一コマがどうして夢に出てきたのか考え続けていた。胸の中では、家族のいざこざについて語る彼の声が聞こえ続けていた。彼とようやく会話らしい会話ができたので、わたしの心は浮き立っていた。

「素敵ですよね！」少し後で、クラフトショップの女性店員が声を上げた。わたしは鮮やかな色に塗られためんどりを抱えていた。店の前を通りかかったとき、紙製の工芸品が所狭しと並んだショウウィンドウに目がとまった。鮮やかな色のとぐろを巻いたヘビとクロコダイルに挟まれてめんどりがいるのを見つけたのだ。どの動物も渦巻き模様やジグザグ模様に塗られていて、遠目には紙張り子みたいに見えた。ところが実際手に取ってみるとそれらは木彫で、色を塗る代わりに表面に色紙を貼っているのだった。

わたしはめんどりが一番おもしろいと思ったので買うことに決めた。めんどりは黒い薄紙にくるまれ、足跡のデザインをあしらった手提げ紙袋に入れられた。彼はフランシーンを愛しているのかしら？　わたしは今一度、彼の奥さんが顕微鏡でアリを観察している様子やトヨタを運転している様子を思い描こうとしてみたが、うまくいかなかった。

その代わりに、店を出たところでミスター・リバースミス本人を見かけた。彼は横丁を曲がって、見ているうちに視界から消えた。わたしは一瞬ためらった後、彼を追いかけることにした。

「ミスター・リバースミス《ベリッシマ》！」

彼は振り向き、わたしだとわかると足を止めた。わたしたちが出会ったのは、日が射さないせいで湿ってひんやりした裏路地だった。突き当たりを左に折れればすぐまたカンポ広場に出られますよ、と彼が言った。

「カンポ広場へは出ないでおきましょう」大胆すぎたかもしれないけれど、わたしはそう返した。すぐそこの中庭を突っ切ったところに、キヅタに覆われたかわいいホテルがあるのに気がついていた。わたしは彼の先に立ってそこへ向かった。

「わたしたちにはここがぴったりですよ」ホテルに入り、居心地のよさそうなバーへ彼を案内した。

「他のひとたちもここへ来るのですか？　たしか待ち合わせ場所は……」

「ちょっと腰を下ろしましょうよ、ねえ？」

　窓の外側を這うキヅタのせいで翳った光が差し込む、薄暗い室内を想像して欲しい。テーブルの天板はお揃いの緑で、椅子と壁紙は赤い色。ふたりいるバーマンは兄弟らしく、どちらもやせ形で濃い色の口ひげを生やしている。テーブルについている客はごくわずかしかいない。花を生けた花瓶がところどころに置かれている。

「他のひとたちもここへ来るのですか？」ミスター・リバースミスが問いをくり返した。

「静かな時間が必要でしょう」うちとけた微笑みを浮かべながら、わたしが言った。「あなたには和みのひとときが必要じゃないかなって思ったんですよ。カクテルを一杯おごらせてくださいな」

　彼は首を横に振った。昼間はアルコールを飲まないというようなことを言ったのだが、そんなのは遠慮の表現と解釈してとりあわなかった。わたしは、彼がわが家でいつも飲んでいるオールドファッションドを一杯、彼のために注文した。

「この店はとてもいい感じだわ」ミスター・リバースミスにくつろいで欲しいと思ったわたしは、もう一度微笑みを浮かべてそう言った。そして、少しぐらいランチの待ち合わせに遅れたところでどうってことありませんとつけくわえた。どうせべらべらするだけなんですから。

　彼は、わたしが使った言い廻しで気を悪くしたかのように顔をしかめた。わたしは首を横に振って、特別深刻なことを言いたかったわけではないのだと伝えようとした。バーマンが飲み物を運んできたのでわたしは口を開いた。

「サーノ・ディ・ピエトロというのはどんな人物だったのでしょうね？」

「誰ですか?」

「あの子が夢中になった絵を描いた画家ですよ。ガイドブックには、天使が来たのを犬が真っ先に気づいたと書いてあったけれど、その解釈はちょっと穿《うが》ち過ぎじゃないかと思っていたんです」

彼はうなずいたように見えたが、あまりにもかすかな動きだったので、わたしの見間違いかもしれなかった。

「あなたもそう思いますか? 犬が気づいているように見えました?」

「いや、わかりません。そう見えたとは断言できませんね」

店内は満席になった。わたしはミスター・リバースミスを促して、縁なしの小さなメガネを掛けた年配の男が若い娘と一緒にいるところへ目を向けさせた。それから声を低めて、あのふたりはどんな関係だと思いますかとささやいた。彼は感情のこもっていない声で、いや、わかりませんと答えた。

わたしは他のカップルたちや、明らかに同一業界だと思われる会社員の集団についても、ミスター・リバースミスに問いかけてみた。会社員の男たちはカロッツァ219に乗り合わせたひとびとを連想させたけれど、ここでその話を持ち出すのは場違いだと考えて黙っていた。集団の中のひとりが小さなものをいくつかポケットから出して、しばらくのあいだ、テーブルの上に置いた。それらはボタンのように見えた。ボタン関係の仕事かもしれない。

「ボタン関係の仕事?」ミスター・リバースミスが言った。

「そうかなという気がしただけです」とわたしは返した。そのとき日本人が何人かバーへ入ってきたので、日本人にはとても目立つ特徴があるのですよ——なかなかの難問ですが、と言った。

「はあ」とミスター・リバースミスが言った。

わたしは、テーブルに身を乗り出して、彼を安心させるために手の甲に触れたいとずっと思っていたのだが、もちろん何もしなかった。大げさにせず、「どうかしたんですか？」と率直に尋ねたほうがいいだろうかとも考えた。ミスター・リバースミスのような男の場合、二杯目にさしかかるとぐっと打ち解けることがあるとわかっていたので、彼がおごり返してくれなかったのは残念だった。二、三時間前、妹をめぐる打ち明け話をしてくれたときにはお互いにわかりあえた気がしたのに、今はその感じがすっかり消え失せていた。

「他のひとたちと合流したほうがいいと思いますよ、ミセス・デラハンティ」

わたしのおごりだと言ったにもかかわらず、彼は紙幣をテーブルに置いた。それから二、三分後、わたしたちは再び通りへ出た。彼の足に遅れないよう、急いで歩いた。

「わたしはただ」少し息を切らしながらわたしが言った。「少しの時間、あなたに気楽に過ごしてもらいたかっただけなんです、ミスター・リバースミス」

表には出さなくとも、たぶんそれなりに感謝はしてくれているだろうと思った。少しは虚栄心が満たされたはずだ。彼が歩く速度を緩め、わたしたちは肩を並べてカンポ広場のまばゆい日射しの中に出た。青と白の縞模様がついた日除けの下で、他の皆がテーブルを囲んでいた。クインティとメイドの姿も見えたので気分が重くなった。クインティはツール・ド・フランスをめぐる長話をして将軍を退屈させていた。

「ジャン＝フランソワが個人総合時間賞《マイヨ・ジョーヌ》を取ったのを見ましたよ」わたしが近づいていくとクインティが話しているのが聞こえた。将軍は愛想よくうなずいていた。彼は買ったばかりの園芸の本を見せてくれた。本文はイタリア語だが、細部まで鮮明なアザレアの図版がたくさん入った本だ。将軍は人差し指で品種の輪郭図をたどりながら、「モリスとナップヒルです」と言った。「こっちはクルメとグレン・デール。こういうのを育ててみるつもりです」

オトマーとエイミーは絵はがきを順々に眺めていた。ローザ・クレヴェッリはコンパクトを開いて口紅を塗っていた。自転車ロードレースの話題で将軍の気を引くことをあきらめたクインティは、例のいびつな笑いを浮かべながら頭を傾げて彼女に見入っていた。

「とっても素敵なめんどりに出会ったの」とわたしが言った。

それから丁寧にお宝を包みから出した。黒い薄紙の中から美しいものが出てきたのを見て、エイミーが息を呑んだ。

「ワニとヘビもいたけれど、めんどりが一番素敵だと思ったのよ、エイミー」

「わあ、すごい！」

「『わたしが刈り取った小麦を粉にするのを手伝ってくれるひとはいませんか？』エイミー、赤い小さなめんどりと麦の話は聞いたことある？」

彼女は首を横に振った。

「『いやだね』と犬が言いました。『いやだね』と猫も言いました」わたしはお話を全部語って聞かせた。大昔、わたしがエイミーよりも小さかった頃、ミセス・トライスがしてくれた話だ。

「へえ、その話は知りませんでしたね」とクインティが言った。「わかった《カピッシ》？」彼はローザ・クレヴェッリに尋ねた。「シニョーラは農家の鶏の話をしたんだよ。一羽のめんどり《ウーナ・ガッリーナ》」

わたしは体をひねり、隣りに腰掛けていたミスター・リバースミスに向かって、クインティとメイドはふたりだけで昼食を食べてくれたらいいと思っていたのだけれど、とささやいた。「使用人と同席していただくことになってしまって、ごめんなさいね」

彼は、問題ないと言うふうに頭を振った。しかし問題はあるのだ。あのふたりはどう考えても出しゃばりすぎている。わたしはウェイターをつかまえて、ミスター・リバースミスのためにオールドファッションドを注文し、自分のためにジン・トニックを注文した。わたしはウェイターに小声で注文したのだが、地獄耳のクインティが邪魔をした。

「ジー・アンド・ティーだぞ！」彼はテーブル越しにウェイターに向かって大声で念を押した。ウェイターは略称の響きをおもしろがって復唱した。そして、「ジー・アンド・ティーはいかがですか？」と一同全員に尋ねた。「わたしも」とローザ・クレヴェッリが言った。ミスター・リバースミスは、オールドファッションドはいらないと言った。

「はじめから予定していたわけじゃなくて、あの娘は勝手に来たんです。言ってみればあのふたりは半端者なので」

クインティは一文無しで娘のほうはジプシーなのだ、とわたしはつけくわえた。ウェイターがわたしとローザ・クレヴェッリのところへジン・トニックを運んできた。「二杯《ドゥーエ》のジー・アンド・ティー！」ウェイターが一同の受けを狙ってそう叫んだ。彼は料理の注文を取るときにもへんてこなしぐさをしたり、目をぎょろつかせたりして悪ふざけをやり続けた。こんなことになったのもクインティとあの娘のせいだ。わたしはミスター・リバースミスに向かって、あのふたりに悪意はないのだと説明した。

「お気に障るかも知れませんが」とわたしは言った。「ああいう人間なものですから」

将軍は園芸の本を脇へ置き、各種の鋤《すき》の用途についてオトマーに解説していた。クインティもその会話に加わって、地元のどこやらの商店へ行けば肥料が格安で手に入ると教えた。また、業者に作業を依頼する場合には事前に見積もりを取ったほうがいい、と将軍に助言した。イタリアでは万事見積もりからはじまるのだ、と。ローザ・クレヴェッリがイタリア語で何か言い出したが、英語で言い換えてもらうまで、何を言っているのか誰にもわからなかった。とはいえ大したことではなく、アザレア用の植木鉢がどこで買えるかというような話だった。

「不思議なことが起きたのです」ミスター・リバースミスに向かってわたしは言った。例の夢の話をしたい気持ちを抑えきれなくなったのだ。しゃべっているうちにウェイターがワインとミネラルウォーターを運んできた。彼はまだふざけていて、わたしの目の前でワインを二杯注ぎ、間違ったふりをして三杯目のグラスまで置いた。エイミーはウェイターのおふざけに大喜びした。他愛ないなとわたしは思った。

「あなたはまだ少年でしたよ」とわたしが言った。「十五歳かそこらでした」

しかし、ミスター・リバースミスは全然興味を示さなかった。昨日の夜何か夢を見たか尋ねてみると、何も見なかったと答えた。彼は、めったに夢は見ないと言った。

わたしは押しつけがましくならないように気を配りつつ、人間は夢の助けを借りないとひと晩を眠りきることができないそうですよ、と言った。夢を見たのに忘れてしまうことがあるらしく、一時的に記憶した後忘れてしまう場合もあれば、まったく記憶に残らないこともあるそうです。

「そういう話題にはあまりなじみがありません」と相手が言った。

わたしは彼を元気づけたいと思って、自分が見た夢の細部を事細かに話した。リバースミス少年がどんなふうだったかをくわしく説明した。幼い妹のフィルの様子も説明した。それから、木製ブラインドの羽根板が台所の窓枠にときどき当たって、かたんかたん音を立てたのを覚えているかどうか尋ねた。

「いいえ」

返事が早すぎた。ものごとを思い出そうとするときには必ず、少しのあいだ——ときによっては数分間――考えなければならないはずだ。だが深追いするつもりはなかった。わたしはグラスを飲み干して、味が口に合わなかったスープの皿を押しやった。ミスター・リバースミスが思い出そうとしてくれなかったのは残念だったが、もちろんそれはどうしようもなかった。

「ちょっとお話ししておきたかっただけなんです」とわたしは言った。

彼はその後、ランチが終わるまでひとこともしゃべらなかった。ところが驚いたことに、その後、車を停めたところまで歩いていくとき、ミスター・リバースミスがローザ・クレヴェッリに話しかけているのを見た。彼女の英語はカタコトなので、彼はとてもいらだたしい思いをしているに違いない。彼が辛抱強いのを見てよけいに驚いた。

わたしは困惑すると同時に憂鬱な気分に襲われながら、将軍とふたりで歩いた。将軍のゆっくりした足取りがわたしにはちょうどよかった。その前日、将軍宛に二か所の事務弁護士事務所から封書が届いたのに気づいていたので、道々そのことを話題にした。

「当方は庭をこしらえています、と書いてやったんですよ」

「素敵ですね、将軍！」

「一度、お話ししておかなくてはと思っておったのです。オトマーとわしが長々とお宅に滞在し続けているのは不都合ではありませんか？」

「とんでもない、不都合だなんて」

「オトマーの口からは切り出せないようなのですが、彼は庭をこしらえることで、食費と宿泊代の代わりにしてはもらえまいかと考えておるのです」

「もちろん、それでけっこうです」

「わしは庭を贈り物にしたい、よろしいですな？　わしの分の食費と宿泊代はこれまで通り毎週お支払いします」

「どうぞご随意に、将軍」

通りには小さなカフェやバーがいたるところに目につくので、わたしは将軍に、ひと息入れてコーヒーでももう一杯飲みませんかと持ちかけた。彼は喜んで同意した。そしてよさそうな店を見つけると、わたしはコーヒーではなくグラッパを注文することにした。

「庭などこしらえたところで何の埋め合わせにもなりはせんのですが」将軍はだしぬけに元の話題を続けた。ふたりきりでいるうちに話すべきことを話しておこうと思ったようだ。「少なくとも、あなたの家でわれわれが回復した記念にはなるでしょう」

「いつまででも滞在して下さいな」それこそが話題の中心だとわかっていたので、わたしは静かにつけくわえた。

「あなたは親切なひとだ」と将軍が言った。

わたしたちは帰途寄り道をした。車は街道を離れ、ベネディクト会の修道院をめざして曲がりくねった田舎道を登った。涼しくて木の葉がよく茂った場所だった。通路上のアーチを見上げると彩色を施した彫像が据えられており、反対側にも同じような彫像があった。そこはモンテ・オリヴェートト・マッジョーレ修道院と呼ばれており、地上にありながら天上に近い場所だと考えられている。将軍をひとり残し、わたしたちは森の小道をずっと下って、ひんやりした谷間の窪地にある修道士たちの教会も訪ねた。屋根つき回廊に聖ベネディクトの生涯を物語る壁画の連作が描かれていた。鳩が鳴き交わし、ときどきいっせいに飛びたった。修道士がいる売店にさまざまな記念品が趣味よく並べられていた。

「わあ！」とエイミーが声を上げた。羊飼いの絵を見たときや、わたしが買っためんどりを見たときと同じ喜びようだった。「オトマー、これみんな素敵だと思わない？」

オトマーはでしゃばらず、いつもエイミーの背後にいた。彼の忠実ぶりはめざましかった。エイミーは彼のいるほうへひんぱんに振り向いて、見つけたものをくわしく説明したり、考えたことを話したり、ただにっこり微笑んだりした。

「本当だ、素敵だね」と彼が言った。

「『素敵』ってドイツ語では何て言うの、オトマー？」

「ファンタスティッシュ」

「ファンタスティッシュ」

「そう、うまいね、エイミー」

「ドイツのひとに通じるかな？」

「ヤー、ヤー」

「もっと教えて。鳥の名前は？」

「鳩はタウベ。カモメはメーヴェ」

「『きれい』はどう言うの？」

「きれい、はシェーンだね」

「シェーン」

「その通り」

「メーヴェ」

「上手だ」

ミスター・リバースミスは姪に、引き出しがついた赤と緑の小さな箱を買い与えた。それからわたしたちは将軍が待っているところまで小道を登った。彼はティールームを見つけて入り、花の本をぱらぱらめくっていた。

「下のほうがとてもきれいだった」とエイミーが将軍に報告した。「修道士が頭を撫でてくれたよ」

皆で車まで歩いて行く途中、わたしはオトマーを脇へ寄せて、庭をつくることで滞在費の代わりにするという提案は歓迎だし、屋敷にはいつまででも滞在してもらってかまわないとあらためて伝えた。

「ぼくには技術もないし、知識もないんです」

わたしは、そんなことを心配する必要は全然ないと言って彼を励ました。励ましているうちに、わたしの心に鮮明な光景が浮かんできた。五月五日、ミラノ行きの切符を買った彼が窓口でおつりの紙幣を数えている場面である。「カプチーノでも飲まない?」とマデレーンが言った。「まだ時間があるわ」わたしはオトマーの、腕が失われたほうの肩に手を載せてもよかったかもしれないが、そうする勇気がなぜか出なかった。あるいは、自分を責めてはだめよ、と言ってもよかったかもしれないし、何ひとつ知らぬまま大丈夫だと軽口を叩いてもよかったかもしれない。

わたしはそのかわりに、「可能性があるじゃない」と言った。「病院のベッドでは思いつきもしなかった人生を送れる可能性があるのよ、オトマー」

大きなメガネの奥の目がほんの一瞬、おびえたようにわたしの目を見た。わたしはふいに、彼が手の指をマデレーンの指に絡めていたのを思い出した。背筋をぴんと伸ばした将軍が娘の隣りに腰掛け、ふたりの子どもたちがささやき声で口論していた。線路脇に作業員がシャベルを持って立っていたのも思い出した。

「エイミーはアメリカへ帰ってしまうんですね」とオトマーが言い、わたしたちの会話はそこで途絶えた。

車の中ではクインティがどこかから仕入れた、エジプトの聖マリアの生涯に関する長話をして、ミスター・リバースミスをもてなした。「あのお方は歌い手で女役者でもあったわけです」と語る声が私の席まで聞こえてきた。クインティはさらにしゃべり続けて、聖ビビアナの遺体には食物を漁る犬たちが決してふれようとしなかった話や、聖ルチアが三年間、毎週水曜と金曜に聖痕から血を流し続けながら命長らえた話をした。ミスター・リバースミスの受け答えは聞こえなかったけれど、わざわざ耳を澄ます気にもならなかった。というのも、クインティが今日の遠出に貢献しているか否かなど、もはやどうでもよかったからだ。重要なのはミスター・リバースミスが野心家であるということ。わたしははじめて、そうに違いないと思った。本人ばかりかフランシーンも彼の出世を気に掛けているし、彼女自身の出世も気にしている。あの分野には他にも研究者たちがいて、よその木々についたアリのコロニーを顕微鏡で覗いている。ミスター・リバースミスとフランシーンは他の教授たちよりもつねに先んじていなくては気がすまない。目的地に一番乗りしなくてはだめなのだ。あのふたりに、突然降って湧いたようにあらわれた子どもの面倒を見る時間などあるだろうか？　ペンシルベニア州ヴァージンズヴィルにあの子が行けば、野心家夫婦の足手まといになるだけではないのか？　クインティがばかげた話をまくしたて、かわいそうなミスター・リバースミスがそれを聞かされているあいだ、わたしはそんなことを考えていた。

帰宅後わたしは一時間ほど横になった。午後七時近くになって階下へ下りた。将軍によれば、エイミーはすでにベッドに入り、おじとわたしにおやすみなさいを言うのを待っていた。ミスター・

リバースミスとわたしが一緒に子どもの寝室へ行くと、窓の鎧戸がきっちり閉じられて、夕刻の薄明かりがたゆたっていた。ミスター・リバースミスがエイミーの名前を呼ぶと、彼女は即座に返事をした。わたしはベッドの隅に腰を下ろした。彼は立ったままでいた。

「エイミー、あのめんどりをあなたにあげたいの。あなたへのプレゼントよ」

驚いたことに、子どもはうろたえたようだった。言われたことの意味がわからないとでも言うようにエイミーは顔をしかめた。それからおじに向かって言った。

「おじさんとママがけんかしてたなんて知らなかった」

「ばかげたけんかだったんだ」

「でもけんかしたんでしょ」

「そうだよ、けんかはしたよ」

どうにも場が収まらない気がして、わたしが口を挟んだ。

「けんかなんてたいしたことじゃないのよ、エイミー」それからわざと話題を変えた。「ねえ、羊飼いの絵を覚えてる？」

「羊飼い？」

「ふたりの羊飼いと一匹の犬」

「それとめんどり？」

「違う、違う。めんどりはあなたにあげるプレゼント」

「絵の中には他に何がいたの？」

「そうね、囲いに入った羊たちがいたわね」

「それから？」

「丘がいくつもあって、家もいくつもあったじゃないか」とミスター・リバースミスが言った。彼の顔を見たわけではないけれど、見覚えのあるしかめ面を浮かべていたと思う。

「それから木が八本」とわたしがつけくわえた。「覚えてないの？　皆で数えたでしょ」

暗闇の中でエイミーの頭が震えているのがわかった。ミスター・リバースミスが言った。

「空を飛んでる天使がいたのを覚えてるだろう、エイミー？」

「おやすみを言いに来てくれたの？　もう眠くなったよ」

わたしは修道院へ行ったことを話題にしてみたが、けんかの話を除く今日一日の出来事がすべて、エイミーの記憶から抜け落ちているのがわかった。息づかいがみるみる深くなった。子どもはもう眠っていた。

「これは一大事だ」とミスター・リバースミスが言った。

彼がうろたえたのも無理はない。この状況なら誰だって動揺するだろう。彼は電話を貸して下さいと言い、玄関の電話機からイノチェンティ医師に電話を掛けた。わたしは自分にも関係している話だと思い、自室の受話器を取って耳を澄ました。

「そうですね、そういうこともあるでしょう」とイノチェンティ医師が言った。

「あの子は間欠的な記憶喪失に陥っているんですよ、先生」

「姪御さんと同じ経験をすれば、あなただってきっと同じ症状になりますよ、シニョーレ」

「でもあまりにも突然記憶が消えたのです。興奮したのが悪かったのでしょうか？　今日、シエナに行って」

「そうは思いませんよ、シニョーレ」

ミスター・リバースミスは、四日後にエイミーを連れてペンシルベニアへ帰る手はずを整えたと報告した。その一方で、急ぎすぎだったかもしれないとも考えていたはずだ。様子を見るために姪をもう一度入院させる必要があるかもしれない、と。

「姪御さんは旅をしても大丈夫ですよ、シニョーレ」

「昼間は一日じゅう元気だったのです」

「シニョーレ、はっきり申し上げることができますが、姪御さんは入院中に予測された程度を超える回復を見せています。ここから先は時の流れに任せる他ありません。それにくわえて、いくばくかの幸運を願うしかないのです。悲観的になってはいけませんよ、シニョーレ」

イノチェンティ医師は率直に、当然の所見として、エイミーは長旅をしても問題ないと言った。だが本当の問題はエイミーが長旅に耐えうるかどうかではなく、着いた先のほうにある。イノチェンティ医師はその問題についてはあえてふれなかった。医師が文句なしの太鼓判を押したにもかかわらず、ミスター・リバースミスは安心するどころではなかった。彼はイノチェンティ医師との通話を終えるやいなや、ヴァージンズヴィルの妻へ電話を掛けた。おおかたそうするだろうと思っていたので、わたしは再び自室の受話器を取った。驚いてはいない、と彼の妻が言った。こういう場合には何事も単純にはいかないものだから。彼女の声はしわがれていて、男のように野太かった。その声をついに聞いたわたしは、声の主の様子を難なく思い浮かべることができた――日に焼けた骨と皮ばかりの顔、切り下げにした前髪の奥に近視の両目、眉毛は抜いていない。

「強めのお酒でも一杯いかが」少ししてミスター・リバースミスが応接室《サロット》へ姿を見せたので、わたしは声をかけた。彼は動揺しているように見えた。わたしが受話器を置いた後で、奥さんにこっぴどく叱られたのだろう。話を聞いた限りでは気が触れているとしか思えない子どもを背負い込むという、途方もないへまをやらかした夫を、あの日焼けした奥さんがとっちめたのではないだろうか。

それにくわえて、シエナの熱波がミスター・リバースミスの時差ぼけをこじれさせたのかもしれない。わたしは彼のグラスにウイスキーを注いだ。心が動揺しているときには、ウイスキーほどよく効く薬はない。

10

その夕刻に入浴した後、わたしはたまたま寝室の姿見で、自分の裸をちらりと見た。お湯に入ったせいで肌に斑点が浮き出し、五月五日に受けた傷はどれも鮮やかな色の傷跡になっていた。黒い染みのように見える下腹部の陰毛がそれ以外のあらゆる部分——頬、太もも、胸、両腕、両肩——の肉づきの良さを際立たせていた。正直なところ、この体型は中年のわたしによく似合っていたと思う。やせた体つきでは不安でしかたがなかっただろう。

その夜は黄色と翡翠色のドレスを着ることにした。涼しげな淡青色の地にシダの葉の模様がついたものだ。イヤリングはシンプルな金のディスクを選び、お揃いのネックレスに指輪と腕輪もつけた。それからゆっくり化粧をし、マニキュアも塗った。靴はストラップつきのハイヒールにして、色はドレスの翡翠色にあわせた。

「今夜は、わしたちの目をくらまそうと企んでおられるのですな」ディナーのためにテラスへ出たわたしに将軍が言った。オトマーもほれぼれとした様子で見てくれていた。だがミスター・リバースミスは何も反応しなかった。ディナーのあいだじゅう、エイミーのことを気に病んでいると顔に書いてあった。

「心配しすぎると毒ですよ」ふたりきりになったのでわたしが言った。耕作機のレンタルをしている地元の男がやってきたので、将軍とオトマーは屋敷の裏のほうへ行って打ち合わせをはじめていた。

「あの子は記憶喪失を患っているんです」とミスター・リバースミスが言った。「絵を描いたのに忘れたし、丸一日の経験をすっかり忘れてしまった」

「イノチェンティ医師がいてくれるので心強いですよ」

「あのドイツ人はなぜ、自分が絵を描いたと言ったのでしょうか？」

「絵がすでに存在している理由が必要だったからだと思いますよ。さもないとエイミーを心配させることになるから」

「そんなことはない。かえって混乱を招きますよ」

苦悩が重くなったせいで、彼は、妹にたいする罪悪感を語ったときと同じくらい多弁になった。苦悩がひとの口を開かせるわけだ。公平に言って今の彼は、野心的とは呼べないだろう。

「こんなふうに見てはどうかしら、ミスター・リバースミス。今度のようなことがあるとひとびとが結びつくきっかけになりますよね。生き残った者たちはお互いを理解できるから」

左右の黒い眉がぐっと寄った。唇が一文字に閉じて、その後緊張が和らいだ。わたしが話したことについて彼が考えているのがわかった。首を横に振りもせず、うなずきもしない。わたしは彼を見つめながら、このひとはちょっとジョセフ・コットンに似ていると思った。わたしは口を噤んで、四人が共通の理解に行き着くことなんて本当はできやしないと確信していた。

「警察が事件の捜査を諦めたかどうか、もしかしてご存じですか？」わたしが言ったことには返事をせずに彼が言った。

わたしはどうことばを返せばいいかわからなかった。刑事たちがこの家へ来なくなってからというもの、皆その方面の事情にうとくなっていたからだ。わたしが最後に小耳に挟んだのは、捜査当局は五月五日の事件についてこれまでに起きた――また今後起きるかも知れない――いくつかの爆破事件との関連を検証することに最大の希望をかけているという話だった。そのことを伝えると、ミスター・リバースミスはそっけなく意見を述べた。

「捜査の進捗状況から見て、希望が達成される見込みは薄いですね」

わたしは黙ったままグラスの酒をすすった。ミスター・リバースミスはジョセフ・コットンに似ているというよりも、その流儀が瓜二つなのだ。強そうな歯の間にパイプをくわえていても不思議はなかっただろう。だが彼はほとんど微笑まないのでめったに歯は見えない。せっかく似ているのに残念だな、と思った。

「世の中には不思議なことがあるものです」わたしはできる限り軽い口ぶりで言った。「警察の捜査が及ばない不思議な世界があるんですよ」

彼は反対も賛成もしなかった。パイプを持っていればまた火を点けるところだろう――サクラ材の火皿に刻みタバコを詰めて、火を回すために強く吸い込む。彼の不安が大きくなったせいで話しやすくなりはしたが、かわいそうにもなってきた。周囲にホタルが飛びはじめた。

「あなたのことが知りたいのです、ミスター・リバースミス」

夕暮れの光が見せた錯覚だと思うのだが、彼の顔に一瞬皺が寄って白い歯が光ったような気がした。わたしはエムエスのパッケージをとんとん叩いてタバコを一本抜き取り、彼にも勧めた。彼はそれまでタバコを吸っていなかったし、その晩も吸ってはいなかった。タバコの匂いが気にならないか尋ねた。

「どうぞ」

「不思議なことってあるでしょう、ミスター・リバースミス」わたしは自分がずっと感じ続けていたことについて話した。わたしたちの周囲には物語が生まれつつある。正体はまだつかめないけれど、意義深い小さなことが日々積み重なってきている。テーブルの上にジグソーパズルのかけらがばらばらに置かれているようなものだ。雑然としたその光景を彼に想像してもらいたかった。

「どういう話なのかよくわかりません」と彼が言った。

「生き残ったせいで人生が複雑になったという話ですよ」

屋敷の裏手から、エンジン式の耕作機を運んできたイタリア人が話すカタコトの英語が聞こえた後、将軍が受け答えする声が聞こえた。できるだけ早く頼みますと将軍が促した。今の時期と秋と春に、ここの土を掘り返しても問題はないはずだからね、と。イタリア人は、水源からここまで水を引いてくるパイプを設置するために溝を掘る必要があると進言した。石は崩れかけた厩《うまや》から持ってくればいいので、わざわざ切り出すには及びません。日程が話し合われ、調整されて合意に達した。

「長い一日でした」

ミスター・リバースミスはそう言いながら立ち上がった。わたしはもう少しだけつきあってくれるよう頼んだ。彼のグラスにワインを少し注ぎ、自分のグラスにも注いだ。それから彼はアメリカ人なので、わたしがアイダホへ行った理由を語った。ゲイアティ・シネマではじめて西部劇映画を見た頃の話もした。クレア・トレヴァーやマレーネ・ディートリッヒの名前も出した。

「アイダホは開拓時代の西部とは言えませんよ」

「そうでしょ、わたしは誤解していたんです。ただの無知な子ども」

わたしは、アーニー・チャブスが衛生陶器の営業をする担当地域がアイダホで、費用は彼持ちでわたしも連れて行かれたのだと話した。さらに、彼がわたしをアフリカにまで連れ回したあげく、行方をくらましたことも話した。カフェ・ローズの常連たちは皆、アーニー・チャブスの離婚した奥さんとわたしは会ったことがあるはずだと思っていた。彼らが何を言いたいのかは明らかだった。「元気な女だった」と皆が言った。「チャブスの奥さんはいつも元気はつらつだったんだろ」わたしは、アーニー・チャブス本人が奥さんのことを話すときはやたらに咳払いしていたのを覚えている。

ミスター・リバースミスにチャブスの風貌を詳しく語ったのは、そのほうが話が伝わりやすいと考えたからだ。彼が掛けていたメガネや、香りつきのオイルで後ろへなでつけた黒髪のこと、それから旅回りの営業をするさいには衛生陶器の実物ではなく、写真がたくさん入ったカタログだけを携行したことも説明した。話の焦点をはっきりさせるために、カフェ・ローズを再び持ち出さなくてはならなかった。カフェ・ローズに衛生陶器を取りつける注文が取れたまではよかったものの、八か月ほどのちに実物が届いたとき、商品にひびが入っていたのである。「あの店は運が悪かったんです。チャブスはあの店のトイレに、〈あなたの体重教えます〉と書かれた体重計も納入しました。ところがコインを入れてもウンともスンともいわなくて……。あの時期、彼は体重計の主任担当をしていたのに」

「なるほど」

当時チャブスが扱っていた品目の中には〈ジョーク・フラッシュ〉というのもあった。チェーンを引いてトイレの水を流そうとすると、「ハハハ！」と笑い声がする代物である。これは使用者が根負けするのを想定した冗談グッズで、個室を出てドアを閉めると同時にトイレの水が流れる仕掛けになっていた。ところが実際に設置すると、「ハハハ！」はどうやっても止まらず、水洗機能のほうは作動しなかった。別の仕掛けで、トイレの明かりを点灯すると同時に音楽が鳴る、というのもあったけれど、こちらも正常に作動したためしがほとんどなかった。

「結局、欠陥商品のせいで、アーニー・チャブスは面目丸つぶれになったのです」

「そろそろ眠くなってきました」

アーニー・チャブスは女に目がなかった。牡牛座に近い牡羊座だった彼は、性欲気質において両者の性向が混じり合っていた。彼はわたしの前にも、費用を自分持ちにして女を連れ回していた時期がある。ところが女がいざ結婚を迫ると、前配偶者扶養料を支払っているせいで、あの男には経済的余裕がなかった。ミセス・チャブスが死んだのはちょうどその頃で、チャブスには余裕ができたものの、今度は女が寄りつかなくなった。彼の甲斐性無しを警戒したのかも知れないが、本当のところはわからない。アーニー・チャブスと出会ったとき、わたしは十八歳だった。若気の至りと言う他にない。「アリの研究とはずいぶん違う人生を送ってきたんです」とわたしはつぶやいた。

自動車のエンジンをかける音がした。「さようなら《ブオナノッテ》！」将軍の声がして、オトマーも客人にさよならを告げた。砂利敷の広庭でヘッドライトがぴかっと光り、車は走り去った。

ミスター・リバースミスが再び立ち上がったので一緒に席を離れた。彼をテラスから室内へ招き入れ、わたしの部屋まで案内した。それから机上のスタンドを点けて、ガラス張りの書棚に収めた自分の著書を見せた。わたしは、彼が少しかがみ込んで本のページをめくるのを見つめた。

「あなたは小説家なのですね、ミセス・デラハンティ」

わたしは彼に、カフェ・ローズには家具の一部としてシェイクスピア全集とアルフレッド・テニスンの全集があり、それらの書物が英語を書くお手本になったのだと説明した。「シャロットの姫」とマクベス夫人の長ゼリフと「君を夏の日にたとえようか？」なら今でも暗誦できますよ、と。

「わたしのことはエミリーと呼んで下さってもかまいません」

ミスター・リバースミスの額のあたりが好みだ、とわたしは思った。一所懸命話しているわたしに向かって、どういう話なのかよくわからない、とあまりにも率直に告げたのにもぐっときた。まじめくさったこの男の冷静さには安心感がある。彼の本性は苦しくなるとひょっこり顔を出し、苦しくないときには慎重に隠れている。賢い男とつきあうにはおそらく、上手に話を引き出してやることが必要不可欠なのだ。

「あなたは山羊座でしょう」今一度彼をくつろがせたくて口を開いた。「電話で声を聞いた瞬間、直感したのです」

彼は『愛の開花期』の最初の二、三ページを繰った。くすんで表情がなかった瞳に驚いたような光が宿った。次に『楽園のワルツ』を手に取り、両方とも書棚へ返した。

「とても興味深いです」と彼が言った。

「あなたのアリのご研究もきっと興味深いでしょうね、トム」

中年の昆虫学教授に向かって、よろしかったら『リトル・ボニー・メイ』や『サンドームに乗ったふたり』をベッドへお持ちになりませんかと勧めたのはばかげていたと思うけれど、持って行ってくれなかったのはやはり残念だった。わたしたちはひとしきり黙ったまま、お互いの息づかいだけを聞いてたたずんでいた。わたしは彼のアリがそこらじゅうを這い回り、背中に別のアリを乗せているのもいたりしてて、一匹残らずせかせかしているところを空想し続けた。

「ねえ、トム、あなたのアリについてお話ししてくださらない？」

彼は首を横に振った。彼の研究は専門的すぎて、とても難解だった。説明しようにも、ふだん使っていることばでは間に合わないのだ。

「どういう話なのかよくわかりませんとおっしゃったのは、何がわからなかったの、トム?」

「何ですか?」

わたしは彼を励ましたくて微笑んだ。そして、あなたがもっと微笑んでくれさえすればお互いもっとうまくやっていけるし、第一、そんなにきれいな歯を持っているのに見せないでおくなんてもったいない、と言いたかった。わたしは彼に、『九月は心の宝』を手にとってくれるよう頼んだ。そしてその本はジャニーン・アン・ジョーンズ名義で書いたものですと言い添えながら、彼が本に手を伸ばすのを見守った。

「開いてみて、トム」

わたしは彼に、デイスミス夫人が出てくる場面を探して、ある一節を朗読して欲しいと頼んだ。彼は最初とまどった様子で、あごがかすかに動き、いつものように唇が一文字になった。そのしぐさはかえって、彼の人柄の思いやりがある部分と、エイミーに彼がみせた愛おしそうな表情を思い出させた。

「**デイスミス夫人がひざまずいて**」ミスター・リバースミスがようやく読みはじめた。「**目を閉じると、空っぽの部屋の中に、赦してくださいと嘆願する彼女のささやき声が聞こえてきた**」

彼は書物を書棚に戻してガラス扉を閉めた。

「ねえトム、座って。一緒にグラッパを飲みましょう」

彼は最初いらないと答えた。だがわたしが懇願し、大事なことを話したいのだからと言うと、腰を下ろしてくれた。わたしはふたつのグラスにグラッパを注いでから語りはじめた。

「デイスミス夫人にはモデルがあって、日曜学校の先生だったのです」わたしはミス・アルツァピエディの謙虚さと背の高さと、彼女に輝く冠を与え損ねた厄介な髪について語った。「胸はテープルの天板みたいに平らでした。その彼女を、わたしは魅力的な女性に変身させたのです、トム」

「なるほど」

「彼女は決してストッキングを履かなくて、スカートの長さはくるぶしまでありました」

グラスに口をつけないまま彼は立ち上がった。

「グラッパを飲んで、ねえ、トム。あなたのために注いだのよ」

彼は少しだけ酒をすすった。わたしは先生をどんなふうに美化したか――ミス・アルツァピエディがいかにして優雅なデイスミス夫人に変貌したか――について語った。それからわたしがヨセフ様を神様と混同したとき、ミス・アルツァピエディがどのように助け船を出してくれたかも話した。そのお返しとして彼女をデイスミス夫人に変貌させたのだ、とは言わずにおいた。なるべくしてなった変貌だったからだ。

「でもよかったと思っているのよ、トム。老人が胸にため込んでいた悲しみを吹っ切り、最後の力を振り絞って、この暑いウンブリアの地にイギリス風の庭園をこしらえようとしてるんだもの」

「はあ、なるほど」

妄想が割り込んできていた。そうだ、言うまでもない。妄想と謎と見せかけ――三つ組みの驚異を頭から追い出すこと、でもそんなことしたら何が残るのかしら？　ありがたい聖人像が置かれた病院の廊下を行ったり来たりしている棒きれみたいな老人。長いスカートをひきずった日曜学校の先生が秘めた悩みごと。そんなものは全部頭から追い出すこと。そうしたら真正面にあらわれるのは、若い娘をとっかえひっかえ連れ回った衛生陶器のセールスマン。あの乱暴な男。ウンブリアのこの家をめぐる暗黙の了解なんか反故にするがいい。そうすればクインティは、もといたところへ逃げ帰るしかなくなるのだ。

「もしわたしがクインティを首にしたらね、トム、彼はあのジプシー女を連れて出ていって、荒れ野で行き暮れるわ。ドラム缶を平たく延ばして掘っ立て小屋を建てて、道行くひとたちからものを盗んで暮らすことになるのよ」

「ミセス・デラハンティ……」

「ここへやってくる観光客のひとたちはよく、クインティを疑いの目で見るけど、それも当然よね。あの男が聖女伝をべらべらしゃべりはじめるのを聞いたら、精神病院へ迷い込んだかと思うに決まってるもの。でもね、突飛な話をまくしたてる程度なら、犯罪者同然になるよりはましでしょう？わたしはそう思っているの」

ミスター・リバースミスは丁重に、クインティが話してくれた聖人伝のあれこれは興味深かったと言った。わたしは彼に微笑みを返した。彼ががんばっているのがわかったからだ。ランチの後、彼がローザ・クレヴェッリと肩を並べて歩きながら、彼女とおしゃべりしようとつとめていた姿も思い出した。あのときはワインを一、二杯飲んでいたせいで、ローザ・クレヴェッリを見てかわいいと思ったのかしら。寡黙な男が恋情を抱いて悪いはずはない。浅黒い肌とジプシー女のまなざしに惹かれたとしても不都合な理由はない。フランシーンとは全然違うタイプの女なのだから。とはいえ今はそんなことをつらつら考えている場合ではなかった。

わたしは彼に、翌朝一緒に散歩をして、樹皮アリがいたら教えてくださいと頼んだ。今夜はわたしの興味と関心についてお話ししたのだから、次はあなたの世界について教えて下さいな。わたしなんて、石の下にいるアリと樹皮アリの姿形がどう違うかさえ知らないのだもの。わたしは自分のグラスにごく少量のグラッパを注ぎながら語り続けた。樹皮アリのふるまいが人間に似ているというお話はとても興味深かったですよ。樹皮アリという名前がついた由来も知りたいわ。ところが返事はなかった。ふと顔を上げると、彼はもうそこにはいなかった。

11

前の晩にイタリア人と相談した内容を交えて、将軍が庭の計画を具体的に話してくれた。イタリア人によれば、ひな壇状のテラスをつくるつもりなら、耕作機よりもむしろ掘削機が要るのだという。掘削機もその彼がリースして、操作もおこなえるらしい。将軍はひな壇をしつらえる位置と階段をつける場所を図面で示した。庭の一部は塀で囲う予定になっている。イタリア人は崩れかけた厩《うまや》を壊し、その石を再利用して景観を整備するのに役立つ機械も持っているという話だった。

将軍は、庭はわたしへの贈り物だと何度も繰り返した。だがこれだけ大規模な工事をするには、わたしの同意が不可欠だとも言った。彼は噴水の設置場所や、緑陰をつくる樹木の植え場所も提案した。

「美しい庭になりますね、将軍」

「庭の内側にはいくつかの小庭が必要です。引っ込んだ場所や奥まったところや、どこかへ抜けられなくてもついたどってみたくなる小道も欲しい。よく繁る植物は大事にされます。根づかぬものはあきらめるしかありません」

掘削機はひまわり畑の脇の斜面に爪を立てることになる。ひな壇だけでなく窪地もできる予定だ。

機械をリースしてくれるイタリア人は発想豊かな人物で、将軍のチャレンジ精神にすっかり共鳴している。彼は最初、パイプで水を引いてくるよう提案したが、今では庭専用の水源を確保すべきだという方向に傾いていた。厩の脇のイトスギの古木は残すことになった。

「この計画はだいぶ高くつきそうだけれど大丈夫ですか、将軍……」

「もちろん、大丈夫ですよ」

それから将軍は娘さんのことを話題にした。わたしがいるところで彼女のことを話したのはそれが最後だった。将軍とわたしは雑草の真ん中に立っていた。崩れかけた厩のそばに錆びてぼろぼろになった車輪や車軸が転がっていて、わびしいとしか形容できない一角だった。娘が生きていた頃には、自分の死後に残る財産を娘婿に取られてしまうのが我慢ならなかった、と将軍は話した。

「でも今は、この今こそかけがえがないと思ってますからな。自分に残された日々を喜んで捧げるつもりですよ」将軍はそうつぶやいて口を噤《つぐ》んだ。

こうしてわたしは贈り物を受け取ることにした。男からのプレゼントなら数々あったが、いつも趣味の悪い包みにリボンを結んだ品物ばかりで、これほど素敵なものははじめてだった。さまざまな約束がいっぺんに守られ、弱さが強さに変貌しつつあるのを目の当たりにして、わたしは今さらのように心を震わせていた。壊れた建物に使われていた材木や地面に半分めり込んだ鉄材はすでに掘り返され、じきに廃棄される予定だった。倒れた壁の石材は再利用されて、思いのほか長い年月お役目を果たすことになる。ひとりの老人の夢がひまわり畑の脇の斜面に実現される。彼はわたしと同様、これからこしらえる庭が最盛期を迎える頃には自分がこの世にいないのを承知している。だがそれがどうした、と思ってもいるのだ。

その日は数日ぶりに暑かった。散歩するなら炎暑にならないうちがいいと勧められて、エイミーとミスター・リバースミスは十時半に屋敷を出た。外玄関には麦わら帽子がいくつか掛けてある。ここへやってくる観光客はどんなに暑い日でも丘の散歩をしたがるので使ってもらえるようにしていたのだ。わたしはエイミーとミスター・リバースミスに麦わら帽子をかぶっていくよう勧め、蛇がいるかもしれないので道や踏み跡からはずれぬよう注意を促した。そうしてしばらくのあいだ、エニシダとキングサリの茂みを縫ってゆっくり歩いていく、ふたりの後ろ姿を見送った。エイミーは明るい青のワンピースに大きすぎるつば広のパナマ帽、ミスター・リバースミスはシャツ姿に淡黄褐色の木綿ズボンを履いて、茶色い帯布がついた帽子を頭に載せていた。ふたりの姿が見えなくなると、わたしは大急ぎでミスター・リバースミスの寝室へ行った。

　わたしが想像したフランシーンのイメージを裏づける写真があればいいと思ったのだが、あいにく見つからなかった。衣類は簡素な洋服ダンスにきちんと吊され、ネクタイは椅子の背もたれに掛けてあった。洗面用具入れには電気カミソリと歯ブラシと歯磨き、それからアスピリンとデオドラント。化粧台の上に航空券とカフスボタン。洗濯する必要のあるものは畳んで、マンダリナダックの旅行鞄の底に入っていた。ベッド脇のテーブルには『種差弁護論』というタイトルの、灰色のカバーがついた本が置かれていた。開いて少し読んでみたがまったく理解できない。入り組んだ文章がページの上から下へ向かってずるずる這いずっていく。難しい単語がこれ見よがしに振り回される上に、同じことばが幾度も出てくるのだ。**経験主義的……行動に関する……範囲を限定する……認知的な……確証……決定論……再是認。この事象は都市的環境において指摘されうるか?**という問題が提起されたすぐあとに、「**所与の居住者数**」**の四分の一は移入者第一世代である**と書いてある。どうやらこれは人間ではなくアリの話らしい。わたしはそそくさと本を閉じた。

　本の下には、ミスター・リバースミスのものとおぼしき筆跡でメモがたくさん記された、青いノートがあった。文章はきりつめた表現で書かれ、他人の興味を惹く工夫は皆無なので、判読するのがとても難しい。？**証拠はあるか、協同作用的かつ実利的な行動、物々交換、奉仕。？交易、家族の系図。ピルスファーの娯楽説、頼りない。？異端者の制裁。ピルスファーの睡眠動機、証拠無し。季節ごとの移住、疑いあり。Ｐの病院説、証拠無し。これはじつに論拠薄弱。**

　わたしはページを繰った。図表がいくつか書かれていた。名前のない系統図みたいなものだが、線がぜんぶつながっていて、すごく精密で複雑な電子回路にも見えた。娯楽説とピルスファーについては他の箇所でも触れられており、彼は自分のしていることが全然わかっていないとこき下ろされていた。ぐりぐりと下線を引いた記述が目に留まった。**マイスリンクの学説は論破、今や妥当性ゼロ、八七年四月三日。ありえない推論。その性質ゆえに感覚機能定義不能。**さいごのメモには**イタリア、八七年七月**の日付があり、**寝袋説は雌雄同体構造を無視している**と記されていた。わたしがちょっと読んだ部分だけで**説**という単語が四回も出てきた。

　彼は始終こんなことばかり考えている。こういうことが彼の野心に油を注いでいる。そのせいで口が重いのだ。わたしはかつて、他人に声を掛けられない男を知っていたが、打ち解けにくいその性格は案外変化しやすかった。頑固さにいったんひびが入ると際限なく多弁になった。もちろん、動揺すると多弁になる傾向がミスター・リバースミスにあるからと言って、わたしが昔知っていた男と同じタイプだという保証はない。ミスター・リバースミスのほうは地位が高く著名で、つねに見上げられる存在である。樹皮の内側で暮らすアリの視点から見た世界の話を聞けば、魅了されるひとびともいるだろう。彼の物腰を見れば万事すぐにわかることだ。その一方で、世の中のことは全然わかっていない。屋敷の庭をこしらえるためにブルドーザーを操縦することになった例のイタリア人とは大違いである。じじつ、彼はこの屋敷へ来て以来、配慮というものを見せたことがない。

配慮の代わりに頭の良さがあるのであって、それはそれなりの価値があるのだ。わたしはその朝、彼の寝室を出るときにざっとそんなことを考えた。一九八七年七月二十四日。以来わたしはその日付を忘れたことがない。

その日付を忘れないのは、その日の午後に起きたことが、わたしの人生で最も不愉快な衝撃のひとつとなったからだ。ミスター・リバースミスがペンシルベニアへもう一度電話を掛けさせて欲しいと言ったので、わたしはどうぞと答えて自室へ行った。わたしが受話器を取ったとき、彼は、ロマンス小説家なる人間に生まれてはじめて会ったと話していた。それからわたしをこき下ろしはじめた。昨夜はとても興味深いと言っていたわたしの小説を、今は「ばか話」呼ばわりしている。ふたりで楽しんだはずのグラッパをまずかったと報告した。よく聞き取れなかった会話の中では「グロテスク」という単語を使っていた。短く私的な人間関係のいくつかを語ったことについて――とりわけミセス・チャブスの死をめぐる話――は、「酔っ払いの妄想」と表現した。また、わたしが開拓時代の西部が見られると思ってアイダホへ行った話に触れて、基本的なことさえわかっていない女なんだと吐き捨てた。電話の向こう側からしわがれ声が一度ならず、「処置無しね！」と割り込んだ。

わたしには理解ができなかった。彼のことを信頼して、わたしは自分が書いた本を見せた。苦労を重ね、いろいろやりくりをしてシエナも案内してあげた。彼のグラスに次から次へと酒を注いだけれど、クインティの赤い小さな帳面に杯数をつけることなど考えもしなかった。「あの女は空想にとり憑かれているんだ」と彼は言った。アリの話をするような口調でわたしのことを語ったのだ。

わたしは受話器を置いて椅子に身をあずけた。棍棒で殴られたみたいに力が抜けた。彼は小説の内容を知っているわけではない。わたしの求めに応じて二、三ページ目を通し、カバーの絵をちらっと見ただけだ。わたしはタバコに火を点け、少しだけ酒を飲んだ。ほんの少しだけ。クインティがドアをノックして、お茶の準備ができましたと告げたが、わたしはありがとうとだけ言って、階下へは下りなかった。彼は後刻またノックして、ディナーの時間を知らせたが、そのときもひとりでいるほうを選んだ。薄暮が濃くなっていくのを眺めながらもっと暗くなればいいと願い、闇の到来を歓迎した。その夜、わたしは恐ろしい悪夢を見た。

爆弾を列車に持ち込んだのはオトマーだった。スーパーマーケットで出会うよりもずっと前から、オトマーと仲間たちはその娘に決めていた。娘についてあらゆることを調べ上げ、彼らの目的に最適だと判断したのだ。

夢には子ども時代のオトマーも出てきた。両親と一緒に食事室にいて、食卓にポークソーセージが載っている。そこへすさまじい音がした。家の扉を外から叩き壊そうとしているのだ。四人の男たちがなだれ込んできて、食事中の家族に穏やかにあいさつする。オトマーの母親の涙が、肉とじゃがいもと煮込んだトマトの上に落ちる。父親が立ち上がる。その時がやって来たのがわかった。聞こえてくるのは、マントルピースの上でチクタク時を刻む、文字盤の両側に騎馬像がついた置き時計の音だけ。母親は声を上げて泣いたりせず、男たちと夫のあいだに割って入ろうともしない。夫にはやがて運命の日がやってくると自分に言い聞かせ、やっとのことで納得したのはずいぶん昔だ。彼女もまた、この日がいつか来ることを承知していたのである。

ヒットラーの戦争中に犯した罪のせいで、夫は四人の男たちに捕らえられる。彼が連れ去られた後も置き時計はチクタクと時を刻み続ける。裁判はなくとも時計は時を刻む。死刑執行は用意周到におこなわれるだろう。オトマーの母親の涙が煮込んだトマトの上に落ち、自分も死のうと心を決めるまでのあいだも、時計はただ公正に時を刻む。母親が立ち上がって部屋を出る。別の部屋でオトマーが、天井の照明器具からぶらさがった母親の姿を見つけるまでのあいだも、時計は時を刻み続ける。

「オトマーにやってもらおう」と慎重な声が宣告する。父親を奪われた子どもたちが集まって運命をさらに一回転させる。新たな復讐の仲間たち。くじ引きに使われた、何本かの折れたマッチ棒。

「オトマーが選ばれたぞ」

カロッツァ219の車内でオトマーが娘の腕をさすっている。彼女はミラノ・リナーテ空港でテルアビブ行きの飛行機に乗り、復讐の道具を運ばされるのだ。オトマーの父親と同じように、この犠牲者も今は別のことに気を取られている。もう後へは戻れない。薄青い空を背景にして、畑に咲くひまわりの鮮烈な色。空中に浮かんだ置物のように見えるのはマデレーンの片手——スーパーマーケットで出会ったときにマスタードの瓶を倒したあの手——だろうか?

翌朝、自室の窓の鎧戸を押し開けたとき、真っ先に目に入った人間はミスター・リバースミスだった。かがみ込んでちっぽけな杏の若木を見ていた。わたしが大事に思っているその若木は高さが五インチしかないのだが、シニョーラ・バルディーニが竹で添え木をした。彼女は、杏の種から発芽したのだろうと考えているけれど、その種が人間の捨てたものか、大きな鳥の運んできたものかは知るよしもない。屋敷に沿ったこのあたりは牧草よりもクローバーが繁茂している。かつてシニョーラ・バルディーニが土を掘って二か所花壇をこしらえたが、今は何も植わっていない。ついその前日、将軍がこの花壇を話題にして、ゆくゆくはバラを植えるつもりだと語っていた。

まだ朝早かったが、わたしはいつものやつを少しだけ注いで、軽く一杯飲んでから応接室《サロット》へ下りた。そうして心の準備をしながら椅子に腰を下ろした。電話で聞いた会話の記憶がずきずき痛んだ。

ミスター・リバースミスとことばを交わす前に、その痛みが少しでも和らいでくれたらいいのにと思った。もう一杯グラスに注いで――といってもほとんどがトニックウォーターだが――飲み干したらずいぶん気分がましになった。次にタバコに火を点けて、サングラスを掛けた。

わたしが追いついたとき、ミスター・リバースミスは杏の若木から離れたところにいた。目のまぶしさを片手で押さえるようにして丘の眺めを愛でていた。あんなことを言われたので傷つきましたよ、とわたしは言いたかった。今すぐわだかまりを解くためにそうぶちまけてしまいたかった。そうすれば何か答えが返ってくるような気がしたのだ。だがせっかちは禁物で、待ったほうがいいことも承知していた。

「とてもいい朝ですね、ミスター・リバースミス！」

「そうですね、本当に」

「わたしは一日のうちでこの時間帯が大好きなんです」

彼があまりにも感じよく受け答えしたので、昨日電話で聞いた会話は聞き違いだったのかもしれないと思った。ひとの顔が見えない場合には誤解しやすいものだから。今見る彼の顔は、昨夜わたしの部屋で見た顔よりもずっとくつろいでいて、はるかに好感を誘う面持ちだった。昨日までは時差ぼけをひきずっていたのがようやく今朝すっきりしたのかもしれない。わたしは言おうと思っていたことを口に出した。

「二日前の夜にテラスでおしゃべりしたとき、わたし、しつこすぎましたね。ごめんなさい、ミスター・リバースミス」

「いいえ、そんなことはありませんよ」

「不安な気持ちになるとつい、堂々めぐりをしてしまうのです。嫌な思いをさせてしまいました。

すみませんでした」

彼は首を横に振った。何か言うかも知れないと思ったので、少し黙っていた。だがそれきりだったので、わたしのほうからことばを継いだ。

「時差ぼけはひどいこともありますから」

「時差ぼけ?」

わたしたちはもう杏の若木からはずいぶん遠く離れていた。

「時差ぼけ用の飲み薬もあるみたいですけれど、あまり効かないと思いますよ」

彼はわずかに頭を傾げるようにして相づちを打った。彼が何も言わなかったので、沈黙を少し長引かせてからわたしがまた口を開いた。

「疲れていらしたのに長々お引き留めしてしまいました。しかもなれなれしく、トムなんて呼んでしまって。気を悪くされたでしょう。本当にごめんなさい」

「ぜんぜん気にしていませんよ」

「気を悪くされなかったの?」

「していませんよ」

「トムとお呼びしたほうが親しみがこもっていると思ったので」

「おっしゃるとおりですよ」

「教授なんて呼んだらおじいさんみたいですものね」

わたしはふと、彼がここへ到着した日の夕刻、教授という肩書きなど重要ではありませんと口では言ったけれど、あれ以後、その肩書きで一度も呼びかけなかったので本当は気を悪くしていたのではないかと疑った。あの杏の若木はたぶん鳥が運んできた種から発芽したのです、と教えた直後、電話で聞いた会話のことをひと思いに話してしまいたかった。一度口に出してから、どうも聞き違えたようですとつけくわえて、その話題を二度と蒸し返さなければ、きれいさっぱり忘れられると考えたのだ。だがまだ時は熟していない。いま口を開けば、狼狽と失態が転がり出るに違いなかった。

その代わりに、「庭をこしらえる予定の場所を見て下さい」と言い、彼を屋敷の裏手へと案内した。イタリアでは芝生が恋しくなりますが、アフリカでも同じですとわたしは言った。それから将軍とオトマーと彼らのイタリア人の友達が考えている計画を語り、ハーブ畑ができるあたりを指した。アザレアはどっしりした鉢に植えて、庭全体のあちこちに置かれる予定だった。

「さぞかし美しいでしょうね」と彼が言った。彼は後からフランシーンに、ぜんぶ妄想だよなどと言うつもりだろうか？　イングランド人の年寄りが庭をつくって贈り物にしようだなんて、じつにばかげた考えで希望的観測の最たるものだ、と言うつもりだろうか？　それとも彼は今、列車で経験した爆弾事件が、最初思ったよりもこの女に重い後遺症を与えている、とでも考えているのだろうか？　彼がふいに横を向いた瞬間、本音が表情に出やしないかと思った。

「もう少し歩きませんか？」

わたしは彼を案内して、オリーブの木とブドウの木が生えた斜面が見える、歩き慣れた砂ぼこりの道をたどった。そしてなるべく会話がこじれないよう気を配った。シエナからの帰途、クインティが車内で変な話題をしゃべり続けたのを謝ろうとしかけて、ああそれはすでに謝ったのだと思い返した。

「静かなところでしょう」とわたしが言った。

「そうですね、本当に」

「〝ファール・ニエンテ〟というイタリア語の慣用句があるのです。ご存じですか、教授？」

「イタリア語は話せないものですから、ミセス・デラハンティ」

「わたしもほとんど駄目なんですよ。〝ファール・ニエンテ〟というのは、何もしないという意味です。〝ドルチェ・ファール・ニエンテ〟。何もしないのは素敵だ」

「〝ファール・ニエンテ〟」と彼がくり返した。

「カフェに腰掛けている時間なんかがそれです。わたしたちがシエナでしたように。今のわたしたちも同じですね。のんびりあてもなく歩いています。静けさを味わいながら」

「なるほど」

それでまたひとつ話題が終わってしまった。しばらくのあいだ沈黙が続いた。わたしはふと、ミスター・リバースミスが二度結婚したと話していたのを思い出したので、離婚は配偶者との死別と似ているかどうか尋ねてみた。

「悲しみの大きさという意味においてですが」とわたしが水を向けた。

「そうですね」

「心が引き裂かれたのかしら、トム？」

「そうですね、苦しい思いをしました」

わたしは彼の最初の奥さんの名前を聞き出した。セレスト・アデル。名前を口に出したときのイントネーションや調子で、その人物のイメージがするすると目の前にあらわれる場合がある。今がまさにそうだった。わたしの心に浮かび上がった女性は子猫を思わせる小柄なひとで、髪は黒く、フランシーンよりもずっと美人だった。

「そのひとのお誕生日はいつですか、トム？」

「アデルの誕生日？」思い出すまでに少し時間がかかった。「五月二十九日です」

わたしは足を止めた。「うまくいかなかったのも無理ないわ」

「うまくいかなかったのが彼女の誕生日のせいだとは思いませんよ！」

軽い口調だった。おそらく冗談を意図したのだろう。もしそうだとしたら、彼がここへやってきてからはじめて試みた冗談である。

「トム、フランシーンの星座は？」

「さあ、気にしたことがないので」

「誕生日は何月何日？」

「八月十八日」

「まあ、トム！」

彼はよほど驚いたと見えて顔をしかめた。わたしが説明すると彼が答えた。

「残念ながら、個人の性格がいつ生まれたかによって決まるという考えに、賛同するわけにはいきませんねえ」

わたしは反論しなかった。論争するつもりもなかった。わたしたちは再び歩き出した。わたしは親愛の情を込めて片腕を彼の腕にからめた。告白すると、受話器を取ってあの嫌な会話を聞いたときわたしは、とるに足らない分量だとはいえ一、二杯お酒を飲んでいた。お酒が入ると、ものごとがふだんほどはっきりしなくなる場合もある。おまけに、ペンシルベニアとの長距離通話の音声はあまりいい状態ではなかった。彼の話の中に「少女みたいな声」という言い回しも聞き取れた。これはもちろんお世辞かも知れないが、自分の声が若い娘の声にたとえられるのは悪くない、と思わずにはいられなかった。その思いがなぜか心に居座り続け、その余韻を楽しむうちに、旅回りの芸人夫婦が乗ったバイクが〈死の壁〉を突破して天国へ飛んでいった話をしたくてたまらなくなった。もちろんばかげてはいるが、よりによって彼に打ち明けたくなったのだ。犬を海岸へ散歩させた話も。自分の父親だと勘違いしていた男が映画館や納屋、ついには寝室で、いやらしいことをした話も。わたしは、オレアンダー・アヴェニューで起きた不祥事の話さえしたくなった。せずにすんだのは、相手がことばにたいして慎重な人物で、言わず語らずの警告がわたしに伝わったからである。

「トム、アデルとの暮らしは地獄だった？」

「反りが合わなかったんですよ」

「彼女があなたから去っていったの？」

「いや、そうではない」

「双子座のひとはしばしば自分から別れを切り出します。だからそうかなと思って。アデルはその後、赤ちゃんは産んだのかしら？」

別れたのはアデルが四十三歳のときで子どもはいなかったが、じつは彼女はその後、再婚したのだ、と彼はぶっきらぼうに答えた。わたしは、アデルとの暮らしはきっと地獄だったのでしょうねと言って慰めた。

わたしたちは足を止めて後ろを振り返った。わたしは靄にかすんだ丘の上の町を指さし、ふたりのスウェーデン人女性が修復しかけて頓挫した塔や、人間の形に似た岩場など、その他にも目につくものを指さして教えた。それからまた歩き出した。

「どうして嫌い合ったのかしらね、トム？　妹さんとあなたの奥さんの話だけれど」

彼は話したくなさそうな様子でどこか遠くを眺めていた。わたしは彼の枕元にあったノートのメモを思い出した。彼は今、あのメモの世界にいるのだろう。ピルスファーの学説にまた欠陥を発見してこき下ろそうとしているに違いない。わたしはきわめてやんわりと答えを催促した。彼が口を開いた。

「ふたりは嫌い合っていたわけじゃない。妹は、私がアデルと復縁するよう願っていただけですよ」

「でもそれはあなたの人生の問題ですよね？」

「私ひとりの人生だとは思っていなかったのでしょう」

年月が流れてもふたりの仲はよくならなかった。わたしが聞いたおおざっぱな説明からはこぼれ落ちた機微もあったのだろう。彼自身、わかっていなかったのかもしれない。男にはよくあることだ。妹はフランシーンがどういう女かすばやく察知していたので、兄が離婚するときにそのことを告げたのだ。「長続きしないわよ、兄さん」ミスター・リバースミスはわたしに、妹にそう言われたとは告白しなかったが――妹は元来兄にものをずけずけ言うタイプではなかった――きっとそうだと考えた。そのひとことが彼に残した傷は相当深いのだろう。

「イタリア語にはもうひとつ、とてもいい単語があるんですよ、トム。〝コルパ〟」

「どういう意味です？」

わたしは今一度、彼を動揺させないように気を配った。そして、〝コルパ〟とは罪という意味だと説明した。将軍は娘にたいして罪を背負った。オトマーも、マデレーンをイタリアへ連れてきたことで罪を背負った。「あなたもご自分の奥さんと向き合うことを避けた結果、妹さんとけんかになったわけです」

ミスター・リバースミスが何か言ったが聞き取れなかった。わたしたちは道路を逸れて小道へ入り、カサマツの木立がところどころに聳える丘をうねうねと登った。このあたりには毒蛇がまどろんでいるかも知れないので、とわたしは注意した。ゴム長靴を履いてくればよかったのだけれど、クインティの長靴ではミスター・リバースミスには小さすぎるだろうし、彼にこの丘を見て欲しいと思いついたのは散歩をはじめてからだったので、しかたがない。

「どうです、美しい国でしょう、トム？　いたるところに美しい瞬間が隠れています。ミラノのスカラ座の近くで、どっしりして小柄なオペラ歌手が歌を練習しながらカフェへまで歩いていくのを見かけたことがあります。オルヴィエートの大聖堂へ行ったときにはちょうど結婚式をしていました。大扉が開け放たれて新郎新婦が日射しの中へ歩き出てくるところでした。その瞬間、息を呑みましたよ、トム」

彼はうなずいたと思う。彼のしぐさはとてもかすかなので見逃してしまうこともある。平穏無事な屋敷があってありがたいのです、とわたしはことばを継いだ。やがて庭が完成すれば、鉄くずと壊れた建物しかなかった場所に鳥たちが巣をつくるようになります。花々には蜜を探して蜜蜂がやってくるでしょう。

「ねえトム、わたしたちは皆、過ぎていく毎日がつくりだす物語の中に住んでいると思うの。こんなふうに言えば、少しはわかってもらいやすいのじゃないかしら？」

「話してくださっていることがよく理解できていない気がします。妹のことで言えば……」

「いいのよ、トム。いいんです」わたしは彼の腕を前よりも少しだけ強くつかんだ。彼は動揺しかけているように見えたが、そんな必要など何もなかった。わたしは彼に問いかけた――わたしの顔についた傷はもう治ったし、腕を切断したオトマーの傷や将軍の脚の傷もやがて治るのに、エイミーの傷だけどうして癒えないのかしら？

「早く癒えるように皆が願ってくれていますね」

「エイミーはここで幸せに暮らしています。少なくとも今、精一杯の幸せを感じているはずです」

「妻も私も、あなたのご厚意に心から感謝しています」

「ねえトム、あなたには恩返しすべきことがあるのではないの？　妹さんは何も悪くないのに、長年敬遠し続けていたんでしょう？　妹さんとの思い出にたいしてやましい気持ちは感じないのかしら？　将軍が娘さんとの思い出にたいして、オトマーがマデレーンとの思い出にたいして引き受けているのと同じような気持ちはないの？」

「私がここへ来たのは妹の子どもを連れて帰るためですよ」その口ぶりはにべもなく、何の感情もこもっていなかった。彼が語ったことばがはじめて、間が抜けているように感じられた。ばかばかしいのは承知の上で、このひとは頭が悪いのじゃないかと考えた。「妹の子どもを迎えに来たんです」

わたしの脳裏にまたあのノートの走り書きが浮かんだ。せっかちな筆跡に頭脳のすばやい動きがあらわれている。彼はアリの頭脳に詳しい。アリの活力がどういうものかもわかっている。彼自身の頭脳にはアリの思考過程とやらの一部始終もすっかり収まっている。そんな彼が、頭が悪いはずはなかった。

「ねえトム、わざわざここまでやってきてくださったけれど、アメリカへひとりで帰るという選択肢はないの？」

「ミセス・デラハンティ……」

「見て」相手のことばをさえぎる結果になったがやむを得なかった。「アメリカ軍兵士のお墓です」

わたしは小道の脇の草地に立っている鉄の十字架を指さした。そうして、何の碑銘も刻まれていない理由を説明した。

「これはひとりの男を追悼するための十字架ですが、たくさんのひとびとのための記念碑でもあるからです。農夫たちが飢餓に瀕していたとき、敵方の兵隊たちが彼らに食料やタバコを与えました。中でもひとりの兵士は自分が持っていたものをすべて農夫たちに与えたのです。農夫たちは兵士の名前さえ知りませんでした。その兵士はこの場所で起きた無意味な戦闘で命を落としたのですが、地元の農夫たちは彼のことをいつまでも忘れませんでした。自分ひとりは何とかなるけれど、このひとたちにはどうしても必要だからと言って、見ず知らずのひとたちに食料を与えるなんて、誰にでもできることではないわ！　そのお返しに、名前も知らないその恩人に報いるために十字架を立てるなんて、これもめったにできないことです！　食料やタバコはたいへんな貴重品でした」

話し終えると十字架のそばまで行って、基部のあたりの草をむしった。それからもと来た道を引き返した。ミスター・リバースミスは無名兵士の墓について何のコメントもせずじまいだった。わたしは再び彼の腕をとった。

「ねえトム、農夫たちは兵士のおこないを奇跡だと考えたのです。奇跡を記念するためにあの十字架を立てたのよ」

サンダルが砂ぼこりで真っ白になった。彼の靴も真っ白で、わたしのペディキュアも白くなった。わたしは自分の柔らかい胸に、彼の腕の引き締まった筋肉を感じていた。

「ねえトム、お話ししたいことがあるの。聞いて下さる？」

「ずっと聞いていますよ」

「男同士の恋人たちがわが家に滞在して、日々死に近づいていったことがあります。別のときには、母親のことが恐ろしくてたまらない息子が滞在しました。母親は、息子が自分の目の届かないところへ行ってしまうのが耐えられないと思い、生んだ直後から息子に恐怖を植えつけたのです。

三角関係《メナージュ・ア・トロワ》の男女が滞在して、皮肉なドラマを演じたこともありました。三人それぞれに逃げ場がないのを見ているうちに同情して、息が苦しくなりました。ねえトム、これはぜんぶ過去のことだけれど」

ミスター・リバースミスにわたしは、現実に起きた恐ろしい悪を伝えたかった。そして今イタリアの片隅で、奇跡が再び起きたことを伝えたかった。カロッツァ219で恐怖を経験した人間がそうやすやすと日常生活へ戻っていけるはずがない。奇しくも生き残った三人がこの家に自分たちの場所を見つけた。お互いがお互いにとって力の源だった。わたしはもう一度庭のことを話題にした。書けない小説の冒頭を暗誦し、将軍がすばらしい贈り物をくれるという話を聞くまでは、その一節はわたしを当惑させるばかりだったと打ち明けた。

「ねえトム、あえて奇跡に背を向けることなんて誰にできるかしら？」

わたしは、そういう話をするときにひとがよくするように、彼の手の指をまさぐった。彼はわたしの指を乱暴に振りほどいた。そして突然不機嫌になった。他の男たちがわたしの目の前で大声を上げたように、今にも叫び出すのではないかと思った。だが彼は声を上げなかった。ただわたしを見つめていた。何も言わず、語ろうとせず、何を尋ねても答えなかった。屋敷へ帰り着いたので、わたしはグラスにお酒を注いで彼に差し出した。彼は、朝の九時には飲みたくないと言った。

12

その朝の散歩のあと、わたしはフランシーンがどんな人物なのかわかった。

フランシーンは破壊的で、自分を持てあましていた。ミスター・リバースミスをひと目見て欲しいと思った彼女は、しぐさも顔も甘いだけで頭が空っぽのセレスト・アデルなんか物の数でないと高をくくっていた。「わたしはトム・リバースミスが欲しい」フランシーンは自分ひとりしかいない部屋でそう声を張り上げた。「うすのろ女は地獄へ堕ちな！」夫は遊び人だったので別れた。十四年の結婚生活で三度妊娠して三人の子を産んだが、夫は別の女の匂いをさせて帰宅する癖が止まなかった。パンティーストッキング売り場の娘だよ――午前一時に夫が白状した。フランシーンは、夫がその売り子とどうやって出会ったのか問いただしたりはしない。夫が言っていることが真実なのか、それとも、浮気することで自分に何かの復讐をしようとしているのか知りたいだけだ。何年も前に愛は消え失せていた。

そういうわけで、トム・リバースミスと波長が合うと気づいたとき、彼女は孤独だった。セレスト・アデルはひとをもてなすのが好きだったので、ちょっと凝ったカクテルパーティーをよく開いた。彼女は客たちに貝殻の形をした日本のビスケットを取り回させた。トムにはレモンの薄切りを準備させ、シェイカーを振らせた。彼女が招いた不動産業界のひとびとを相手にして、彼は精一杯愛想よくした。他には弁護士や画廊関係者がいたが、ことごとく大学とは無関係で、彼とは話が合わなかった。

「お待ちしてたの、さあ入って」客が部屋へ足を踏み入れた瞬間、セレスト・アデルが甘ったるいことばで迎える。部屋中がすでにおしゃべりのるつぼになっている。彼女はやかましいのが好きなのだ。時間が経ってパーティーが佳境に入ると、彼女は必ずビッグバンドのレコードを掛けた。「盛り上げなくっちゃ」というのが口癖だった。

フランシーンをはじめてアデルのパーティーへ連れて行ったのは、一度だけ一緒に映画に行き、一度だけフォーシーズンズでディナーをともにした男だった。彼女はそういうつきあいには発展性がないのをよく承知していた。フォーシーズンズでリブを食べながら、男は別れた妻の話をし、未練がましい愚痴を言った。「リバースミス夫妻のパーティーはいつ行っても楽しいから」と男は請け合い、セレスト・アデル・リバースミスは新顔を見るのが大好きなのだとつけくわえた。パーティーへ向かう車の中で、男はカーラジオをつけたまま前妻の長所を誉めそやした。フランシーンはあまりにも退屈させられたので、リバースミスの家へつくなりそっぽを向いた。「トム・リバースミスです」ひとりぼっちでいる彼女を見て、パーティーのホストが自己紹介をした。

妻が開いたパーティーに大学で見知った顔がやってくるとは珍しい、と彼は思った。（フランシーンがのちに知ったところによれば、セレスト・アデルは、夫がいわゆる「世の中」のひとびとと社交することが有益だと考えて、大学関係者を決してパーティーに招かなかった。）その当時、存在が明らかになったばかりのクリスト博士のノート資料を読解しはじめていたフランシーンは、トム・リバースミスの興味を惹くことに成功した。カンボジアの沼沢地で失われたと思われていた博士のノートが、ニューヨークのホテルの金庫内で発見されていたのである。

「君は運がいい」トムがうらやましげに言った。なにしろクリスト博士の死後十一年間、何の手がかりもないままノートが行方不明になっていたのだから。博士は嫉妬深いことで悪名高く、他人をいっさい信用せず、自分が研究上発見した証拠の由来をすべて隠し通していた。

「そうですね、幸運でした」

フランシーンはトムの寡黙さに惹かれ、このひとが大声を上げるところなど想像できないと思った。彼女が長年一緒に暮らしたのは年中怒鳴り散らす男で、大学人としては敗残者だった。このひとなら嘘はつかないだろうし、セダンの後部座席に女を連れ込んだりもしないだろうと思った。年を取ったら頭髪が白髪交じりになるだろう――とても似合うだろうなと想像した。

「こんなことするなんて、あなたを一生軽蔑します」何か月か経った頃、トムの妹が言った。

フランシーンにとって初対面の女が目の前に立っていた。彼女は三千マイルも離れたところから、わざわざそれを言うためにやってきた。トムにはセレスト・アデルが本当に必要だったし、ふたりの結婚は完璧だった。性格は正反対だったが、正反対なほうがしばしば相性はいい。この場合、夫婦の相性はとてもよかった。

「あなたは無理やり割り込んで」と妹が激しく非難した。「取れるものをもぎ取ってる。自分の都合しか考えていないのね」

涙があふれ出した。だがそれはフランシーンの涙ではなかった。涙はとめどなく流れて、相手の女の頬を濡らした。フランシーンは議論しようとはしなかった。

「アデルはほんとによくしてくれたのに」と妹がトムに泣きついた。「それなのに兄さんは子どもをつくらせてあげなかった。彼女の一番いい年月を無駄遣いさせたのよ。兄さん、聞いて。あのひとに向かって、おまえなんかどうでもいいなんて言わないで」

彼は首を横に振った。彼はアデルにそんなことを言いはしなかった。

「ことばで言わなくたって行為でそれを示してるじゃない」

妹が兄に懇願するあいだフランシーンは目を凝らし、耳を澄ましていた。以前はこんなじゃなかったと妹が言い、さらに繰り返した。ちゃんと心があるひとだったのに。

「こうするのが一番いいんだ」彼が静かにつぶやいた。

妹は絶望して首を振り続けた。さらにひとしきり泣いた後、激情が和らいだ。鼻をかんで頬の涙を拭いた。フランシーンは、彼の妹が勝手な思い込みにもとづいた言いぐさを洗いざらいぶちまけたので、なるべくしてなったことをようやく受け入れる準備ができたのだと思った。そうして自分がいかに言いすぎたかを悟り、謝るだろうと思った。詫びるなら今だ、壊さなくてもいい人間関係を壊したことをぎごちないことばで繕うなら今だと思った。だが妹の口からはついに、謝罪のことばは出なかった。

「最低の女」氷が割れたように妹の声が響いた。そうして彼女は立ち去った。

13

将軍は背もたれに横木をいくつも渡した椅子にゆったり座り、エイミーは籐製のスツールにちょこんと腰掛けていた。階段の一番上から見おろしただけでは、将軍が語っている話の内容まではわからなかったけれど、老人のやさしさに身を任せている子どもの喜びはよく伝わってきた。

「イングランドを見てみたいな」というエイミーの声がたまたま聞き取れた。それから老人がまた語りはじめた。

「今日で最後か」オトマーが静かにわたしの隣りへ来て、階段の下を見おろした。涙でかすんだ目で見ると、オトマーはいつもより憂鬱な面持ちだった。わたしのほうを向いてひとことつぶやいた顔は、打ちひしがれたと形容する以外になかった。エイミーと別れた後どうすればいいか、見当がつかないようだった。オトマーとわたしの目が合った瞬間、夢に出てきた彼の世界がもう一度鮮やかさを増した。ほんの一瞬射し込んだ、真実の閃光がすべてを明るく照らし出して、その夏の物語を締めくくるように見えた。目の前に折れたマッチ棒が浮かぶ。短いのや長いのがある。くじ引きの場面が見える。「オトマーが選ばれたぞ」とゆっくりした声で誰かが言う。それを聞いたわたしはよろめいたのだろう、オトマーが手をさしのべて支えてくれた。

その晩、ディナーのとき、わたしたちはあまりしゃべらなかった。エイミーが入院中に買ってもらった衣類はすべてバッグに詰め終えていた。そのバッグはミスター・リバースミスがアメリカからわざわざ持ってきたもので、フランシーンが彼に買い与えた黒いマンダリナダックの旅行鞄と並べるとよく似合っていた。

将軍もオトマーもほとんど黙っていた。わたしもさすがに口が重くなった。ミスター・リバースミスは気が楽になったのだろう、ひとことふたこと話してからひとりで散歩に出てしまった。皆が求めさえすれば、彼は樹皮アリの消化管の構造について長々と説明するだろう、とわたしは考え続けていた。ただしその場合でも、樹皮アリのコロニーには人類に似た相互依存性があるという話はもうしないはずだ。彼はおそらく心の中で、爆弾事件で傷を負った人間など、壊れた金属部品や血がついたガラス片と一緒にゴミ捨て場へ捨て去って忘れてしまうのが一番だ、と考えていたと思う。

わたしは耳を澄まして、彼が帰ってくるのを待った。玄関へ入ってくる音が聞こえたとき、おやすみを言いに出ようとしかけたが、結局やめにした。わたしは台所へ行ってお湯を沸かし、グラスにティーバッグを入れてお湯を注ぎ、レモンスライスを浮かべた。そうしてお湯の色が変わった瞬間、ティーバッグを取り出した。さらに、夜更けにお茶を飲むときの習慣でグラッパを加えた。これさえあれば眠らずに起きていられるからだ。わたしはグラスを持ってテラスへ出た。空は澄んで星がたくさん出ていた。蚊の羽音が聞こえたがホタルはもういなかった。昼間のように暑い夜だった。

「マデレーン」娘の名前を連呼するオトマーの声がこだました後、静かになった。お茶をすすっていると、ミス・アルツァピエディがわたしたちに、イエスがシリア・フェニキアの女の娘から悪霊を追い出した話をする声が聞こえてきた。悪が矯正されると、はじめから悪など存在していなかったかのようになります。それこそあらゆる驚異の中でも最たるものです、とミス・アルツァピエディが言った。

わたしは飲み残したお茶を台所で捨て、グラスふたつとグラッパのボトルをトレイに載せた。その晩わたしは、オレンジ色のインドシルクの部屋着をはおり、金糸の縫い取りがついたスリッパを履いていた。いったん部屋に戻って口紅と目元の化粧を直した後、おしろいとオーデコロンで仕上げをした。髪には櫛を入れた。

彼の寝室のドアをそっと叩いた。眠そうな返事はない。あれこれものを考えながら起きているかと思ったのだが、そうではないようだ。わたしはドアを押し開け、廊下の薄明かりを背中にして少しのあいだたたずんだ後、彼のベッド脇のテーブルへ向かった。トレイをテーブルに置いて、電灯を点けた。ノートと灰色のカバーがついた本はまだ鞄にしまわれていなかった。わたしはもう一度部屋を横切ってドアを閉めた。

「靴屋の店員をしていたことがあるのよ、トム」彼の名前を呼び、彼の寝顔を見ながらそう言ったのだが、それは自分自身に向けたことばだった。わたしはドアに背を預けていた。彼のそばへただちに近寄るつもりはなく、起こすつもりもなかった。目の前にストッキングをつけた女性客たちの脚や、ひざまずいて靴の試着に手を貸しているあいだ、脇に寄せられた古靴がありありと見えている。客たちの足はオーブンのように熱く、汗の匂いがする。「歩いていらしたので少しむくんでいますね。本来のサイズよりも大きめになっています」客たちは必ず小さすぎる靴を買っていった。「きつめに履くのが秘訣です。そのほうが苦になりませんよ」客たちはストラップの脇にはみだした足の肉や、小さな飾りバックルを見おろした。「これでぴったりです。よくお似合いですよ」

わたしは眠っている彼に近づいていった。絶望を秘めているかのようにかすかに唇が開いていたが、本当は絶望などしていないとわかっていた。寝顔の額に皺はなく、閉じた目元も平穏に見えた。唇にだけ表情があるのは眠っているせいだ。

「ミスター・リバースミス」とささやいた。「ミスター・リバースミス」

彼は身じろぎした。ほんの少しずつ、上掛けの下で手や足が位置を変えた。目を覚ましたとき、あまり近くにいて驚かせてはいけないと思って後ずさった。わたしは部屋にひとつしかない椅子に腰を下ろした。椅子は部屋の隅にあって半分影に埋もれていた。

わたしの思いにまた過去の時間がいくつも割り込んできた。パブのダイニングルームで事務職の男たちが大声で料理の注文をしている。わたしはカフェ・ローズで革装の古い書物を開き、その中の世界に我を忘れている――**早起きの、麦刈るひとの耳にだけ、芒《のぎ》のある大麦に混じるひとにだけ、朗らかに響く歌が聞こえる……**。「シェパーズパイ・アンド・チップスをふたつ。衣《トード》をつけて焼いたソーセージをひとつ《イン・ザ・ホール》」事務職の男たちに聞こえるよう、注文を復唱しなくてはならなかった。とにかく気をそらさないこと。さもないと間違った料理を運んでいって、おまえ何年ウェイトレスやってるんだと冷やかされてしまう。「ナイロン製の高級品です」事務職の男たちは決してミスを見逃さない。汽船ハンブルグ号で乗客係をしていたとき、わたしは恋に落ちた。

「ああ」彼が目を覚ました。

「大丈夫よ、ミスター・リバースミス」

彼は上体を起こし、片ひじを突いて体を支えた。そしてグラッパのボトルをまっすぐに見た。何が何だかわかっていないようだ。わたしの声は眠りの世界から聞こえている、と思ったかも知れない。わたしの姿は影に隠れていて、彼には見えなかった。

「何でもないわ、ミスター・リバースミス」

何度も何度も思い出す光景をまた思い出していた。わたしはアフリカの炎暑の中に横たわって男を待っている。お金さえ持っていればどんな男でもよかったのだ。ひと仕事終わると階下へ下りてコーヒーを淹れ、料理をする。男たちはトランプをする。わたしはタバコを吸い、レモネードを飲む。存在しないひとびと――書物の中で見つけたのではなく、わたしが空想でこしらえたひとびと――がどこからともなくあらわれる。以前にも語ったように、カフェ・ローズという地獄を知らなければ、わたしは決してものを書いたりしなかっただろう。

「何時ですか？」

「三時だと思います」

「何か……」

「いえ、何でもないわ」

わたしは立ち上がり、微笑みを投げて、彼をいっそう安心させた。わたしは彼と自分のためにグラッパを注いだ。そしてグラスを枕元に運んだ。

「いや、今はちょっと。酒は飲めそうにないですよ」

「あしたはもうお別れなんだから。口をつけるだけでも」

わたしは部屋の隅の椅子へ戻った。あしたになればふたりとも帰ってしまうのだ。

「熟睡していました」無理やり起こされたひとの口調で彼が言った。

「ごめんなさい？」

「ごめんなさいが言いたくて」

「今朝のこと」

「ちっとも問題ありませんよ」

「わたしには問題なのよ、ミスター・リバースミス」

彼はまだ完全に目覚めてはいなかった。眠気をさますために、目をぎゅっと閉じてから再び開いた。それからためいきをついた。彼はしつこい眠気と戦っていた。

「つい今しがたまでわたしも夢を見ていたのよ」とわたしが言った。「ぱっちり目を覚ましたままでね」

彼はまだグラッパに口をつけていない。まどろみが消えていないせいでグラスを持つ手が震えているように見えたが、気のせいかも知れなかった。

「フィルはフランシーンが嫌いだったけれど、これからはフランシーンがエイミーのお母さんになるのね。わたしが言いたかったのはそれだけよ、トム」

グラスはまだ口元に運ばれていない。

「ねえトム、フランシーンがフィルを嫌いだったからと言って責めてはだめ。だって嫌われたら嫌い返すのが当然だもの。そうしなければ女の心は折れてしまうのだもの」

「妹はもう死にました。こういう話はやめにしたいんです」

「妹さんが亡くなった場所にわたしもいたんですよ、トム」わたしは彼にやんわりと思い出させた。

「妹の子どもは今後、妻と私で面倒を見ていきます。それ以外の選択肢を考えるなんてばかげている」

「わかってますよ、トム、わかっています。あなたはエイミーをペンシルベニアへ連れて帰る。そうしてフランシーンががんばる。レモンメレンゲ・パイをひと切れよけいにあげたり、チョコレートクッキーのお代わりをあげたりする。雲行きが怪しくなってきたときには、よし、二人で映画を見に行こうとか、コロラドまでロッキー山脈を見に行ってみようとか、あなたが提案する。エイミーには子猫を飼ってあげる。ハイスクールで成績が悪かったら本人のせいでないことにする。あの子のかわいさは精一杯誉めたたえる。でもね、皮一枚剝いでみれば、フランシーンの恨みがくすぶっているの。あのひとは、あなたがフィルの子どもに気前よくお金を使うことに嫉妬するわよ。だってあんなことがあったんだもの。フランシーンだってがんばろうとします。でもフィルが、あんなにひどいこと言ったんですものねえ。毎日思い出しても無理はないと思うわ」

わたしが彼の怒りを目にするのは二度目だった。彼は不機嫌な声で、あなたはわたしの妻について何ひとつ知らないし、わたしについてもほとんど知らないのに、いったい何がわかるのだと言った。エイミーのハイスクールの成績なんか予測できるはずがないだろう、と。

わたしは彼の言い分に耳を澄ませた。そして大目に見てやりたいと思った。ほとんどかばうような気持ちにさえなった。このひとは経験がとても少ない。女と長い時間一緒に過ごしたことがない。そのせいで、女というものが他の女のことをどれほど正確に言い当てられるかが理解できないのだ。カフェ・ローズでは、話で聞いただけの女のことがなぜそんなによくわかるんだ、と男たちがわたしに目を見張った。「俺はどうしたらいい?」オーストリア人の象牙捕りから相談を受けたのを覚えている。「エミリー、なあ、どうやったらあの女が俺のものになるか教えてくれ」ところが、わたしが本音を包み隠さずに、女なら誰だって、あんたがその乱暴さのせいで刑務所行きになるのがわかるんだよと教えてやったら、あの男は突然黙り込んで露骨にふてくされた。

「わたしはフィルの顔立ちが好きでした、トム」

「あなたがフィルを気に入ったかどうかなんて関係ないでしょう」

「あくまで個人的意見です。あなたが知りたいかも知れないと思って」

「あなたは妹を列車の中で見かけただけだ。親しかったわけじゃない。それなのにあなたは、フィルをよく知っていたかのようにしゃべっている」

わたしは返答する前に再び間合いをとった。それから、マデレーンがスーパーマーケットでハーブに手を伸ばしたとき、マスタードの瓶を倒したのをきっかけにオトマーと出会い、ふたりがコーヒーを一緒に飲んだ顛末を語った。語りながら、ミスター・リバースミスの顔から目を離さなかった。彼の瞳によく目を配り、うとうとと閉じてしまうようなら話を繰り返す心づもりをした。

「オトマーにはもう何も残っていません。意志も心からの喜びも。オトマーは終わってしまったんです。ここに長逗留しているのはそのせいなのよ」

「放っておいてもらえませんか」

「将軍ももう終わってしまった」

「ミセス・デラハンティ、あなたが、心に痛手を残す経験をしてこられたのはわかりますが……」

「トム、わたしをミセス・デラハンティと呼ぶのは薄情ですよ。だってそれは、わたしの名前ですらないんだもの」

左右の黒い眉が眉間に寄った。顔をしかめたせいで額に皺ができた。舌が唇を湿らせて、何か言おうとしていると思ったが、ことばは発せられなかった。

「トム、何か思い切ったことをしてみる気にはならないの？　わたしのような女にも未来は思い描けるのよ」

「悲劇のあと、妹の子どもがあなたの家に長逗留したからといって、わたしを苦しめる資格があなたにあるわけじゃない。私は感謝しています。妻だって感謝している。あの子も感謝していますよ。ふたりに代わってわたしがお礼申します、ミセス・デラハンティ。お願いだからもう眠らせてくれませんか？」

わたしは影の中から立ち上がり、グラッパを注ぎ足したグラスを持ってベッドのそばまで行った。そうしてゆっくりと、断固たる明瞭さを込めて語りはじめた。秩序と正確さを重んじ、野心家でもあるあなた――昆虫に関する限りとことん理詰めの真実を追求するあなた――が、身の回りにはっきり存在する真実を認めまいとしているのが信じられない、と。

「何の話をしているんですか、全然わかりませんよ、ミセス・デラハンティ」

「あなたも怖いのかも知れないわね。わたしだってこわいんだもの。何週間か前から、オトマーはゼリーの塊みたいになってしまった。将軍はにこにこしながら、自分の頭に銃弾を撃ち込んでも不思議はなかった。あの子はひと目につかないところへ隠れてしまった。歯医者へ行くよりもこわいことが起きたのよ、たぶん」

「そうやってねちねちと、ひとをどこまで苦しめたら気がすむんですか？」

「あなたが正直じゃないからよ」きつすぎることばが口を突いて出てしまったのですぐに謝った。だが彼のいらだちはおさまらなかった。

「あなたは、わたしがここへ着いたときからずっと苦しめ続けている。あなたのものの言い方は理解できない。そう伝えたのにいつまでもしつこく、わけのわからないことをしゃべり続けている」

「あの子はいつの日か、あの子のお母さんとフランシーンが不仲だ、とあなたが打ち明けたことばの深い意味を悟ります。いつの日かあの子は背伸びして、フランシーンの目玉をえぐり取るわよ」

ミスター・リバースミスは抵抗するようなそぶりを見せた。わたしはかがみ込み、顔をいっそう近づけて、話題を変えたと思うかもしれないが全然変えてはいないのだ、と念を押した。わたしはオトマーの少年時代の話をした。ブロンズの騎馬像がついた置き時計がマントルピースの上に鎮座し、ポークソーセージの表面に浮いた脂が冷えてしだいに固まっていった。わたしはオトマーの父親が連れ去られた一部始終と、置き時計が時を刻む鈍い音をオトマーと母親が聞いている場面を語った。それから年月が流れ、父親を連れ去られた子どもたちが成長して集合する話もした。彼らが運命の輪をさらに一回転させて、一番短く折られたマッチ棒をオトマーが引き当てたのだ。

「いったい何の話をしているんです？」

わたしが語り続けたせいだろう、ミスター・リバースミスは上体を起こしてベッドに腰掛けた。髪が少し乱れていた。わたしは彼に、強情を張るのはやめにしてグラッパを飲みなさい、そうすれば落ち着くからと言った。ところが彼は言うことを聞かなかった。「いったい全体、何なんだ？」と彼はしつこく食い下がった。

「現実に起きたことを話しているのよ」とわたしは言った。「列車にたまたま乗り込んだひとびとがいました。そしたらあのことが起きた。クインティが悲劇の犠牲者をこの屋敷へ連れてきたのは、たまたま都合よく三人がいたからなの。クインティはどんなときでも金儲けの機会を見逃さない、がめつい男だから」

「あなたはあのドイツ人についてほのめかしている」

わたしは自分のグラスを今一度満たした。それからタバコに火を点けた。わたしが口を開く前に相手がまたしゃべりだした。

「あの列車で起きた事件に、あのドイツ人が関わっていると言いたいのですか？　あの男があなたに告白でもしたんですか？　そう言いたいんですか、あなたは？」

「ねえトム、殺人犯が気を失って、意識が戻ったら犠牲者の真ん中にいたとしたらどうかしら？　その人間の心の中を他人が知ることなんてできると思う？　なすすべもなく横たわっているひとたちに混じって、自分も動けなくなっている殺人犯の心の中で、恐怖や自責の念が増したかどうかなんて他人にわかる？　オトマーにとってこの屋敷が避難所だとしたら、ここは彼にとって拷問台でもあるのよ。いつなんどき警察軍《カラビニエリ》が車でやって来て、砂利敷きの上にタバコを投げ捨てて迫ってくるかわからないんだもの。いつなんどき庭にいるところを追い詰められないともかぎらないの。ねえトム、彼は好きこのんでこの拷問を選んだと思う？　答えは誰にもわからないのじゃないかしら」

彼は今や、わたしの話に聴き耳を立てていた。この屋敷へやってきてはじめて、彼がわたしの話を聞きはじめた。わたしがひと息つくと彼が口を開いた。

「要するに何が言いたいんですか？」

「ねえトム、グラッパに口をつけてくれたらうれしいのに」

「グラッパはいらない。どうしていつも酒を押しつけるんです？　あなたは年がら年じゅう昼も夜も、わたしが酒を必要としていると思っているらしい。あなたの話はどれもこれも、とんでもない言いがかりですよ……」

「わたしは、そうかもしれないと思うことを話しているだけ。ねえトム、爆弾事件の犯人を除けば、真相を知っている人間は誰もいません。それはあなたも承知しているわね。あれは犯罪になるはずのものが事故に終わったのだ、とわたしたちは考えている。でもその推測が正しいかどうか判定できるのは、犯人しかいないんだから」

「あのドイツ人についてあなたがしゃべっている話に根拠はあるんですか、ないんですか？」

わたしはすぐには返答しなかった。落ち着いて欲しいと思ったからだ。わたしは答えた。

「わたしは夢を見たのよ。オトマーの顔を覗き込むと、メガネの奥の目が涙でうるんでいたので、全部わかったの。彼はおじけづいていた。いざというときになって——たぶんオルヴィエートの駅で——彼はマデレーンを愛してしまったのでしょう。安心とうれしさで胸が一杯になって、カロッツァ219の車内では彼女の腕をさすり続けていた。たぶん感謝の祈りもつぶやいていたはず。そこから先が皮肉な展開になった。事故が起きたのよ」

「夢を見た?」

わたしは、周囲を見回しさえすれば、そのあたりにいるひとが誰だって何をやらかすかわからないということぐらい、納得がいくでしょうと説明した。自分の性欲を何年後かに満たすつもりで、赤ん坊を買った男がいた。ペットの犬を惜しみなく愛するその男は、お金と引き替えに乳飲み子を受け取って邪悪な計画を企んでいた。クインティだって若い娘を傷物にしたことがある。カフェ・ローズで、自分の体を忌み嫌ったわたしは、体が腐っていく思いをいつも抱えていた。

「いいですか、将軍は娘さんの夫婦仲が悪くなればいいと願い続けたの。あなたは強引な女に加勢して妹さんを捨てた。オトマーには罪があるかもしれないけれど、エイミーが赦せば贖罪はかないます。エイミーは彼を赦すことで、自分自身を取り戻せるかもしれない。オトマーが罪を背負っているとして、エイミーに尽くしたおかげで彼女から許されるなら、それは、食料を農夫たちに与え尽くした兵士の奇跡と同じくらい輝かしい奇跡なのよ」ずっと前からわたしは、マデレーンの旅程にはおかしなところがあると感づいていた。「ローマ発のフライトは満席だったんです」オトマーはたぶん嘘をついていたのだ。

「ミセス・デラハンティ、あなたは酔っていますね。わたしがこの屋敷へ来て以来ずっと酔っぱらっている。朝の三時にわたしをたたき起こして、処刑と復讐をめぐるねじ曲がったばかり話を聞かせた上に、夢を見たからという理由だけで、姪を置いてペンシルベニアへ帰るようわたしにしむけている。あなたの話によればあの子の家族を皆殺しにした犯人だというあの男を、姪が気に入って心を許し続けていると考えるなんて、ぞっとする。事実をはぎ合わせて空想をでっち上げるために、こういうことを全部思いついたのだとしたら、開いた口がふさがりませんね」

彼は同じ調子でしゃべり続けた。何も知らない娘が、あなたが説明したようなしかたで男にあやつられるようなことは決してあり得ない。見ず知らずだった男が彼女を恋に陥れた上に、最期のときのつい手前まで彼の側が偽りの恋だったなどというのもあり得ない。娘に知られぬまま、爆弾を彼女の荷物に入れるのも不可能なはずだ。ミラノ・リナーテ空港の荷物検査で引っかかるのは目に見えていたはずだろう。テロリストならばそんな間抜けな計画を立てるはずがない。そもそもテロリストに改心などあり得るはずがない、と。

「もう眠らせてください」と彼が言った。

わたしは怒りをあらわにして叫んだ。気配りは消え失せ、家じゅうを起こしてもかまわないと思った。首筋が赤くなる熱を感じ、その熱がゆっくり顔へ上ってくるのがわかった。

「あんたはいつだって眠ってるんだね」わたしはぴしゃりと言った。「墓に入るまでそうやって眠り続けるがいいさ、ミスター・リバースミス」

わたしはグラスを飲み干して、さらにもう一杯注いだ。彼のグラスはベッド脇のテーブルに置いたままになっていた。わたしはそのグラスを手にとって、彼の手に押しつけた。中味が少し飛び散って彼のパジャマについたけれど、かまいやしなかった。

「あんたみたいな男たちが目覚める場所を地獄って言うんだよ、ミスター・リバースミス。渦巻く炎が男どものむき出しの脛《すね》を焼くんだ」

彼は何も言わなかった。他の男たちと同じようにわたしの怒りにおびえていた。わたしは声を鎮めて、彼のパジャマについたグラッパを拭き取ってあげた。

「あなたは非常に酔っぱらっている」と彼が言った。

誰かのことを酔っぱらっていると言い張るのはいつだって簡単だ。そっぽを向くのが、男にとって一番安易なやり方なのだ。ベッドに寝てしまった彼を見つめるわたしの脳裏に、一九五〇年に見たカーガールたちの記憶がよみがえった。なぜかはわからない。小雨が降りだしたので庇の下へいっせいに走り寄った彼女たちの顔が、車のヘッドライトに染まって黄色く見えた。この場面が目の前で起きていることと関係があるのかどうかわからなかったので黙っていた。そして、彼がわたしを理解してくれるように祈った。「神様、お願いです」と心の中でつぶやいた。

わたしはベッドの端に腰を下ろし、彼のほうへ身を乗り出した。そしてわたしが思い描いた光景を、なんとかして彼にも想像してもらおうとした——ホタルがテラスに飛びはじめる夕暮れどき、将軍はリネンのスーツを着て、オトマーは庭の灌木のあいだにいて、エイミーは微笑んでいる。どれほど風変わりに見えようとも、生き残った人間たちはお互いに切っても切れない仲になる。もはや普通という尺度では測れない。エイミーの心に愛着が育ったらいけないのだろうか？　くぐり抜けてきた体験の苦さを理解してはいけないのか？　何が問題だというのだろう？

「それ以上近寄らないでください」不機嫌な声で彼が言った。「そんなことをするのを許した覚えはないですよ」

わたしのインドシルクの部屋着の前がたまたまはだけたのを見て、彼が急いで目を背けた。わたしは彼の無表情な瞳が一瞬でもいいから輝いてくれと祈った。だがわたしがいくらまなざしで懇願しても、彼の瞳は輝かなかった。わたしが口を開いた。

「事件の後オトマーの手元に残ったわずかな所持品の中に、彼の母親の写真がありました」

写真の裏面に母親の死を報じた新聞記事が貼りつけてあった。ベッドで聞いたオーストリア人の象牙捕りのことばがドイツ語でなかったら、わたしには読めなかっただろう記事だ。つっかえながら読み進むと、驚いたことに、彼の母親は天井の照明器具にひもを掛けて首を吊ったのだという。わたしが夢で見た光景とまったく同じだった。

ところがその話をしても、ミスター・リバースミスは少しも驚かなかった。ものごとの前後関係がはっきりわかるように二度繰り返して話したのだが、相手はぼんやりしたまなざしでこちらを見返すばかりだった。わたしはゆっくり丁寧に場面を説明した。オトマーの所持品を広げた真ん中で、写真を右手に持ってわたしがたたずんでいる。記事のドイツ語を読むのにほぼ十分間かかったのだ。十五分後に応接室《サロット》へ行くと、オトマーがエイミーとふたりで、びりびりに破いた紙を使って遊ぶゲームをしていた。その一か月前、わたしはすでに夢を見ていたのだと説明した。トマス・リバースミスの瞳はついに輝かなかった。わたしはそれ以上話すのをあきらめた。

もし誰かがカメラを持っていれば、将軍が片手を差し出し、ミスター・リバースミスが握手する瞬間を記録できただろう。シニョーラ・バルディーニが帰っていくふたりのためにつくったサンドウィッチを持ってきたところや、ローザ・クレヴェッリがクインティに何か話しているところ、エイミーがオトマーを見上げて微笑んでいるところ。わたしの写真が撮られたとしたら、淡い色のゆったりしたドレスにサングラスを掛けて、さようならを言おうとしているうちにミスター・リバースミスに背を向けられてしまい、その場に突っ立っている場面だ。

やはり写真は撮っておけばよかったと思う。というのも、ほんの一瞬ではあったけれど、あらゆるものが出揃い、皆がそこにいたからだ。屋敷の正面の砂利を敷いた広庭に八人が立ち、各々に誰かの影が重なっていた。だがカメラのレンズでは所詮、その微妙な関係を捉えることはできなかっただろうとも思う。フランシーンもセレスト・アデルも、フィルとその夫も、エイミーの兄弟もそこにいた。将軍の娘と娘婿も、将軍の妻も、マデレーンも、クインティが悪さを仕掛けた娘もいた。全員がわたしとともに、そのときその場所に集合していたのだ。

「ミスター・リバースミス、どうぞ」クインティの手招きに応じて彼は車へ向かった。エイミーはわたしがあげためんどりを抱えていた。

自家用車の車輪が巻き上げた砂ぼこりがおさまった。庭を造成するための機械がやってくると、砂ぼこりがまた巻き上がった。わたしは機械の到着を出迎え、秋に植物を植えるために土を掘り返すところを見学した。その朝、ファンレターの束も届いた。**オベロンは決して彼女に尋ねない、とわたしは思っていたのです。最後の最後になんて素敵な驚きが待ちうけていたことでしょう！** ベイジングストーク在住のミセス・イーディス・ラムは、シュロップシャーに住むご亭主の妹さんの家をご亭主と一緒に訪ねたついでに、マーラ屋敷——当時すでにその名前では呼ばれていなかった——を訪問したと書いてきた。あの屋敷こそ小説に出てくる邸宅なのだとミセス・イーディス・ラムがいくら言い張っても、ご亭主とその妹さんは取り合わなかったけれど、わたしは小説の細部を覚えているので——とくに庭の迷路が決め手でした——あの屋敷に違いないと確信しています、と彼女は書いていた。あの屋敷はトリムレス城と改称され、当時はホテルとして営業していた。

その日は普通の一日で、時間も普通に流れ去った。車内でクインティがしゃべり続け、ミスター・リバースミスが支配構造の妥当性について考えながら、ピルスファァーの説はこの点でも間違っているとつぶやいている光景が、苦もなくわたしの脳裏に浮かぶ。飛行機に乗り込むとエイミーは眠る。青いノートにはいくつかメモが走り書きされ、重要な思考が記される。階級制の組織が支配要因であることはおそらく間違いない、と。

わたしの友人は、デレクが再びあらわれるかも知れないと考えています。彼女はローズが後半生どのように暮らしていくのか心配もしています。わたしの友人――ミス・ジェイシー・レイクス――は、ローズのリックへの愛は心変わりしてしまうかも知れないと思っています。その日は午後じゅうずっと機械がガタガタゴロゴロと音をたてて岩や土を寄せたりどけたりして、庭の小道や花壇の大まかな地取りをした。エイミーが行ってしまい、オトマーと将軍が残ったところで、何かが変わったなどと口に出す者はいなかった。

時が去り時が来て、エイミーは新しい場所に到着した。その晩、ヴァージンズヴィルでエイミーに頬ずりするフランシーンの肌は、手入れをしていないのでガサガサしている。「スクランブルエッグは好き？」雨の中、空港から家へ向かう車の中でフランシーンが訊いた。「エイミー、新しいお家に着いたら、まず、スクランブルエッグをつくるのを手伝ってくれるかしら？」エイミーは黙ったままフロントガラスに当たる雨粒を見つめていた。ワイパーが音を立てて往復運動をしていた。「何かお持ちしましょうか？」ドアをノックせずにわたしの部屋へ入ってきたクインティがそう言った。彼は一度もノックしたことがない。カフェ・ローズでの癖がいまだに直らないのだ。

「ううん、今は大丈夫、クインティ」

彼はわたしの灰皿を取り替えた。そうして氷が入った小さなアイスボックスと、彼がスライスしたレモン一個分を机の上に置いた。きれいなグラスも。

「大丈夫よ」わたしはもう一度繰り返した。

ペンシルベニアに夜のとばりが下りた。リバースミス夫妻がシーツにくるまっている。彼のパジャマが丸めて脱ぎ捨てられ、フランシーンのやせた体も丸裸だ。ひとりから相手に力が移っていき、今はふたりがひとつになった。やってきた子どもは気が触れているようだとはいえ、ふたりして何とかやっていくのだろう。夫婦揃ってものを考える仕事をしているわけだから、何とか考えてやっていくのだろう。

14

今となっては、あの夏は過去の影に埋もれている。

わたしは午後の日射しをさえぎるために応接室《サロット》の窓の鎧戸を閉めて、古い西部劇映画のビデオを見る。タバコを吸いながら、ごくわずかなスピリッツを垂らしたトニックウォーターをすする。駅馬車を引く馬たちがいななき、手綱を引っ張られて体を揺らす。覆面をした男たちが銃をちらつかせて、乗客たちに貴重品を出すよう指示する。一味の中にひとりだけ神経質な者がいるせいで事態がこじれていく。その男が噛みタバコを吐き出す。はるか彼方では、何も知らない保安官が足を机に載せてくつろいでいる。

将軍が死んだ。

その後、二度目の秋がめぐってきたとき、イノチェンティ医師がわたしの家を訪れた。その訪問がここを訪れる最後になったのだが、用向きはヴァージンズヴィルの夫妻が決心して、あの子の治療を専門家の手に委ねることにしたという報告だった。あの子のためを考えれば、同じ問題を抱えた子たちが他にもいる施設に預けて、専門家集団の手当を受けるのが一番だと判断したのだという。

ある日、庭を見たらオトマーがいなくなっていた。自分で選び取った忘却の中へ消えていったのだ。

あの夏の話を書く以外には、愛用の黒いオリンピアに向かうことはなかった。これからもないだろう。学んだことは少ないが、生き残った者たち同士の愛が特別だということだけは知っている。わたしたちがためらっているうちに、幌馬車は素通りしていってしまった。世の中とはそういうものだろう。

観光客がまた泊まりにくるようになった。彼らはトラジメーノ湖や丘の上の町々の魅力や野外のカフェの話をし、シエナを訪れて絵はがきを書き、ブリッジをする。この屋敷ではご覧の通り、わたし自身が看板のようなものだ。同業の女性たちがしばしばそうであったように、わたしもベッドルームで稼ぐ仕事によってたたき上げられ、恐怖を通じて優しい感情を身につけてきた。身をもってわかったことは否定できやしない。わたし自身、今のわたしをそれほど好きではないものの、現実は受け入れるより他にない。誰しもそれは同じだろう。

庭の灌木は皆ひからびている。クインティに頼んで庭師を探しているのだが、あの男はいつも経費節約を第一に考えるのでままならない。経費の出所はわたしの懐なのに……。宿泊客がわたしの目の前にしなびた花弁や枯葉を突き出して、苦情を言ったり怒ったりさえすることがある。ドイツ人は不満げに首を振る。フランス人はいかにもありそうなことだと言う。イギリス人はホースを使ってアザレアの植木鉢に水をあげてくれる。わたしは客たちに、これもまた世の常なのだと弁解する。彼らはその場ではおとなしく耳を傾けているが、あとで顔をしかめたり文句を言ったりする。おそらくわたしは老いていく。いや、これ以上は老いないかもしれない。この先人生に新たな事件が起こるかと問えば、それは疑わしい。今季の観光シーズンが終わったら灌木のあいだを歩くつもりだ。さまざまな色が移ろわぬうちにそれらを精いっぱい愛でてやろう。水が溢れているうちは存分に井戸を誉めてやろう。

読むひとと書くひと――訳者あとがきにかえて

中篇小説二作が合本された『ふたつの人生』をお届けする（原書は一九九一年にVikingより刊行された）。二作とも女性が主人公で、現実と空想――というか虚構――がせめぎあう物語である。両者は完全に独立した作品だけれど、ひとつは読むひとの人生、もうひとつは書くひとの人生を語る小説なので、姉妹編として読むことができる。たっぷりとお楽しみいただきたい。

以下、二作について、あらましと注釈めいたことがらを書きつけておきたい。

＊

「ツルゲーネフを読む声」は一九九一年、ブッカー賞の最終候補になった作品である。主人公のメアリー・ルイーズはもうじき五十七歳になるアイルランド人女性で、三十一年間精神病院で暮らしてきたが、病院が閉鎖されることになったため、長らく別居していた夫が迎えに来て、家へ戻ることになる。小説の主な舞台はメアリー・ルイーズが若かった頃のアイルランドの田舎町、彼女が執着する「人生で一番好きな一年」は一九五七年である。

メアリー・ルイーズはプロテスタント信徒である。結婚相手も、少女の頃に恋心を抱いたいともプロテスタントである。一九五〇年代アイルランドにおいて、プロテスタント信徒が社会的にどんな存在だったか問われたら、かつての特権を失い、零落していくマイノリティーだったと答えればいい。

イングランドの植民地だった近代アイルランドにおいて、プロテスタントとカトリックの関係がどのようであったか、ここでごく簡単におさらいしておこう。十八世紀から十九世紀前半までのあいだ、アングロ・アイリッシュと呼ばれたプロテスタント信徒は数の上では少なかったものの、政治・社会・経済のあらゆる面で優越的な地位を独占していた。他方、人口の大半を占めたカトリック信徒は財産や公的教育を受ける機会を奪われ、小作人の地位に甘んじていた。ところが十九世紀半ば以降カトリック信徒の解放が進み、一九二二年には北アイルランドを英領に残し、南部にアイルランド自由国が成立して自治権を確立した。イングランドの束縛から解放された新しい国家の主導権はカトリック信徒が握ることになる。その結果、特権階級でなくなったプロテスタント信徒の数はいっそう減少し、社会的・経済的な存在感が希薄になっていった。やがて国名をエールと改めたアイルランド共和国は、一九四九年、イギリス連邦を離脱した。

さて一九五〇年代、アイルランド南東部の田舎町とその近郊の物語である。メアリー・ルイーズは自作農の次女だが、実家の農場の経済状態はかなり厳しい。彼女が結婚するエルマー・クウォーリーは代々続く服地屋を町に構えている。とはいえ店の勢いはじり貧だ。メアリー・ルイーズが恋に落ちるいとこのロバートは、過去の栄光を物語る屋敷に母親と暮らしているものの定収入がないので、母親が野菜や果物を育てて売ることによって生計を立てている。メアリー・ルイーズとエルマーの不毛な夫婦関係を、アングロ・アイリッシュの衰退の隠喩と見ることができるだろう。病弱なロバートの人物像にも明らかに衰退の兆候が刻印されている。

他方、新興中産階級を形成するカトリック信徒の羽振りの良さは、小説の後半でメアリー・ルイーズの姉レティが結婚するデネヒーの実家――パブを経営している――の隆盛を見れば一目瞭然である。

カトリック信徒は興が乗るとパブでしばしば歌を歌い出す。エルマーとメアリー・ルイーズが海浜保養地のパブで聞く「どうなった、戦況やいかに？　おお、わが勇敢な騎士よ」（本書六一ページ）という歌詞は、一七九八年にアイルランド東部ウェックスフォードで起きた反英武装蜂起を讃美したバラッド「キラーナから来た少年ケリー」の一節である。レティとデネヒーの結婚披露宴でもカトリック信徒の男が歌を歌い出す場面がある（一九四ページ）。居合わせた神父はその男を口先ではたしなめながら、肩を叩いてはげましている。

レティとデネヒーのあいだに生まれる男の子はケヴィン・アロイシャスと名付けられる。アイルランド初期教会の修道者聖ケヴィンと、十六世紀イタリアの聖アロイシウス・ゴンザーガにちなむこの命名はきわめてカトリック的だ。この子がじきにカトリックの洗礼を受けるだろうことが暗示されている。

衰退の一途をたどるプロテスタント信徒の視点から田舎の共同体を描くトレヴァーの文章は冴えわたっている。一九五〇年代のアイルランドはコルム・トビーンの『ブルックリン』（拙訳、白水社）やベンジャミン・ブラックの『ダブリンで死んだ娘』（松本剛史訳、ランダムハウス講談社文庫）などにも描かれているが、どちらもカトリック的な視点から語られる小説なので、興味のある方はぜひ読み比べてみていただきたい。

「ツルゲーネフを読む声」にはタイトルが示すとおり、ツルゲーネフの小説を朗読するシーンが数多く登場する。

メアリー・ルイーズは本を読む習慣を身につけずに育ったが、いとこのロバートの影響でツルゲーネフを読むようになる。ロバートはツルゲーネフの小説本を三冊、大切にしている。三冊とは『父と子』、『その前夜』、『初恋』である。本作には、彼がこの三冊からさまざまな部分をメアリー・ルイーズに読み聞かせるシーンが何度も登場し、しまいには、メアリー・ルイーズの頭の中に小説を読む声が聞こえるようになりさえする。

ロバートの朗読をきっかけにして、ツルゲーネフの小説世界に深入りしていくメアリー・ルイーズは、思うに任せない現実から逃げ出し、虚構の世界に安住の地を見出すのだ。零落した貴族だったツルゲーネフは『その前夜』で、十九世紀ロシアにおける農奴解放「前夜」の時代を描いているので、彼の小説世界と、メアリー・ルイーズが生きたアイルランドにおけるプロテスタント（零落した支配階級）とカトリック（隆盛するかつての被支配階級）の関係を重ねて読むことも可能である。

だが、メアリー・ルイーズはそういう時代背景よりもむしろ、作中人物に自分を投影している。たとえば小説の冒頭近くに、彼女のこんなセリフがある——「インサーロフが来てくれたのかと思ったのよ。来客ですって聞いたとき、インサーロフだわってわたしつぶやいたの。本当のこと言うとね、夕食の最中だったのよ」（一一ページ）。精神病院に面会に来たひとをてっきり「インサーロフ」だと思った彼女は、『その前夜』のヒロインで、新時代のロシア女性の典型とも言うべきエレーナ・エコラーエヴナに自分を重ねている。ドミートリイ・インサーロフは革命に燃えるブルガリア人留学生である。彼がエレーナと秘密裏に結婚し、ふたりでたどりついたヴァネツィアでインサーロフが病死することを思えば、メアリー・ルイーズにとって、インサーロフに誰の面影が重なってくるかは明らかだろう。

あるいはまた、「物乞いの老婆に再会したら、なんだかくよくよしているようすじゃございませんかって言われたのよ」（二六八ページ）というメアリー・ルイーズのセリフがある。彼女が精神病院へ入って間もない頃、面会者に「調子はどうか？」と尋ねられたときの返答なのだが、前後に説明がないので、読者は一瞬途方に暮れる。だが、『その前夜』（金子幸彦他訳、『世界文学大系31 ツルゲーネフ』、筑摩書房、一九六二年、一四二―一四三ページ）を参照すれば、エレーナに自分を重ねたメアリー・ルイーズにはちゃんとした脈絡があることがわかる。インサーロフともう一度会うことだけを願って歩き続けたエレーナは豪雨に遭い、雨宿りに入った礼拝堂で、かつて施しをしたことのある物乞いの老婆に出会う。お金の持ち合わせがなかったので、その老婆にハンカチを渡そうとしたときに老婆に同情された。メアリー・ルイーズはそれを自分自身の経験のように語っているのだ。

詮索してみようとお考えになる読者のために、小説の本文中に引用される文章の出典を上げておこう。まず、本書の一五六ページ、一七七ページ、一九四ページ、二三八ページ、二五六ページに引用されているのは『その前夜』から。一六二ページ、一九八ページの引用は『初恋』から。一一七ページ、一二三ページ、二二七ページの引用は『父と子』からである。

トレヴァーの小説にあわせてツルゲーネフの三冊を拾い読みするうちに、読者は、「ツルゲーネフを読む声」の語り手が伝えてくることばを胸に刻むことになるだろう――「朗読する彼の声が響き、彼女の声がそれにからんだ。それこそがふたりの愛の行為なのだ」（二三八ページ）。

＊

「ウンブリアのわたしの家」はロマンス小説作家が語る、ひとり語りである。

ミセス・デラハンティは産みの親が誰かを知らぬままイングランドで幼少期を過ごし、大きくなってからはアメリカ西部やアフリカの僻地で暮らしながら、波瀾万丈の前半生を過ごした。中年になって彼女は、イタリアのウンブリア地方の風光明媚な丘に立つ屋敷を買い取り、家庭的なもてなしを売りにする略式ホテルのオーナーになった。日々、ホテルの切り盛りをするのは、彼女と長年行動を共にしてきた風変わりなアイルランド人、クインティである。

彼女はウンブリアの家に落ち着いてすぐ、前半生に経験した暗澹たる現実の数々を記憶の中で反芻し、それらをつくりなおそうとするかのように、ハッピーエンドに終わるロマンス小説を書きはじめた。ものを書く力が自分に宿っていることに気づいた彼女は空想を働かせ、虚構を書きつらねることによって、記憶の痛みを創作の喜びにすり替えようとしたのかもしれない。

ミセス・デラハンティが語り出すのは、彼女が五十六歳だった一九八七年のひと夏の記憶である。五月五日、彼女は買い物のための小旅行に出ようと思い立ち、ミラノ行きの列車に乗り込む。物語はこの列車が爆弾テロに遭うところからはじまる。このテロは、作中で言及される「ボローニャ駅で起きた爆弾事件」(三四九ページ)を意識して描かれている。これは一九八〇年八月二日にボローニャ駅で起きた爆破テロ事件で、八十五人が死亡、二百人以上が負傷した。ボローニャ駅の爆破テロ事件では武装集団が犯行を名乗り出たが、小説では犯行を名乗り出る集団はあらわれない。

ミセス・デラハンティはけがを負ってしばらく入院する。同じ車室に乗りあわせた三人の生存者たちも病院で傷を癒し、退院後、彼女のペンシオーネにひと夏滞在して、心身の傷を癒しあいながら共同生活を営むことになる。

「将軍」と呼ばれるイングランド人は退役軍人だが、爆発のせいで一緒に旅していた娘と娘婿を失って天涯孤独になった。アメリカ人の少女エイミーは両親と兄を失い、トラウマによる失語症を発症している。ドイツ人の青年オトマーは片腕を切断する大ケガを負い、恋人を失った。

ミセス・デラハンティは彼らとともに暮らすうちに、三人の人生に関する断片的な情報を知り、それらを持ち前の空想や憶測でつなぎあわせて、ひとりひとりの物語を自分の胸中につくりあげていく。だが、小説の語りを彼女自身が独占している以上、その内容が真実である証拠はない。ミセス・デラハンティは小説論でいう「信頼できない語り手」の典型なので、読者はいくぶんかの疑いを交えつつ、彼女の語りを聞くスリルを味わい続ける。小説の後半で、エイミーを引き取るためにアメリカから彼女のおじ、トマス・リバースミスがやってくる。冷徹な現実の権化のように描かれるそのおじとミセス・デラハンティが対峙する場面では、彼女の語りが読者に挑戦を仕掛けてくる。はたしてミセス・デラハンティが語る物語は真実なのだろうか？

小説のクライマックスで、ウンブリアの家で暮らす一同は古都シエナへ日帰りの行楽に出かける。トレヴァーの作品にはイタリアの町がしばしば登場するが、シエナは短篇「娘ふたり」（『異国の出来事』、拙訳、国書刊行会、所収）にも出てくる。また、短篇「雨上がり」（『聖母の贈り物』、拙訳、国書刊行会、所収）にはトスカーナあたりの丘にある古い町が描かれているので、読み比べをお勧めしておく。

「ウンブリアのわたしの家」はリチャード・ロンクレイン監督によりテレビ映画化された。ミセス・デラハンティを名優マギー・スミス、ミスター・リバースミスを演技派のクリス・クーパーが演じたこの作品は、二〇〇三年に全米で放映された。映画は好評を博してエミー賞とゴールデングローブ賞の各部門にノミネートされ、マギー・スミスがエミー賞テレビ映画部門の主演女優賞を受賞している。残念ながら日本版のＤＶＤは出ていない（WOWOWにて『美しきイタリア、私の家』という邦題で放送されたことがあるらしい）が、アメリカ版はロングセラーになっている。

映画は原作にほぼ忠実で、ウンブリアの美しさがよく描かれた秀作だが、結末だけは原作と異なっている。ミセス・デラハンティがエイミーに語る映画オリジナルのセリフ、「人生は小説とは違うので、自分でハッピーエンドをつくらなくちゃいけないのよ」が胸に染みた。

なお、作者ウィリアム・トレヴァーの経歴と背景、作風の特色などについては、先述の『聖母の贈り物』の「訳者あとがき」に詳しく書いておいたので、ごらんいただけたらうれしく思う。

＊

今回も訳書づくりのあらゆる局面で国書刊行会編集部の樽本周馬さんにお世話になった。本づくりをレコーディングにたとえるなら、『ふたつの人生』はアナログレコード二枚組みたいなものだと思う。録音とミキシングにおいて卓抜な技術とセンスを持つ樽本さんとまた一緒に仕事ができたのは、訳者として大きな喜びである。おまけに、ヴィルヘルム・ハンマースホイの謎めいた絵をあしらったジャケットは今回も名匠中島かほるさんのデザインによるもの。喜びもひとしおだ。

レコーディングの比喩にこだわるのは、外国文化を受容・咀嚼する繊細かつ力強い方法を示してくれたミュージシャン、大瀧詠一を深く敬愛しているからである。大瀧氏は先年急逝した。悲しいことに、長年健筆だったウィリアム・トレヴァーも二〇一六年十一月二十日に八十八歳で亡くなった。新作がもう出ないと思うととても寂しいけれど、トレヴァー氏が残した文学作品を今後も日本の読者に翻訳・紹介し続けていきたいと思っている。

二〇一七年九月　アイルランドのように肌寒い小雨の日に　東京

栩木伸明

著者　ウィリアム・トレヴァー　William Trevor
1928年、アイルランドのコーク州生まれ。トリニティ・カレッジ・ダブリンを卒業後、教師、彫刻家、コピーライターなどを経て、60年代より本格的な作家活動に入る。65年、長篇小説第2作『同窓』がホーソンデン賞を受賞、以後すぐれた長篇・短篇を次々に発表し、数多くの賞を受賞している（ホイットブレッド賞は3回）。短篇の評価はきわめて高く、初期からの短篇集7冊を合せた短篇全集（92年）はベストセラー。現役の最高の短篇作家と称された。長篇作に『フールズ・オブ・フォーチュン』（論創社）『フェリシアの旅』（角川文庫）『恋と夏』（国書刊行会）、短篇集に『聖母の贈り物』『アイルランド・ストーリーズ』『異国の出来事』（共に国書刊行会）『密会』（新潮社）『アフター・レイン』（彩流社）などがある。2016年逝去。

訳者　栩木伸明（とちぎ　のぶあき）
1958年東京生まれ。上智大学大学院文学研究科英米文学専攻博士課程単位取得退学。現在、早稲田大学教授。専攻はアイルランド文学・文化。著書に『アイルランド紀行』（中公新書）、『アイルランドモノ語り』（みすず書房、読売文学賞受賞）など。訳書にウィリアム・トレヴァー『聖母の贈り物』（国書刊行会）、コルム・トビーン『ブルックリン』（白水社）、ブルース・チャトウィン『黒ヶ丘の上で』（みすず書房）などがある。

装幀　中島かほる
装画　ヴィルヘルム・ハンマースホイ
“Figures by the Window”（1895）

William
Trevor
Collection

〈ウィリアム・トレヴァー・コレクション〉

ふたつの人生《じんせい》

2017年10月20日初版第１刷発行

著者　ウィリアム・トレヴァー
訳者　栩木伸明
発行者　佐藤今朝夫
発行所　株式会社国書刊行会
〒174-0056　東京都板橋区志村1-13-15
電話03-5970-7421　ファックス03-5970-7427
http://www.kokucho.co.jp
印刷製本所　三松堂株式会社

ISBN978-4-336-05917-8